Bernhard Jaumann

Hörsturz

BERNHARD JAUMANN wurde 1957 in Augsburg geboren. Nach längeren Aufenthalten in Italien, Australien und Mexiko-Stadt lebt er in Namibia sowie einem italienischen Bergdorf. Bisher erschienen von ihm die Kriminalromane »Handstreich«, »Sehschlachten«, »Duftfallen« und »Saltimbocca«, für den er 2003 den Friedrich-Glauser-Krimipreis erhielt. 2005 erschien der Roman »Die Vipern von Montesecco«, 2007 »Die Drachen von Montesecco«. »Die Augen der Medusa« (2008) wurde mit dem Deutschen Krimpreis ausgezeichnet und für den Friedrich-Glauser-Preis nominiert.

Während einer Sendung über die Musikstadt Wien erreicht die Moderatorin Ruth Strelecky der Anruf einer Frau, die Anschläge auf Veranstaltungen ankündigt, um den »Musikwahnsinn der Tourismusindustrie« zu stoppen. Ruth glaubt an eine Geistesgestörte geraten zu sein, aber am selben Abend wird das Geburtshaus von Franz Schubert demoliert. Obwohl niemand den Überfall ernst nimmt, wird Ruth unruhig, weil ihre Schwester Miriam auf dem Anrufbeantworter andeutet, die Stimme erkannt zu haben. Ehe Ruth noch die Schwester erreicht, geht die Bühne der Kammeroper in Flammen auf, und seitdem ist Miriam verschwunden. Ruth beginnt auf eigene Faust zu ermitteln, und bald ist sie den Terroristen so dicht auf der Spur, dass auch sie gefährdet ist.

BERNHARD JAUMANN

Hörsturz

Kriminalroman

aufbau taschenbuch

ISBN 978-3-7466-1506-6

Aufbau Taschenbuch ist eine Marke der
Aufbau Verlag GmbH & Co. KG

4. Auflage 2009

Umschlaggestaltung Mediabureau Di Stefano, Berlin
unter Verwendung eines Fotos von Raimond Siebesma/iStockphoto
Druck und Binden CPI - Clausen & Bosse, Leck
Printed in Germany

www.aufbau-verlag.de

1

Zuhören: Der Gesang der Sirenen

»Hören Sie!« sagte die Stimme. Die Stimme hatte sich als Minnie aus dem 2. Bezirk vorgestellt.

»Am Telefon habe ich die Minnie aus dem 2. Bezirk. Servus, Minnie!« sagte Ruth Strelecky mit dem überlegen wirkenden Unterton, der bei den Radiohörern anscheinend so gut ankam. Ihr Markenzeichen. Der Trick bestand darin, die Stimme um einen Halbton zu senken.

»Und was hält die Minnie von der Musikstadt Wien?« fragte Ruth. Es sollte klingen wie: Wer auf den Namen Minnie hört, kann zu gar nichts eine nennenswerte Meinung haben, nicht einmal zum Thema Musikstadt Wien. Es klang auch so. So weit hatte Ruth das locker im Griff.

»Hören Sie zu …!« sagte die Stimme und stockte.

»Klar«, sagte Ruth. Minnie schien ein bißchen länger zu brauchen. Es gab solche Typen. Ab und zu mußte man Geduld zeigen. Das konnte Ruth. Das tat ihr nicht weh.

Im Kopfhörer hörte sie es knacken. Als ob jemand zweimal kurz auf die Sprechmuschel seines Telefons klopfte. Minnie? Es begann zu tuten.

»Hallo? Minnie?« fragte Ruth und blickte zu Alex, ihrem Tontechniker, hinaus. Der saß hinter der Glasscheibe wie ein Äffchen im Versuchslabor und zuckte mit den Schultern. Ruth verdrehte die Augen zur Studiodecke hin. Alex zuckte weiter. Seine Schuld war es gewiß nicht, daß das Gespräch unterbrochen worden war. Alex drückte keine falschen Knöpfe. So etwas passierte ihm nicht. Was seinen Job anging, war er hundertprozentig verläßlich.

»Aus der Leitung gefallen«, sagte Ruth ins Mikrophon. »Hoffentlich hat sich die Minnie nicht weh getan.«

Sie plapperte ein wenig über die Gefahren, die in der

modernen Welt überall lauerten, und wartete, ob Alex ihr sofort einen anderen Anrufer durchstellen konnte.

Hinter Alex war eine zweite Glasscheibe, hinter der sich ein zweiter Sprecherraum befand. Dort würde der Stationssprecher sitzen, wenn der Sender ihn nicht mit der Begründung eingespart hätte, daß seine Aufgaben genauso von den Moderatoren miterledigt werden konnten. Als nächstes waren Alex und seinesgleichen dran. Schon jetzt waren ein paar Studios auf Selbstfahrbetrieb umgestellt worden, und der Rest würde bald folgen. Dann durften die Moderatoren auch den Technikerjob miterledigen. Natürlich erst, wenn sie zu Computerfachleuten mutiert waren.

»Im Moment kein Anruf«, sagte Alex über Kopfhörer. Na gut. Ruth kam zur Sache:

»Unser Wochenthema ist die Art von akustischer Umweltverschmutzung, die hierzulande gern als Musik bezeichnet wird und auf die wir Wiener allgemeiner Überzeugung nach stolz zu sein haben. Kommt euch die Brühe aus Walzern und Operetten, Heurigenliedern und Musicalsongs auch schon zu den Ohren heraus? Ruft uns an! 06–6066996. Sagt uns eure Meinung zum Mythos klingendes Wien. Zur Anregung hier: ›Bahn frei‹, eine Polka von Eduard Strauß.«

Ruth schob den Regler nach oben und blendete die Musik ein. Die Polka hüpfte los und hoppelte durch den Äther. Entsetzlich. Gut, Ruths Publikum dürfte zum größten Teil polkaresistent sein, aber dennoch würde der Rhythmus ein paar alten Herrschaften, die mit zittrigen Fingern den falschen Kanal eingestellt hatten, ins Ohr gehen, unter Umgehung der denkenden Regionen des Gehirns das zentrale Nervensystem anspringen, krampfartige Muskelreaktionen hervorrufen, die Beine mitwippen lassen, im Eisenbahnrhythmus wippen lassen, auf und ab, tsch, tsch, tsch. Und dann kam der Pfiff der Lokomotive, der Eduard-Straußsche-Dampflokomotivenpfiff, ein langgezogener Pfiff aus vergangenen Zeiten, einmal, zweimal, ein Pfiff aus der Vergangenheit, tsch, tsch, tsch, aus der Jugendzeit, an die sich die Herrschaften so gerne erinnerten, daß sie sogar das Wippen fast vergaßen und nur noch pfiffig lächelten. Ja, ja, die Jugendzeit! Die Jugendzeit war die Zeit, in der die Lokomotiven noch gepfiffen hatten. In der sie so gemütlich vor sich hingeschnaubt hatten, daß man im Polkarhythmus mit ihnen Schritt halten konnte, wenn man so jung war, wie es sich die alten Herrschaften in der Erinnerung von sich selbst vorstellten. Bahn frei für die Selbsttäuschung, die Lüge auf tönenden Füßen.

Draußen tauchte Kollege Bussemann auf. Allein, ohne sein Alter ego Holderied. Das war verwunderlich, und noch verwunderlicher war, daß sich Bussemann mehr als zehn Minuten nach Schluß seiner eigenen Sendung immer noch hier herumtrieb. Vielleicht hatte er etwas vergessen. Er sprach auf Alex ein, obwohl der am Telefon hing. Bussemann wirkte wie ein Goldfisch im Aquarium. Es lag an der Scheibe. Und an den Mundbewegungen. Sie wurden Ruth fremd, wenn sie die dazugehörigen Worte nicht hörte. Tierisch fremd. Menschen, mümmelnd wie Hasen, hechelnd wie Hunde, lautlos wieherndes Zähneentblößen. Es gab Unterschiede. Es kam darauf an, wer sprach und was gesagt wurde. Bussemann sprach wie ein um Luft schnappender Goldfisch. Wahrscheinlich über die Ungeheuerlichkeiten, die ihm jemand angetan hatte, oder über die, die er jemandem antun würde. Das letztere war wahrscheinlicher. Vielleicht sagte er auch etwas ganz anderes, wer wußte das schon? Ruth nicht. Es lag an der Scheibe zwischen ihr und der Welt, an der schalldichten Glasscheibe, die sich durchs Studio zog und sie hier mit dieser gottverdammten Polka allein ließ, mit diesem lautmalerischen Dampflokgetue, tsch, tsch, tsch, dem hoffentlich bald die Luft ausgehen würde.

»Okay«, sagte Alex im Kopfhörer, »Anruf!«

Ruth sah ihn an seinem Sendepult hantieren. Sie wußte, daß er den Anruf splittete, auf ihren Kopfhörer und ihr Mikrophon aufteilte. Sie blendete die Polka aus. Schluß damit, die Bahn war nicht mehr frei. Nicht für Eduard Strauß. Ruth legte das Telefon auf Sendung.

»Ja, hallo ...« Ruth kannte die Stimme.

»Minnie?« fragte sie.

»Ja, ich wollte ...«

»Am Telefon Minnie aus dem 2. Bezirk. Minnie, wir sind vorhin unterbrochen worden, was uns aber immerhin Gelegenheit gab, dieser wunderschönen Polka zu lauschen. Wien, die Welthauptstadt der Musik? Was sagst du dazu?«

»Es geht nicht nur um Schrammelmusik und Heurigenlieder«, sagte Minnie, »wir möchten erstens ausdrücklich die sogenannte ernste Musik einbeziehen. Haydn, Schubert, Mozart, Beethoven und so weiter. Und wir lehnen zweitens den Ausdruck ›akustische Umweltverschmutzung‹ als viel zu schwach ab. Es handelt sich um Unzucht mit Abhängigen, um schweren Drogenhandel, um akustischen Terrorismus. Wien ist das internationale Zentrum dieses Terrorismus, der mit verlogener und verbrecherischer Musik den letzten Rest an Wahrheit, der irgendwo noch aufklingen könnte, zerstören will. Dahinter steckt eine Ideologie des falschen Tiefsinns und des fröhlichen Tralala, der angeblich ewigen Werte und der ach so gemütlichen Wiener Gemütlichkeit, die alles erstickt, was an progressiven Ansätzen je in dieser Stadt hervorgebracht wurde. Wir werden das nicht länger dulden ...«

»Wer ist wir?« fragte Ruth dazwischen, ohne wirklich an einer Antwort interessiert zu sein. Etwas in ihr war zwar angesprochen worden, hatte aufgehorcht, aber sicher nicht wegen dieser fundamentalistisch anmutenden Anklage. Schuld war Minnies Stimme. Ruth kannte sie, und nicht nur von dem unterbrochenen Gespräch her. Sie hatte diese Stimme schon gehört. Vielleicht früher, vor langer Zeit. Ruth kam nicht darauf.

»Der Skandal ist«, sagte Minnie, »daß alle ihre Finger im Spiel haben. Der Magistrat gibt zig Millionen an Subventionen aus, die Tourismusindustrie läßt das Musikgeschäft zum eigenen Nutzen boomen, ihr vom Radio seid die Großdealer, deren Überdosen sich die Wiener gedankenlos hineinziehen, ohne zu merken, wie das Musikgift sich in ihre Ohren frißt und sie für alles andere ertauben läßt. Aber nicht alle Wiener. Wir nicht!«

Minnies Stimme war jung. Eine glatte Stimme, voll, rund,

kein bißchen heiser. Eine Stimme ohne die Risse und Sprünge, die die Jahre eingravierten. Es war die Stimme einer Zwanzigjährigen, Fünfundzwanzigjährigen. Ruth war 39 Jahre alt. Minnie gehörte nicht zu ihrer Generation.

»Wer ist wir?« fragte Ruth noch einmal.

»Die Diagnose ist klar, die Therapie ebenso: Es handelt sich um akustischen Terror, der einen kollektiven Hörsturz bei seinen Opfern hervorgerufen hat. Man muß einen Schnitt machen. Eine Notoperation. Und wir werden es sein, die das Messer ansetzen. Widerstand ist nicht nur erlaubt, sondern geboten. Es ist genug geredet, gejammert und geklagt.«

Es war eine junge Stimme, eine melodiöse Stimme, die die Vokale klingen ließ und die Konsonanten auch am Wortende nicht verschluckte. Es war eine Stimme, die viel sang oder sprach. Minnie war eine Frau, die mit ihrer Stimme arbeitete, von ihr lebte. Schauspielerin? Politikerin? Vertreterin für Tupperware? Oder gar eine Kollegin? Die Stimme war glatt und schmeichelnd, aber sie hatte ein gewisses Etwas, das sich nicht so leicht vergessen ließ. Ruth hatte es nicht vergessen. Ihr fiel nur nicht ein, zu wem diese Stimme gehörte.

»Es muß gehandelt werden«, sagte Minnie. »Wir werden zurückschlagen, einmal, zweimal, dreimal, so oft es nötig ist. So lange, bis der Musikwahnsinn vorbei ist, bis die Wahrheit wieder hörbar wird, bis die Vernunft zurückgekehrt ist.«

Ruth sah Alex draußen hektisch gestikulieren.

»Aus!« schrie er wohl.

»Musik!« schrie er wahrscheinlich.

»Schnell einen Marsch!« schrie er, ohne daß ein Wort zu hören war. Alex hatte keine junge, glatte, schöne Stimme, er hatte überhaupt keine Stimme, er saß hinter einer schalldichten Scheibe am Sendepult und sollte sich gefälligst um seinen Kram kümmern.

»Zurückschlagen? Terrorismus?« fragte Ruth, obwohl sie wußte, daß es politisch nicht korrekt war, auf Minnie einzugehen. Obszönitäten, rassistische und extremistische Äußerungen waren zu unterbinden. Und was Minnie da von sich gab, entsprach extremistischen Äußerungen im Sinne der

Senderrichtlinien durchaus. Es klang ein bißchen nach Manifest, nach aufgesetztem Programm. Wie abgelesen. Und es klang nicht so, als ob Minnie selbst es aufgesetzt hätte. Es paßte einfach nicht zu ihrer Stimme, die schön und leicht war und dazu gemacht schien, über die Dinge hinwegzufliegen. Irgendwer mußte dahinterstecken, hinter Minnie, hinter dieser Stimme, die Ruth so gut kannte. Und um sie vielleicht doch noch identifizieren zu können, mußte Ruth Minnie dazu bewegen, weiterzureden. Sie versuchte es mit Ironie:

»Angesägte Geigensaiten? Stolpersteine gegen den Dreivierteltakt? Seid ihr die Stumm-wie-ein-Fisch-Fraktion?«

»Wir sind Minnie vom 2. Bezirk«, sagte Minnie. »Ende des ersten Kommuniqués.«

Alex werkelte hinter dem Regiepult. Bussemann glotzte wie ein Goldfisch.

»Hören Sie ...«, sagte Ruth und ärgerte sich sogleich über das »Sie«, das nicht angemessen war. Nicht einer Stimme gegenüber, die sie so gut kannte.

»Hallo, Minnie?« fragte Ruth. Alex gab ihr irgendwelche Zeichen. Im Kopfhörer tutete es. Die Leitung war tot. Nur mehr Morsezeichen aus einer anderen Welt. Aus einer Welt, die genauso gestört war wie die hiesige.

Das Geburtshaus von Franz Schubert fand Leo Blum sofort. Zu Schuberts Zeiten mußte es am Rand der Vorstadt, fast schon auf dem Land gelegen haben. Inzwischen war die Nußdorfer Straße zur innerstädtischen Hauptstraße mit dem üblichen Bestand an Wohnblöcken und Bürogebäuden herangewachsen, zwischen denen das niedrige Häuschen verloren und bieder wirkte. Einzig die drei Luken im dunkel gedeckten Dach, die wie schläfrige Katzenaugen dem Verkehr zuzusehen schienen, verliehen ihm den Anflug des Geheimnisvollen, den Leo Blum an historischen Stätten unwillkürlich erwartete und zumeist auch vorfand.

Obwohl Blum erst seit drei Wochen in Wien wohnte, hatte er von den Sehenswürdigkeiten der Stadt wahrscheinlich schon mehr gesehen als ein durchschnittlicher Einheimischer. Wenn er keinen Dienst hatte, streifte er durch die Stadt, jede freie Minute. Er interessierte sich eben für Kultur und Geschichte, obwohl er nicht studiert hatte, obwohl er nur ein einfacher Polizist war. Sicherheitswache, Revierinspektor im 7. Bezirk. Ein Bulle, aber auch Bulle ist nicht gleich Bulle. Für Blum jedenfalls war die Kultur einer der Gründe gewesen, warum er sich nach Wien hatte versetzen lassen. Zu Hause, in seinem dumpfen Dorf, hatte er ja nichts anderes tun können, als sich mit seinen Lieblingsbüchern im Zimmer zu vergraben und in ferne Zeiten und Welten zu flüchten. Mit der »Odyssee« hatte er halbe Tage verbringen können, doch irgendwann muß man notgedrungen in die Gegenwart zurück, und dann hatte er aus dem Fenster gesehen, hatte die Felswände über dem schwarzen Tal aufragen sehen und die besoffenen Mitglieder des Schützenvereins in der Dorfwirtschaft grölen hören. Doch das war vorbei, seit drei Wochen war er hier, mitten in der Kultur, in der Welt, und er wollte alles mitbekommen, was sie zu bieten hatte.

Leo Blum sah auf die Uhr. Für das Konzert war es etwas zu früh, und das Schubertmuseum hatte schon um 17.00 Uhr geschlossen. Schräg gegenüber lag eine Gastwirtschaft. Daß sie, obwohl in Steinwurfweite vom Schuberthaus gelegen, den Namen »Mozartstüberl« trug, fiel Blum zwar auf, befremdete ihn aber kaum mehr. Zuviel Verwirrendes war ihm begegnet, zu viele Absonderlichkeiten hatte er auf seinen Erkundungen Wiens bemerkt. Heute mittag zum Beispiel. Sieben, acht Stunden waren schon vergangen seither, aber immer noch hörte er die heisere Stimme der jungen Frau, die vor der Kapuzinergruft inmitten der Touristenscharen wie aus dem Nichts erschienen war und begonnen hatte, Zigarettenkippen vom Pflaster aufzusammeln.

»Passen Sie auf!« hatte sie ihm entgegengezischt, als er ihr 20 Schilling zusteckte.

»Sie sind ein guter Mensch«, hatte sie geflüstert, als er ihr verblüfft entgegenschwieg. »Ein zu guter Mensch für diese Stadt! Sie sind nicht von hier, oder?«

Sie war eine schöne Frau, zigeunerhaft, trug den Zauber der

Fremdheit in den Augen. Zauberhaft, ja. Sie erinnerte Blum an die Prinzessinnen, die er von den Märchenerzählungen seiner Kindheit in Ohr und Kopf hatte, ohne daß sie je zu einer bildhaften Vorstellung gediehen waren. Nur die Stimme paßte überhaupt nicht dazu, eine heiser schnaubende Stimme, die keinen Klang zu haben, nur Geräusch zu sein schien. Eine Stimme, in der nichts schwang oder klang, die nur aus gewaltsam ausgestoßener Luft bestand, aus Hauchen und Husten.

»Die Kapuzinergruft«, hatte sie ihm ins Ohr gekrächzt und dabei verstohlen auf den Eingang gezeigt, als ob es sich um den Eingang zur Unterwelt handelte. »In der Kapuzinergruft liegen die Körper der Habsburger, die äußeren Hüllen, Haut und Knochen. Aber vorher wurden sie ausgeweidet, wissen Sie das? Die Herzen kamen in Urnen in die Augustinerkirche und die Eingeweide nach St. Stephan. Zerlegt, portioniert, ordentlich sortiert, eingelegt, eine Metzgerarbeit. Man muß Spaß am Tod haben, um auf so eine Idee zu kommen, glauben Sie nicht? Spaß, ja, und auch Ernst. Den Ernst, mit dem Kinder lebende Frösche sezieren, als sei es das Natürlichste der Welt. Alle scheinen hier auf den Tod zu warten, um die Hände hineintauchen, um in ihm herumwühlen zu können. Und wenn er nicht von selbst kommt, rufen sie ihn an, rufen ihn herbei. Der Tod, das muß ein Wiener sein, singen sie. Zentralfriedhof, St. Marx, das Bestattungsmuseum, das ist nur die Spitze des Eisbergs. Epitaphe und Grüfte, Schausärge, Sackleichen und Sterbehäuser, Schädelstätten überall. Wien, eine einzige Leichenhalle. Und die Lust daran. In Wien singen die modernden Toten aus Kirchen und Palästen, aus dem Straßenpflaster, überall. Lockende Lieder singen sie. Komm, komm, komm! Und die Lebenden? Wissen Sie, was die größte Furcht der Lebenden ist? Zu sterben, meinen Sie? Nein, lebendig begraben zu werden! Kennen Sie nicht die Glöckchen und Klingeln der Sargausstattungen von früher, die testamentarischen Befehle, das Herz vor der Beerdigung zu durchbohren, um ja nicht zwei Meter unter der Erde plötzlich aufzuwachen? Um ja nicht noch ein wenig weiterleben zu müssen. Mit dem Tod sind die Wiener auf du und du, nur mit dem Leben haben sie Schwierigkeiten. Es gibt keine Lebenden hier, es gibt nur Tote und noch nicht ganz Tote.«

Leo Blum hatte zugehört und sich gleichzeitig geweigert, zuzuhören. Er wollte davon nichts wissen. Er interessierte sich für Kultur und Geschichte, nicht für den Tod. Es war auch nicht richtig, was die Frau gesagt hatte. Zumindest war es viel zu einseitig. Morbidität, gut, das gehörte zu Wien wie die Lipizzaner, aber das war doch nur Show, nicht das Wesen der Stadt. Hier waren nicht mehr Menschen gestorben als anderswo, und im großen und ganzen sicher genauso ungern. Man redete nur öfter und lieber darüber. Und auch das vielleicht nur, weil es die Touristen so hören wollten.

Vielleicht hatte Blum etwas geringschätzig gelächelt.

»Passen Sie auf!« hatte die Frau noch einmal gekrächzt. Er hatte genickt und sich verabschiedet.

»Hauen Sie ab!« hatte sie gezischt.

Blum war gegangen. Die Kapuzinergruft hatte er natürlich trotzdem besichtigt, doch obwohl er wirklich nichts auf die Worte der Frau gab, war ihm ihre tonlose Stimme den ganzen Tag über im Kopf herumgeschwirrt. Es war nicht so, daß er bei seinem Rundgang durch Wien unwillkürlich das Stöhnen von Sterbenden aus jedem alten Gemäuer erwartet hätte. Für solche Schauerromantik war er wenig empfänglich, und doch ertappte er sich dabei, an Hauseingängen und Kellerlöchern, im Gewühl vor dem Stephansdom und in menschenleeren Gassen vor der krächzenden Stimme auf der Hut zu sein, zu fürchten, von ihrem »Passen Sie auf!« in einem unvorbereiteten Moment überfallen zu werden. Und so war ihm die Stadt mehr und mehr unheimlich geworden. Eine Odyssee schien er begonnen zu haben, auf einem unbekannten Meer schien er unterwegs zu sein, unter dessen trügerisch ruhiger Oberfläche es brodelte und zischte.

Blum versuchte die Gedanken wegzuschieben. Es war Zeit für den Liederabend. Er würde ihm sicher guttun. Schubert war zwar nur seine zweite Wahl gewesen, aber nun war Blum fast froh, daß der »Don Giovanni« in Schönbrunn schon ausverkauft gewesen war. Liebe, Intrige, Kampf und Höllenfahrt, ein aufwendig inszeniertes Spektakel – es wäre ihm heute zuviel gewesen. Er mußte sich nicht zerstreuen, sondern sammeln. Er wollte zu sich heimkehren, und dafür schienen ihm Schuberts Lieder geeigneter.

Blum trat durch das Tor des Schuberthauses. Gleich dahinter, links von der Einfahrt, führte eine Tür zum Vortragssaal, einem schmalen, langgezogenen Raum, dessen Fenster sich zum Innenhof hin öffneten. Blum fand einen Platz in der fünften Reihe, grüßte mit dem Kopf zu seinen Nachbarn hin, einer Gruppe Soldaten, die sich leise unterhielten. Er selbst war natürlich in Zivil, wie immer, wenn er nicht im Dienst war. Blum tat seine Arbeit gern, aber er ging nicht so in ihr auf, daß er seine Zugehörigkeit zur Sicherheitswache 24 Stunden am Tag verkünden mußte. Und die Soldaten neben ihm? Ob sie sich wirklich für Schuberts Musik interessierten? Ob sie freiwillig gekommen waren wie er? Oder gab es da einen mißgünstigen Vorgesetzten, der es im Rahmen der Offiziersanwärterausbildung für nötig befand, seine Männer auch zu kulturellen Veranstaltungen zu befehlen?

Die kleine, sonst leere Bühne wurde von einem schwarz glänzenden Flügel beherrscht, der wie ein Fremdkörper in dem hellen, nüchternen Raum wirkte. Wie ein Lavablock oder ein Meteoritenstein, der zufällig hier niedergestürzt war. Beifall erhob sich, als der Pianist zur Bühne vorschritt, sich knapp verbeugte und vor den Flügel setzte. Er kreuzte die Hände über dem Schoß und erstarrte. Das Flüstern im Publikum erstarb, bis nach einigen Momenten die Sängerin von hinten her auftrat und etwas stärkeren Beifall einheimste. Blum warf einen Blick ins Programmheft. Die Sopranistin hieß Eva-Maria Stern. Er hatte den Namen nie zuvor gehört.

Dann sah er auf. Sah nach vorn.

Es war …

Nein, es war nicht möglich. Menschen sahen sich ähnlich, sahen sich auch zum Verwechseln ähnlich.

Blum starrte auf die Sopranistin.

Es war möglich. Es war sicher! Es gibt Menschen, die sich

ähnlich sehen, aber es gibt keine zwei Menschen, die absolut gleich aussehen. Identisch! Da vorn stand die Zigeunerin, die krächzende junge Frau von der Kapuzinergruft! Sie trug nun ein Abendkleid, aber es gab keinen Zweifel, dasselbe Gesicht, dieselben Haare, sie war es! Sie verbeugte sich, scheinbar vor dem Publikum, aber eigentlich nur für ihn, er wußte das, sie war nur für ihn da, ihn allein, Leo Blum, sie hatte ihn angesprochen, ihn gewarnt, sie würde für ihn singen, und alle anderen konnten ebensogut wieder gehen, nichts würden sie hören, nichts von dem, was eigentlich zu hören wert war, denn das war nur für ihn bestimmt. Eine Privatsache zwischen ihr, der Prinzessin, der Warnerin, und ihm, der in Reihe 5 saß, neben einer Gruppe Soldaten, die besser ins Manöver gezogen oder gleich zu Hause geblieben wären, bei ihren Kindern, bei Wein, Weib und …

Gesang! Wie konnte sie singen, wenn sie nicht einmal ordentlich reden konnte? Sie mußte sich verstellt haben, dort, bei den Habsburgerknochen, als sie den Kopf schräg gelegt und ihm ihr »Passen Sie auf!« ins Ohr gekrächzt hatte. Sie war Sängerin, sie konnte alles mit ihrer Stimme anstellen, sie konnte sie sogar stimmlos erscheinen lassen. Das wäre zumindest denkbar. Oder sie hatte sich nicht verstellt und konnte wirklich nicht singen. Vielleicht hatte sie sich irgendwie und aus irgendwelchen Gründen auf die Bühne gemogelt, hatte die echte Eva-Maria Stern verschwinden lassen, sie im Einverständnis mit dem Pianisten ermordet, warum nicht? Roch sie etwa nicht überall Leichen, hörte sie nicht überall Todesschreie? Gleich würde sie den Mund aufsperren und ein schreckliches Gurgeln herausstoßen, ein Würgen, ein klangloses Rabengekrächze, das schwer und schwarz durch den Konzertraum flattern, blind gegen die Köpfe der Zuhörer torkeln, irgendwo kraftlos abstürzen und langsam zuckend verenden würde.

Sie begann zu singen. Sie sang engelsgleich. Es war ein Gesang, der nicht von dieser Welt stammte. Überirdisch. Töne, die keine Töne mehr waren, sondern Laut gewordene Wünsche, Hoffnungen, Feuer, Farben. Sie sang so, daß alles hörbar wurde, was es an Schönem gab, und auch das, was es nicht gab, was man nur ahnte, was Leo Blum in seinen glücklichsten Augenblicken nur ganz undeutlich geahnt hatte. Sie sang. Es gab keinen anderen Gesang neben diesem. Es gab überhaupt nichts anderes neben diesem Gesang.

Sie war ihm schon zuvor schön erschienen, aber nun, als sie nur für ihn sang, schien sie ihm göttlich. Sie war seine Göttin, die ihn mitnahm auf eine Reise durch ihr Reich. Ihre Stimme hören und mit ihr aufzubrechen, abzuheben, wegzufliegen auf Nimmerwiedersehen war eins. Keine Aufforderung war nötig, kein Befehl, es war einfach und unumgänglich wie das Atmen, wie der Kreislauf des Bluts.

Blum blickte verstohlen zu seinen Reisegefährten, zu seinen Nachbarn, die leise schnaubten, selbstvergessen das Programmheft zerknüllten. Er hätte sich gerne eingeredet, daß die anderen eine andere Stimme hörten, eine mehr oder minder begabte Singstimme, über deren Timbre man nachher streiten konnte. Er wollte, daß die Engelsstimme nur für ihn hörbar wäre, aber so war es nicht. Alle wurden mitgerissen, einer wie der andere schmolz wie Wachs vor ihrer Stimme. Blum war eifersüchtig. Es war seine Stimme! Er war sich sicher, daß sie ihm gehörte. Nur für ihn war sie da, doch die anderen drängten sich anmaßend dazwischen, unrechtmäßig nahmen sie Anteil, rücksichtslos. Er haßte sie. Verrecken sollten sie! Er wünschte ihnen den Tod, Schlimmeres als den Tod. Er wünschte ihnen, daß sie ihr Gehör verlören, daß sich ihre Ohren auf immer mit giftigem Wachs verklebten, daß sie taub und qualvoll verenden sollten. Nein, hilflos sollten sie vor sich hindämmern, am Wegrand sollten sie liegen, verlassen und ausgestoßen von der Welt, mitleiderregend in ihrem bewußtlosen Vegetieren, aus dem sie niemand erlösen könnte.

Blums Haß hatte sich in Trauer verwandelt, und nur daran merkte er, daß bereits das zweite Lied begonnen hatte. Er hatte keinen Beifall vernommen, wie er auch keine Textzeile, kein einziges Wort wirklich wahrgenommen hatte. Er war in den Klang versunken gewesen und würde sich gleich wieder zurückfallen lassen. Er war nur kurz aufgetaucht. Vielleicht, um einen Gedanken zu fassen. Vielleicht, um kurz und kalt zu überlegen, wie seine Nebenbuhler auszuschalten waren. Es war ganz einfach. Es schien ihm selbstverständlich. Er mußte kämpfen. Es war seine Stimme, seine Reise, natürlich, aber er mußte sich seinen Besitz gegen die anderen erkämpfen, er durfte nicht einfach nur dasitzen und zuhören, er mußte sich hineinhören, sich selbst in den Klang drängen. Er würde sich breitmachen. Er würde kämpfen.

Er kämpfte.

Er hörte, wie die Sängerin sang, wie unsägliche Trauer aus ihrem Gesang sprach. Es mußte ein Lied über einen unwiederbringlichen Verlust sein. Über eine erloschene Liebe vielleicht, ein verstorbenes Kind, vergessene Heimat. Unendliche Trauer, aber verklärt durch die Töne, auf denen sie daherkam, mit denen sie sich den Zuhörern einschmeichelte, eine in ihrer Schönheit tröstliche Trauer, die niederschmetterte und zugleich zufrieden stimmte. Glücklich machte.

Aber all das war nicht wichtig, nicht für Leo Blum. Er kämpfte um das, was ihm allein gehörte. Er hörte in sich hinein, während er dem Lied lauschte, hörte das Blut in seinem Kopf pochen, langsam und stetig wogte es voran. Ein unbeirrbarer Rhythmus, der anschwoll und sich den Tönen der Sängerin unterlegte, sich die Flügelbegleitung untertan machte. Seltsam Fremdes mischte sich in die süße Trauer, ein unbekannter Ton, der aus der Ferne kam. Der aus ihm kam. Erstickte Schreie, kein Seufzen, nein, ein leises Stöhnen grundierte den Gesang, der plötzlich nicht mehr nur traurig klang, nicht mehr nur schön. Unheimliches summte, die Untertöne rochen nach Gewalt. Nach Lust an Zerstörung. Tod und Verderben.

Endlich zeigte das Lied sein Gesicht. Der Lack war ab, eine Fratze kam zum Vorschein und lachte höhnisch. Blum warf einen schnellen Blick zur Seite, zu den anderen Zuhörern. Versunken wie zuvor, die gleiche Haltung. Sie hatten nichts bemerkt. Eine wilde Freude explodierte in Blum. Jetzt waren die anderen wirklich taub, hörten das Eigentliche nicht, schmeckten nicht das Bittere unter der süßen Hülle. Ein paar

Soldaten, die Schubertliedern zuhörten, das war alles. Es war eine Kriegserklärung, die ihnen entgegentönte, brutale Gewalt, ein Vernichtungsfeldzug, dem sie ausgesetzt waren, aber sie hörten es nicht. Sie waren Soldaten, sie hätten sich wehren müssen, aber sie hatten keinen Sinn für die Gefahr.

Blum hatte es geschafft. Es war sein Gesang, seine Sängerin. Er hörte die Kriegstrommeln in seinem Körper immer wildere Rhythmen hervorbringen, und er sah zu seiner Sängerin auf der Bühne, sah, wie sie dort stand im langen Abendkleid und wie das Kleid in den Boden hineinzuwachsen schien, und hörte das Stöhnen lauter werden, näher kommen, und sah den Stein des Bühnenbodens heraufwachsen in ihr Kleid und hörte im Stöhnen ein Fauchen, sah sie langsam zu Stein werden, hörte aus dem Fauchen ein Brüllen wachsen, ein nie gehörtes Raubtiergebrüll, sah, wie ihr Krallen wuchsen, eine Zauberin, ein Teufelswesen, und immer noch sang sie engelsgleich, und das Stöhnen und Fauchen und Brüllen der Bestie hörte nicht auf, und in Leo Blum pochte das Blut sein Lied: Angst und Angst und Angst. Er hatte Angst vor dem Raubtier, vor sich, vor den Tönen und Klängen, vor ihr, die da vorn stand und sang, er hatte Angst vor allem, panische Angst.

Weg hier! dachte er und wollte aufspringen, doch er konnte sich nicht rühren. Irgend etwas hielt ihn fest in dieser stöhnenden, klingenden Hölle. Wie gefesselt blieb er an die Lehne gedrückt, gelähmt, nicht einmal zu schreien vermochte er. Vielleicht schrie er auch, und niemand hörte es, weil sie alle taub waren, die Ohren verklebt hatten oder weil das Stöhnen jeden anderen Laut erstickte. Es gab keine Hoffnung, Trauer, Schönheit. Alles war Angst. Leo Blum wünschte, er wäre taub.

Da begann die Sirene zu singen.

Ihr Gesang stieg aus der Angst empor. Die Sirene sang aus der Unterwelt, aus dem Boden heraus. Blum spürte die Steinplatten zittern, die Schwingungen in seine Füße kriechen, seine Beine hinauf. Der Ton schwoll zu gellender Pracht an, wogte nach oben, fiel zurück von der Decke, wurde leiser, schwoll an, schwoll ab. Wie im Krieg. Eine Luftschutzsirene. Eine Sirene wollte Blum retten. Eine Sirene, die ihn aus dem

Bunker rief, in dem er Schutz finden sollte, ein simpler Ton, der sich in ohrenbetäubende Frequenzen verstieg, ein Jubelton.

Triumphierend blickte Blum zur Bühne. Die Sängerin hatte zuerst abgebrochen, der Pianist spielte noch ein, zwei Takte und ließ dann die Arme sinken. Sie wußten nicht, was zu tun war. Sie sahen sich an, verblüfft. Sie glaubten nicht an den Sirenenton, doch er war da und sang aus der Unterwelt hervor. Er war viel zu laut, um als Sinnestäuschung gelten zu können. Ein Kriegsgeschrei, dessen Nachhall den Saal füllte. Vielleicht wollten die beiden dort warten, bis die Sirene aufhörte, um weiterzumachen, um mit Flügel und Singstimme noch mehr Stöhnen und Fauchen und Angst zu verbreiten. Aber die Sirene hörte nicht auf. Unbeirrt schwoll ihr Ton an und ab, ein Ton wie das Rollen des Meers gegen den Strand, wie für die Ewigkeit gemacht, und dann sprang jemand auf, stürzte hinaus in den Innenhof. Kaum hörte man die Tür durch das Heulen der Sirene zuschlagen, aber der dumpfe Laut war doch das Zeichen, war der Zauber, der die Lähmung löste. Man rührte sich, man grummelte, wisperte, tuschelte, und Leo Blum vermochte seine Beine wieder zu bewegen. Blum stand auf wie die Soldaten neben ihm. Es funktionierte bei ihm genauso selbstverständlich wie bei seinen Nachbarn, da war kein Unterschied, sie waren gleich, frei, brüderlich.

»Was ist das?« fragte er zu einem der Soldaten hin, um auszuprobieren, ob er wieder sprechen konnte. Er konnte sprechen. Der andere zuckte die Achseln. Blum konnte nicht nur sprechen, er schien auch verstanden worden zu sein. Alles war normal. Jemand schrie durch den Sirenenton, daß die Veranstaltung kurz unterbrochen sei, eine kleine Pause, in der man versuchen wolle, die Ursache der Störung zu finden und zu beseitigen. Blum nickte. Eine ganz normale Störung, eine ganz normale Unterbrechung. Eine Sirene heulte irgendwo. Irgendwo aus der Unterwelt. Das war alles. Alle drei Türen zum Innenhof standen inzwischen sperrangelweit offen. Wie all die anderen ging Blum ins Freie, zusammen mit ihnen tappte er hinaus, es war noch warm, und die Reste der

Dämmerung verblaßten im Hof. Ein paar einsame Sterne standen am Himmel. Die Sirene war lauter als drinnen.

Blum hatte Lust, sich zu unterhalten, je banaler, desto lieber. Er sprach jeden an, der ihm über den Weg lief, wechselte zwei, drei Worte, mehr brauchte er nicht und mehr war bei diesem Krach auch gar nicht möglich.

»So ein Krach!« sagte er.

»Haben Sie so etwas schon erlebt?« fragte er.

»Ich verlange mein Geld zurück!«

Alles war normal. Die Sirene heulte, die Leute nickten.

»Unerhört!« sagten sie.

»Eine Übung? Meinen Sie, es ist eine Übung?«

»Daß man so etwas nicht abstimmen kann!«

»Abstellen?«

»Ja, das auch.«

Leo Blum nickte. Er schüttelte den Kopf. Alles war in Ordnung. Er gesellte sich zu einer Gruppe, die sich vor einer Kellerluke gesammelt hatte.

»Da unten«, sagte einer, »es kommt von da unten.«

Blum beugte sich über gekrümmte Rücken dem ummauerten Loch entgegen. Ein Gewölbe war zu erahnen. Nach unten verlor sich der Kellerraum im Schwarz.

»Warum stellt sie denn niemand ab?« schrie einer dem Heulton entgegen. Dort unten war die Sirene. Aus dem tiefen Schwarz brüllte sie hervor.

»Ja, es kommt von da unten«, sagte Blum. Im Keller heulte eine Sirene, die den Liederabend jäh unterbrochen hatte. Er war Leo Blum. Er war Polizist. Auch wenn er nicht im Dienst war, war es vielleicht an der Zeit, einzuschreiten.

»Sie sind schon unterwegs«, sagte jemand.

Es schien kein elektrisches Licht im Keller zu geben. Blum sah nur den Strahl einer Taschenlampe, der über die Mauern irrlichterte, wie ein Flakscheinwerfer nach oben fuhr, während der Sirenenton aufbrauste, dann am Boden entlangkroch, lange Schatten warf und sich unter dem Kellerloch festbiß.

»Und?« schrie einer nach unten. Man sah nichts als den

Schein einer Taschenlampe, man hörte nichts als den gellenden Sirenenton.

»Habt ihr es?« schrie einer durch das Heulen, das noch lauter zu werden, aus dem Licht Kraft zu schöpfen schien, sich zu unglaublichen Höhen aufbaute.

»Was ist ... ?« schrie einer der Soldaten mit aller Macht gegen die Mauer aus Lärm an, als diese plötzlich in sich zusammenbrach, auf einen Schlag verschwunden war, wie nie dagewesen, eine akustische Fata Morgana. Wie ein Schuß krachte die Stille herbei, der Urknall der Stille.

»... es?« schrie der Soldat durch das verschwundene Sirenenheulen in die plötzliche Stille hinein, in diese Ruhe, die so lautlos war, daß sie in den Ohren dröhnte, in diesen Schock des Nichts, diesen Schlag von Taubheit.

Das »Es« schrie sich durch den Keller, ohne Widerstand zu finden, zischte durch den Hof, baute sich großspurig und lächerlich auf, und als sich der Soldat erschrocken umsah, war der Moment der absoluten Stille schon vorbei, hörte Blum ein rauschendes, leises Echo des Sirenentons, wußte, daß das nur der Nachhall in seinen Ohren war, daß es ein paar Sekunden dauern würde, bis er sich wieder an die Ruhe gewöhnt hätte. Wenn er jetzt etwas sagen würde, wären die ersten beiden Sätze lauter als üblich, aber das ginge schnell vorbei. Man mußte sich nur umstellen.

»Eine Sirene«, sagte eine Stimme aus dem Kellerloch, »eine dieser tragbaren Sirenen, mit denen die Fußballfans ins Stadion ziehen.«

Eine Sirene, was sonst? Eine Sirene, deren Echo immer noch in Blums Ohren klang, anders zwar, leiser und gleichmäßiger. Kein Singen und Heulen, eher ein Ton zwischen Summen und Pfeifen, zwischen Wecker und Zahnarztbohrer.

»Sie funktioniert mit Druckluft und ist ...«, sagte die Stimme aus dem Keller.

»Die Alarmanlage«, schrie eine Frauenstimme dazwischen. Blum lauschte. Jeder lauschte. Das gleichmäßige Summen war kein Nachhall der Sirene. Es war da, keine Einbildung, keine akustische Täuschung in der Folge des Krachs.

»Um Gottes Willen, der Alarm!« rief die Frau. Es war die Frau, die als Platzanweiserin fungiert hatte. Sie stürzte Richtung Eingangstor, links die Treppe hinauf in den ersten Stock, wo vom Holzbalkon aus die Räume der Franz-Schubert-Gedenkstätte zu erreichen waren. Zuerst folgte ihr einer der Soldaten. Dann setzten sich, wie auf einen unhörbaren Befehl hin, auch die anderen in Bewegung. Hastig stiegen sie die Stufen hinauf. Blum war bei den ersten. Die Alarmanlage war jetzt deutlich zu hören, obwohl sie nach vorne, auf die Nußdorfer Straße hinausschallte. Der Ton, den sie von sich gab, war kein Summen und kein Pfeifen. Es war der Ton einer Alarmanlage.

Die Tür zum Museum brauchte nicht aufgesperrt zu werden. Sie war aufgestemmt worden. Holzsplitter standen aus dem Türrahmen. Das Stemmeisen fand sich im zweiten Raum. Es steckte im Klavier, auf dem Franz Schubert vor ein paar Generationen gespielt hatte. Zwischen fis und gis. Die g-Taste fehlte. Aber sie würde wohl irgendwo auftauchen, wenn man daranging, das Chaos aufzuräumen, das in den vier kleinen Zimmern herrschte. Kaum vorstellbar, daß ein simples Stemmeisen von 1,20 Meter Länge ausreichte, um solch eine Verwüstung anzurichten. Jede Glasvitrine war zerschlagen, grün lackierte Rahmenteile markierten sinnlos den Dielenboden, Autographen und Zeichnungen lagen zerknüllt und zerrissen dazwischen.

»Nein«, sagte die Platzanweiserin, die wohl auch für das Museum verantwortlich war. Sie schüttelte den Kopf.

Einer Geige war der Hals gebrochen. An ihren Saiten hatte sich ein halber Kopfhörer aufgehängt. Auf dem zersplitterten Abspielgerät mit Schubertschen Musikbeispielen, zu dem er gehört hatte, lag eine Stuhllehne. Das Gerät würde nie mehr einen Ton von sich geben.

»Aufhören«, sagte die Platzanweiserin.

Alles war zerstört, zerschlagen. Die Alarmanlage war das einzige, was noch heil war. Unverdrossen warnte sie nach draußen vor dem, was schon längst geschehen war. Von fern her schien sich erneut ein leiser Sirenenton darunter zu mischen.

»Jemand sollte die Polizei rufen«, sagte jemand.

»Die Alarmanlage soll aufhören!« sagte die Platzanweiserin. Sie ging um das ramponierte Piano zum Fenster. Die Glasscherben knirschten unter ihren Schritten. Der Sirenenton wurde lauter, kam rasch näher.

»Schluß jetzt!« schrie die Platzanweiserin aus dem Fenster. Jemand lachte hysterisch. Blum drehte sich um. Es war die Sängerin, die aufgelacht hatte, die Sopranistin, Eva-Maria Stern. Kraftlos hing sie am Arm ihres Pianisten. Blum machte einen Schritt auf sie zu. Kein Zweifel, es war die Sängerin. Sie sah genauso aus wie vorher im Konzertsaal, etwas bleicher vielleicht. Blum verstand nur nicht mehr, wie er sie hatte schön finden können. Sie war weder schön noch häßlich, sie hatte ein völlig durchschnittliches Gesicht. Nichtssagend. Kein Prinzessinnengesicht, kein Engelsgesicht, schon gar keine Fratze einer Bestie. Und vor allem, sie hatte keinerlei Ähnlichkeit mit der Frau vor der Kapuzinergruft. Nicht die geringste. Blum hatte sich getäuscht. Er verstand nicht, wieso er sich so hatte täuschen können. Es hätte ihm zu denken geben sollen, doch er fühlte sich nur erleichtert. Er war froh. Er hätte singen mögen vor Freude.

Die Alarmanlage tutete fröhlich in die Nacht hinaus und begrüßte den Sirenenton, der draußen bei quietschenden Reifen zum Stehen kam und blaues Licht durch die Fenster warf. Zwei Türen knallten. Die Kollegen von der Sicherheitswache waren schon da.

Die Kollegen waren vom 9. Bezirk, eine Frau, ein Mann. Blum kannte beide nicht. Er stellte sich vor und fragte, ob er behilflich sein könne. Der Wagenkommandant warf einen Blick über das zerstörte Museum, entschied, daß es sich um mehr als gewöhnliche Sachbeschädigung handle, und schickte seine Kollegin zum Streifenwagen, um das Sicherheitsbüro zu verständigen. Während er selbst die Sirene im Keller sicherstellen wollte, sollte Blum das Museum räumen.

Blum nickte. Die Leute mußten hinaus. Sie behinderten die Arbeit der Kollegen, würden mögliche Spuren vernichten, die Aufklärung erschweren.

»Wenn ich bitten darf, meine Herrschaften!« sagte Blum. Der Liederabend war vorbei, Blum war kein Zuhörer mehr, die Zuhörer waren keine Zuhörer mehr, niemand sang, Sirenen waren Teil der Grundausstattung eines Streifenwagens und sonst nichts. Gesetze waren übertreten, ein Verbrechen verübt worden, es war Alltag, Blum war so gut wie im Dienst, weisungsbefugt, und die Schaulustigen hatten zurückzutreten.

Blum schickte alle in den Innenhof, mit Ausnahme der Platzanweiserin, Frau Schmidt-Wolny, die vielleicht noch benötigt wurde. Die Revierinspektorin kam zurück und ging durch die Gedenkstätte, um sich die Sauerei anzusehen. Frau Schmidt-Wolny schüttelte in einer Tour den Kopf. Sie war fertig.

»Beruhigen Sie sich!« sagte Blum.

»Es ist alles vorbei«, sagte Blum. Die Frau schüttelte den Kopf.

»Wir werden die ganze Sache aufklären«, sagte Blum. »Das verspreche ich Ihnen.«

Frau Schmidt-Wolny schüttelte den Kopf, und Blum redete weiter auf sie ein, erfand ähnlich gelagerte Fälle, die in zwei Tagen gelöst waren, machte großspurige Witze über die Dummheit von Verbrechern, schwor, daß alles in Ordnung käme. Blum gab sein Bestes. Frau Schmidt-Wolny hörte endlich auf mit der Kopfschüttelei und stand nun stocksteif wie ein Automat, der gar nicht wahrnimmt, daß man auf ihn einspricht. Sie rührte sich auch nicht, als der Beamte vom Sicherheitsbüro eintraf und die Stufen hochächzte. Ein Oberinspektor Waworka. Er sah aus, als ob ihn jemand gerade aus seinem wohlverdienten Schlaf unter einer Donaukanalbrücke gerissen hätte. Eine Fleisch gewordene Widerlegung des Bildes von der effizienten, freundlichen, bürgernahen Wiener Polizei, das Blum Frau Schmidt-Wolny auszumalen versucht hatte. Zwei Zentner keuchende Schmuddeligkeit. Oberinspektor Waworka hustete auf seinen Zigarillo ein. Seine Lungen pfiffen, und aus der Gegend der Bronchien rasselte etwas. Er schnippte den Zigarillo in den Innenhof. Blum war sich nicht ganz sicher, ob das der Mann war, der alles in Ordnung bringen würde.

»Die beiden da?« fragte Waworka und zeigte mit dem Daumen auf Blum und Schmidt-Wolny.

»Ein Kollege von der Sicherheitswache, der zufällig im Konzert war, und eine Museumsangestellte«, sagte die Streifenpolizistin schnell.

Wenn Waworka überhaupt an eine Antwort gedacht haben sollte, dann ging diese in einem neuerlichen Hustenanfall unter. Das Zeug aus den Zigarillos schien in den Bronchien zu kleben und ließ die Luft beim Einatmen zischen.

»Scheiße«, sagte Waworka. Er versuchte sich freizuhusten.

»Gesundheit!« wünschte die Streifenpolizistin. Blum lächelte zustimmend. Er war Nichtraucher.

Der Oberinspektor zischte los: »Hören S' auf mit den Anzüglichkeiten, Frau Kollegin. Ich weiß selber, daß ich aufhören sollte.«

»Ich ...«, sagte die Polizistin.

»Ich bin alt genug«, polterte Waworka. »Und Sie, sind Sie vielleicht meine Frau Mama? Das sind Sie nicht, sonst wären S' nämlich schon tot. Tun S' lieber Ihre Arbeit!«

Die Streifenpolizistin stand mit offenem Mund da.

»Na los, Protokoll aufnehmen! Das haben S' doch gelernt, oder?« höhnte Waworka. Die Polizistin wandte sich Frau Schmidt-Wolny zu.

»Aber sie wollte doch nur ...«, sagte Blum. Er hätte nichts sagen, sich nicht einmischen sollen, aber etwas in ihm entrüstete sich über dieses Ekel. Seine Prinz-Eisenherz-Seite. Leo Blum, der Beschützer von Witwen, Waisen und überforderten Revierinspektorinnen. Es war lächerlich, aber es steckte in ihm. Er konnte nichts dagegen tun.

»Was?« bellte Waworka.

»Na, sie wollte doch nur Gesundheit wünschen.«

»Und?«

Blum verstand nicht. Und was? Nichts und! Die Kollegin wollte Gesundheit wünschen, das war alles. Waworka machte einen Schritt auf ihn zu. Blum spürte den Rauchgestank.

»Na, sie wollte Gesundheit wünschen ... und?« fragte Waworka.

»Und?« sagte Blum. Er wußte wirklich nicht ...

»Wie heißt 'n, Bürscherl?« fragte Waworka.

Prinz Eisenherz verblaßte in Blum.

»Blum, Leo«, sagte Blum.

Waworka brüllte: »Blum, Herr Oberinspektor! So heißt das! O-ber-in-spek-tor! Gesundheit wünschen, Herr Oberinspektor, verstehst, Bürscherl? Herr Oberinspektor! Das ist das Zauberwort! Der Herr Oberinspektor, das bin ich, und so möchte ich auch angesprochen werden. Ist das klar, Blum?«

Das war klar. Blum verstand sehr wohl. Der Oberinspektor war ein Sadist. Trat nach unten, wann immer er die Gelegenheit dazu hatte, und buckelte wahrscheinlich nach oben.

»Ist das klar, Blum?« Waworkas Stimme schnitt durch Blums Gedanken. Blum mußte antworten, mußte etwas sagen. Aber was? In Blum arbeitete es, kämpften zwei Seelen, stritten zwei Stimmen. Die eine sagte: ›Du kannst mich mal, du Volldepp!‹ Die andere sagte: ›Laß gut sein. Der ist es nicht wert, das ist es nicht wert, den siehst du wahrscheinlich nie wieder, wenn du jetzt nichts Falsches sagst, den alten, verbitterten Mann, der einem nur leid tun kann, diesen titelsüchtigen k.u.k.-Dinosaurier, vom Aussterben bedroht. Ein Platz für wilde Tiere, und schließlich gibt der Klügere nach.‹ In Blum stritten die Stimmen, und er selbst schwieg. Sagte gar nichts.

»Ist das klar, Blum?« fragte Waworka.

Er lauerte. Er spitzte die Ohren. Blum war sich darüber im klaren, daß das eine Falle sein sollte. Wenn er einfach ›ja‹ sagte, würde der Oberinspektor erneut explodieren, ihn endgültig zur Schnecke machen. ›Ja, Herr Oberinspektor‹? Das brachte Blum nicht zustande. Dagegen sträubten sich seine Stimmbänder, das würde ihm nicht durch die Kehle passen.

»Ich habe gefragt, ob das klar ist, Blum«, sagte Waworka.

Blum könnte auch ›nein‹ sagen. Oder ›nein, Herr Oberinspektor‹? Oder sonst etwas. In Blum kämpften viele Stimmen, irrten Worte durcheinander, Sätze, ein Tohuwabohu von Ausrufen und Einwürfen, von blitzenden Formulierungen und rüden Schimpfworten. Blum sagte nichts. Er versuchte den Stimmen in sich zu folgen und sagte kein Wort.

»Gut«, sagte Waworka, wandte sich von Blum ab und der Polizistin zu.

»Und?« fragte er.

»Im Erdgeschoß fand ein Liederabend statt, Herr Oberinspektor. Wenigstens solange, bis im Keller eine Sirene losging. Mein Kollege hat sie sichergestellt. Wahrscheinlich haben die Täter die Sirene angestellt, um ungestört und ungehört hier ihr Zerstörungswerk durchzuführen. Die Alarmanlage war auf jeden Fall erst zu hören, als die Sirene abgestellt werden konnte.«

Frau Schmidt-Wolny nickte.

»Ist das alles?« fragte Waworka.

»Ob etwas gestohlen wurde, ist bei dem Chaos hier noch nicht festzustellen.«

»Ich glaub's nicht«, sagte Waworka. »Außerdem wird das Zeug ja wohl versichert sein.«

Er probierte aus, welche Tasten des Klaviers noch Töne von sich gaben. Von unten nach oben. Die unvollständigen Tonleitern klangen in Blums Ohren wie ein höhnischer Kommentar zum Kampfgeschrei der Fraktionen, der Meinungen und Überzeugungen, die sich in seinem Inneren bis aufs Blut bekämpften. Die immer noch nach der Antwort suchten, nach dem einen richtigen Wort.

»Bis auf ein paar Tasten ist es eh noch ganz in Ordnung«, sagte Waworka.

»Brauchbare Tatortspuren sind kaum zu erwarten«, sagte die Polizistin. »Die ganze Horde Konzertbesucher ist hier drinnen gewesen. Von den Tätern hat aber keiner etwas bemerkt. Nichts. Keine Beobachtungen.«

Waworka zuckte die Achseln. »Wer wird's denn schon gewesen sein?«

Frau Schmidt-Wolny sah ihn fragend an. Waworka steckte sich einen neuen Zigarillo an und sagte:

»Vandalismus, verstehen Sie? Besoffene, Drogenabhängige, Punks, Skinheads, irgendwelche Verrückten.«

»Aber wer ...?« fragte Frau Schmidt-Wolny.

»So etwas passiert doch in einer Tour«, sagte Waworka. »Hören S' denn keine Nachrichten?«

Er winkte ab. »Versiegeln wir und gehen wir heim!«

Frau Schmidt-Wolny schüttelte den Kopf. Es war ihr Reich, das soeben verwüstet worden war.

»Was soll ich jetzt machen?« fragte Waworka. »Die ganze Welt verhaften?«

In Blum tobte der Krieg der Stimmen. Die Sätze stellten sich Fallen, fielen übereinander her, löschten einander aus, bevor sie hörbar wurden, ja, bevor sie ausformuliert waren. Blum mußte jetzt etwas antworten. Er konnte nicht.

»Alles klar, Blum?« fragte Waworka. Er grinste feist.

»Get down, get down ...«, wummerte das Radio los. Die Bässe schlugen von innen gegen die Magenwand und prügelten der Melodie einen Rhythmus ein, dem sie im Gleichschritt nachzumarschieren hatte. Der Tag begann für Ruth Strelecky gegen Mittag, und er begann katastrophal. Mit den Back Street Boys. Sie hatte sich angewöhnt, noch im Bett das Radio anzuschalten und das erste, was sie hörte, als Orakel für den Tag anzusehen. Sie hatte eher subjektive Interpretationsschemata. Verkehrsdurchsagen versprachen einen ruhigen Tag ohne größere Höhe- oder Tiefpunkte, Nachrichten ließen Streß bei der Arbeit befürchten. Am fröhlichsten stimmten sie Reiserufe. Die kamen leider sehr selten. Herr X aus Y, mit einem blauen BMW im Salzburger Land unterwegs, soll bitte seinen Bruder anrufen. Das klang für sie nach Abenteuer, nach bedeutsamen Erlebnissen. Bei Musik kam es auf den Einzelfall an, auch wenn aktuelle Hits eher verdächtig, ihr unbekannte Stücke eher positiv wirkten. Wahrscheinlich hing alles davon ab, ob sie gut geschlafen hatte, wie sie aufgewacht war, ob sie gut aufgelegt war. Ruth glaubte nicht an Orakel, Horoskope und den ganzen Unsinn. Es war nur eine Art von Spiel. Nichtsdestotrotz konnte »Get down« von den Back Street Boys nur Übles bedeuten.

»Gett daun, gett daun, jur …«, dudelte es im Radio. Oberinspektor Waworka bohrte mit dem kleinen Finger im Ohr. Er brauchte nicht zu überlegen. Es half nichts. Das Gerät stand nebenan beim Chef, da konnte man nichts machen. Waworka war selbst schuld. Er hätte nach dem Gabelfrühstück noch im Café Westend bleiben sollen, statt hierher ins Sicherheitsbüro zurückzukommen. Das Westend war eh der einzige Ort, wo man erfuhr, was los war. Wenn wo was los war. Man hörte dieses und jenes, fragte beim Jean nach, wenn er einen großen Schwarzen brachte, schaute in die Kronenzeitung und in den Standard, legte ein Steinchen zum anderen, und mit der Zeit bildete sich schon ein Mosaik. Man durfte bloß nichts überstürzen. Was noch fehlte, konnte man sich leicht zusammenreimen, wenn einen kein Radiogedudel störte und wenn man nicht deppert war. Deppert war Waworka nicht. Und das Radio störte ihn heute nur allgemein. Er hatte ja sowieso nichts Wichtiges zu tun. Na ja, die Spinner vom Schuberthaus. Aber wichtig war das nicht, wenn er auch vom Jean gehört hatte … Ach ja, er sollte vielleicht mal im Funkhaus an der Argentinierstraße anrufen. Die Moderatorin von gestern abend erwischte er natürlich nicht, aber immerhin eine Kollegin, die ihm deren Privatnummer gab.

Das ausländische Lied nebenan war endlich vorbei, und der Radiosprecher plärrte los. Er schien beim Chef im Zimmer zu sitzen und auf ihn einzubrüllen. Waworka dachte an Schallschutztüren und Isolierzellen.

»… unglaubliche Nachricht aus Wels: Eine Achtundachtzigjährige wurde vom Schnellzug überrollt, und sie blieb unverletzt! Ich bin jetzt mit der Rettung in Wels verbunden. Doktor Stammer, erst einmal, wie geht es der achtundachtzigjährigen Frau?«

Oh, Gott, dachte Ruth. Das darf doch nicht wahr sein, dachte sie. Neben ihrem täglichen Morgenhoroskop gab es einen zweiten Grund, warum sie gleich morgens Radio hörte: Selbstbestätigung. Es baute sie auf. So tief konnte sie mit ihren eigenen Sendungen überhaupt nicht sinken, so schlecht würde sie nie sein wie der liebe Kollege Roman Kern zum Beispiel, der jetzt am Mikrophon saß und seine Stimme der unverhofft hereingeschneiten Sensation entsprechend aufstylte. Roman besaß eine ausgezeichnete Stimme, verfügte über eine klare Modulation, guten Ausdruck, Variationsbreite. Was immer er sagte, es klang angenehm. Das war ein zwiespältiges Kompliment, doch mehr an Positivem konnte Ruth ihm beim besten Willen nicht zugestehen. Intellektuell war Roman ein glatter Ausfall. Von des Gedankens Blässe in keiner Weise angekränkelt. Immerhin versuchte er auch nicht, mehr zu scheinen, als er war, und hatte sich klugerweise auf die human-interest-Schiene verlegt. Themen wild durch den Gemüsegarten, denen gemeinsam war, daß mehr als handwerkliches Können des Moderators dabei nur schaden konnte. Kurz, Roman kam prächtig an.

Ruth ging in die Küche, schaltete dort das Radio ein und füllte Wasser in die Kaffeemaschine.

»... ja freilich können Sie mit der Patientin sprechen. Wir haben sie schon dementsprechend vorbereitet. Kommen S', Frau ...«

Na, war das nicht unerhört? Das mußte Waworka später im Kaffeehaus erzählen. Legt sich die zwischen die Schienen wie in einem Gangsterfilm, eine Achtundachtzigjährige! Und kein Haar gekrümmt. Die hätte leicht tot sein können. Kopfschüttelnd tippte Waworka die Nummer von Ruth Strelecky. Sehr deutsch klang das nicht, weder Ruth noch Strelecky. Waworka hatte nichts gegen Juden, Tschechen und so weiter, nicht einmal hier in Wien. Die waren ja immer schon haufenweise hier gewesen, schon zu Franz Josefs seligen Zeiten. Anständig aufführen mußten sie sich halt.

»Iih, ummistrkriang ga wummakumma geagnia!« sagte eine hohe, brüchige Frauenstimme aus dem Radio, als Ruths Telefon läutete. Brutaler Dialekt, eine kranke alte Frau, unter Schock, aufgeregt, zu nah am Mikrophon, die gurgelnde Kaffeemaschine dazwischen – eine tödliche Mischung. Das Telefon klingelte noch immer. Beim sechsten Läuten hob Ruth den Hörer ab.

»Ruth Strelecky?«

»Waworka, Kriminaloberinspektor.«
»Ja?«
»Sie haben doch gestern eine Sendung im Radio gemacht.«
»Und? Das ist mein Job.«
»Da ging es darum, die Wiener Musik zu zerstören?«
»Nein, umgekehrt, da ging es darum, wen oder was die Wiener Musik zerstört.«
»Wer.«
»Wie?«
»Wer oder was die Wiener Musik zerstört.«
»Warum?«
»Warum was?«
»Warum hat wer …?«
»Warum? Weiß ich nicht. Wegen Ihrer Sendung vielleicht.«
»Wegen …?«
Im Radio sagte eine achtundachtzigjährige, vom Leben gezeichnete, vom Zug überrollte, aber sonst einigermaßen heil gebliebene Frauenstimme:
»Kriangstimpflttrrst, ngst!«
Waworka hörte das Radio jetzt zweifach. Stereo, sagte man wohl. Einmal krachend laut aus dem Chefzimmer und ein zweites Mal als leises Echo aus dem Telefonhörer. Waworka beschloß, Klartext zu reden. Die Strelecky tat ja so, als ob sie überhaupt nichts kapierte. Als ob sie ein Tschusch wäre. Und das als Radiomoderatorin. Er sagte:
»Gestern nacht Attentat im Schubertmuseum. Viel kaputt, große Sauerei! Franz Schubert wichtiger Mann sein in Wiener Musik. Verstehen S'? Und in Ihrer Sendung kurz vorher …«
»Bei Ihnen tickt es wohl nicht richtig. Wie war Ihr Name? Waworka?«
»Tatsache ist, daß in Ihrer Sendung …«
»Klar. Jeden Abend, wenn ich aus dem Sender komme, schlage ich ein Denkmal der Wiener Musikgeschichte kurz und klein. Schubert, Mozart, Beethoven, Robert Stolz, den ganzen Kram. Alles, was einen Namen trägt, der im Musiklexikon vorkommt. Ich sprenge einfach alles in die Luft. Bumm. Ach, wie das klingt!«

»Junge Frau ...«

»Das ist meine nächtliche Hauptbeschäftigung. Tagsüber – jetzt gestehe ich alles, wo Sie mich schon aufgespürt haben, Herr Kriminaler – tagsüber vernichte ich heimlich Noten. Ich gehe in ein Musikgeschäft, Feuerzeug raus, schschscht, und schon steht Mozarts Requiem in Flammen, ist der halbe Haydn abgefackelt. Eine Heidenarbeit, echt! Wissen Sie, wie viele Notenhefte es gibt?«

»Jetzt machen Sie mal halblang ...«

»Motiv: unermeßlicher, manischer Haß, seit meine Eltern mich mit drei Jahren gezwungen haben, Klavier zu spielen. Zwanzig Stunden täglich mußte ich üben, ich sollte ein Wunderkind werden. Jahrelang Tonleitern, Etüden, Préludes ...«

»Nehmen Sie sich nicht so wichtig! Von Ihnen redet ja keiner. Bis jetzt wenigstens. In Ihrer Sendung hat eine angerufen und Drohungen ausgestoßen. Das ist alles, was mich interessiert.«

»Pfrdl, mrtl, krzrtl«, sagte eine halbtote Frauenstimme im Radio, und ein fröhlicher Roman Kern fügte hinzu: »Hauptsache, daß es Ihnen gutgeht. Vielen Dank nach Wels. Das war die unglaublich gute Nachricht von heute und nun ...«

Ein Witz, dachte Ruth, das kann nur ein Witz sein. Da kam so ein Bulle daher, sprach sie wie eine Debile an und schob ihr ein Attentat in die Schuhe. Oder zumindest die geistige Urheberschaft daran. Als ob sie in ihrer Sendung darauf aus wäre, Terroristen heranzuzüchten. Abziehbilder von Terroristen, die antimusikalischen Zellen oder so etwas. Surreal! Oder doch bloß ein Witz? Vielleicht steckten die Kollegen vom Radio dahinter. Das dauernde kindische Blabla, zu dem man bei diesem Job gezwungen wurde, das ewige Locker-flockig-Getue konnte schon mal zu solchen Ausrastern führen. Vor allem Ruth gegenüber, die von der herrschenden Küßchen-Kollegialität sowieso nichts hielt und das auch deutlich zum Ausdruck brachte. Da mochte durchaus einer auf die Idee kommen, sich als Kriminaler auszugeben und ihre Reaktion auf diesen Blödsinn auszutesten. Roman zum Beispiel wäre infantil genug für diese Art von Humor. Die Kaffeemaschine spotzte zustimmend. Ruth schenkte sich eine Tasse ein.

»Sind Sie noch dran, Frau Strelecky? Ich wollte ja nur wissen, wer's war. Wer angerufen hat.«

»Wer sagt mir, daß Sie wirklich von der Polizei sind?«

»Ja glauben S', ich mache das zum Spaß?«

»Beweisen Sie es!«

»Soll ich Ihnen meinen Dienstausweis durchs Telefon zeigen?«

»Ihr Problem!«

»Hören S' auf! Den Namen und die Adresse, wenn ich bitten darf.«

»Berufsgeheimnis, Schweigepflicht, du verstehen? Wie Beichtgeheimnis von Priester. Wenn brechen, dann in Hölle kommen. Und Hölle sein schlecht, viel heiß und kleine Teufel, die zwicken und zwacken.«

Ruth legte auf. Ein blöder Witz, sonst nichts. Abhaken, sofort vergessen! Aus dem Radio tönte eine männlich-herbe Stimme, Typ Edelbitterschokolade:

»Zum Sport: Eine gute und eine schlechte Nachricht von den österreichischen Tennisspielern. Im Finale des Turniers von Kitzbühel setzte sich Thomas Muster souverän durch. Gilbert Schaller verlor das Spiel dagegen unglücklich in drei Sätzen. Die Satzergebnisse: 6:3, 4:6, 6:0. In der Weltrangliste ...«

In der Weltrangliste der hartnäckigsten Kieberer stand Waworka eigener Einschätzung nach ziemlich weit oben. Er konnte Leuten so lange auf die Nerven gehen, bis sie gestanden, ihre eigene Großmutter zu sein. Wenn er wollte. Jetzt wollte er. Er wählte die Nummer der Strelecky. Wäre doch gelacht!

»Das ist die zweitbeste Position, die ein Österreicher seit der Vorwoche je eingenommen hat«, verkündete das Radio.

Ruth machte Morgengymnastik, als das Telefon läutete. Sie war in der Brücke, kopfüber, mit den Augen zehn Zentimeter über dem Teppich, und dachte, daß sie unter dem Regal mal saugen sollte. Im Telefon nuschelte es unverständlich. Ruth stützte sich mit einer Hand ab, ohne die Brücke abzubrechen, und fragte:

»Was?«

»–,–«

»Ich verstehe Sie nicht.«

»–!!–?«

»Was? Reden Sie lauter!«

»..aa... eeh!!«

»Tut mir wirklich leid, falsch verbunden«, sagte Ruth und tastete schon nach der Gabel, um aufzulegen, als sie merkte, daß sie den Hörer verkehrt gehalten und der Sprechmuschel gelauscht hatte. Sie drehte sich auf den Bauch. Der Kopf war nun wieder oben, die Sprechmuschel des Telefons am Mund, die Hörmuschel am Ohr, und das Radio sang:

»Soßen binden leicht gemacht.«

Waworka schrie gegen die Soßen an. Gegen alle Soßen dieser Welt, die aus dem Zimmer des Chefs trieften und anscheinend auch alle Telefonleitungen dieser Welt verstopften. Er schrie: »Der Name?«

»Schreien Sie mich nicht so an!«

»Den Namen, aber sofort!«

»Sie wieder, der angebliche Bulle?«

»Hören Sie, ich kann Ihnen jede Menge Schwierigkeiten machen, und ich werde Ihnen jede Menge Schwierigkeiten machen. Das verspreche ich Ihnen. Ich tu das gern. Es ist mir ein Vergnügen. Das liegt in meiner Natur. Und jetzt den Namen, los!«

»Wenn Sie so lieb ›bitte‹ sagen ...«

»Also?«

Sicher steckten die Kollegen vom Radio dahinter. Roman Kern, der irgendeinen Freund dazu gebracht hatte, sich als Polizist auszugeben, um Ruth zu veräppeln. Aber sie würde zeigen, daß sie sich zu wehren wußte. Sie sagte:

»Minnie Kern heißt die Anruferin. Ihr Mann nennt sich Roman. Und ebenfalls Kern. Adresse unbekannt.«

»Minnie Kern?«

»Ohne Gewähr. Wie beim Lotto.«

Waworka legte grußlos auf. Das Radio meinte:

»Die latenten Regressionstendenzen in der multimedialen Ära manifestieren sich, um nur auf den Bereich der akustischen Massenkommunikationsphänomene zu rekurrieren, als Fluchtimpetus in einen Meta-Uterus und können ergo als pränatales Nostalgiemoment definiert werden.«

Den Nachmittag verbrachte Ruth damit, ihrem Papagei das Sprechen beizubringen. Genauer gesagt, einen Satz. Der Papagei hieß Kant. Der Satz, den ihm Ruth beizubringen dachte, hieß: Aufklärung ist der Ausgang des Menschen aus seiner selbstverschuldeten Unmündigkeit. Bisher hatte Kant »Au« gelernt. Das war immerhin ein Anfang. Als Ruth zum Sender aufbrechen mußte, war sie mit Kant noch keinen entscheidenden Schritt vorangekommen. Es brauchte eben alles seine Zeit.

Das Radio sagte den Nachmittag über dieses und jenes.

Waworka rief zwei Roman Kerns in verschiedenen Bezirken Wiens an. Keinen davon traf er an. Na ja, die liefen ihm nicht davon. Dann schrieb er seinen Bericht über die Sache im Schuberthaus. Mehr konnte er eh nicht machen. Man mußte abwarten, ob die Spurensicherung etwas finden würde. Das war nicht sein Geschäft, und im Grunde war Waworka die ganze Geschichte so etwas von egal, wie er es kaum ausdrücken konnte. Er ging dann ins Westend, wo er am Morgen gleich hätte bleiben sollen.

Im Sender empfingen sie Ruth mit Generalschelte. Natürlich verpackt in Zuckerwatte. Rosarot. Gefärbt mit dem hundertprozentig künstlichen, doch fast naturidentischen Farbstoff Solidarität.

Sogar die Polizei habe schon angerufen wegen dieser Minnie. Und der Chef tobe, aber sie stünden natürlich alle hinter ihr.

Klar, damit sie aus der Schußlinie wären. Sie sprachen in indirekter Rede, aber der Sinn war leicht zu verstehen. Wenn man Bescheid wußte, hörte man das Eigentliche, den Unterton immer deutlich durch, man übersetzte unwillkürlich und fast automatisch mit. Ruth wußte Bescheid. Ein Skandälchen, zwei, drei angeblich empörte Anrufer und viele, viele

Befürchtungen, daß man ihnen allen nun für ein paar Tage etwas genauer auf die Finger schauen, ihre faden Witzchen argwöhnisch durchleuchten, Ausgewogenheit und political correctness einfordern würde.

»Für die Quoten war es eins a«, sagte Ruth patzig.

Klar, die Quoten, sagten sie, die Quoten seien aber doch nicht der Maßstab, das wüßten sie doch alle. Nein, echt clever sei es gewesen, wie sie die Terroristin zum Sprechen gebracht habe, eine Meisterleistung. Wie sie das alles herausgekitzelt habe, bis die Tatsachen blank dagelegen hätten. Da müsse man cool bleiben, um im richtigen Moment richtig zu reagieren, und Ruth sei cool geblieben, eiskalt.

Die Terroristin, sagten sie.

Wie sie, Ruth, das alles ..., sagten sie.

Eiskalt, sagten sie, und Ruth hatte keine Schwierigkeiten, herauszuhören, daß es ihr Bier, ihre ganz persönliche Suppe war, die sie sich eingebrockt hatte und die sie gefälligst auch selbst auslöffeln sollte.

»Danke«, sagte Ruth. Das Schlimme war, daß sie eben nicht cool reagiert hatte. Sie war nicht präsent gewesen, hatte sich von einer fiktiven, schimärenhaften Erinnerung überwältigen lassen.

»Viel Glück für heute!« sagten die Kollegen, und Ruth übersetzte simultan: ›Mach bloß nicht wieder so einen Blödsinn!‹

»Toi, toi, toi«, sagten sie, und Ruth verstand: ›Paß gefälligst auf!‹

»Zeig es ihnen!« sagten sie, und das hieß: ›Reiß uns bloß nicht rein!‹

Ruth nickte und sagte »klar« und sagte »danke« und wollte nicht mehr übersetzen und wollte nichts mehr hören, wollte Ruhe haben, ihre CDs für die Sendung ordnen, für Teil 2 von »Wien, wie es singt und klingt«. Sie hatte für heute minimal music und Experimentelles heraussuchen lassen, um den Wiener Musiksumpf zu kontrastieren. Dazu ein bißchen free jazz, eine Prise Atonales und zum Schluß ein per Zufallsgenerator erzeugtes Stück Computermusik.

Die Sendung lief fade. Mit der Musik konnten die Hörer offensichtlich wenig anfangen, entrüsten wollte sich aber andererseits auch niemand darüber, und Ruth wiederum war nicht in der Lage, den Hörermeinungen zum Wiener Musikelend mehr als nur oberflächlich zuzuhören. Viel zu abgedroschen. Wieso mußten immer Leute anrufen, die nichts zu sagen hatten?

»Heute der zweite Teil der Generalabrechnung mit unserer kleinen Sängerknabenstadt«, sagte Ruth.

Oder Leute, die das, was sie sagen wollten, nicht zu formulieren verstanden. Vielleicht wollten sie auch gar nichts sagen, zumindest nicht zum Thema. Vielleicht wollten sie nur reden, wahrscheinlich wollten sie nur etwas von sich hören lassen. Sich selbst im Radio hören, damit sie wußten, daß es sie noch gab. Daß sie noch lebten. Ruth müßte mal eine Sendung machen, in der man einzig anrufen sollte, um zu sagen: »Hallo, ich bin der und der, ich lebe noch.« Das wäre sicher der Hit.

»06–6066996. Ruft uns an! Eure Meinung interessiert uns«, sagte Ruth.

Es war 17.49 Uhr, als Alex ihr den Anruf durchstellte. Ruth sah auf die Uhr. Sie mußte cool bleiben, konzentriert. Auch wenn sich Minnie nicht unter ihrem Namen gemeldet hätte, hätte Ruth sofort die Anruferin von gestern erkannt. Die Stimme war unverwechselbar. Es war Minnies Stimme, es war eine altbekannte Stimme, in der so viel Vertrautes lag, das Ruth nicht zu identifizieren verstand. Etwas Vertraut-Geheimnisvolles. Minnies Stimme versprach, was Ruth als ihr Ureigenstes fühlte. Was sie eigentlich zu sein glaubte, ohne je auch nur die Möglichkeit erwogen zu haben, daß dies jemand anderer etwa ahnen könne. Geschweige denn aussprechen. Ruth fühlte sich von der Stimme durchschaut.

Ruth mußte cool bleiben, eiskalt. Minnie würde wieder ähnliche Reden wie gestern schwingen. Ruth sollte jetzt wortlos auflegen, die Frau nicht sprechen lassen. Gemäß den Richtlinien. Sie würde sich Ärger ersparen. Sie brauchte keinen Ton zu sagen, mußte nur auf die Taste drücken und das Gespräch aus der Leitung kippen.

Sie sagte: »Hallo, Minnie.«

Sie konnte die Möchtegern-Terroristin auch zu überrumpeln versuchen. So tun, als ob sie sich nicht an sie erinnerte. Irgendwie ihre Adresse erfahren, Informationen aus ihr herauslocken. Sie konnte sagen: ›Erzähle uns etwas von dir, Minnie! Ich habe es satt, andauernd mit Leuten zu telefonieren, von denen ich gerade mal den Vornamen weiß. Wo wohnst du, wie alt bist du, was machst du? Erzähle einfach!‹ Sie mußte nur eindringlich klingen, angenervt von dem anonymen Moderatorenjob, sie mußte einen Tu-mir-doch-den-Gefallen-Ton anschlagen. Minnie würde sich vielleicht verplappern. Man konnte es zumindest versuchen.

Ruth sagte: »Du bist die Minnie, die gestern schon angerufen hat.«

Sie wollte ihr sagen, daß sie ihre Stimme kannte. Daß ihr diese Stimme so vertraut und so fremd sei wie die eigene. Sie wollte sagen: ›Als kleines Mädchen habe ich Tagebuch geführt, und wie alle kleinen Mädchen habe ich natürlich nicht alles hineingeschrieben, was mich wirklich bewegt hat. Ich hätte es auch gar nicht ausdrücken können. Und doch spürte ich immer, wenn ich mein Tagebuch las, all das, was da nicht stand, in mir. Ich hörte es zwischen den Zeilen mit. Und jetzt stelle dir vor, du findest auf einem verstaubten Dachboden ein fremdes Tagebuch, schlägst es auf, beginnst zu lesen, und da steht genau das, was in deinem Tagebuch nur zwischen den Zeilen zu spüren ist. Ausformuliert, so wie du es nie könntest. Als ob du deine eigene innere Stimme vor dir sähst. So ähnlich klingt deine Stimme für mich, Minnie‹, wollte sie sagen.

Sie sagte: »Du rufst an, um mitzuteilen, daß ihr das Schuberthaus demoliert habt. Um eine Erfolgsmeldung durchzugeben, um zu betonen, daß ihr es ernst meint. Du willst sagen, daß es eine Warnung war.«

Sie mußte sagen, daß sie sich von solchen Gewalttaten eindeutig distanziere, daß sie gegen jede Art von Gewalt sei, und seien die Motive auch noch so nachvollziehbar. In diesem Fall wäre aber nichts nachvollziehbar, hier gehe es um Musikgeschmack, um nichts anderes, und über Geschmack lasse sich zwar trefflich streiten, aber wer das zum Anlaß nehme, Gewalt auszuüben, sei für sie ein Idiot.

Sie sagte: »Du willst uns mitteilen, daß ihr keine Spinner seid. Ihr habt euch eure Aktionen überlegt, und sie wären durch eure Sache mehr als gerechtfertigt. Der Hörsturz, der alle befallen hat, erfordert, daß ihr es krachen laßt. Sonst würde keiner auf euch hören, euch nicht einmal wahrnehmen. Ihr würdet es auch lieber im Guten versuchen, aber euch bleibt ja keine andere Wahl, so wie die Dinge liegen. Stimmt das so etwa?«

Minnie lachte und sagte: »Wir verstehen uns.«

Sie sagte: »Nur eins noch ...«

Ruth sagte nichts. Wartete ab. Sie hatte genug geredet. Mehr als genug. Etwas hatte aus ihr heraus geredet, hatte sich in Minnie hineinversetzen wollen. Das war gelungen. Aber es hatte nicht ausgereicht. Die Person, der die Stimme gehörte, blieb ihr fremd. Ruth wußte nicht, wer sie war.

»Das war nur der Anfang«, sagte die Stimme. »Es wird weitergehen. Bald schon.«

»Was ...?«

»Sehr bald! Ende des zweiten Kommuniqués«, sagte Minnie und legte auf.

Sie hatte aufgelegt. Mechanisch spielte Ruth das nächste Musikstück ein. Sie schaute nicht nach draußen, hatte die ganze Zeit über nicht darauf geachtet, was hinter der Scheibe los war. Sie konnte es sich lebhaft vorstellen. Sie hörte schon die Beschimpfungen in ihren Ohren zischen. Diesmal würde keiner ein Blatt vor den Mund nehmen, sie würden keifen, schreien. Ruth würde zurückschreien. Für heute würde es mit Türenknallen enden.

Es kam dann ganz anders. Keiner schrie, manche sagten etwas, nicht viele, und nur ein, zwei Sätze. Es klang wie ein in Worte gefaßtes Kopfschütteln. Ruth verstand. Sie hatten sie schon abgeschrieben, sie war schon tot für ihre Kollegen, und über Tote regte man sich nicht mehr auf. Nur Alex legte ihr den Arm um die Schulter und fragte: »Was ist denn los mit dir?«

Das war eine berechtigte Frage. Ruth hätte sie Alex nicht zugetraut. Sie mochte ihn, wie man einen immer ausgeglichenen Arbeitskollegen, der einem nie Schwierigkeiten bereitete, halt mag. Mit ihm mußte man sich nicht groß auseinandersetzen, er war da, tat seinen Job, und Schluß. Alex war einer der netten Jungs, die man bei Einladungen zu irgendwelchen Festen immer vergißt. Hinterher tat es einem leid, ein bißchen wenigstens, aber da er nie darauf reagierte, nicht einmal die kleinste Anspielung machte, hatte man bei der nächsten Gelegenheit schon wieder vergessen, daß man ihn das letzte Mal vergessen hatte.

Ruth spürte, wie Alex' Hand sie am Oberarm antippte, als ob er sie aufwecken wolle. Sie sagte: »Ich weiß nicht.«

Sie wußte wirklich nicht, was los war. Irgend etwas war los. Sie hatte das Gefühl, sich entscheiden zu müssen. Sie wußte nur nicht, zwischen welchen Alternativen.

»Alles okay?« fragte Alex. Es klang besorgt.

Ruth wand sich aus seinem Arm. Nichts war okay. Sie hatte das Gefühl, in unbekannten Gewässern zu treiben, tief unter der Oberfläche, ohne zu wissen, wo oben und unten, hinten und vorne war. Ein Gefühl, das sie schwer beschreiben konnte. Und Alex gegenüber schon gar nicht. Wenn es nicht um Fachliches ging, wußte sie sowieso nie so recht, worüber sie mit ihm reden sollte. Vielleicht, weil er immer gleich freundlich interessiert reagierte, egal, womit man ihn konfrontierte. Man hatte immer das Gefühl, daß ihm etwas ganz anderes im Kopf herumging. Und wenn man mal ein paar Sekunden nichts sagte, sah Alex einen mit großen Augen an, und die Stille begann schwer zu werden, zu drücken, so als ob Alex etwas zu hören erwartete, das immer bedeutender sein mußte, je länger man schwieg. Also plapperte man schnell irgend etwas daher oder machte, daß man wegkam.

Alex war ein netter Junge, aber niemand, mit dem Ruth darüber reden konnte, warum ihr bei dem Gedanken schwindelte, in einer fremden Stimme ihr Ich widergespiegelt zu sehen. Doch im Grunde gab es gar niemanden, mit dem sie darüber reden konnte, und Alex hatte immerhin nachgefragt, was mit ihr los sei. Sie lächelte ihm zu und sagte: »Klar bin ich okay.«

Sie ließ ihn stehen, und während sie ihr Zeug zusammenpackte, kam das Telefongespräch nochmals in ihr zurück. Überdeutlich hörte sie Minnies Lachen, hörte die drei simplen Worte: ›Wir verstehen uns‹.

Die Stimme klang in ihr auf wie von einem Zauberwesen, das einen unwiderstehlich anzieht, wie die Verlockungen einer Hexe, die vor ihrem Knusperhäuschen steht und ›komm, komm‹ krächzt. Du kannst nicht anders, als dich zu nähern, obwohl du weißt, daß es dich verdirbt. Die Stimme klang nach Gesang, dem Gesang der Sirenen. Er brach sich an Klippen in ihr und verschwand. Gelächter verebbte, als Flut kam das Blut. Nur Tosen im Ohr, keine Spur mehr im Sand.

2

Aufhören: Die Königin der Nacht

Ruth mußte herausfinden, was los war. Auf jeden Fall hing es mit dieser Minnie zusammen, deren Stimme Ruth so lange keine Ruhe lassen würde, bis sie wußte, wer dahintersteckte. Darüber hinaus zeigte die Verwüstung des Schubertmuseums, daß Minnie nicht nur leere Worte von sich gab. Gut, Ruth war keine Kriminalbeamtin, die Aufklärung von Verbrechen war wahrlich nicht ihre Aufgabe. Das würde sie diesem unverschämten Oberinspektor überlassen. Sollte er sich abmühen! Sie hatte keinerlei Ambitionen, als eine Art weiblicher Sherlock Holmes dem Grantler seine Unfähigkeit unter Beweis zu stellen. Sie war Rundfunkmoderatorin.

Noch, dachte sie, als sie am Karlsplatz zur U2 hinabstieg. Sie war noch Rundfunkmoderatorin. Wahrscheinlich war sie es die längste Zeit gewesen. Es war ihr seltsam egal. Du hast dich dort eigentlich nie richtig wohlgefühlt, sagte sie sich. Die Arbeit ist sowieso nur noch öde Routine, sagte sie sich, aber das war es nicht. Es war ihr einfach egal, ob sie ihren Job verlieren würde. Sie würde etwas anderes finden.

Die U-Bahn fuhr an. Neben Ruth unterhielten sich zwei Studenten über eine Architekturvorlesung. Sie sprachen in sanft wienerisch gefärbtem Hochdeutsch, als ob sie sich von den Deutschen wie vom gemeinen Wiener gleichzeitig absetzen wollten. Ein Ton, in dem für Ruth eine ganze Welt, ein vorherbestimmbarer Lebenslauf aufschien, vom »guten« Elternhaus mit seinen Hausmusikabenden und gemeinsamen Sonntagsspaziergängen im Wienerwald bis zur Teilhaberschaft in einem Architekturbüro mit Sitz innerhalb der Ringstraße. Und einem reservierten Platz in einem Kaffeehaus, in dem man sicher sein konnte, mindestens mit »Herr Hofrat« angesprochen zu werden, obwohl man es sich schon mehrfach verbeten hatte. Stimmen wie aufgeblasene Ballons im Wind, glatt auf beiden Seiten, und Luft innen wie außen. Kein Geheimnis, ganz das Gegenteil etwa von Minnies Stimme, die jetzt nicht mehr in Ruths Ohren klang, die weg war, nur noch als fremd erinnert wurde. Ein unbekanntes sprechendes Objekt, noch nicht identifiziert.

Ruth war keine Kriminalbeamtin, das war richtig, aber die Stimme ging ihr nicht aus dem Kopf. Warum hatte Minnie auch gerade in ihrer Sendung angerufen? Zweimal! Nur wegen des Musikthemas? Oder war es eine Aufforderung, die Ruth nur nicht verstanden hatte? Sollte sie sich einschalten? War das der Hintergrund? Sehr bald würde die nächste Aktion folgen, hatte Minnie gesagt. Sehr bald.

Ruth stieg am Schottentor aus, kaufte bei einem Straßenverkäufer in der Liechtensteinstraße den »Falter« und blätterte schon auf den paar Metern bis zu ihrer Wohnung den Veranstaltungskalender für heute abend auf. Unter Musik-E stand: Gartenkonzert im Café Dommayer, Wiener Konzertduo im Haus des Deutschen Ritterordens, Hamamatsu Symphony Orchestra im Konzerthaus, Orgelkonzert in der Michaelerkirche, Vienna Walzer Orchestra im Palais Ferstel, Orchester der Kammeroper Bratislava in der Votivkirche ..., und so weiter. Musiktheaterveranstaltungen waren eigens aufgeführt, und bei Musik-U brauchte sie gar nicht erst anzufangen. Wenn überall zehn Besucher auftauchten, mußte ganz Wien heute abend bei irgendwelchen Musikveranstaltungen zuhören. In Frage kamen auch Geburtshäuser, Sterbehäuser und zwischenzeitliche Wohnstätten berühmter Komponisten, ferner Gedenkstätten, Denkmäler. Es schien hoffnungslos.

Ruth stieg die Treppen ins Mezzanin hinauf und sperrte ihre Wohnungstür auf. Kant krächzte »au, au« zur Begrüßung.

»Aufklärung, Kant«, sagte Ruth, »Aufklärung!«

Sie stellte das Radio in der Küche an: Irgend etwas Unbekanntes aus den sechziger Jahren. Rockmusikarchäologie. Ruth machte sich noch einmal über das Wienprogramm im »Falter«. Sie konnte sich höchstens überlegen, welche Veranstaltungen besonders verabscheuenswert wären, welche

Gedenkstätten am ehesten wie ein rotes Tuch für jemanden wie Minnie und ihre Gruppe wirkten. Wenn es denn eine solche Gruppe überhaupt gab. Was würde Ruth tun? Das Franz-Lehár-Denkmal im Stadtpark in die Luft jagen? Die Geiger des Walzerorchesters vergiften? Oder doch lieber den japanischen Dirigenten im Konzerthaus? Schuberts Sterbezimmer in der Kettenbrückengasse mit einer Ladung Mist anfüllen? Wo man doch schon mit Schubert begonnen hatte!

Es war lächerlich. Nicht nachvollziehbar. Ruth vermochte sich nicht in jemanden hineinzuversetzen, der so etwas für gelungene Protestformen hielt. Vielleicht, wenn sie Minnies Stimme noch gehört hätte, wenn es ihr gelungen wäre, ihren Klang heraufzubeschwören. Aber es gelang ihr nicht. Wie weggeblasen. Als ob die Stimme nie existiert hätte, als ob Ruth sie nie gehört hätte.

»Au, au«, sagte Kant mahnend und krächzte auffordernd über das Sechziger-Jahre-Fundstück im Radio hinweg.

»Du sagst ›Aufklärung‹, und ich gebe dir zu fressen«, sagte Ruth. »Ein faires Geschäft, oder?«

»Au, au«, sagte Kant begeistert. Wenn man ehrlich war, klang es eher wie »ou, ou«. Ruth seufzte und ging zum Schrank, um Kants Körnermischung zu holen. Als sie die Packung aufriß, sah sie auf dem Display des Anrufbeantworters, daß zwei Anrufe eingegangen waren. Sie drückte auf Wiedergabe und füllte Kants Freßschälchen. Kant gluckste zufrieden. Der Anrufbeantworter sagte:

»Hallo, Ruth, ich bin's, Miriam. Ich habe da …, also …, ich muß mit dir sprechen. Rufst du mich an, wenn du wieder da bist? Tschüs.«

Miriam, Ruths Schwester, ihre kleine Schwester, das Goldstück der Familie. Sie schien Probleme zu haben. Zumindest klang ihre Stimme danach, auch wenn Ruth das seltsam erschien. Miriam hatte nie Probleme, sie war der Sonnenschein höchstpersönlich, plus Mondesglanz und Sternenpracht. Sie hatte nie Probleme gehabt, ganz im Gegensatz zu Ruth, die …

»Frau Strelecky, hier Oberinspektor Waworka. Äh, ich

glaube, wir sollten uns noch einmal unterhalten. Ich schlage vor, Sie rufen mich an, und zwar möglichst bald. 22373896.«

Das auch noch! Die Geschichte mit Roman Kern? Oder der Bulle hatte ihre Sendung vorhin gehört. Schau, Miriam, dachte Ruth, das sind Probleme: Jetzt werde ich vorgeladen, von einem finsteren, verschwitzten Oberinspektor mit Handschellen gefesselt, auf einen rohen Holzstuhl gesetzt und verhört werden. Gestehen Sie, wird er mich anbrüllen, gib auf, wird er mir zuflüstern, und ich werde heldenhaft in den blendenden, stechenden Schein der Lampe schweigen, kein Wort kommt über meine Lippen, Verhör, Folter, Verhör, ich bleibe stumm wie ein Fisch, Verhör, oh, heiliger Schutzpatron der Stummen, wer immer du bist, höre mich an, erhöre mich, unerhörte Verhöre bis zur Bewußtlosigkeit, und der letzte Gedanke, bevor ich vom Stuhl falle, heißt: schweigen, schweigen, schweigen!

Das sind Probleme, mein Schwesterlein, dachte Ruth, davon hast du keine Ahnung, das hast du dir alles erspart!

Miriam hatte sich immer behütet gehalten, hatte sich wohlgefühlt im heimischen Nest, hatte nie aufgemuckt, hatte brav ihren Ballettunterricht, ihre Gesangsstunden besucht, als Ruth schon längst alles hingeworfen, mit ihren Eltern nur noch durch Türenknallen kommuniziert und alles an Drogen ausprobiert hatte, was damals erhältlich war. Als sich Ruth politisiert hatte, war Miriam aufs Konservatorium gegangen, täglich, fleißig, schick und immer gut gelaunt, als ob ihr nichts abginge, als ob das alles wäre, was man sich an Leben überhaupt vorstellen konnte. Während Ruth nach New York flüchtete, sechs Monate später völlig fertig wieder zurückkam, kurzzeitig in einer Landkommune versackte, irgendwelche Männer hochjubelte und abstürzen ließ, leere Fabriken besetzte, Kulturzentren aufbaute, während all dieser Zeit studierte Miriam Gesang. Frisch, fromm, friedlich, fröhlich. Ein gerader Weg, und kein Schritt zur Seite. Sie hatte immer Sängerin werden wollen, und sie wurde Sängerin. Opernsängerin. Sie fand sofort ein Engagement, bekam die Rollen, die sie wollte, sang, war glücklich und zufrieden und ausgeglichen.

Miriam konnte keine Probleme haben, sie wußte gar nicht, was das Wort »Problem« besagte.

Ruth wählte Miriams Nummer. Niemand da, nur der Anrufbeantworter. Ruth wartete den Signalton ab und sagte ein paar Worte, um zu zeigen, daß sie es war. Nichts. Miriam gehörte sowieso nicht zu den Typen, die erst einmal den Anrufbeantworter vorschickten, bevor sie sich entschieden, ob sie zu Hause waren oder nicht. Ruth legte auf. Sie stand auf. Mit Miriam war sicher alles in Ordnung. Was sollte schon sein? Vielleicht war der Kühlschrank kaputt, vielleicht …

Ruth sollte vielleicht noch einmal …

Sie ließ Miriams Nachricht ein zweites Mal abspielen.

»Hallo, Ruth, ich bin's, Miriam. Ich habe da …, also …, ich muß mit dir sprechen. Rufst du mich an, wenn du wieder da bist? Tschüs.«

Miriams Stimme klang blechern, aber das lag an der miesen Qualität des Lautsprechers. Das war normal. Anrufbeantworter mit vernünftigen Lautsprechern schienen ein technisch unlösbares Problem zu sein. Die Sprechweise? Miriam stockte zweimal, führte die Sätze nicht zu Ende. Sie schien ein Problem zu haben, das längere Erklärungen erforderte. Der Kühlschrank war nicht kaputt. Miriam schien etwas erzählen zu wollen, für das sie nicht die richtigen Worte fand. Vielleicht wurde sie auch nur abgelenkt. Vielleicht war jemand bei ihr. Vielleicht war jemand bei ihr, der nicht dort sein sollte.

Ruth schaltete das Radio ab.

»Au, au«, sagte Kant.

»Aufklärung«, sagte Ruth mechanisch. Es war Unsinn. Wie kamen diese Gedanken nur in ihren Kopf? Wenn jemand bei Miriam war, der nicht dort sein sollte, dann hätte sie entweder sofort ins Telefon um Hilfe geschrien oder gar nicht telefoniert. Hätte nicht telefonieren können. Ruth ließ die Nachricht zum dritten Mal laufen. Sie mußte auf die Kleinigkeiten achten. Auf die Betonung im Satz ›Ich muß mit dir sprechen‹ zum Beispiel. Hatte Miriam das ›Ich‹ herausgehoben oder das ›Dir‹? Das ›Muß‹ oder das›Sprechen‹?

»Hallo, Ruth, ich bin's, Miriam. Ich habe da …«

Kant krächzte dazwischen. Noch einmal von vorn.

»Hallo, Ruth, ich bin's, Miriam. Ich habe da ..., also ..., ich muß mit dir sprechen ...«

Sprechen, es war ›sprechen‹! Völlig normal, der ganz normale Satzakzent. Kein heraushörbares ›Muß‹, kein ängstlich akzentuiertes ›Ich‹, kein forderndes ›Mit dir‹. Nichts Außergewöhnliches, eine stinknormale Nachricht, wie Ruth schon Tausende erhalten hatte, ohne sich je etwas dabei zu denken. Und überhaupt, was sollte schon sein?

»Was soll schon sein, Kant, hä?« fragte Ruth ihren Papagei, der auf seiner Stange saß und interessiert tat.

Kant sagte: »Hallo, Ruth.«

»Was?« fragte Ruth.

»Was hast du ...?« fragte sie ungläubig.

Kant krächzte, und Ruth spürte, wie sich dieses ›Hallo, Ruth‹ auf einmal in ihrem Magen zusammenklumpte, wie es schwerer und schwerer wurde, ein Stein, härter als Stein, und sich zusammenzog, verdichtete, bis die Masse in sich zusammenstürzte, in ein winziges schwarzes Loch kollabierte, das alles anzog, was erreichbar war, alles in sich hineinfraß, unersättlich, Lunge, Herz, alles, ihr jeden Gedanken aus der Schädeldecke zog und nur einen leeren Resonanzkörper übrigließ, in dem sich zwei harmlose Worte sinnlos und stetig verstärkten. Hallo, Ruth.

Ruth schnappte nach Luft, bekam keine, bekam doch ein, zwei Mundvoll und wußte, daß sie etwas tun mußte. Sie mußte nach Miriam suchen. Sie mußte ihre Schwester finden.

Ruth rief bei einer von Miriams Freundinnen an. Miriam hatte richtige Freundinnen. Niemand da. Dann bei den Eltern. Ihre Mutter antwortete. Ruth zwang sich zu einem ruhigen Tonfall. Es klappte einigermaßen. Sie fragte nach Miriam. Als ob gar nichts wäre.

»Miriam? Nein, die ist nicht hier. Sie hat doch heute wieder Auftritt.«

»Ach ja?«

»Sag bloß, du weißt nicht, daß deine Schwester ...«

»Ich habe nicht daran gedacht, danke«, sagte Ruth und

legte auf. Natürlich wußte sie, daß ihre Schwester die Pamina in der »Zauberflöte« sang. Miriam hatte sie zur Premiere in der Kammeroper eingeladen, aber Ruth war verhindert gewesen. Vor zwei, drei Wochen. Miriam hatte ganz ordentliche Kritiken bekommen und war rundum zufrieden gewesen. Vor zwei Wochen.

Kant krächzte kläglich. Wie ein Rabe, der in dunkler Nacht durch ein plötzliches Geräusch erwacht. Der verwundert um sich sieht, nichts erkennt außer Schwärze, nichts hört und die Stille mit halbherzigem Krächzen zu markieren versucht, bevor er sich hoffnungslos zurückfallen läßt ins eigene Dunkel. Und plötzlich, mit Kants Krächzen, war die Stimme wieder da, nein, eine Ahnung von Minnies Stimme. Ein jähes Aufleuchten des Gefühls, der Erinnerung an Ruths Gefühl bei dem Ton, mit dem diese Stimme ›sehr bald‹ gesagt hatte, diese zwei kleinen Silben, und schon zerfloß die Erinnerung in fernen Gesang, der langsam anschwoll, in eine Sopranstimme, Miriams Stimme, Paminas Gesang. Miriam sang wunderschön, und dagegen sprach eine Stimme an. Zwei Worte nur. In Ruths Ohren sangen zwei Worte: »Sehr bald«.

Sie zwangen Ruth zum Küchentisch, ließen sie im Programm nachschlagen. Die Oper hatte um 20.00 Uhr begonnen. Ruth sah auf die Uhr. Bis zur Pause konnte sie es schaffen, wenn sie ein Taxi nahm. Nein, das Fahrrad! Mit dem Fahrrad ginge es am schnellsten. Sie vergaß, Kant auf Wiedersehen zu sagen.

Sie überquerte den Ring bei der Börse, hetzte die Wipplingerstraße gegen die vorgeschriebene Fahrtrichtung durch, Hoher Markt, mußte abbremsen wegen einer Gruppe Touristen, die lachten und grölten, als ob es etwas zu lachen und zu grölen gäbe, konnte endlich in die Rotenturmstraße einbiegen, jetzt ging es bergab, und nach rechts in den Fleischmarkt, gleich war sie an der Oper, gleich war sie da. Sie stürzte ins Theater. Die Pause hatte noch gar nicht begonnen. Eine Platzanweiserin stellte sich Ruth in den Weg.

»Ist etwas passiert?« fragte Ruth keuchend.

»Wie bitte?« fragte die Frau. Ruth ärgerte sich über sich

selbst. Natürlich war nichts passiert. Noch nichts. Sonst wäre hier die Hölle los. Hektik, Chaos, Polizeisirenen.

»Ich muß hinein«, sagte Ruth.

»Es ist schon fast Pause.«

»Eine Eintrittskarte, schnell. Wieviel macht das?« Ruth zog den Geldbeutel aus der Jackentasche.

»Die Kassa ist geschlossen«, sagte die Platzanweiserin. »Außerdem ist ausverkauft.«

»In der Pause«, sagte Ruth, »meine Schwester ...«

»Tut mir leid.«

Es war lachhaft. Ruth war hier, drinnen sang ihre Schwester die Pamina, es war noch nichts passiert, aber es würde etwas passieren, ein Unglück, das war sicher wie das Amen in der Kirche. Und Ruth konnte nicht hinein. Sollte sie draußen Wache halten? Sie ging in die Drachengasse hinaus, deren Häuser sich in den oberen Stockwerken einander zuneigten, so daß nur ein schmales Band dunklen Himmels zu erahnen war. Kein Rabe krächzte. Links endete die Gasse in einer Mauer. Kurz davor eine Haustür. War dort nicht auch der Künstlereingang? Ruth versuchte die Klingelschilder im Zwielicht zu entziffern. Rechts standen Eigennamen, aber links wurde sie fündig: Intendanz Kammeroper, Kostümwerkstatt, Archiv, Bühneneingang. Ruth betrat das Treppenhaus, in dem ein Aufzugsschacht nach oben führte. Eine halbe Treppe abwärts fand sie den Bühneneingang. Eine Stahltür ohne Klinke. Ruth klingelte, klingelte ein zweites Mal. Nach einer Ewigkeit öffnete sich die Tür einen Spalt. Ein Mann im grauen Arbeitsoverall sah mißtrauisch zu Ruth auf. Er war kleiner als sie und krümmte fast krankhaft den Rücken.

»Ich bin Ruth Strelecky. Ich muß hinein. Ich muß in der Pause meine Schwester sprechen.«

Der Mann schüttelte den Kopf.

»Es ist dringend, sehr dringend«, sagte Ruth.

Es war gar kein Kopfschütteln, es war ein Hin- und Herzucken dieses bleichen, verkniffenen Gesichts, eine fast spastische Bewegung, die in den Schultern und Hüften nachbebte. Eine Bewegung, die nur ›nein‹ bedeuten konnte.

»Meine Schwester singt die Pamina«, sagte Ruth, als ob das dieses Ganzkörpernein wegwischen könnte.

Der Mann starrte sie abweisend an, ohne den Mund aufzutun, ohne sich einen Millimeter zu bewegen.

Ruth sagte: »Hören Sie, ich lasse mich hier nicht abwimmeln! Wenn ich sage, es ist wichtig, dann meine ich das auch so ...«

Der Mann starrte sie verständnislos an. Die Augen blieben starr. Das Gesicht zuckte wieder zur Seite und zurück.

»Es geht um ...«

Ruth hörte einen Spazierstock auftocken, und eine Stimme rief hinter der Tür hervor: »Einen Moment, bitte.«

Der Typ im Overall schüttelte den Kopf, doch er wurde von innen zur Seite geschoben. Die Stimme gehörte einem alten Herrn, der sich mit einem Stock mühsam gerade hielt. Seine Haare waren schlohweiß, genau wie der Franz-Josephs-Bart, der Oberlippe und Backen überwucherte. Das mußte Schmelzer selbst sein, der Intendant, eine Institution bei allen, die in Wien mit der Oper zu schaffen hatten. »Der Kaiser« wurde er halb ironisch, halb ehrfürchtig genannt, und er schien das nicht ungern zu hören. Das jedenfalls hatte Miriam erzählt.

»Herr Schmelzer?« fragte Ruth. »Ich muß dringend meine Schwester sprechen.«

»In der Pause ist das unmöglich. Was glauben Sie, was da los ist?«

»Es ist wirklich ...«

»Ist ein Unglück geschehen?«

»Nein, noch nicht, es könnte aber ...« Ruth brach ab. Was sollte sie dem Intendanten erzählen? Daß sie hier ein Attentat erwartete, ohne den geringsten konkreten Anhaltspunkt dafür zu haben? Daß eine Verrückte in ihrer Sendung angerufen hatte, deren Stimme sie nicht vergessen konnte? Daß ihr Papagei zwei harmlose Worte im falschen Moment gesagt hatte?

»Schauen Sie sich die Vorstellung an! Es lohnt sich. Und kommen Sie nachher vorbei!« sagte Schmelzer und drehte sich mühevoll Richtung Bühneninneres.

»Ausverkauft«, sagte Ruth lahm.

Schmelzer wandte sich um, lächelte unter dem Bart hervor und sagte: »Es wird sich noch ein Platz für Sie finden. Ich gebe vorne Bescheid.«

Er schlurfte davon. Der Bühnenarbeiter trat in die Tür und wies Ruth stumm ins Treppenhaus. Sie ging.

Nach der Pause saß sie im Parkett. Dritte Reihe. Neben ihr, vor ihr Geld-, Macht- und vielleicht sogar Kulturelite. Ruth überflog die Reihen hinter sich, den Balkon links. Sie sah nichts, nichts Ungewöhnliches. Opernpublikum. Minnie konnte überall sein, konnte nirgends sein. Ruth hatte keine Vorstellung, wie sie aussehen könnte.

Nichts geschah. Gesittetes Geplauder, bis das Licht verlöschte, das Orchester zu spielen begann.

Ruth hörte den ersten Tönen, den spielerischen Harmonien Mozarts, den neckisch-harmlosen Phrasen kaum zu. Zu ungeduldig wartete sie auf Miriams ersten Autritt. Sie wußte nicht, was sie befürchtete. Natürlich würde Miriam auftreten. Wenn sie an der Reihe war. Wenn ihrer Schwester etwas zugestoßen wäre, konnte man ja schlecht Mozarts Oper kurzerhand um eine Hauptrolle beschneiden, nur um die begonnene Vorstellung nicht platzen zu lassen. Dennoch wartete sie gespannt auf Miriams Auftritt, während sich auf der Bühne Papageno und Tamino um Beachtung mühten.

Tamino, als etwas überdimensionierter Postbote ausstaffiert, stöhnte ängstlich über das schreckliche Dunkel der Nacht, um gleich darauf Papageno Feigheit vorzuwerfen. Es war nur eine Kleinigkeit, aber solche Inkonsequenzen hatten Ruth, die von Opern zugegebenermaßen nicht viel verstand, immer gestört. War es nicht Tamino, diese Fehlgeburt eines Charakters, dieser angeblich strahlende Held, der gleich in der ersten Szene beim Anblick einer Schlange in Ohnmacht fiel? Durch dieses Musterbeispiel von Mut und Tapferkeit vor aller Welt legitimiert, wählt die mächtige Königin der Nacht gerade ihn aus, ihre entführte Tochter zu befreien, eine nicht ganz unwichtige Aufgabe immerhin. Und in der Art hoppelte sich die Handlung weiter aufs glückliche Finale zu, ein Sammelsurium krauser Motivationen, unbekümmert um inneren Zusammenhang und jede psychologische Wahrscheinlichkeit. Man konnte eigentlich nur weinen oder lachen, aber heute genoß Ruth die Unstimmigkeiten, die sich auf der Bühne entfalteten. Vielleicht gaben sie ihr ein Gefühl der Überlegenheit, das Gefühl, »halt« sagen zu können, »das ist falsch« sagen zu können und ein paar gewichtige Argumente dafür parat zu haben. All das dramatische Geschehen, Gefangenschaft, Lüge, Prüfungen, Todesgefahr, es blieb doch ein Kinderspiel, das man augenzwinkernd zur Kenntnis nahm.

Ruth hörte Taminos Gelöbnis, sein Leben aufs Spiel zu setzen, und wurde ruhiger dabei, spürte ihren Puls endlich auf normale Frequenz zurückgehen. Ist ja gut, du Held! Gelassen hörte sie die beiden Priester vor Weibertücken warnen, unbeeindruckt hörte sie den rabenschwarz geschminkten Monostatos sein »white-is-beautiful«-Statement loswerden. Sie stand über der Sache, ihre Vorahnungen, ihre Ahnungen, alles Panische, Manische waren vergangen, ohne Nachhall verschluckt von dem Samtvorhang, den Mozarts Oper vor die wirkliche Welt gehängt hatte, die Welt, in der es Verbrechen, Sexismus, Rassismus tatsächlich gab. Hier in der Oper war die Welt in Ordnung, weil man ihr distanziert zuhören, sie von außen betrachten konnte, auf einer Guckkastenbühne, von Strichmännchen bevölkert.

Kaum noch nahm Ruth wahr, daß Pamina auftrat, daß Miriam auf der Bühne stand. Als Selbstverständlichkeit nahm sie wahr, daß ihre Schwester dort vorne sang, zwischen Liebe zur herrschsüchtigen Mutter und happy-end-Bestimmung für den heldenhaften Jüngling kurz schwankte, aber sich natürlich richtig entscheiden würde. Es war ein Spiel, dessen Ausgang feststand, bei dem man sich zurücklehnen konnte. Einfach zusehen, zuhören.

Sie hörte die Rachearie der Königin der Nacht. Nicht schlecht gesungen, dachte Ruth, aber ein Klischee, typisch Frau, läßt sich von ihren Gefühlen mitreißen, verletzter Stolz, enttäuschte Machtgier, und schon ist jedes vernünftige Denken ausgeschaltet. Und ihre Tochter Pamina schlägt nicht aus der Familie: Ein paar Minuten schweigt ihr Zukünftiger, und schon ist sie am Boden zerstört. Jammern, Tränen, Liebeswahnsinn, Todesgedanken.

Nichts als Klischees, dachte Ruth und war zufrieden damit. Sie hatte alles im Griff, stand meilenweit über dem munteren Spielchen, sah, wie sich die Spielfiguren hin- und herschoben, nach einer Strategie, die so offensichtlich war, daß sie kaum mehr Strategie zu nennen war. Jeder Zug war trotz aller Unmotiviertheit vorhersehbar, so wie man wußte, daß der Kasperl im Marionettentheater dem Bösen eins auf den Kopf geben würde. Marionettentheater, ja, die »Zauberflöte« müßte eigentlich als Marionettenstück inszeniert werden, um die Handlung ins rechte Licht zu setzen. Sarastro konnte schon hier vor lauter weihevoller, hölzerner Steifheit kaum gehen, während Papageno sich mit Hopsern und Heißassa verzweifelt bemühte, den Kasperl zu geben. Na endlich, da bekam er ja seine Papagena, würde sie gleich wieder verlieren, am Ende wiederbekommen, seine Papagena, ein herausgeputztes Spiegelbild seiner selbst, ein Wunschbild, so wie der Männer Frauen es zu werden hatten, ohne eigenes Gesicht, ohne Geschichte, ohne Vergangenheit. So gesehen war die Arie, in der sich Papageno irgendein Mädchen, egal welches, wünscht, in ihrer Borniertheit ja fast schon ideologiekritisch. So gesehen.

Das Stück wurde nun, als es aufs Finale zuging, immer unsäglicher. Pamina, die ihren Tamino auf seinem Weg durch alle Gefahren treu, treuer, am treudoofsten zu begleiten versprach, trällerte in diesem Zusammenhang etwas von Rosen und Dornen. Tamino, na ja, blieb wenigstens seiner Rolle treu, beschränkt und mäßig heldenhaft, und hielt sich an seiner Zauberflöte fest, als es darum ging, hinter der Flammenwand, die jetzt quer über die Bühne aufköchelte, auf die andere Seite zu marschieren.

Die Streicher verklangen, das Feuer zischte in die Stille. Die Flöte im Orchester setzte solo ein. Von den beiden auf der Bühne waren nur noch die Köpfe und Oberkörper über den

Feuerzungen zu sehen, während ihre unteren Hälften in der Hölle zu braten schienen. Die Flöte setzte allein ein, trillerte sich zögernd nach oben, wurde am Höhepunkt von einem Hornakkord unterstrichen, hüpfte die Tonleiter wieder hinab, begann das gleiche Motiv von vorn. Tamino und Pamina waren in der Mitte der Bühne angelangt, als der Flammenstrahl links außen zu spotzen begann, stotterte, der zweite und dritte taten es ihm gleich, warfen Auspuffgeräusche zwischen die Flötentriller, während die äußere Flamme noch einmal protestierend aufpuffte und in sich zusammensank. Weitere Flammen brachen ab, starben klaglos.

Ein Defekt? dachte Ruth. Tamino und Pamina schritten weihevoll in die flammenlose Leere hinaus, ließen die Feuersbrunst, die nur noch die rechte Hälfte der Bühne durchloderte, hinter sich, zögerten, stutzten kaum merklich. Ein Defekt! dachte Ruth, während der Flötist im Orchester unbeirrt seine Läufe in die Höhe schraubte und mit ihnen die Flammenwand auf der rechten Seite mitzuziehen schien, kräftigte, anschob, sie aufblies auf fast doppelte Höhe, die Flammenspitzen zittern ließ in seinen Trillern, sich wiegen, züngeln, beißen, und als die Hörner ihren verhaltenen Tusch setzten, als die Flötenmelodie einen Moment auf ihrem Scheitelpunkt verweilte, sich ein wenig auf ihm streckte, einen kleinen, winzigen Achteltakt nur, da bissen sie zu, seitlich, rückwärts, heimtückisch, da faßten die Flammen die Marmorsäule von Sarastros Tempel, packten sie den kühlen Stein, der kein Stein war, sondern Pappe, Theaterpappe, angemalter Brennstoff, und ließen nicht mehr los, nisteten sich ein, schlugen hoch. Die Pappsäule brannte.

Tamino hörte wohl das Feuer knistern, sah sich um, sah die Säule in Flammen, zögerte kaum, hastete nach links, und Pamina sprang ihm nach. Nein, keine Pamina, Miriam sprang aus der Szene, war von der Bühne verschwunden, in Sicherheit, gerettet, weit genug von der brennenden Dekoration entfernt. Das gespannte Schweigen des Publikums rund um Ruth hatte sich aufgeladen, füllte sich an mit hastigen Atemzügen, blähte sich auf wie ein Segel im Sturm, wie ein Ballon, der gleich platzen würde. Eine pralle, atemlose Stille lag über den Köpfen, eine zum Zerreißen gespannte Hülle, Stille, aber nichts platzte, kein »Oh, mein Gott«, kein »Feuer, Feuer!«, kein unartikulierter Aufschrei. Kein Schrei kam, obwohl er in der dicken, aufgeladenen Luft lag. Nur Gemurmel, sich langsam steigerndes Getuschel, als ob sich die Luft durch zu kleine Öffnungen Luft machte, kein Knall, kein zerplatzender Ballon, nur ein lächerliches, stetiges Ausströmen der Luft, das einen lächerlichen, stetigen Ton abgab, der die Flötenmelodie nun grundierte, das Flötenmotiv, das immer noch erklang, während die Hornbläser abgebrochen hatten, während der Dirigent mit erhobenem Arm starr auf die Bühne blickte, als ob er den Einsatz, den ihm die brennende Säule zu geben hatte, bei Todesstrafe nicht verpassen dürfe.

Von der Hinterbühne kam das Geräusch schneller Schritte und halb unterdrückter Rufe, der Flötist flötete, und endlich schalteten sich die Feuersäulen auf der rechten Bühnenseite ab, endlich hatte jemand das Gas abgedreht, hatte die Brennstoffzufuhr unterbunden, den Feuerwall geschleift. Menschenleer war die Bühne, nichts war von vorne zu hören außer dem Knistern der Flammen, die sich allmählich in den Bogen der Pappantike hinauffraßen, und dem Flötisten, der flötete und flötete, kontrapunktiert vom Raunen des Publikums. Aufstöhnend folgte es mit seinen Blicken dem Helden, der jetzt auf die Bühne sprang, kein flötender Tamino, kein röhrender Sarastro, ein kleiner, buckliger, stummer Mann im Arbeitsoverall, der von dem Feuerlöscher, den er in den Armen trug, nach unten gezogen zu werden schien.

Ein paar Leute neben Ruth sprangen auf, als ob sie Szenenapplaus geben wollten, blieben stehen, klatschten nicht, flüchteten nicht, und der Flötist flötete und flötete und flötete. Während der Arbeiter das Feuerlöschgerät auf der Bühne abstellte und die Schutzkappe abzog, trat Sarastro links aus dem Vorhang und streckte die Handflächen dem Publikum entgegen.

»Meine Damen und Herren, ich bitte Sie, Ruhe zu bewahren.«

Das Publikum raunte unschlüssig, der Flötist flötete sein Zauberflötenmotiv mit Inbrunst zum x-ten Mal, als ob er nicht genug davon bekommen könnte, als ob er selbst von der Melodie verzaubert worden wäre, verhext dazu, bis an sein Lebensende fortzufahren, immer die gleichen Triller und Läufe zu wiederholen, und der Arbeiter richtete den Schlauch des Feuerlöschers auf die brennende Säule, wollte den Brand löschen, würde jetzt die Flammen ersticken, ein Held! Der Held drückte den Hebel, spritzte los.

»Gleich wird ... «, sagte Sarastro mit zuversichtlicher Baßstimme, und der erste Strahl aus dem Feuerlöscher zischte in die Flammen, wurde freudig empfangen, in Gas umgesetzt, bevor er den Pappmarmor erreichen konnte, wurde in einen dumpfen Knall verwandelt, der verpuffend eine blau-gelbe Stichflamme in den Himmel sandte, die den Helden im Overall zurückzucken ließ, ohne seine Hand vom Hebel des Feuerlöschers zu lösen. Entschlossen spritzte der Held, spritzte weiter, schickte das Löschmittel nach oben, nach unten, und überall knallte es los, schrie die Flamme vor Vergnügen auf, brüllten Feuerstöße nach oben, spielte das Feuer zum wilden Tanz auf.

Der Schrei aus dem Publikum kam wie aus einer Kehle, einer Seele, hoch und tief, schrill und dumpf, wie aus einem mächtigen polyphonen Maul, ließ Sarastros Weisheit von der Bühne taumeln, schlug endlich dem Helden, dem Arbeiter, dem Schurken den Feuerlöscher aus der Hand, diesen verdammten Feuerlöscher, der in Wahrheit ein Flammenwerfer sein mußte, und warf den Verräter im Overall von der Bühne in den Orchestergraben. Dort klirrten die Notenständer auf Blechinstrumente, schlugen die Resonanzböden irgendwo dumpf auf, als die Musiker aufsprangen und in den Zuschauerraum zu flüchten versuchten, dem Publikum nach, das keuchend und tretend und tobend durchs Dunkel schob. Nur der Flötist stand plötzlich auf der Bühne und flötete dort oben weiter. Er war kaum mehr hörbar im Chaos der Flucht, in der nächtlichen Hatz der kläffenden Meute, doch Ruth schien es, daß er sein Thema nun variierte. Daß er die Triller um

Halbtöne verschob, die Läufe hinauszog, Phrasen kappte, neue Welten wob.

Ruth war mit allen anderen aufgesprungen, hatte vielleicht auch aufgeschrien, doch nun zwang sie sich wieder auf ihren Sitz. Sie ließ das Keuchen der Masse gegen die Ausgänge toben, wußte, daß es sich dort brechen würde, zurückfluten, hörte es kehliger und spitzer werden, in Zähneknirschen übergehen, in das Knacken von Knochen.

»Keine Panik!« sagte sich Ruth.

»Bleib ruhig!« sagte sie sich und blieb ruhig, während sich hinter ihr, an den Ausgängen, kreischende Stimmen zerdrückten, während elegante Schuhe über gestürzte Abendkleider trampelten, nur hinaus, hinüber, über die quiekenden Köpfe hinweg, jeder für sich durch Blut und zerquetschtes Fleisch, sich, nur sich zu retten vor dem brüllenden Flammentod, und Ruth blieb sitzen und hörte den Variationen des Flötisten zu, der mutterseelenallein auf der Bühne stand und inbrünstig gegen die prasselnden Flammen anflötete. Die Feuerzungen leckten um ihn herum am Bühnenboden entlang, wie Wellen, die den Strand hinaufliefen. Die Kulisse war ein Flammenmeer, und wild wie das vom Wintersturm aufgewühlte Meer brausten und peitschten die Schläge der Flammen gegen die Mauern, warfen weiß brüllende Gischt auf, die in rotem Schein dampfte, zu einem leisen Ton verdampfte, zu Klängen, einer dumpfen Tonfolge, die nach Tod klang. Nach Requiem. Wie Totenglocken warnten Posaunen, riefen zur Ehrfurcht, kündigten das Passieren des Herrn der Schatten an. Langsam schritten die Violen vorbei, trugen den Sarg schwer auf den Schultern, die Posaunen klagten tief, und die Geigen schwankten in der Prozession, stützten sich in ergebener Trauer, schleppten sich voran. Die Bläser gaben den Schritt vor, in einer simplen Melodie, in ganzen, schweren Noten. Es gab keine Eile. Der Weg war zu Ende. Nichts wartete als das Grab. Eine Baßstimme war plötzlich da, kam von irgendwoher, kam aus dem Untergrund der Flammen, kam von dort, wo es schwach blau züngelte, wo schon schwarze Asche staubte, und schritt Hand in Hand mit der Posaune, ging im Gleichschritt dahin. Eine klagende Oberstimme reihte sich ein. Zwei unsichtbare trauernde Stimmen. Gesenkten Hauptes schritten sie dahin, und Ruth – vielleicht erleuchtet durchs Feuer – verstand die Worte, die sie feierlich sangen:

Der, welcher wandert diese Straße voll Beschwerden,
wird rein durch Feuer, Wasser, Luft und Erden.
Wenn er des Todes Schrecken überwinden kann …

Ganz deutlich verstand Ruth die Worte, mehr, verstand den Gesang, den Schrecken des Todes, die Unausweichlichkeit, die fast, fast tröstlich war, ein schleichendes Gift für den Kopf, das süchtig machte, dem sich Ruth nicht entziehen konnte. Ruth hörte die »Zauberflöte«. Jetzt erst. Eine Stunde lang hatte sie nichts gehört, hatte nur ihre Gedanken hin- und hergewälzt, hatte nichts wirklich vernommen, und nun hörte sie die »Zauberflöte« aus der brennenden Bühne, hörte Tamino dem Tod entgegengehen, wußte, daß er verloren war, weil er ein Mensch war, der dem Gift wie alle anderen Menschen ausgeliefert war. Sie wußte, daß es aus und vorbei mit ihm war, wenn nicht …

Der Flötist war nur mehr ein Schatten vor dem Feuerschein, doch er flötete, spielte der Glut entgegen, wiegte den Kopf, die Flöte. Wie ein Schlangenbändiger spielte er den züngelnden Flammen entgegen, ließ sie tanzen, hatte keine Angst vor ihrem Biß, vor ihrem Gift. Er spielte dem Tod zum Tanz auf, und der Tod begann sich zu wiegen, begann den Rhythmus aufzunehmen, es zuckte ihm in den Beinen, wie die Flammen zuckten, ungestüm noch, doch der Flötist zähmte sie, zwang ihnen seinen Takt auf. Lustig hüpften die Flammen im $^3/_4$-Takt, umfaßten sich, tanzten los, lachten auf. Ho, ho.

Nicht mehr der Flötist blies, es waren die Flammen selbst, die sangen, die aufspielten, ein Streicherensemble, das die Schritte vorstrich, das in den Drehungen jubelnd auftrumpfte, keck und frech fortdudelte, und eins, zwei, drei. Es war ein Walzer, den das Feuer gab. Ein Walzer, nicht einfach gespielt, sondern gesungen, gesungen wie von Knabenstimmen, und darüber, froh, glücklich, kein Gedanke an Gift und Tod, darüber erklang Miriams Stimme, Paminas Stimme von der brennenden Bühne:

Zwei Herzen, die von Liebe brennen,
kann Menschenohnmacht niemals trennen.

Tamino war nicht verloren. Es gab ein Gegengift, das ihm den Kopf freiblasen konnte, das die Hypnose brechen sollte, ihn dem Tod entreißen würde, dem er wie ein Opfertier entgegenging. Die Liebe, ja, aber nicht zu einer Person, kein Körper, kein hübsches Gesicht, kein Bildnis so bezaubernd schön. Es war die Liebe selbst, ihre Dynamik, ihr Klang, ihr Rhythmus. Vor allem der Rhythmus. Tamino brauchte nicht gegen den Tod zu kämpfen, er würde tänzeln, sich wiegen und drehen, er würde hüpfen und springen. Der Tod würde nicht mithalten können, er würde seinen Tritt verlieren, seinen schweren, gemessenen Schritt, sein Ziel. Der Tod würde sich zu Tode tanzen, wenn Taminos brennendes Herz sang und flötete.

Ruth hörte den Flötisten aus vollem Herzen gegen den Brand anflöten, sie sah die Flammen auf den Vorhang übergreifen, weiß-gelbe Spitzen auf rotem Samt, und Ruth dachte: So ist das also mit der »Zauberflöte«! Es war ein simpler Gedanke, es war eigentlich gar kein Gedanke, aber Ruth schien er im Widerschein des Feuers, das ihr ein flammendes da capo der Oper gab, der einzig richtige Gedanke zu sein. Das also war die »Zauberflöte«! Sie wagte nicht zu klatschen, sie wollte nicht unterbrechen, wollte nur weiter zuhören, hören, wie es weiterging.

Es ging weiter. Es ging noch weiter. Es ging zurück. Vor Tod und Liebe. An die Anfänge, zu den Urgründen. Ins Element des Feuers. Nun schien das Feuer seine Zauberflötenfassung darbieten zu wollen, seinen ureigenen Klang. Jetzt spielte das Feuer seine eigene Musik auf. Es brach aus, auf. Es griff auf alles über, was irgendwie erreichbar war. Der Flötist wehrte sich. Er flötete schlangenbeschwörende Melodien, Springendes, Klingendes, trällerte, trillerte. Er setzte ab, holte Luft. Setzte neu an. Der Vorhang brannte lichterloh.

Die Bühne brannte. Der Flötist wich nicht zurück. Er versuchte sein Motiv. Das Zauberflötenmotiv. Zu schnell, zu atemlos. Die Melodie stürzte die Tonleiter hinab. Der Flötist brach ab, hustete. Er wischte sich mit dem Ärmel über die Stirn. Setzte wieder an. Fand keinen Ansatz, hatte keine Luft, keine Kraft, einen Ton hervorzubringen, hätte sowieso keinen Ton hervorgebracht, der sich gegen die Arie des Feuers hätte durchsetzen können, würde so einen Ton nie hervorbringen, müßte Hilfe finden, dringend.

Hätte, würde, müßte. Es gab keine Hilfe. Es gab nur die Musik des Feuers, mächtige, apokalyptische Schläge gegen die Ordnung der Welt, gegen alle Fundamente, gegen Pappmauern, Vorhänge und rauchende Bretter, auf denen Flötisten wankten. Paukenschläge, die die wilde Jagd eröffneten. Pizzicato züngelte gierig, trieb voran, die Hitze stieg, peitschte das Blut auf, wallte hoch.

Der Hölle Rache kocht in meinem Herzen …

Kochte über. Schrill und dissonant sang das Feuer den Tod hinaus, schrie ihn Ruth entgegen, einen Ton jenseits von gut und böse, ein lächerlich schwingender Sopran, ein empörter Aufschrei *Tod und Verzweiflung,* der nichts kannte außer sich, außer sich war, sich in sich hineinsteigerte, sich aufbäumte ohne Ziel, funkensprühend, sich, sich, sich:

Tod und Verzweiflung
flammet um mich her.

Und all das schlug über dem Flötisten zusammen, ließ ihn schwanken, nach hinten taumeln, fällte ihn endlich und würde ihn in unbändigem Haß verbrennen, ihn und seine kleine Flöte, die nichts genutzt hatte, einen zu schwachen Zauber darstellte gegen das Feuer, das sich für die Herausforderung grausam rächen würde, den Flötisten und sein Instrument auflodern ließe und auch Ruth in seinem unmäßigen Zorn vernichten würde.

Sie hustete vor Schrecken, hustete, hustete, keine Luft mehr, alles in der Rache des Feuers verbrannt, und da spürte Ruth, wie Hände sie von ihrem Sitz rissen, hörte höhnisches Koloraturgelächter in ihren Ohren klingen, zeigte noch nach vorn, versuchte zu sagen, daß dort der Flötist sei, wußte nicht, ob das in der unerbittlich gellenden Feuerarie zu hören war, der Arie, die sich spitz emporschraubte und plötzlich in stummer Nacht versank.

Die Nebel wogten grau, und irgendwo rauschte ein Wasserfall. Oder Motoren dröhnten fern. Oder ein Bienenschwarm summte. Der Nebel rotierte und sagte: »Griff.«

Über Ruth drehte sich ein Ventilator. Luft. Ein Hauch von frischer Luft. Eine Stimme sagte: »Sie kriegen es in den Griff.«

Ruth lag auf dem Rücken. Rechts war roter Stoff. Sie lag auf einer plüschüberzogenen Bank. Ruth hustete und drehte den Kopf in die Richtung, aus der die Stimme kam. Die Stimme gehörte zu Papageno. Er sagte: »Sie kriegen alles in den Griff.«

Sarastro sagte: »Die wollten uns umbringen, verdammte Scheiße.«

Sarastro hatte einen Flachmann in der Hand. Er setzte an, nahm einen tiefen Schluck und schüttelte sich. Am Fenster standen noch mehr Leute. Ruth richtete den Oberkörper auf.

»Wer wollte uns umbringen?« fragte Tamino.

»Was weiß ich!« zischte Sarastro.

»Hauptsache, sie kriegen alles in den Griff«, sagte Papageno.

Ruth hustete noch einmal, aber es ging schon. Alles in Ordnung, hätte sie gesagt, wenn sie jemand gefragt hätte. Niemand fragte.

»Ist doch scheißegal, wer!« brüllte Sarastro.

Ruth sah nach rechts zum Fenster hinaus. Auf der gegenüberliegenden Seite des Fleischmarkts stand ein strahlend weiß angeleuchtetes Haus. Pizzeria Castelnuovo, las Ruth. Über das Schild lief blaues Licht, von links nach rechts. Es stammte von einem Einsatzwagen der Feuerwehr, der die Einmündung zur Drachengasse blockierte. Zum Laurenzerberg hin war ein zweiter zu sehen. Von rechts heulte ein Rettungswagen heran. Vier andere standen schon mit offenen Hecktüren in der Straße. Weißgekleidete Männer liefen umher.

»Irgendwelche Scheißkerle!« schrie Sarastro.

»Wenn die Feuerwehr erst einmal alles im Griff hat ...«, sagte Papageno.

»Im Griff hat, im Griff hat, im Griff hat«, äffte ihn Sarastro nach.

»Hör auf!« sagte eine Frau. Es war eine der drei Damen der Königin der Nacht. Die grün gekleidete. Die anderen beiden standen daneben. An einer Theke. Am Tresen. Ruth war in einer Wirtschaft, in einem Kaffeehaus. Sie befand sich nicht in einer Opernaufführung, auch wenn Monostatos dort hinten leise auf die Königin der Nacht einsprach. Die schwarze Schminke hatte den Kragen seines Kostüms beschmiert.

»Ich soll aufhören, was?« Sarastro fuhr hoch. Er zeigte auf Papageno. »Und was ist mit dem Idioten da? Alles im Griff, alles im Griff, hä?«

»Wenn die Feuerwehr ...«, sagte Papageno.

Die Schläuche führten von den Tanks der Löschzüge in die Drachengasse, dem Rauch entgegen, der auf den Fleischmarkt hinausdrängte. Was in der Oper vor sich ging, konnte Ruth nicht sehen. Keiner konnte es sehen, der sich wie sie hier im Eckcafé befand. Sie hatte keine Ahnung, wie sie hierher gekommen war. Was eigentlich passiert war. Draußen vor dem Fenster schien vor kurzem eine Schlacht stattgefunden zu haben. Sanitäter verbanden Köpfe und Arme, legten Infusionen und luden Verletzte in die Krankenwagen.

»Erst einmal muß die Feuerwehr alles in den Griff bekommen«, sagte Papageno.

»Sicher«, sagte die grüne Dame.

»Was?« Papageno schreckte auf.

»Die Feuerwehr muß alles in den Griff bekommen«, sagte die Dame beruhigend.

»Ach so«, sagte Papageno.

»Klar«, sagte er.

»In den Griff«, sagte er.

»Ich bringe ihn um!« schrie Sarastro. Die zwei geharnischten Männer stürzten sich auf ihn, hielten seine Arme fest und redeten auf ihn ein.

Das Feuer auf der Bühne! Die Panik unter den Zuschauern, der Flötist! Jetzt erst fiel Ruth wieder alles ein. Sie machte zwei Schritte zu der grünen Dame hin und fragte: »Was ist mit dem Flötisten? Er war am Ende ...«

»Sie haben ihn herausgetragen. Ich habe es gesehen. Er ist nicht drin geblieben. Keiner ist drin geblieben. Alles halb so wild.«

»Alles halb so wild ...«, plapperte Papageno nach.

Ruth sah sich um. In der Gaststube des Cafés war es brechend voll. Den Flötisten konnte sie nicht entdecken.

»... wenn man immer alles im Griff hat«, sagte Papageno sich selbst vor.

Die grüne Dame sagte: »Er ist schon weg, ins Krankenhaus. Die von der Rettung waren fix. Sofort künstliche Beatmung, Sauerstoff und alles. Ich glaube nicht, daß ...«

»Nein«, sagte Ruth.

»Wahrscheinlich ist er morgen wieder auf dem Damm.«

»Sicher«, sagte Ruth. Sie suchte die Menge weiter mit den Augen ab, hörte sich durch die Stimmen, die durcheinander klangen. Sie suchte weiter. Sie wußte nicht, warum. Was sie suchte. Wen sie vermißte. Welche Stimme sie aus dem Gewirr heraushören wollte.

»Wenn man alles im Griff hat!« sagte Papageno wichtig.

Alle waren sie da, Papageno, Papagena, Sarastro, Monostatos, die Königin der Nacht, die Damen, Knaben, Priester, Geharnischten, eine Menge Musiker. Tamino war da. Nur eine war nicht da. Pamina. Ruths kleine Schwester Miriam fehlte.

Ruth ließ die grüne Dame stehen und begann sich durch das Stimmengewirr zu schieben. Sie fragte nach Miriam. Kopfschütteln, Achselzucken. Sie unterbrach erregte Diskussionen, rüttelte an Schultern. Nichts. Niemand hatte Miriam gesehen, keiner wußte etwas von ihr, keiner interessierte sich für etwas anderes, als sich den eigenen Schrecken von der Seele zu reden.

Im Eck hinter der Theke stand Intendant Schmelzer. Ruth drängte sich durch die Menge. Schmelzer sprach auf einen dicken Alten ein. Der hatte sich drohend vor dem schmächtigen Bühnenarbeiter aufgebaut, der Ruth in der Pause die Tür geöffnet hatte. Vor nicht einmal zwei Stunden, vor einer Ewigkeit. Bevor alles passiert war.

»Er ist stumm, Herr Waworka«, sagte Schmelzer. »Er kann Ihnen nicht antworten.«

Der Alte war der Oberinspektor, mit dem Ruth am Telefon gestritten hatte. Es war ihr egal. Sie hatte andere Probleme. Sie mußte ihre Schwester finden.

»Josef Hawliczek heißen S' also?« fragte Oberinspektor Waworka das Männchen im grauen Overall, das auf einer viel zu großen gepolsterten Bank saß und versuchte, sich in der Ritze zwischen Sitzfläche und Lehne zu verkriechen.

»Jetzt nicken S' halt, wenn S' schon nicht reden können!« schnauzte Waworka. Das Männchen zog ein Bein vor die Brust und sah mit furchtgeweiteten Augen zu Schmelzer hinüber. Schmelzer lehnte an der Theke. Er sagte:

»Er hat Angst, Herr Oberinspektor, und wenn er keine hätte und sprechen könnte, würde er Ihnen vielleicht auch nicht sinnvoll antworten.«

»Herr Waworka ...«, sagte Ruth. Der Oberinspektor beachtete sie nicht. Er schien sie gar nicht zu hören.

»Stumm und deppert, meinen Sie das?« Waworka warf einen abschätzigen Blick auf das verlorene Etwas, das auf dem roten Plüsch hin- und herrutschte. Schmelzer sagte:

»Er ist ein guter Bühnenarbeiter, zuverlässig, schnell und gründlich. Er ...«

»Der hat die Bühne abgefackelt!« höhnte Waworka. »Zuverlässig, schnell und gründlich!«

Schmelzer schüttelte den Kopf.

»Er hat am schnellsten reagiert. Als erster von allen. Die anderen waren noch wie erstarrt vor Schrecken, da hatte er schon den Feuerlöscher von der Hinterbühne in der Hand ...«

»Und hat die Bühne vollends abgefackelt«, ergänzte Waworka grimmig.

»Herr Waworka«, sagte Ruth, »meine Schwester ...«

»Lassen Sie mal die Kriminaltechniker durch!« sagte Waworka. Zwei Polizisten und ein Brandmeister drückten sich an Ruth vorbei.

»Ich muß unbedingt mit Ihnen ...«, sagte Ruth.

»Klappe halten!« schrie Waworka.

»Meine Schwester hat die Pamina gesungen. Sie ist nicht da, nirgends.«

»Alles klar?« fragte Waworka den Feuerwehrmann.

»Brand gelöscht«, sagte der.

»Wir haben ein erstes Bild von der Sache«, sagte einer der Polizisten. »Unter Vorbehalt natürlich.«

»Noch jemand drin?« fragte Waworka.

Der Polizist schüttelte den Kopf.

»Aber ...«, sagte Ruth.

»Hören S' schlecht?« fragte Waworka. »Niemand drin. Kein Mensch, keine Maus. Suchen S' Ihre Schwester woanders! Hauen S' ab!«

Ruth haute nicht ab. Sie blieb stehen. Sie mußte ruhig bleiben, nachdenken.

»Also?« fragte Waworka einen der Kriminaltechniker.

»Der Feuerlöscher war geleert und mit Brandbeschleuniger wieder gefüllt worden. Benzin, mit 99%iger Sicherheit, auch wenn wir natürlich noch keine chemische Analyse ...«

Waworka winkte ab. Der Mann fuhr fort:

»Auch die beiden anderen Feuerlöscher sind randvoll mit Benzin. Der neben dem Orchestergraben und der hinten neben der Inspektion. Da wollte jemand auf Nummer sicher gehen. Der Brand brach aus, weil irgendein Heinzelmännchen die Düsen der Feueranlage auf der linken Bühnenseite mit einem noch nicht identifizierten Material umklebt hatte. Als das Feuer gezündet wurde, weichte das Zeug auf und verklebte die Düsen. Das Feuer ging links aus, die Gaszufuhr blieb konstant, trieb rechts die Flammen nach oben und setzte die Dekoration in Brand. Sobald sie merkten, daß etwas nicht stimmte, drehten die Theatertechniker das Gas ab, aber da legte schon der Bühnenarbeiter mit der Benzindusche nach. Da war dann nichts mehr zu machen.«

Waworka nickte.

»Es ist nicht seine Schuld«, sagte Schmelzer. »Er konnte ja nicht wissen, daß Benzin im Feuerlöscher war.«

»Woher wollen S' das wissen?« fragte Waworka. »Das sagt der ja nicht einmal selber. Der redet ja nichts.«

Der Polizist fuhr fort: »Nach einiger Zeit schmorten noch die Leitungen durch, die Sicherungen flogen heraus, und um die allgemeine Panik noch zu verstärken, lag der ganze Laden im Dunkeln.«

»Bis auf die brennende Bühne natürlich«, ergänzte der zweite Techniker.

»Gibt es keine Sprinkleranlage?« fragte Waworka.

»Doch, klar. Mit Rauchmelder und allem Pipapo. Aber die schalten sie bei solchen Vorführungen immer ab. Die kann nämlich nicht unterscheiden, ob ...«

»Ja, ja.« Waworka winkte ab.

»Was war mit dem eisernen Vorhang?« fragte er. »Den können s' nicht einfach abschalten. Der muß funktionsfähig sein, da gibt es doch Vorschriften, die ...«

»Der ist funktionsfähig«, sagte der Techniker. »Ein Hebelgriff, um die Bremse zu lösen, und das Ding saust herunter und schlägt durch den Bühnenboden, daß es nur so kracht!«

»Und warum haben sie's dann nicht krachen lassen? Um wenigstens die Panik bei den Zuschauern einzudämmen.«

Der Kriminaltechniker zuckte die Achseln und wies auf einen alten Herrn, der bleich an der Wand lehnte.

»Fragen Sie den Kurtinenwächter!«

Der Kurtinenwächter war ein Rentner, der sich auf diese Weise ein kleines Zubrot verdiente. Das bißchen Geld, das er dafür einsteckte, war wohl kaum der Rede wert, aber immerhin konnte er von einem Logenplatz über der Bühne aus alle Aufführungen in Ruhe genießen. Wenn nichts passierte.

»Na?« fragte Waworka.

»Vielleicht wär's gegangen«, sagte der Mann. Er tupfte sich mit einem riesigen weißen Taschentuch die Stirn.

»Jetzt reden S' schon!« sagte Waworka. »Warum haben S' die Kurtine nicht ausgelöst?«

»Er stand noch auf der Vorbühne. Der Flötist. Von mir aus sah es so aus, als ob er einen halben Schritt vor dem Bühnenportal stünde.«

»Telefon für Herrn Oberinspektor Waworka!« rief es von der Theke.

»Ich habe geschrien und geschrien, doch er hat sich keinen Zentimeter wegbewegt. Vielleicht wär's auch so gegangen.«

Waworka schnaufte. Er ging ans Telefon.

»Von mir aus sah es so aus, als ob ihn die Kurtine nicht erschlagen würde, wenn ich den Hebel ...«, sagte der Kurtinenwächter zu einem der Kriminaltechniker. Der bohrte mit dem kleinen Finger im Ohr.

»Ja«, sagte Waworka ins Telefon.

»Wenn ich mich aber verschätzt hätte, wenn der Flötist gerade in dem Moment einen kleinen Schritt nach vorne gemacht hätte oder wenn ...«, sagte der Kurtinenwächter zu Schmelzer, der sich über den Bart strich und zu Waworka blickte.

»Woran?« sagte Waworka ins Telefon.

»Wahrscheinlich wär's gegangen«, sagte der Kurtinenwächter.

Waworka legte auf, kam zurück.

»Tot«, sagte er.

»Der Flötenspieler«, sagte Waworka. »Im Rauch erstickt. Exitus.«

»Was?« sagte Schmelzer.

»Was haben Sie gesagt?« fragte der Kurtinenwächter ungläubig.

»Tot, aus, finito«, sagte Waworka.

Tot. Im Café erstarb das Gemurmel, endeten die aufgeregten Diskussionen. Die Bewegungen froren ein. Als ob ein Film angehalten worden wäre, erstarrten Sänger und Polizisten und Musiker in seltsam künstlich anmutenden Gruppen, in einem Schlußtableau auf einer Opernbühne, über die ein exzentrischer Regisseur blaues Feuerwehrlicht ausschüttete.

Ende, aus, finito, das Stück war vorbei, der Vorhang müßte sich schließen, Beifall müßte losbrechen, Bravorufe, klatschende Hände, trampelnde Füße. Es gab keinen Beifall. Im Café herrschte Totenstille, die den Raum aufzublähen schien, eine unerträgliche Spannung.

»Tot«, sagte jemand. Ganz ruhig klang es, ergeben, ohne Zittern in der Stimme, eine nüchterne Feststellung, nichts weiter. Tot. Der Flötist war tot. So war es. Man konnte nichts ändern. Tot war tot. Es konnte gar nicht anders sein.

»Ja, tot«, sagte Waworka. »Und jetzt alle raus!«

Keiner sagte ein Wort.

»Sie werden morgen einvernommen, meine Herrschaften«, sagte Waworka. »Um 10.00 Uhr im Sicherheitsbüro.«

Die ersten setzten sich zur Tür hin in Bewegung. Ruhig, vorsichtig. Waworka zeigte mit dem Finger auf den Bühnenarbeiter und sagte zu Schmelzer: »Auch der Hawliczek soll morgen ins Sicherheitsbüro kommen. Wir besorgen so einen Taubstummenheini, der übersetzen kann. Können Sie ihm das klarmachen?«

Schmelzer nickte.

Ruth nickte auch. Der Flötist war tot. Und sie mußte Miriam finden. Sie ging mit den anderen, fragte nach links und rechts, boxte sich zu Tamino durch, dessen bleiches Gesicht durch die Schminke schien. Er stotterte seinen Namen hervor: Gero von Palffy. Dann sprudelte es aus ihm heraus:

»Ja, wir sind beide von der Bühne herunter, als die Säule brannte. Da war noch gar keine Gefahr. Wir waren beide völlig klar. Sie sagte, daß man sofort die Düsen abschalten müsse, und wir liefen hinter zur Technik, da hatten die anderen schon gemerkt, was los war, und ich sagte: ›Bloß keine Panik! Daß uns bloß keine Panik entsteht!‹ Ich habe dann Sarastro nach vorne geschoben, er solle auf die Bühne und das Publikum beruhigen, weil ich dachte, bei so etwas wirke ein Baß besser. Die Stimme wirkt ruhiger, wissen Sie? Ich war mir sicher, verstehen Sie, manchmal hat man in solchen Situationen solche Gedanken, ich schiebe ihn also nach vorne zur Bühne, da rauscht schon Hawliczek mit einem Feuerlöscher an uns vorbei, und wir alle hinten nach …«

»Und Miriam?«

»Miriam? Ich weiß nicht. Miriam wahrscheinlich auch. Ich weiß es nicht. Ich weiß noch, daß sie das mit den Düsen gesagt hat, als wir beide nach hinten gelaufen sind …«

»Und danach?«

»Danach? Da war Chaos. Ich weiß nicht, ich habe sie nicht mehr gesehen, ich habe keine Ahnung, ich ...«

»In Ordnung«, sagte Ruth, »klar. Danke. Danke vielmals.«

»Ich würde es Ihnen sagen, wenn ich es wüßte. Ehrlich. Wieso sollte ich es Ihnen nicht sagen?« Palffy war kurz vor dem Heulen.

»Sie wissen es halt nicht«, sagte Ruth beruhigend.

»Nein!« schrie der Mann. »Aber das können Sie mir doch nicht zum Vorwurf machen! In so einer Situation!«

»Schlafen Sie darüber!« sagte Ruth.

Palffy schüttelte den Kopf, verzweifelt, zog zögernd Richtung Rotenturmstraße ab. Die Passanten wandten die Köpfe nach ihm. Er war als Tamino gekleidet, er war kein Held, er war nur ein simpler Heldentenor, hatte immer nur heldenhafte Opernrollen gesungen. Er war es nicht gewohnt, daß Brände ausbrachen und Kolleginnen verschwanden. Kopfschüttelnd und verwirrt wankte er den Fleischmarkt hinauf, aufs Bermudadreieck zu, aufs Wiener Nachtleben, in dem außer ein paar Hundertschillingscheinen nie etwas verschwunden war und nie etwas anderes verschwinden würde.

Ruth streckte sich. Der Nachtwind blies um ihre Schläfen. Was sollte ihrer Schwester in einer behäbigen, geruhsamen Stadt wie Wien schon passieren? In einer Stadt, die ihre Halbwelt bloß inszenierte, um für eine echte Metropole gelten zu können? In der sogar die Jahrhundertverbrechen, die im Kriminalmuseum in der Leopoldstadt dokumentiert waren, nach Kleinstadtklatsch klangen?

Ruth schrak zusammen, als sie jemand am Ärmel zupfte. Sie wandte sich um. Es war Hawliczek, der Bühnenarbeiter aus der Oper. Aus dem Griechenbeisl brach eine Horde johlender deutscher Touristen, sang:

»Ja, man muß ja nicht gleich besoffen sein, ein kleiner Rausch tut's auch.«

Ein kleiner Rausch hatte es nicht getan. Sie waren besoffen. Stockbesoffen. Hawliczek sah Ruth mit treuen Hundeaugen an.

»Hm?« fragte Ruth.

Die Touristen grölten. Immer das gleiche. Als ob sie selbst nicht glauben konnten, wie besoffen sie eigentlich waren. Hawliczek starrte Ruth unverwandt an. Er stank nach Rauch und Schweiß.

»Miriam?« fragte Ruth. »Haben Sie sie gesehen?«

Hawliczek nickte eifrig, krümmte dabei den Rücken.

»Wo ist sie?«

Hawliczek nickte. Er zeichnete mit dem rechten Zeigefinger ein Kreuz auf seine linke Handfläche und ließ dann die Hand durch die Luft nach oben flattern.

»Weg?« fragte Ruth. »Sie ist weg?«

Hawliczek nickte eifrig, grinste schief.

»Wie? Wohin?«

Er griff Ruth am Ellenbogen und zog sie zu einem geparkten Auto am Straßenrand. Ein weißer BMW. Hawliczek schlug ein großes Kreuz über der Seitenscheibe und wies mit dem Zeigefinger in Richtung Hauptpostamt. Die Touristen stellten sich zum Chor auf und kreischten vielstimmig:

»Ja, man muß jaaa nicht gleich besoffffen sein …«

»Im Krankenwagen?« fragte Ruth.

Hawliczek strahlte breit, nickte, zupfte weiter an Ruths Ärmel, zog sie nach unten, riß den Mund auf, würgte:

»Glll, glll.«

»Im Krankenwagen abtransportiert?« fragte Ruth.

Hawliczek nickte schnell.

Die Touristen schunkelten singend nach links. Sie würden auf den Stephansplatz wanken, bevor sie sich entscheiden konnten, ins Bett zu fallen. Weiß der Himmel, wieso alle besoffenen Touristen noch den Stephansplatz aufsuchen mußten!

Hawliczek schüttelte den Kopf, wischte auf der Scheibe des BMW umher, fuchtelte mit der Hand vor Ruths Augen, wollte offensichtlich noch etwas mitteilen. Ruth verstand nicht.

»Ein Rettungswagen? Sicher?«

Hawliczek nickte ungeduldig, zeigte zurück auf die Drachengasse, in der die Kammeroper lag oder das, was von ihr übriggeblieben war. Er simulierte mit den Händen einen Vulkanausbruch und schnitt die Eruption durch schnelle Handkantenschläge in Scheiben. So wenigstens sah es für Ruth aus. Sie verstand nicht, was er sagen wollte. Sie fingerte einen Kugelschreiber aus der Tasche, fand kein Papier, zog eine Visitenkarte hervor.

»Schreiben Sie es auf!«

Hawliczek schüttelte den Kopf und verlegte sich wieder auf unverständliches Gestikulieren.

»Sie können nicht schreiben?« fragte Ruth ungläubig.

Hawliczek deutete auf seinen Mund, auf seine Ohren, auf seine Augen. Er zuckte die Schultern.

»Okay«, sagte Ruth. »Es ist ja auch egal. Es war ein Krankenwagen, ja? Sie sind sicher, daß es ein Rettungswagen war?«

Hawliczek nickte. Er zog den Rotz hoch, ließ die Arme hängen.

»Danke«, sagte Ruth, »Sie haben mir sehr geholfen.«

Sie ließ ihn stehen. Vielleicht war es zu einfach, ›danke‹ zu sagen und abzuhauen, aber sie verstand ihn einfach nicht. Außerdem stank er ekelhaft. Und schließlich war sie keine Sozialarbeiterin. Sie konnte sich nicht um alles und jeden kümmern. Sie suchte ihre Schwester. Und wenn Miriam in einem Krankenwagen fortgebracht worden war, dann hieß das, daß sie verletzt war und jetzt in irgendeinem Krankenhaus behandelt wurde. Es gab einige Krankenhäuser in Wien, aber die Zahl war überschaubar. Ruth fand eine 50-Schilling-Telefonkarte in ihrer Tasche. Ungebraucht. An der Rotenturmstraße befand sich eine Telefonzelle. Ruth konnte anrufen, nachfragen.

Sie rief an. Fragte nach. Erst im AKH, Notfallabteilung, dann das Telefonbuch entlang durch die Krankenhäuser Wiens. Nirgends war eine Miriam Strelecky eingeliefert worden. Sagten die Telefonistinnen. Es klang nicht unbedingt so, als ob sie immer in den Eingangslisten nachgesehen hätten.

Es war vier Uhr morgens. Streifenpolizist Leo Blum saß auf dem Beifahrersitz. Sie fuhren abwechselnd, eine Nacht er, eine

Nacht seine Kollegin Veronika Vanik. Von den Kollegen wurde sie V2 genannt, und zwar angeblich nicht nur wegen ihrer Initialen. Leo Blum konnte das nicht bestätigen. Er fuhr seit zwei Wochen mit der Vanik und kam blendend mit ihr aus. Bis jetzt wenigstens. Er versuchte, mit jedem gut auszukommen. Er war einfach so, und meistens funktionierte das ja auch.

»Für Sie immer noch Herr Blum, hätte ich sagen sollen«, sagte er.

Die Vanik nickte. Sie fuhr die rechte Wienzeile langsam Richtung Stadtmitte, würde am Karlsplatz umdrehen und die linke Wienzeile wieder stadtauswärts fahren. Blum war froh, daß sie heute fuhr. Er mußte sich konzentrieren. Er mußte reden.

»Für dich bin ich immer noch Herr Blum, hätte ich sagen sollen«, sagte er. Er kurbelte das Seitenfenster nach unten. Angenehm kühl strich der Fahrtwind herein. »Oder?«

Die Vanik nickte.

Links lag der Naschmarkt. Leblose graue Buden. Nichts rührte sich, keine Menschenseele war unterwegs. Um vier Uhr morgens war Wien eine tote Stadt.

»Oder ich hätte sagen sollen: Herr Oberinspektor Waworka, so war doch Ihr Name? Wenn Sie mir freundlicherweise noch die Nummer Ihres Dienstausweises mitteilen könnten, bittschön! Nur wegen der Dienstaufsichtsbeschwerde, wissen S' eh!«

Die Vanik bog in den Karlsplatz ein und bremste weiter ab. Sie fuhren nun fast im Schrittempo, vielleicht wegen der Dealer, die allgemeiner Überzeugung nach rund um die U-Bahnstation bevorzugt auf Kunden warteten. Im Schrittempo fahren ist die wirksamste Abschreckungsstrategie, die wir uns bei den zur Verfügung stehenden Kräften leisten können, hatten sie Blum schon bei der ersten Einweisung gesagt. Es war halt in Wien doch einiges anders als bei ihm zu Hause. »Du Arsch mit Ohren, hätte ich brüllen sollen«, sagte Blum, »und ihm eine in die Fresse hauen, daß er zwischen dem zertrümmerten Zeug gar nicht mehr aufgefallen wäre.«

Er kicherte, und die Räder des Streifenwagens ratterten zustimmend über ein Straßenbahngleis.

»Na, na«, sagte die Vanik.

»Und einen rechten Haken in seinen Magen, und sobald er flachliegt, einen Fußtritt zwischen die Beine«, sagte Blum. Das wäre es gewesen. Das hätte der Kerl verdient gehabt. Das und nichts anderes.

»Du hast damit nicht rechnen können«, sagte die Vanik. »Du warst überrascht, das war alles.«

»Dann mit den Handschellen den linken Arm ans rechte Bein gefesselt, über den Rücken natürlich, und ihm die Pistole an die Schläfe gesetzt ...«

»Das passiert halt mal, daß einem in so einer Situation nicht das richtige Wort einfällt. Das passiert dauernd.«

»... den kalten Stahl der Pistole so fest auf die Schläfe gedrückt, daß er die Rundung genau spürt, aus der die Kugel kommen muß ...«

»Du wolltest nur die Kollegin verteidigen. Du hast dir doch nichts vorzuwerfen!« sagte die Vanik.

»... und ihm ins Ohr flüstern: So, mein Oberinspektorlein, jetzt sag's noch einmal! Wiederhole Wort für Wort, was du gerade gesagt hast! Laut und deutlich. Wenn ich es nicht klar genug höre, knalle ich dich ab. Und wenn ich es klar genug höre und es gefällt mir nicht, dann knalle ich dich auch ab, weil du Schwein ...«

Blum hörte seine eigene Stimme Morddrohungen über den Karlsplatz schreien. Durchs totenstille Wien. Ein paar müde aufflatternden Papierfetzen nach, die von einem Windstoß erfaßt worden waren. Er hätte die Worte gern zurückgeholt. Er hätte sie gar nicht aussprechen dürfen.

»Es ist ja nichts passiert«, sagte die Vanik.

»Nein?« fragte Blum. Er war sich nicht so sicher. Manche Sachen tat man nicht, manche Dinge sagte man nicht. Manche Sätze, manche Worte. Und manchmal sagte man die Worte nicht, die man unbedingt sagen sollte.

Die Vanik hatte gewendet. Es waren keine Dealer unterwegs, die sie hätten abschrecken können. Es war überhaupt niemand unterwegs. Sie fuhren die linke Wienzeile stadtauswärts. An den Otto-Wagner-Häusern vorbei, die genauso stumm da standen wie alle Nicht-Otto-Wagner-Häuser. Die Vanik fuhr, der Wind flüsterte durchs offene Fenster herein, und Leo Blum sagte: »Ich habe versagt.«

Die Vanik gab ein bißchen mehr Gas, ordnete sich aus irgendwelchen Gründen in die linke Spur ein, neben dem ummauerten Bett der Wien.

»Weil ich nichts gesagt habe«, sagte Blum.

Sie folgten der Wien stadtauswärts. Die Wien war kein Fluß, kein Bach, sie war ein Abwasserkanal, in dem nicht einmal so viel Abwasser floß, daß sich eine Ratte darin hätte ertränken können. Blum sah auch keine Ratte. Es gab keine Ratten in Wien. Es gab gar nichts Lebendes. Wien war eine tote Stadt.

»Ich bin ein elender Versager«, sagte Blum. Er nahm die Uniformmütze ab und strich sich die Haare nach hinten. Die Mütze war ihm etwas zu groß.

»Es gibt noch ein Gewitter heute Nacht«, sagte die Vanik. »Sturm kommt auf.«

Sie waren fast am Gumpendorfer Gürtel. Dort ging es rechts Richtung Westbahnhof. Da könnte noch etwas los sein. Da könnten ein paar Menschen unterwegs sein. Illegale zum Beispiel. Schwarze. Nigerianer. Ein paar Zuhälter. Die altbekannten Strizzis und die neue Drogenmafia. Dieser Teil des Gürtels war das Gebiet, wo sich die Dealer wirklich aufhielten, seit die Streifen am Karlsplatz zu wirkungsvoll abschreckten. Blum würde die Augen offenhalten, abschrecken, einschreiten, wenn es nötig war.

Er hielt die Hand in den Fahrtwind. Auf seiner Hand pfiff der Wind. Blum konnte die Frequenz verändern, wenn er die Finger öffnete und schloß. Eine kleine, rauschende Sirene.

»Du meinst, ein Sturm kommt auf? Ein Gewitter?« fragte er.

Ein Gewitter versprach eine ruhige Nacht. Es gab keine Schlägereien auf der Straße, kein Grölen vor Discos, wenn es regnete. Sogar weniger Einbrüche. In einem Gewitter kühlte sich alles ab. Man ging nach Hause, man regte sich ab.

Am Gürtel bis zum Westbahnhof hin war nichts los. Kein Dealer, keine Illegalen, paradiesische Ruhe. Unwirklich.

»Du meinst, ein Gewitter könnte helfen? Die Wolken abregnen lassen? Für klare, reine Luft sorgen? Meinst du das?«

Das Gelände vor dem Westbahnhof war tot wie die Insassen des Zentralfriedhofs. Kein Ton, außer vom Wind, der durch die Straßen pfiff, am Wagen entlangbrauste und Blums Hand taub werden ließ. Er zog sie zurück. Sie fühlte sich pelzig und schmutzig an. Sie kribbelte.

»Du meinst, ich sollte ihn ansprechen?« fragte Blum. »Ihn zur Rede stellen? Ihm meine Meinung sagen? Jetzt? Wo alles schon längst vorbei ist?«

Blum kurbelte das Fenster zu.

»Einfach zu ihm hingehen und mir alles von der Seele reden? Hören Sie zu, Herr Oberinspektor, was Sie denken, ist mir egal, aber ich muß einfach sagen, was ich von Ihnen denke! Meinst du das?«

Blum warf einen Blick zur Vanik hinüber. Sie setzte den Blinker und ordnete den Streifenwagen wieder auf der äußersten rechten Spur ein.

»Ruhestörung am U-Bahnhof Josefstädter Straße«, meldete sich die Funkzentrale. »Ein Streifenwagen, bitte.«

Josefstädter Straße. Das war nur ein paar Meter entfernt. Die Vanik nickte. Blum nahm den Sprechfunk:

»Wir übernehmen. Wagen 230. Wohin genau sollen wir?«

»Franz von Assisi. Die Kirche am Uhlplatz, direkt neben der U-Bahnstation.«

»Die Kirche?«

»Die Kirche.«

Die Vanik zuckte die Achseln, schaltete das Blaulicht ein und beschleunigte. Kein Martinshorn. Es war sowieso kein Wagen unterwegs. Alles schien wie vor dem Anfang der Welt. Blum würde mal über alles nachdenken. Er setzte seine Uniformmütze wieder auf. Er nickte. Er war im Dienst.

Der U-Bahnhof Josefstädter Straße war kein U-Bahnhof, sondern die Station einer Hochbahn. Die Gleise lagen auf Höhe des ersten Stocks, von halbrunden Bögen gestützt, unter denen Geschäfte, Kneipen und Werkstätten untergebracht waren. Die Kirche befand sich rechts, jenseits der drei Fahrspuren des Gürtels. Die Vanik bog rechts ein und stellte den Wagen auf dem Gehweg am Südturm der Kirche ab. Sie stiegen aus und gingen langsam zum Haupteingang. Das Blaulicht geisterte über das Mosaik im Tympanon. Christus, der Weltenherrscher, im Paradies. Die Kirche gab sich romanisch, war aber wohl gerade hundert Jahre alt. Kein Ton war zu hören. Keine Spur von Ruhestörung.

»Du links herum, ich rechts«, sagte die Vanik.

Blum nickte und ging nach links. Der Wind streunte über den Platz, den Gürtel herunter, vom Wienerwald her. Aus der Blindengasse pfiff er dem Chor der Kirche entgegen. Ein gleichmäßiges Brausen, das sich plötzlich zu einer menschlichen Stimme verdichtete, die durch die Nacht rief. Es war eine Stimme, die wie ein Unterton des Winds klang, eine Art Singsang, der das Gewisper des Winds bündelte, ein angedeuteter Gesang, ein Rezitativ des bevorstehenden Sturms. Es war eine weibliche Stimme.

»Da oben!« schrie jemand. Blum sah nach oben, sah eine Gestalt, die sich aus dem erleuchteten Fenster des Eckhauses zur Florianigasse beugte, sah in die Richtung, in die der Arm der Gestalt deutete, sah hoch zum Dach der Kirche, konnte nichts erkennen, hörte nur den Wind, der das Wort »Nacht« sang.

»Da oben«, sagte die Vanik, die von rechts gekommen war, und beide sahen sie hinauf zum Dach des Seitenschiffes, sahen einen Schatten, der dort nicht hingehörte, hörten eine Stimme, die mit dem Wind heulte. Die Worte waren nun deutlich zu verstehen:

»Königin der Nacht.«

»Da oben!« schrie es aus einem Fenster gegenüber.

Von links wurde geantwortet. Weitere Fenster schlugen auf:

»Um halb fünf morgens!«

Von überall her rief es, gaben die erleuchteten Fenster Laut, und von der Dachkuppel des linken Seitenschiffs klagte eine Sopranstimme:

»Königin der Nacht.«

Es war da oben. Eine Frau war da oben und rief durch die Nacht. Sang klagend mit dem Pfeifen des Windes. Sie war die Ruhestörung. Es war kein Singen und kein Sprechen, es lag dazwischen. Blum konnte nicht sagen, was es war, aber er wußte, daß es mit dem Gesang des Windes zu tun hatte.

»He, Sie«, rief die Vanik nach oben, »kommen Sie herunter!«

»Hören Sie auf mit dem Krach!« rief Blum. Er hätte »Gesang« sagen sollen. Es war kein Krach, es war Gesang. Zumindest halb. Eher als Krach. Er ärgerte sich. Schon wieder nicht das richtige Wort. Er räusperte sich.

»Es ist halb fünf«, rief die Vanik.

»Nachtruhe!« rief Blum.

»Polizei, kommen Sie herunter!« rief die Vanik.

»Königin der Nacht«, sang die Stimme vom First. Es klang klagend wie der Ruf eines Käuzchens. Nur höher. Ein Soprankäuzchen.

»Es ist halb fünf«, schrie eines der beleuchteten Fenster. »Wir haben ein Recht auf unseren Schlaf.«

Blum nickte. Sie hatten ein Recht auf ihren Schlaf. Sie hatten ein Recht darauf, ungestört in ihren Betten zu liegen. Sie würden morgen wie erschlagen sein. Wie tot.

»Königin der Nacht!« sang es von oben. Es klang nur wie ein Ruf. Ein Hilferuf, ein Warnruf. Ein Ruf, der an irgend jemand gerichtet war. Blum konnte nicht bestimmen, wie es klang.

»Ich klettere hoch«, sagte er.

»Kommen Sie sofort herunter!« rief die Vanik.

»Königin der Nacht«, sang es von oben. Alle Silben auf demselben Ton. Nur das Wort »Nacht« zog sie nach oben. Es klang verzweifelt.

»Ich schaffe das«, sagte Blum. »Ich gehe da hoch.«

Blum hatte klettern gelernt. Er kam aus einem Dorf in Tirol, wo man erst klettern und dann laufen lernte. Er war ein Eins-a-Kletterer.

»Nein«, sagte die Vanik. »Sie bewegt sich.«

Die Frau oben bewegte sich. Sie verschwand im Schatten zwischen Hauptchor und hochgezogenem Querschiff. Blum und die Vanik überquerten die Straße, um von der gegenüberliegenden Seite einen besseren Blick auf das Kirchendach zu haben. Sie sahen nichts. Sie hörten nur, wie die beleuchteten Fenster rund um den Uhlplatz sich Worte zuwarfen. Sätze, die wie an feinen Fäden aufgezogen die Kirche umspannten, ein Spinnennetz von »Achtung«- und »da links«- und »jetzt steigt sie hoch«-Rufen, die ihr Opfer umgarnen, jeden Ausweg verstellen sollten. Ihr Opfer, die Täterin, die Ruhestörerin.

»Vielleicht hört sie auf«, sagte die Vanik.

»Königin der Nacht«, singsangte es von oben, und da tauchte sie wieder auf, balancierte auf dem First des Mittelschiffs entlang. Wie eine endlich zum Leben erwachte Statue tanzte sie auf dem Dach, sichtbar für alle nun, für alle Wächter und Ruhegestörten, für alle Geier in den Fensterhöhlen, und die Rufe schwollen an, schossen hin und her zwischen den Fenstern, wurden wie Pfeile gegen die Kirche geschleudert, Salven von akustischen Geschossen, die den Eindringling herunterholen sollten, eine geschriene Luftabwehr, Flakfeuer. Die Festung Wien, Bollwerk Uhlplatz bekämpfte den Feind, dessen Silhouette vor dem Nachthimmel drohte. Der Feind balancierte auf dem Dachfirst und sang mit dem Wind:

»Königin der Nacht.«

Sie setzte ihre Schritte traumwandlerisch sicher, trotz des Windes, der da oben noch stärker sein mußte als unten, und Blum dachte, daß diese Frau wirklich klettern konnte. Eine Zirkusartistin vielleicht? Eine Hochseilkünstlerin?

»Vielleicht kommt sie herunter«, sagte die Vanik.

Immer mehr Fenster wurden hell, öffneten sich. Die Kommunikation klappte wie am Schnürchen, ohne daß eine Befehlszentrale ausfindig zu machen war. Ein wirklicher Volkskrieg, Widerstandsnester überall, Heckenschützen aus allen Häusern, aus jedem Stockwerk das Stakkato der Angriffssalven, trompetete Kommandorufe und einzelnes Aufgellen schwerer Empörungsschreie.

»Königin der Nacht«, hielt die Frau dagegen. Sie hatte das Längsschiff überquert, rutschte die Dachschräge zu dem kleinen Balkon hinunter, der die Westfassade oben abschloß, und begann, ohne zu zögern, den Nordturm nach oben zu klettern. Das akustische Feuer aus den Fenstern erlahmte ein wenig.

»Die kommt nicht herunter«, sagte Blum, »nicht freiwillig.«

Die Frau stieg aufs Geländer des Turmbalkons, schnellte hoch, bekam die Brüstung der Fensterumrahmung zu fassen, zog sich mühelos nach oben und verharrte kurz.

Eine Gymnastin, eine Turnerin? dachte Blum. Sie schlängelte sich eine scheinbar glatte Mauer hinauf, turnte eine Säule hoch, hing mit einer Hand an der Brüstung des oberen Umgangs, schwang einmal, zweimal, schien hinaufzuhüpfen. Eine Eidechse? Ein Affe? dachte Blum. Schon stand sie auf dem Umgang um die Turmhaube, hielt die Hände als Schalltrichter vor den Mund und rief: »Königin der Nacht.«

Es klang nicht triumphierend, obwohl sie ganz oben war, knapp unter dem Goldkreuz der Turmspitze, obwohl sie sich durchgesetzt hatte gegen alles, was sie ihr entgegengeschrien hatten. Es klang kläglich, es klang wie das Schreien einer Katze, verweht vom stärker werdenden Sturmwind. Wie Klangfetzen von einem schnell rotierenden Lautsprecher:

» … nigin … acht.«

»He, Sie von der Polizei, tun S' doch was!« rief es aus einem der hellen Fenster.

»Und was?« schrie die Vanik zurück. »Soll ich sie herunterschießen?«

Es war schon zu spät. Blum spürte es, hörte das Gemurmel durch den Sturm. Die Bürgerwehr suchte nach neuen, leichter erreichbaren Zielen und war dabei über die Vanik und ihn gestolpert. Sie waren noch keine Feinde, aber sie konnten schnell welche werden. Für einzelne waren sie schon im Visier. Es würden schnell mehr werden. Die Frage war, ob sie sich gegen ein Trommelfeuer aus den Fenstern ähnlich halten konnten wie der unverwundbare Hauptfeind auf dem Turm.

»Köö... Nacht«, wehte der Sturm von oben herab.

»Genau, die Kieberer«, schrie es von rechts.

»Die sollen eingreifen!« Das war direkt über ihnen. Blum zog unwillkürlich den Kopf ein.

»Goschen halten!« schrie die Vanik aus Leibeskräften nach oben.

»Sagen S' das der Verrückten da oben!« kam es aus dem Eckhaus zur Blindengasse. Ein paar Fenster lachten zustimmend. Die Miliz hatte freies Schußfeld. Blum und die Vanik standen ohne Deckung auf dem Platz.

»Ich tu's«, sagte Blum leise. »Ich hole sie herunter.«

»Untersteh dich!« sagte die Vanik.

»Wenn es um Strafzettel geht, sind sie immer gleich bei der Hand«, sagte die Stimme über ihnen.

»Auf geht's!« schrie es von drüben.

»Du bleibst da!« zischte die Vanik.

Blum würde nicht dableiben. Er würde jetzt gehen, den Turm hochklettern, ein paar Worte mit der Frau dort oben reden, sie überzeugen, daß es besser sei herunterzukommen, daß alle Probleme lösbar seien, wenn man ordentlich miteinander spreche, daß er, Blum, ihr zuhören, ihr helfen würde. Sie würden zusammen herunterklettern, sie würden sich aussprechen, alles wäre erledigt. Blum mußte es tun. Er war der einzige Mensch, der es tun konnte. Der einzige, der irgend etwas tun konnte. Er war der einzige Mensch. Außer ihm gab es nur zischende Kolleginnen und brüllende Fenster und verzerrten Singsang, der von Türmen herabwehte:

»... igin ... cht.«

Blum warf seine Uniformmütze der Vanik zu, überquerte die Fahrbahn, ging zur Basis des Turms.

»Sei nicht blöd!« rief die Vanik.

Blum begann zu klettern. Er war nicht blöd. Er würde alles in Ordnung bringen. Er erkletterte die Überdachung des Turmportals.

»Du mußt dir nichts beweisen«, rief die Vanik. Aus einem Fenster fast vorne am Gürtel kam zögerndes Händeklatschen.

»Auf geht's!« schrie jemand.

Blum kletterte langsam und konzentriert. Der Wind blies durch seine Haare, kühlte seine Stirn. Blum tastete sich an der Mauer entlang. Er fand die richtigen Griffe, er kam voran.

»König... Naa... «, klang es von oben, von nicht mehr ganz so weit oben. Blum kletterte.

»Bravo!« rief jemand. Ein paar Fenster klatschten nun. Klatschten Beifall für Blum. Er kletterte auf den ersten Balkon.

»Hollaradijöh«, jodelte jemand über den Platz. Gelächter, Gekreische, Geklatsche. Der Beifall wurde stärker, ein Beifallssturm erhob sich, Sturmböen, die Blum an die Mauer drückten, ihn wegzuzerren versuchten, sein Hemd aufblähten. Mehr Sturm als Beifall umtoste ihn, und da hörte er den ersten Donnerschlag, der noch fern war, weiter weg auf jeden Fall, als Blum von der Spitze des Turms entfernt war. Ein Gewitter war im Anmarsch, und Blum war im Aufstieg.

»Hopp, hopp!« kamen die Anfeuerungsrufe von unten, von der Seite.

»Hopp, hopp!« riefen sie und meinten ihn. Er war ihr Stellvertreter, er war sie, und sie peitschten ihn mit ihrem Beifall nach oben. Er würde alles regeln. Er würde mit der Frau reden, und alles wäre gut.

Wenn er es schaffte. Wenn ihn nicht dieser gottverdammte Sturm in die Tiefe blies. Blum klebte an der Mauer, tastete nach einer Ritze, in der er sich festkrallen konnte, schob sich ein Stückchen hoch. Er konnte den Kopf nicht drehen, gegen den Sturm, der ihm ins Ohr heulte, der seine Hosenbeine knattern ließ wie ein Maschinengewehr und das »Hopp, hopp« zu übertönen drohte, das ihm galt, ihn nach oben tragen sollte nach dem Willen aller. Ihn, Blum, den einsamen Kletterer.

»Hopp und hopp und hopp«, brandete es leise und unerbittlich von unten, und Blum versuchte, seine Griffe dem anzupassen, seinem Klettern diesen Rhythmus zu unterlegen, sich in ihm hochzutanzen. Hopp und hopp und Griff, und hopp und hopp und ...

Es ging nicht. Es war zu schnell. Er brauchte eine Verschnaufpause. Er würde kurz durchatmen können, wenn er die Nische erreicht hatte. Sich kurz hinter die Säule setzen und den Sturm vorbeiheulen lassen, einen Moment nur. Es fehlte noch ein Meter bis zum Sockel der Säule. Die ersten Tropfen fielen. Dicke Regentropfen.

»Hopp und hopp und hopp«. Das Geschrei der Fenstergucker schlug ihm in den Rücken. Es tönte in seinen Armen, vibrierte in seinen Fingern.

»Königin der Nacht«, singsangte es von oben herab.

Ein Donnerschlag zerriß den Himmel über der Kirche.

»Heilige Maria Muttergottes«, murmelte Blum. Es war noch immer ein Meter bis zum Sockel der Säule, zwei Griffe, und der Regen prasselte los, knallte auf Blum herab, schlug auf ihn ein, nur auf ihn. Der Regen rief nicht »hopp, hopp, hopp«, er schrie auf Blum in einer unverständlichen, gewalttätigen Sprache ein.

»Heilige Jungfrau Maria«, flüsterte Blum, aber der Regen lachte höhnisch und trommelte wildes Menschenfressergetrommel auf seinen Fingern. Wasser lief ihm übers Gesicht, in die Augen, aus den Augen, als er nach oben sah und erkannte, daß die Nische mit den Säulen meilenweit entfernt war. Weit darüber noch schwang sich ein Sopranstimmchen über die Brüstung und flatterte durch die Sturzbäche vom Himmel:

»Königin der Nacht.«

Und dann hörte Blum den Gesang. Durch den trommelnden Regen hörte er, wie die Frau über ihm mit hoher, unwirklich anmutender Stimme zu singen begann. Fetzen einer fremden, fürchterlichen Melodie taumelten an ihm vorbei. Blum verstand kein Wort, aber er wußte, daß die Königin der Nacht ihr ureigenes Lied sang, ihre Hymne auf eine ferne Welt, aus der vielleicht der Regen stürzte, der erbarmungslos auf ihn einprügelte. Es war ein grausames Lied, das den Weltuntergang beschwor, Sintfluten entfesselte, die Blum ins Nichts spülen und die Töne selbst ersäufen würden. Ein Donnerschlag brüllte auf, zerschmetterte in Blums Ohren, es war das Jüngste Gericht, sein persönliches Jüngstes Gericht.

»Und alle Heiligen Gottes!« schrie Blum und preßte die

Fingerkuppen in die Mauerritzen. Er hörte das Lied der Sängerin jäh abbrechen, sah aus den Augenwinkeln, wie sich ein Schatten vom Balkon herunterließ, an den Säulen herabrutschte, spürte, wie sich der Schatten in seinem Rücken die Wand hinabschlängelte, die Mauer hinab, an der Wasserfälle entlangstürzten, die jeden Halt wegspülten. Er ahnte, wußte, daß der Schatten schon beim unteren Balkon war und im prasselnden Regen verschwand, während er in der Mauer hing und nicht vor, nicht zurück wußte.

Der Regen war schuld, ohne diese Sintflut wäre er längst oben angekommen, ohne Probleme, hätte er die Frau erreicht, mit ihr gesprochen, wahrscheinlich schon alles geklärt, aber nun war sie weg, war hinter ihm auf unerklärliche Weise hinuntergeklettert, mußte die Turmmauer hinabgeschwommen sein, während er hilflos zuhörte, wie die Regensalven ihm seine Sünden vorbeteten. Er hing da, ohne sich rühren zu können, hörte zu, wie der Regen die Vorwürfe des Himmels auf ihn einprasseln ließ, hörte den Donner sich grollend trollen und dachte, daß er nichts bereue. Er hatte vielleicht nicht alles richtig gemacht, sicher nicht, aber er bereute nichts. Kein bißchen. Kein Wort, keine Tat.

Der Regen trommelte wie verrückt, und Blum schrie laut heraus: »Nichts, nichts, nichts.«

Dann ließ er los. Seine Finger ließen los, ließen ihn fallen, lieferten ihn dem stürzenden Wasser aus. Blum fiel, knallte auf den Turmbalkon, wurde gegen die Brüstung geworfen, zurückgeschleudert gegen die Tür zum Turminneren, blieb liegen, rappelte sich hoch.

»Nichts«, sagte er. Ihm war nichts passiert. Er war ein paar Meter abgestürzt, drei, vier Meter, nicht mehr, er war fast auf die Füße gefallen. Ein paar Schrammen hatte er abbekommen, sein Kopf schmerzte, und seine Uniform war völlig durchnäßt. Das war alles. Blum drückte sich gegen die Tür und ließ den Regen an sich vorbeirauschen. Sonst war nichts zu hören, kein »hopp, hopp, hopp«, kein »Königin der Nacht«, gar nichts, nur das Rauschen des Regens, das plötzlich müde klang, harmlos wie eine vorübergehende Tonstörung, wie ein

Fernseher nach Sendeschluß. Man schaltete ab und ging ins Bett. Schlief ein. Träumte vielleicht davon, tagelang im aufgewühlten Meer getrieben zu haben, bis einen die Wogen endlich an Land spülten. An einen Sandstrand, an dem man erschöpft und zerschlagen einschlief, und in diesem geträumten Schlaf träumte man vielleicht vom Vollmond, der verrückt durch die Nacht hin- und hersauste wie ein Tennisball, und irgendwo lachte ein Mädchen auf, als wäre sie eine Königstochter, die sich glücklich die Heldentaten des fremden Prinzen erzählen ließ.

Blum schreckte hoch. Er schlug sich mit der Hand gegen die Wangen. Er lauschte. Der Regen rauschte. Nein, er plätscherte sanft. Die Tropfen sangen eine leise Melodie, schön und ruhig wie ein Schlaflied von früher. Von daheim. Sonst war alles ruhig, die Ruhestörerin war weg, war unten, war vielleicht schon von der Vanik in Empfang genommen worden. Alles war in Ordnung. Blum hatte seine Aufgabe erfüllt. Er konnte zufrieden sein. Er war fast zufrieden. Auf jeden Fall war er ruhig. So ruhig wie die Welt um ihn herum. Soweit er diese durch das Lied des Regens wahrnehmen konnte. Mal angenommen, daß sie überhaupt noch existierte. Aber warum sollte sie eigentlich nicht mehr existieren, wenn alles in Ordnung war? Blum nickte. Er hatte das Gefühl, sich überzeugt zu haben. Alles war in Ordnung.

Blum kroch zur Balkonbrüstung, zog sich hoch. Es ging ganz leicht. Kein Problem. Er sah sich um. Die Fenster der Häuser waren verschlossen und dunkel, und die Morgendämmerung bröckelte unaufhaltsam durch die Florianigasse.

»Verdammt!« sagte eine Stimme von unten. Blum beugte sich über die Balkonbrüstung. Die Vanik saß in einer Pfütze und stöhnte. Blum schwang sich auf die Brüstung, kletterte den Turm hinab, so schnell es ging. Als er unten ankam, stand die Vanik schon wieder. Sie deutete zum Dach des Kirchenportals hoch und sagte: »Sie hat mich von da oben angesprungen.«

Blum nickte. Von da oben, klar.

Die Vanik strich sich die Haare hinter die Ohren und

tastete vorsichtig ihre Schädeldecke ab. Die Königin der Nacht mußte sie hart getroffen haben.

»Das nächste Mal knalle ich sie ab«, sagte die Vanik.

»Ist sie weg?« fragte Blum. Kein Gesang war zu hören. Kein »Königin-der-Nacht«-Ruf. Nur tröpfelnder Regen und die Geräusche des beginnenden Tages. Alles war vollkommen in Ordnung.

»Meine Pistole ist weg«, sagte die Vanik. Ihr Gesicht war bleich.

»Alles ist vollkommen in Ordnung«, sagte Blum. Er führte die Vanik am Arm zur Südseite der Kirche, wo der Streifenwagen stehen mußte. Auch der Wagen war weg.

3

Verhören: Stimmen

Um 8.00 Uhr morgens war Miriam noch nicht zu Hause. Zumindest antwortete sie nicht am Telefon. Kurz vor 9.00 Uhr stand Ruth vor der Wohnungstür ihrer Schwester und klingelte. Einmal, zweimal, dann läutete sie Sturm, auf daß ein Toter erwacht wäre. Ruth wartete ein paar Augenblicke, hörte der Stille des Treppenhauses zu, ging über zu rhythmischen Klingelfolgen, kurz, lang, kurz, lang, morste SOS in die Wohnung, spielte »Hänschen klein« auf dem Klingelknopf ab. Nichts. Miriam war nicht da.

Gut, in Ordnung, verstanden, alles klar, sie war nicht da. Ruth würde ihr noch zwei Stunden geben. Bis 11.00 Uhr. Sie klingelte noch einmal kurz, wie um zu bekräftigen, daß sie wiederkommen würde, und verließ das Haus. Von der nächsten Telefonzelle rief sie noch einmal bei den Notaufnahmen aller in Frage kommenden Krankenhäuser an. Ergebnislos. Miriam war nicht eingeliefert worden. Vielleicht hatte sich Hawliczek getäuscht.

Ruth strollte die Florianigasse hinab. Es war ein sonniger Morgen, und aus dem vom nächtlichen Regen feuchten Straßenpflaster stieg Frische auf. Ruth dachte an nichts. Sie trällerte Kinderlieder vor sich hin, begann mit »Fuchs, du hast die Gans gestohlen«, ließ sich nicht davon stören, daß sie sich an den Text nur bruchstückhaft erinnerte, und füllte die Lücken einfach mit »la, la, la« aus.

Bei »Alle Vöglein sind schon da« erreichte sie den Schönbornpark und betrat die Anlagen, um das Liedchen auf seinen Wahrheitsgehalt hin zu überprüfen. Sie hörte in das Laub der Bäume hinauf. Weder Amsel, Drossel, Fink noch Star ließen sich vernehmen. Ein paar Spatzen hüpften hektisch auf dem Basketballfeld umher, doch sie sangen nicht, zwitscherten nicht, pickten nur nach Krümeln, wollten nur fressen und keine Volkslieder akustisch untermalen. Picken und fressen, immer das gleiche, und ab und zu ein paar junge Spatzen aus den Schalen brüten, die wieder nur picken und fressen wollten. Das mußte das Wunder des Lebens sein.

Ein Hund kläffte von jenseits des Zauns, der den Park in eine Zwei- und eine Vierbeinerzone teilte. Es war ein schmutzigweißer Spitz, dessen Frauchen in sich versunken am Eingang zur Langen Gasse stand. Der Spitz bellte Ruth entgegen, ließ dann die Schnauze sinken. Er schnüffelte unter Büschen und trollte sich in einem seltsamen Zickzackkurs.

Ruth war die Lust auf Kinderlieder vergangen, und obwohl sie noch im »Kleinen Café« in der Kochgasse frühstückte, stand sie schon um 10.30 Uhr wieder vor Miriams Wohnungstür. Sie klingelte ein paarmal ohne große Überzeugung, nahm fast als selbstverständlich hin, daß sich nichts rührte, und wandte sich zum Gehen, doch irgend etwas ließ sie innehalten. Ihr Daumen stieß auf den Klingelknopf der Nachbarwohnung zu, läutete bei J. und N. Neumann, als ob er sich nicht forttragen lassen wollte, ohne irgendwo eine Tür geöffnet zu haben. Bevor Ruth noch wußte, was sie eigentlich fragen wollte, bevor der Klang der Klingel noch verklungen war, öffnete sich schon die Tür, stand da ein in eine rote Decke gewickeltes Monstrum, das Ruth aus vier Augen abschätzig musterte. Ein zweiköpfiges altes Ungeheuer, dessen wirres weißes Haar nach allen Seiten stand. Zwei alte Damen, zwei Schwestern offensichtlich, die sich unter einer gemeinsamen Tagesdecke verkrochen hatten. Sie mußten schon an der Tür gewartet haben, mußten darauf gehorcht haben, was sich draußen tat, ob sich irgend etwas tat, bei den Nachbarn, in der Welt des Treppenhauses.

»Entschuldigung«, sagte Ruth.

»Die junge Frau ist nicht da«, sagte eine der beiden. Sie zog das letzte Wort etwas nach oben, so daß schwer zu entscheiden war, ob der Satz als Feststellung oder als Frage gemeint war.

Ruth nickte.

»Es wird doch nichts passiert sein?« fragte die Alte. Ihre Schwester kicherte los, schob schnell eine Hand aus dem Plaid und schlug sie übertrieben vor den Mund.

»Wissen Sie ...?« begann Ruth.

»Nein, nichts, gar nichts«, sagte die Wortführerin schnell und wandte sich an ihre Schwester: »Weißt du etwa irgend etwas?«

Die andere schüttelte heftig den Kopf. Ihre Augen waren vor Schreck geweitet. Die erste zupfte das Plaid zurecht und sagte zögernd:

»So eine nette junge Frau. Immer freundlich zu uns alten Leuten. Und hilfsbereit. Meine Schwester und ich, wir sind nämlich nicht mehr so gut zu Fuß, und ...«

»Ja, dann muß ich wohl ...«, sagte Ruth.

»Meine Schwester macht sich Sorgen, weil die junge Frau die ganze Nacht nicht nach Hause gekommen ist. Ich habe ihr gesagt, daß das heutzutage nicht ungewöhnlich ist. Viele junge Leute kommen nicht jede Nacht nach Hause. Die Zeiten sind halt anders als bei uns damals. Deswegen muß man sich doch noch keine Sorgen machen. Oder?«

Die andere Alte grinste und nickte langsam. Sie hatte noch keinen Ton gesagt. Sie schienen unter sich die Rollen verteilt zu haben. Eine war für den hexenhaften Eindruck zuständig, während die andere das Wort gegenüber Fremden führte. Ruth konnte sich ohne Schwierigkeiten vorstellen, wie die beiden kichernd und Verwünschungen murmelnd Stoffpuppen mit Stecknadeln spickten und irgendwen irgendwo auf der Welt vor tödlichen Schmerzen aufschreien ließen.

»Woher wissen Sie, daß sie die ganze Nacht nicht da war?« fragte Ruth.

»Wir spionieren niemandem nach«, sagte die für Außenkontakte zuständige Alte. Ihre Schwester schnaubte empört.

»Vielleicht ist sie sehr spät heimgekommen?« meinte Ruth.

Die schweigsame Schwester prustete los und gluckste vor Lachen. Die andere sagte:

»Nachts hören wir hier alles. Klospülungen wie Wasserfälle, jeder Schritt knarrt durchs ganze Haus, die Mäuse nagen sich in die Deckenbalken, und die Geister, die aus allen dunklen Ecken flüstern. Brennt es nieder, wispern sie, brennt es ab, das Haus, das Todeshaus! Laßt es brennen und gebt uns die ewige Ruhe! Es ist unmöglich, hier ein Auge zuzutun. Seit Jahren können wir nicht mehr schlafen. Nicht für eine Sekunde schlafen wir ein. Stimmt's, Nora?«

»Ja!« spuckte ihre Schwester heraus, nickte heftig und zog die Decke enger um die Schulter.

»Eben«, sagte die andere, »und außerdem blieben die Fenster der netten jungen Frau dunkel, heute nacht, als die Königin der Nacht auf der Kirche sang.«

»Wie bitte?« fragte Ruth. Es war schwer einzuschätzen, in welchem Maß die beiden Alten verwirrt waren.

»Heute morgen um 5.00 Uhr«, sagte die Alte. »Die Königin der Nacht tanzte im Abendkleid auf der Kirche herum und rief zu uns herüber. Alle waren wach, hier im Haus und nebenan, rund um den Platz. Alle Köpfe aus den Fenstern. Nur bei der jungen Frau blieb alles dunkel, blieben die Fenster geschlossen. Sie war nicht zu Hause, sonst hätte sie wie alle anderen bei diesem Höllenspektakel nach draußen gesehen ...«

»Königin der Nacht«, krächzte die andere dazwischen.

»... bei diesem Geschrei, als der Polizist auf den Turm kletterte ...«

»Langsam!« sagte Ruth. Sie fragte nach, und mit der Zeit gelang es ihr, aus den Erzählungen der Alten die Ereignisse der vergangenen Nacht zu rekonstruieren. Sie klangen zu unwahrscheinlich, um erfunden worden zu sein. Und natürlich fragte Ruth sich sofort, ob sich hinter dieser ominösen Königin der Nacht etwa Miriam verstecken könnte. Vielleicht war sie unter Schock gestanden, vielleicht war der Brand in der Oper einfach zuviel für sie gewesen. Sie hatte durchgedreht, hatte den Sprung aus der Opernwelt zurück in die Realität nicht mehr geschafft. Möglich wäre das. Andererseits wollte zur Hypothese einer Schockreaktion nicht recht passen, daß Miriam hier nicht als Pamina erschienen war, sondern Kostüm und Rolle gewechselt hatte. Und würde Miriam, selbst unter Schock, auf Kirchendächern herumklettern? Vor allem aber war sich Ruth sicher, daß der entscheidende Anstoß vor der Opernaufführung geschehen war, daß schon vor Miriams Anruf bei ihr die Ereignisse ins Rollen gekommen waren, die letztlich zu ihrem Verschwinden geführt hatten.

»Hören Sie überhaupt zu?« fragte die eine Alte streng. Ihre Schwester verschluckte sich vor Kichern und drohte in einem Hustenanfall zu ersticken. Ruth verabschiedete sich hastig, flüchtete vor der doppelköpfigen Hexe nach unten und hielt erst auf der Straße inne. Sie mußte die Gedanken, die in ihrem Kopf umherhüpften, zur Ruhe bringen. Vielleicht war sie nur zu ungeduldig. Vielleicht sollte sie sich einfach irgendwo hinsetzen und warten. Hier das Haustor bewachen, ein paar Stunden, Tage, und irgendwann würde Miriam auftauchen – es war klar, daß Ruth gerade in diesem Moment eingenickt wäre – und sagen: »Du hier?« Ruth würde ihr in die Arme fallen, und Miriam würde sagen, daß nichts gewesen sei, daß sie es nur nicht mehr ausgehalten habe – »Was?« – »Alles!« – und kurz abgetaucht sei, um unter Wasser etwas Luft zu schnappen. Ruth würde nicken und sagen: »Mein Goldfisch!« Beide würden lachen, Küßchen links, rechts, und Ruth würde nach Hause gehen und sich ausschlafen. Ein tiefer, traumloser Schlaf würde alles wegwischen, und nie mehr bräuchten sie darüber zu reden.

Eine Glocke schlug an. Ruth sah zur Kirche hinüber. Sie versuchte sich Miriam vorzustellen, wie sie auf dem Dach herumturnte. Wie sie von dort oben die Fenster ansang. Vielleicht ihr eigenes Fenster? Warum hatte Miriam nicht ihre Wohnung betreten, wenn sie schon hier war, wenn sie sich überhaupt hinter dieser Königin der Nacht verbarg? Gab es einen Grund, der sie davon abgehalten hatte? Eine Bedrohung, der sie ausweichen, deren Reaktion sie provozieren wollte? Vielleicht die gleiche Gefahr, die Ruth aus Miriams Anruf herausgehört hatte? Daß hinter den paar Worten auf ihrem Anrufbeantworter etwas Bedrohliches lauerte, war sicher. Etwas Fürchterliches, dessen Natur sie nicht kannte, dessen Existenz ihr aber durch unwillkürliches Erschrecken, durch den Anflug von Panik, den sie dabei verspürt hatte, bewiesen wurde.

Sie wußte einfach, daß etwas geschehen war. Und deshalb konnte sie nicht einfach warten und hoffen, daß sich alles von selbst gab.

Ruth erinnerte sich, daß das Opernensemble um 10.00 Uhr zur Vernehmung befohlen worden war. Es konnte nicht schaden, noch einmal bei Miriams Kollegen nachzufragen. Vielleicht erinnerte sich ja doch jemand, jetzt nachdem der erste Schock des Brandes verflogen sein mußte.

Ruth ratterte mit dem Rad über das Kopfsteinpflaster der Zeltgasse und der Josefsgasse hinab. Es war eine der Strecken, die als Fahrradverbindungen zwischen Gürtel und Ring ausgewiesen worden waren und deren eigentlicher Zweck nur in der Beseitigung der Radlerplage bestehen konnte. Wer den von links aus der Strozzigasse, von rechts aus der Piaristengasse wild querenden Bussen entkommen war, wer von den verhinderten Formel-1-Fahrern verfehlt worden war, die die Lange Gasse als Teststrecke für Hochleistungsdauerprüfungen ihrer aufgemotzten Motoren nutzten, dem legte das in der Oberflächenstruktur von hochalpinen Vorbildern inspirierte Kopfsteinpflaster der Josefsgasse garantiert das Rad auseinander. Ruth bremste, umkrampfte den schlagenden Lenker. Es ratterte, klingelte, knatterte, krachte, klapperte, schliff, schlug, schepperte, summte, ploppte und klopfte. Alles zur gleichen Zeit. Unglaublich, welche Töne so ein Rad hervorbringen konnte!

Ruth überlebte irgendwie und war trotz ihres durchgeschüttelten Kopfs geistesgegenwärtig genug, dem diensthabenden Polizisten an der Pforte des Sicherheitsbüros gegenüber zu behaupten, sie sei von Waworka für 10.00 Uhr herbestellt worden und habe sich nur verspätet, weil …

Der Polizist winkte gelangweilt ab und wandte sich wieder dem Kofferradio zu, aus dem Holderieds Stimme fröhlich quakte.

»Wohin?« fragte Ruth.

Holderied und Bussemann kürten gerade den häßlichsten Doppelnamen der Woche. Wie immer standen drei Kandidatinnen zur Wahl, die ein Praktikant aus dem Telefonbuch herausgesucht hatte. Bei der Siegerin würde Bussemann anrufen, um sie und ihren Namen vor allen Hörern in den Dreck zu ziehen. Wien brauchte wirklich keine Privatsender, um das mitteleuropäisch übliche Maß an Niveaulosigkeit zu erreichen! Da reichten die öffentlichen Sender allemal. Holderied und Bussemann waren Ruths Kollegen. Ausgemachte Idioten! Aber der eigentliche Skandal bestand darin, daß die beiden ja nicht zufällig auf ihren Moderatorenpöstchen saßen. Hämischer, geschmackloser Blödsinn war das, was die Hörer wünschten, und genau das bekamen sie von Holderied und Bussemann um die Ohren geschlagen.

»Oberinspektor Waworka! Wohin muß ich?« fragte Ruth noch einmal.

»110. Die Treppe hoch.« Der Uniformierte in der Pförtnerloge hielt sich die Wampe vor Lachen.

Ruth stieg die Treppe hoch. Sie hatte keinen Ausweis zeigen, keine Kontrolle passieren müssen. Wenn sie mal das Sicherheitsbüro in die Luft sprengen wollte, würde sie das während Holderieds und Bussemanns Doppelnamenkür erledigen. 110 war eine Art Wartezimmer. Holzbänke liefen an den Wänden entlang, zwei Gummibäume kümmerten am einzigen Fenster vor sich hin. Ein Tisch mit drei Stühlen stand verloren in der Mitte. Sarastro stützte sich auf eine Stuhllehne und fauchte auf einen der Priester ein, der ihm gegenüber saß: »Natürlich hast du dir Chancen ausgerechnet. Gib's doch zu! Jeder weiß, daß du Schmelzer in den Arsch gekrochen bist, um den Sarastro zu bekommen. So tief hinein, daß man dein mageres Stimmchen überhaupt nicht mehr gehört hat.«

Er lachte. Ruth setzte sich auf die Bank neben der Tür. Ein halbes Dutzend der Opernsänger war da, unter ihnen Gero von Palffy, der den Tamino gegeben hatte. Er war der einzige, der Ruth überhaupt wahrzunehmen schien. Er lächelte ihr schwach zu. Es sah nicht sehr nach strahlendem Opernhelden aus. Der Rest der Besetzung fehlte, genau wie Schmelzer und Hawliczek. Wahrscheinlich waren sie schon vernommen worden.

»Lächerlich«, sagte der Priester, »und deshalb soll ich ...«

»Wer denn sonst?« zischte Sarastro. »Die Heinzelmännchen vielleicht? Du wolltest dich rächen, weil Schmelzer dir einen gefurzt hat!«

»Wir waren auf der Bühne«, sagte Palffy. »Miriam und ich. Wir hätten elendiglich verbrennen können.«

»Wieso warst du eigentlich gestern so früh da?« fragte der Priester mit zuckersüßer Stimme Sarastro. »Du bist doch sonst immer der letzte, du mußt dir doch sonst immer noch irgendwo Mut antrinken, um noch einmal recht und schlecht durch die Vorstellung zu kommen.«

»Du Schwein!« brüllte Sarastro.

»Hast du vielleicht noch auf der Bühne die Feuerdüsen kontrolliert?« fragte der Priester.

»Du dreckiges Dreckschwein!« brüllte Sarastro. »Ich mache dich fertig, das schwöre ich dir. Du kannst in Zukunft in der Fußgängerzone singen ...«

»Wenn jemand umgebracht werden sollte, dann Miriam und ich«, stammelte Palffy. Er schlug die Hände theatralisch vors Gesicht. Die Königin der Nacht legte ihm den Arm auf die Schulter.

»Ist dir vielleicht an Hawliczek in letzter Zeit etwas aufgefallen?«

»Mir?«

»Hawliczek ist für den Oberinspektor der Hauptverdächtige«, sagte die Königin der Nacht. »Hat er sich ungewöhnlich benommen? Sich irgendwo herumgedrückt, wo er nichts verloren hatte?«

Monostatos schaltete sich ein: »Du hast dich doch ganz gut mit ihm verstanden. Nicht wahr, Palffy? Fast so gut wie Miriam.«

Palffy fuhr auf: »Was wollt ihr damit sagen? Was wollt ihr damit sagen, daß ich mich mit dem Hauptverdächtigen gut verstanden hätte? Ich hatte mit ihm nichts zu schaffen. Vielleicht habe ich ihm mal auf die Schulter geklopft, wie alle anderen auch. Mehr nicht! Nur weil ich dachte, er sei ein armer Hund. Ich wußte ja nicht ... Mich mit ihm gut verstanden?

Ich? Ich habe ja nicht einmal seine verdammte Zeichensprache verstanden.«

»Hawliczek ist viel zu gestört, um allein auf die Sache mit den Düsen zu kommen«, sagte Monostatos.

»Aber andererseits nicht gestört genug, um wissentlich mit Benzin auf ein offenes Feuer einzuspritzen«, sagte die Königin der Nacht.

Palffy sank wieder auf seine Bank zurück, sagte:

»Ich schwöre euch, ich habe damit nichts zu tun. Ich habe keine Ahnung, wirklich. Ihr müßt mir einfach glauben, daß ich ...«

»Das Herumgeheule macht sich ganz schlecht«, sagte die Königin der Nacht gehässig.

»Vielleicht tut es ihm ja leid«, sagte Monostatos, »jetzt, wo es zu spät ist!«

»Ihr meint doch nicht wirklich, daß ich ...?« fragte Palffy ungläubig.

»Du warst furchtbar schnell von der Bühne«, schaltete sich nun auch der Priester ein. »Als ob du vorher gewußt hättest, daß ein Brand ausbricht. Aber das konntest du ja nicht wissen. Oder? Eine Vorahnung vielleicht?«

Sie waren Bestien. Ruth hätte jedem einzelnen zugetraut, den Brand gelegt zu haben, nur um einem der lieben Kollegen etwas unterschieben zu können. Intrigen, Unterstellungen, Rufmord, das war alles, was die Tragödie von gestern abend in ihnen losgetreten hatte. Und all das brach nun über diesen zum Sündenbock prädestinierten Heldentenor herein, der verstört auf die Tür zum Nebenzimmer starrte, als ob dort der deus ex machina erscheinen müßte, der ihn retten würde, wenn der Held nicht das Stichwort vergessen hätte. Dagegen war jede noch so konstruierte Oper harmlos.

»Du jämmerlicher Waschlappen!« sagte Sarastro.

Palffy schluchzte, sagte: »Aber ...«

»Steh doch wenigstens dazu!« geiferte der Priester.

»Nein«, schrie Palffy. Er sprang auf und stürzte durch die Tür zum Gang hinaus. Die Tür krachte ins Schloß.

»Der Schlappschwanz«, sagte Sarastro.

Die Tür zum Nebenraum öffnete sich. Mit zwei Zentnern Oberinspektor schoben sich Rauchschwaden herein.

»Ist der stumme Zwerg endlich da?« fragte Waworka.

»Nein, nur unser Tenor hat sich verabschiedet«, sagte die Königin der Nacht.

»Ziemlich schnell und ziemlich nervös«, sagte Monostatos.

»Sie haben ihn fertiggemacht«, sagte Ruth. Sie zeigte in die Runde.

Waworka sah Ruth an, versuchte sich an sie zu erinnern, erinnerte sich: »Sie sind doch die Strelecky vom Radio. Und Ihre Schwester war gestern dabei.«

Ruth nickte.

»Sie kommen gleich mal mit mir«, sagte Waworka, »und die anderen Herrschaften möchte ich nachher noch vollzählig hier antreffen, wenn's beliebt.«

Waworka schnaufte durch den dick stehenden Rauch zu seinem Schreibtisch, ließ sich ächzend in den Sessel fallen, zog den randvollen Aschenbecher über einen Wust aufgeblätterter Papiere heran und klaubte einen Zigarillo aus dem offenen Etui vor sich. Von irgendwoher tönte ein Radio.

»Na los! Jetzt erzählen Sie mal.«

Er hatte Ruth nicht einmal einen Sitzplatz angeboten. Sie setzte sich und berichtete von ihren Nachforschungen nach Miriam. Waworka hörte fünf Zigarillozüge lang zu und unterbrach dann: »Wissen Sie, nichts gegen Ihre Familiengeschichten, aber ich möchte eigentlich hören, wieso die Terroristin bei Ihnen angerufen hat. Und warum Sie gestern abend am Tatort waren.«

»Miriam hatte bei mir angerufen. Es klang, als ob sie Probleme hätte, und ich hatte so eine Ahnung ...«

»So, so, Sie hatten so eine Ahnung.«

»Glauben Sie, was Sie wollen«, sagte Ruth.

»Mach ich eh«, grinste Waworka. »Ich weiß nur noch nicht, ob ich das glauben will. Wissen S', diese Anrufe beim Radio, diese Terrorismusgeschichten, die G'spinnerten von der Kammeroper da draußen, überhaupt dieser ganze Musikschmäh, das alles kommt mir ziemlich unglaublich vor.«

»Woran glauben Sie denn?« fragte Ruth. Außer an Zigarillos und das quasi angeborene Recht österreichischer Kriminalbeamter, Fälle zu bearbeiten, die in vorgesehene Schubladen paßten.

»Die Geschichte im Schuberthaus sieht wie ein Dummerjungenstreich aus, die in der Oper wie das Werk eines geistesgestörten Psychopathen.«

Ruth fragte sich, was ein nicht geistesgestörter Psychopath sein sollte.

»Daß ein paar Sachen nicht ins Bild passen, ist normal«, sagte Waworka. »Mir gibt bloß zu denken, daß es bei beiden Anschlägen die gleichen Sachen sind.«

»Nämlich?«

»Erstens der technische Aufwand: Sirenen, verklebte Düsen, benzingefüllte Feuerlöscher. Ein Psychopath hätte eine 2-Liter-Veltliner-Flasche voller Benzin kichernd ins Eingangsfoyer geworfen. Streichhölzer raus, bumm, fertig. Und welche Punks investieren schon in eine Einwegsirene? Die gehen hin, schlagen alles kurz und klein und ziehen johlend wieder ab zum Saufen.«

»Und zweitens?«

»Das timing. Beide Anschläge erforderten ein genaues timing. Den richtigen Einsatz der richtigen Mittel zur richtigen Zeit, auf die Sekunde genau. Sonst hätte alles nicht so geklappt, zumindest nicht so, wie es sollte. Genaueste Planung, verstehen Sie? Und ausgeführt fast wie ein Walzer, mit einem klaren Rhythmus, der so eingängig ist, daß er natürlich wirkt, obwohl er gezielt konstruiert wurde.«

Ein wahrer Poet, der Oberinspektor! Er hatte seinen Beruf verfehlt. Da gab es für Ruth keinen Zweifel.

»Und was folgt daraus?« fragte sie. Es war seltsam, daß er ihr all das mitteilte. Schließlich war sie hereingeholt worden, um verhört zu werden, nicht als Adressatin seines Monologs.

»Verdammtes Radio! Wie soll man da denken?« zeterte Waworka. Tatsächlich hörte Ruth aus irgendeinem Nebenzimmer leise Radiomusik. Bussemann und Holderied hatten ausgewitzelt. Statt dessen gab es Unterhaltungsware, Zielgruppe zwischen LucyLectric- und Tom-Jones-Alter. Für alle also. Ein völlig harmloses und dezentes Büroangestelltenprogramm, das ab und zu ergänzt wurde mit existentiell drängenden Hörerumfragen zu Themen wie »Hätte Klestils Frau schon längst in die Scheidung einwilligen sollen?«, »Wie werden Sie im Mittagsloch wieder fit?« oder »Sollte Österreich einen Handelsboykott gegen Staaten ausrufen, die das Abschlachten junger, süßer, lieber, unschuldiger Robbenbabies zulassen?«

Von solch nettem Geplapper und leisem Gedudel konnte sich doch ein Typ wie Waworka nicht gestört fühlen! Das konnte Ruth ihrerseits nicht glauben. Und langsam begann sie zu begreifen, worauf Waworka hinauswollte. Daß er nur eine lange Ouvertüre gewählt hatte, bevor er zum Thema kam.

»Und drittens die Anrufe beim Radio«, sagte Ruth. »Bei mir, genauer gesagt. Sie fragen sich, was ich mit jugendlichen Vandalen und Psychopathen zu tun habe. Wie ich mich als missing link zwischen Pyromanen und Punks ausmachen würde.«

»Jetzt drehen Sie nicht gleich durch!« sagte Waworka.

»Ich mache mich schlecht als missing link. Ich habe nicht die geringste Ahnung, wie …«

»Viertens: Motiv und Ziel der Anschläge sind ziemlich undurchsichtig. Sie scheinen fast nebensächlich im Vergleich zu dem Riesentamtam, den unsere Täter im Radio veranstalten: Vorankündigung, Vollzugsmeldung, neue Vorankündigung, jede Menge öffentlicher Wirbel.«

»Propagierung des bewaffneten Widerstands«, sagte Ruth. »Terroristen wollen halt die Revolutionierung der Volksmassen.«

»Gegen Schubertlieder und Mozartopern? Hören S' auf mit dem Schmäh! Wir san in Wien. Österreich!«

»Eben«, sagte Ruth. »Wo sonst gäbe es solche Verrückten!«

»Wissen Sie, welche Worte mir dauernd im Kopf herumflattern? Sensationswert! Einschaltquoten! Die totale Unterhaltung …«

Er stockte einen Moment und fragte dann: »Wie läuft es denn bei Ihnen so beruflich?«

»Sie haben wirklich einen Knall!« sagte Ruth. Sie stand auf.

»Sie sollten sich überlegen, ob Sie nicht doch etwas wissen«, meinte Waworka.

»Nichts, was Sie glauben würden.«

Ruth ging zur Tür.

»Küß die Hand!« rief ihr Waworka nach. Auf dem Flur war das Radio lauter zu hören. Roman moderierte nun. Seine Stimme strahlte ekelhaft gute Laune aus. Bei solch einer Stimme gewann jede Banalität Unterhaltungswert. Und jede Tragödie. Nur erzählte Roman keine Tragödien.

Der Tag war so klar und schön wie schon lange nicht mehr, und Ruth war entschlossen, herauszufinden, wie Miriam den vorherigen Tag verbracht hatte. Was sie gemacht, wohin sie gegangen, wen sie getroffen hatte. Minute für Minute, Sekunde für Sekunde. Bis zum ominösen Anruf bei ihr, bis zum Auftritt in der Oper. Und danach.

Ruth schaute kurz bei sich zu Hause vorbei. Hauptsächlich, um Kant zu füttern. Kant sagte nichts, was einem menschlichen Wort auch nur im entferntesten ähnlich kam. Er krächzte nur beleidigt, wohl, weil er sich vernachlässigt fühlte. Das war nun nicht zu ändern. Ruth versuchte noch einmal, bei Miriam anzurufen. Nichts. Auch keine Nachricht auf dem Anrufbeantworter.

Ruth rief bei ihren Eltern an. Mama war am Apparat. Ruth sah sie genau vor sich, wie sie im Flur stand, neben dem Telefontischchen mit dem gestickten Deckchen. Stellt euch doch einen Stuhl hin, hatte Ruth einmal gesagt, aber das ging natürlich nicht. Im Flur hatte nun mal kein Stuhl zu stehen. Da saß man nicht. Vielleicht wollte Mama auch nur wirkungsvoller in Ohnmacht fallen, wenn endlich die ominöse Botschaft kam, die sie im Grunde bei jedem Anruf erwartete.

»War Miriam gestern bei euch?« fragte Ruth. Natürlich hätte sie zuerst vom Brand in der Oper erzählen müssen, aber das hätte so viel nach sich gezogen, jede Menge Besorgnisse,

Fragen, schwierige Fragen, zum Beispiel danach, wie es Miriam jetzt gehe. Eine Art von Fragen, die Ruth nicht beantworten konnte und wollte. Die Eltern würden noch früh genug erfahren, was geschehen war.

»Vorgestern«, sagte Mama. Es hörte sich an, als ob noch etwas folgen würde, aber sie sagte nichts mehr.

»Das liebe Schwesterlein ist ja nie zu Hause. Ich habe sie gestern den ganzen Tag zu erreichen versucht«, sagte Ruth. Es sollte nach Plappern klingen.

»Vorgestern war sie hier, gestern nicht. Da hatte sie doch am Abend Aufführung. Tagsüber wollte sie Opa besuchen.«

Opa war Ruths Opa, Mamas Schwiegervater. Mama hatte diese Sprachregelung hinsichtlich der Verwandtschaftsbezeichnungen schon in Ruths Kindheit durchgesetzt, und da weder Ruth noch Miriam Kinder hatten, bestand keine Notwendigkeit, das Generationenverhältnis um eine Ebene aufzustocken und wieder kleinkindgerecht auszugestalten. Opa war deshalb auch für Ruths Eltern Opa, konnte nicht zum Uropa befördert werden, wurde von ihnen aber auch nicht mehr zum Vater degradiert, und so blieb alles, wie es immer gewesen war.

»Papa und ich, wir haben in der letzten Zeit viel über dich gesprochen, und jetzt rufst du an«, sagte Mama, als ob das eine Fügung des Schicksals wäre. »Endlich mal wieder, es ist ja schon zwei Wochen her, daß ...«

»Ihr habt über mich gesprochen?« fragte Ruth. Sie ließ ihre Frage erstaunt klingen, und tatsächlich wußte sie nicht, worauf Mama hinauswollte. Es klang nach mütterlicher Besorgnis, und dafür war ein Anlaß nötig, den die Tochter zu verantworten hatte.

»Wir sprechen oft über dich«, sagte Mama mit diesem Anflug von Bitterkeit, den sie immer schon so gut beherrscht hatte.

Ruth fielen Sätze ein, die in ihrer Kindheit gefallen waren, die Mama ausgesprochen hatte, auch wenn sie das jetzt entschieden und voller Überzeugung leugnen würde. Es war immer nur um Kleinigkeiten gegangen, um Banalitäten, die nicht der Erinnerung wert wären, wenn Ruth diese Sätze nicht immer noch in den Ohren klängen, diese Betonungen, diese kaum merklichen spöttischen oder vorwurfsvollen Untertöne, die ihr schon bei dem Gedanken daran durch Mark und Bein fuhren. Ruth war trotz rauher Schale ein Sensibelchen gewesen, und sie war sich nicht sicher, ob sie weit darüber hinausgekommen war.

»Wir haben deine Sendung gehört und fragen uns, ob du ... «, sagte Mama. Darauf lief es hinaus! Es war Mamas Lieblingsrolle, ihr Thema, sie sorgte sich, wollte wissen, was los war, wollte zeigen, daß sie die Mama war. Wie früher. Immer noch.

»... ob du Probleme hast«, ergänzte Mama.

»Ich?« fragte Ruth schärfer, als sie eigentlich wollte. Sie sollte darüber hinweg sein. Sie war schließlich kein pubertierender Teenie mehr. Seit fünfundzwanzig Jahren nicht mehr.

»Diese Minnie, die bei dir angerufen hat ... «, sagte Mama.

»Ihr glaubt gar nicht, wie viele Verrückte es gibt«, sagte Ruth leichthin.

»Schon«, sagte Mama, »aber du könntest Schwierigkeiten bekommen.«

»Ich paß schon auf mich auf«, sagte Ruth. Sie war schließlich alt genug. Auch wenn es manchmal nicht den Anschein hatte.

»Du hast deinen eigenen Kopf, und dafür schätzen wir dich alle«, sagte Mama, »aber diese Gespräche mit der Terroristin können sie dir nicht durchgehen lassen.«

Nein, das konnten sie natürlich nicht. Das mußte Ruth doch wissen. Und wenn nicht, mußte es ihr gesagt werden. Wer sollte das auf sich nehmen, wenn nicht die Frau Mama, die doch immer nur das Beste ...

»Miriam meinte auch, daß man aufpassen müsse.«

»Miriam?« Erst jetzt merkte Ruth, wohin sie abgedriftet war. Diese Familie hatte immer einen Strudel für sie dargestellt, einen unheilvollen Sog, der sie von allem wirklich Wichtigen fortzog.

»Du darfst nicht alles als Scherz auffassen, Ruth!«

»Was hat Miriam damit zu schaffen?« fragte Ruth.

»Nichts, sie war nur zufällig hier, als wir die Sendung hörten«, sagte Mama wie entschuldigend. »Sie sagte, daß ihr die Stimme dieser Minnie bekannt vorkäme und daß ...«

»Sie wußte, wer es war?«

»Nein. Nur, daß sie die Stimme schon mal gehört hatte.«

»Und?«

»Ich weiß nicht, was du eigentlich ...«

»Was hat sie noch gesagt?«

»Nichts weiter. Daß man das nicht so leicht nehmen dürfe, aber ...«

»Ja«, sagte Ruth. »Entschuldige bitte! Ich will nur noch wissen, was Miriam gestern vor dem Konzert gemacht hat. Wohin sie gegangen ist.«

»Zu Opa. Sonst ...?«

Miriam hatte die Stimme erkannt. So wie Ruth selbst auch. Genauer als sie selbst. Minnie war jemand, den sie beide kannten, jemand aus ihrem gemeinsamen Bekanntenkreis, das hieß, jemand von früher, denn schon seit Jahren hatten sie eigentlich keinen gemeinsamen Bekanntenkreis mehr.

»Papa und dir hat die Stimme dieser Minnie nichts gesagt?«

»Nein«, sagte Mama. Es klang so, als würde sie gleich Erklärungen verlangen, würde wissen wollen, warum sich Ruth so für Miriams Tagesablauf interessierte. Wenn es Ruth nicht gelang, ihre Mutter abzuwimmeln, würde sie mit der Wahrheit über Miriams Verschwinden herausrücken müssen. Das hätte gerade noch gefehlt.

»Es könnte ein dummer Scherz sein«, sagte sie. »Diese Minnie und ihre verdammten Ankündigungen. Irgendein Idiot will mich provozieren. Verarschen!«

»Bitte!« sagte Mama. Ihrer Meinung nach rechtfertigte keine noch so schlimme Lage eine unkultivierte Ausdrucksweise.

»Bitte, was?« fragte Ruth angriffslustig.

»Du weißt genau ...«

»Ich rede, wie ich will«, sagte Ruth, »und wann ich will. Jetzt zum Beispiel will ich nicht. Ich melde mich mal wieder. Tschüs!«

Sie legte auf, überlegte kurz.

»Was meinst du, Kant?« fragte sie, doch Kant meinte gar nichts. Er tat so, als würde er sich die Flügel putzen.

»Na gut«, sagte Ruth.

Zuerst würde sie Opa besuchen. Wie Miriam tags zuvor. Das war der einzige Fixpunkt, den sie hatte. Ruth würde herausfinden, wie lange ihre Schwester dort gewesen war, wovon sie gesprochen hatte, vielleicht, was sie außerdem unternommen hatte. Es war ein Anfang. Nein, eigentlich stand sie nicht mehr ganz am Anfang. Sie wußte, daß es eine Verbindung zwischen Miriam und Minnies Stimme gab. Es schien Ruth nicht unwahrscheinlich, daß Miriam genau deswegen mit ihr hatte sprechen wollen. Vielleicht hatte sie herausgefunden, wer sich hinter Minnie verbarg, welche Gefahr von ihr ausging. Und Ruth hätte helfen sollen. Oder zumindest einen Rat geben. Daß Miriam erst so spät bei ihr angerufen hatte, konnte verschiedene Gründe haben: Entweder hatte sie der ganzen Geschichte zuerst keine Bedeutung beigemessen, und erst am nächsten Tag war irgendwie der Groschen gefallen, zum Beispiel, weil sie die zweite Sendung, in der Minnie angerufen hatte, auch verfolgt hatte. Oder sie war sich nicht sicher gewesen, hatte aber – im Gegensatz zu Ruth – einen konkreten Verdacht über Minnies Identität gefaßt und hatte sich den Tag über damit beschäftigt, diesen Verdacht zu überprüfen.

Wenn es so war, konnte Ruth vermuten, hoffen, daß sie gute Chancen hatte, an Minnie heranzukommen, wenn sie Miriams Bewegungen Schritt für Schritt zu rekonstruieren vermochte. Und vielleicht würde sich Miriams Schicksal wiederum von selbst klären, wenn Ruth Minnie gefunden hätte.

Sie suchte ein einigermaßen aktuelles Foto ihrer Schwester und ihr altes Aufnahmegerät mit Mikrophon heraus. Das Foto würde sie vielleicht bei ihren Nachforschungen vorzeigen müssen, das Aufnahmegerät gab ihr zusammen mit ihrem Rundfunkausweis eine bessere Legitimation, Fragen zu stellen. Ruth ließ Kant alleine weiterschmollen und machte sich auf den Weg zur U-Bahn.

Es war seltsam, Ruth konnte fast teilnahmslos an Miriams

Schicksal denken. Als ob es sie nichts anginge. Es machte ihr nichts aus, viel weniger jedenfalls als der bevorstehende Besuch bei Opa. Dabei war Opa 95 Jahre alt. Es war nur natürlich, daß es mit ihm zu Ende ging. Trotzdem schauderte es Ruth, wenn sie daran dachte. Opa war immer da gewesen, groß, stark, unveränderlich, hatte ihr schon als Kind nähergestanden als ihre Eltern, vielleicht, weil er nicht allzeit präsent und doch vertraut war. Zu ihm war sie mit ihren Problemen gegangen. Er hatte ihr beigebracht, auf den Fingern zu pfeifen. Das war zwar nicht lebenswichtig geworden, aber Ruth hatte es ihm dennoch hoch angerechnet.

Ruth ertappte sich dabei, an den U-Bahnstationen bewußt nicht nach draußen zu sehen. Dabei wäre es jetzt, wo sie daran dachte, sowieso egal gewesen. Sie hatte das Plakat, das überall in Wien angeschlagen war, genau vor Augen, auch wenn sie sich weigerte, es vor den bunt gekachelten Wänden der U2-Stationen wahrzunehmen: »Sterben in Würde – Hospiz Rennweg«, daneben das Bild eines abgezehrten alten Mannes und die Nummer des Kontos, auf das man seine Spende überweisen sollte. Hospiz Rennweg – da lag Opa, und ob er in Würde sterben konnte, das war, so gut die Plakataktion auch gemeint sein mochte, sicher nicht vom Spendenaufkommen abhängig. Viel eher schon von Ruths Besuchen, die immer seltener geworden waren, je schlechter es Opa ging. Es war keine Absicht gewesen, kein Kalkül von der Art »er merkt es ja doch nicht mehr«, eher Scheu, Unsicherheit. Sie wußte nicht, wie sie sich verhalten sollte, was zu sagen war. Auch jetzt nicht. Und sie hatte auch jede Menge zu tun. Das hatte sie sich immer zugute gehalten, und es stimmte ja auch. Doch sie hätte trotzdem öfter hingehen sollen.

Opa lag im zweiten Stock. In einem Einzelzimmer. Aus dem Fenster sah man über einen Hinterhof, über spielende Kinder, ganz normales Leben. Aber das spielte keine Rolle mehr, denn Opa konnte nicht mehr aufstehen und zum Fenster hinaussehen. Vom Bett aus sah er höchstens die Wolken am Himmel entlangziehen. Weiße Schäfchenwolken, die unschuldig vorbeimarschierten.

Opas Bett summte leise. Eine technische Neuerung. Die Liegefläche des Betts wurde elektrisch zum Vibrieren gebracht, damit die Muskeln des auf Dauer ans Bett gefesselten Patienten stimuliert würden.

»Hallo, Opa«, sagte Ruth.

Opa lag auf dem Rücken, die Augen geschlossen, wie tot. Die weiße Überdecke hatte ihm jemand bis ans Kinn gezogen. Auch die Arme und Hände waren unter der Decke begraben. Im Zimmer war es zu warm. Schwül-warm. Ruth unterdrückte ihre Regung, das Fenster zu öffnen.

»Hallo, Opa, ich bin's«, sagte sie.

Opas Kopf drehte sich kaum merklich in ihre Richtung. Unter der Decke bewegte sich nichts. Es hätte ein Skelett darunter liegen können, ein Haufen Knochen, der sanfte Hügel aufwarf.

»Opa!« sagte Ruth. Er öffnete die Augen.

»Du bist es«, hauchte er hervor. Die Falten um seinen Mund wurden ein wenig tiefer. Es konnte ein Lächeln sein.

»Wie geht's dir?« fragte Ruth. Sie tastete nach seiner Hand. Über der Decke. Sie spürte das Vibrieren des Betts.

»Miriam!« lächelte Opa.

Ruth wühlte ihre Hand unter die Decke, griff sich die knochigen Finger, zog seine Hand hervor, drückte sie, nicht zu fest, aber drückte sie, hielt sie.

»Ruth«, sagte sie. »Ich bin's, Ruth.«

»Ruth!« Sie hörte ihren Namen kaum, las ihn eher von seinen Lippen ab.

»Ja«, sagte sie, »wie geht's dir?«

Opa lächelte. Es war ein Lächeln, ohne Zweifel.

»Schön, daß du mich besuchst«, sagte er.

Ruth nickte. Seine Stimme hatte ein bißchen an Kraft gewonnen.

»Miriam«, sagte er. Jetzt war er es, der ihre Hand festhielt.

»Ruth«, sagte Ruth. »Ich bin Ruth. Weißt du noch, wie du mir beigebracht hast, auf den Fingern zu pfeifen? Damals, am Neusiedler See. Wir saßen im Schilf und hörten die Enten schnattern. Ich wollte sie sehen, und du hast auf den Fingern gepfiffen, um sie aufzuscheuchen, und dann wollte ich auch auf den Fingern pfeifen lernen, und du hast mir die 4-Finger-Technik und die andere mit Daumen und Zeigefinger gezeigt, aber ich habe nur das Pfeifen auf vier Fingern gelernt. Das andere habe ich ums Verrecken nicht hingekriegt.«

Opa lächelte.

»Ja«, sagte er, »der Neusiedler See.«

»Weißt du noch?« fragte Ruth.

»Ja, Miriam.« Opas Augen glänzten. Er schien nicht müde zu sein. Er war so wach, wie er nur wach sein konnte.

»Willst du mal hören?« fragte Ruth. Sie ließ Opas Hand los, steckte Mittel- und Zeigefinger zwischen die Lippen, pfiff. Es ging noch ganz gut. Der Ton blieb kurze Zeit im Raum hängen.

Opa atmete schwer und langsam durch den halb geöffneten Mund. Ein leises Rasseln war zu hören. Es dauerte lange, bis der nächste Atemzug kam, viel zu lange. Er müßte früher atmen, dachte Ruth, er brauchte doch Luft, Luft zum Leben.

»Kennst du den Neusiedler See?« fragte Opa leise.

Ruth nickte, drückte wieder seine Hand. Die Pause nach jedem Atemholen ließ sie befürchten, daß es jetzt zu Ende ginge, gerade in diesem Moment. Daß er einfach aufhörte zu atmen, soeben aufgehört hatte, alles vorbei, und dann kam doch wieder ein schwerer Atemzug, als ob er einfach vergessen und sich erst im allerletzten Moment erinnert hätte, daß die Lungen Luft brauchten. Als ob sich irgend etwas in ihm erinnert hätte, daß man das so machte. Atmen.

Die Tür wurde vom Gang her aufgestoßen. Eine Pflegerin rumpelte herein, dick, weiß, das pralle Leben.

»Haben Sie gepfiffen?« fragte sie.

»Entschuldigung«, sagte Ruth.

»Es war … Es kommt nicht wieder vor«, sagte sie.

»Ich dachte nur …«, brummte die Schwester. Sie ging zum Bett, strich eine Falte aus der Decke und strahlte Opa an.

»Heute geht es uns wieder gut, nicht?« sagte sie zu laut und zu fröhlich. »Besuch, das ist schön!«

Opa hob die linke Hand leicht an, deutete auf Ruth. Er wollte sie vorstellen, ganz Kavalier der alten Schule. Ein Röcheln drang aus seinem Hals. Dann flüsterte er mühsam:

»Miriam, meine Enkelin.«

»Miriam ist meine Schwester«, sagte Ruth. »Sie war wohl gestern da, und Opa ... Wir sehen uns auch wirklich ziemlich ähnlich.«

»Macht ja nichts«, sagte die Pflegeschwester.

»Wissen Sie zufällig, von wann bis wann meine Schwester gestern da war?«

»Die Sängerin, stimmt's? Die kommt fast jeden Tag. Gestern? Warten Sie mal! Vormittags, eine Stunde oder eineinhalb. Ja, genau, sie ging, als wir mit dem Mittagessen anfingen, so kurz vor 12.00 Uhr vielleicht.«

»Aber wohin sie dann gegangen ist ...?«

»Keine Ahnung!« Die Pflegerin sah Ruth neugierig an. Klar, die Frage mußte ihr seltsam vorkommen.

»Es ist nur so, daß ich sie dringend sprechen müßte. Ich kann sie aber nicht erreichen, und Opa sagte etwas vom Neusiedler See. Ich wüßte zwar nicht, warum sie an den Neusiedler See gefahren sein sollte, aber vielleicht ...«

Die Pflegerin zuckte die Achseln.

Ruth kam sich schäbig vor. Als ob die Erwähnung des Neusiedler Sees ein Verrat an Opa wäre. Irgendwie war es das ja auch. Sie hatte Opas Zustand funktionalisiert, um ihre eigene Fragerei nicht peinlich werden zu lassen. Peinlichkeit, oh Gott! Was waren das nur für Kategorien angesichts dessen, was Miriam passiert sein mochte, angesichts ihres todkranken Opas da im Bett!

»Als ich im Zimmer war«, sagte die Pflegerin, »hat sie ihm von einem Computerladen erzählt, aber da war sie wohl schon vor ihrem Besuch hier gewesen. Sie erzählt ihm immer alles, was sie so macht. Sie plappert einfach drauflos.«

»Miriam«, sagte Opa leise.

»Was für ein Computerladen?« fragte Ruth.

»Weiß ich nicht mehr. Vielleicht hat sie es auch gar nicht gesagt.« Die Pflegerin rückte noch einen Stuhl zurecht, wünschte mit professioneller Freundlichkeit einen guten Tag und trampelte auf den Gang hinaus.

»Tut mir leid, Opa«, sagte Ruth, als die Tür geschlossen war. »Das von vorhin tut mir leid, und daß ich dich nicht öfter besucht habe. Daß mir Peinlichkeiten ein Problem sind, daß ich dir nicht wie Miriam alles erzählt habe. Alles tut mir leid.«

Opa murmelte irgend etwas.

»Was?« Ruth beugte sich über ihn.

»Die Enten«, flüsterte Opa.

Die Enten? Die Enten am Neusiedler See. Ruth begriff. Ihr brauchte nichts leid zu tun. Opa war über diese Sachen hinaus. Was sie vor fünf Minuten gesagt hatte, zählte nicht, existierte nicht. Das war nicht mehr sein Leben. Sein Leben lag in ferner Vergangenheit, als er noch gesund war, stark, als er am Neusiedler See im Schilf saß und auf den Fingern pfiff, oder vorher noch, in seiner Jugend, in seiner Kindheit zu Franz Josephs Zeiten. Das war sein Leben, das Stück Leben, das er in seinem Gehirn noch zu beleben vermochte, mit dem bißchen Sauerstoff, das er mühselig einsog. Es gab kein Jetzt mehr, das zählte, das eigenes Gewicht hatte. Das Jetzt war nur noch die Vergegenwärtigung des Einst, sonst nichts als Dunkel und Schweigen. Nur noch Vergangenheit, keine Gegenwart, schon gar keine Zukunft. Die Zeiten waren vor ihm gestorben, und vielleicht war es an der Zeit, daß er folgte.

Zum erstenmal konnte Ruth an seinen Tod denken, ohne vor sich selbst zu erschrecken. Im Gegenteil, ganz ruhig wurde ihr dabei. Eine Art von innerem Frieden, dachte sie und schüttelte den Kopf, weil schon der Gedanke so bombastisch klang.

»Die Enten am Neusiedler See«, nickte Ruth. »Du hast auf den Fingern gepfiffen, und sie stiegen aus dem Schilf auf, flatterten mit schwerem Flügelschlag hoch. Es war nichts Leichtes an ihrem Flug, sie wankten in die Höhe, torkelten, schienen abzustürzen und peitschten die Luft mit verzweifelt anmutenden Schlägen, brachten die Luft zum Knattern und kreischten dazu, schnatterten, quakten, schrien. Dutzende von Enten, ein Höllenspektakel!«

Opa hatte die Augen geschlossen. Es war nicht zu erkennen,

ob er hörte, zuhörte. Ob er mit seinen Gedanken vielleicht in einer ganz anderen Vergangenheit war. In seinen eigenen Erinnerungen. Oder ob er soeben gestorben war.

Plötzlich schnappte er nach Luft, faßte Ruths Hand fester, krächzte: »Miriam!«

Ruth hätte weitererzählen müssen, hätte vom Rauschen des Schilfs im Abendwind sprechen sollen, vom Glucksen des Wassers, vom Rattern des Zugs auf der Heimfahrt, das sie in den Schlaf gewiegt hatte, hätte nichts darauf geben sollen, daß Opa nicht nur das Bewußtsein der Zeiten verloren hatte, sondern auch die Personen verwechselte. Was für eine Rolle spielte es denn, wenn er sie für Miriam hielt? Keine. Für Opa nicht, für sie nicht. Es sei denn …! Was für eine Rolle konnte es spielen, daß Opa sie für Miriam hielt? Vielleicht …? Ruth konnte es versuchen.

»Weißt du, Opa, gestern haben wir Ruths Sendung im Radio gehört. Eine Zuhörerin hat angerufen. Minnie sei ihr Name, hat sie gesagt, und von irgendwoher kannte ich ihre Stimme.«

Ruth versuchte wie Miriam zu sprechen. Die Stimme ein bißchen höher, das ging. Aber es war schwer, sich vorzustellen, wie Miriam gestern erzählt hatte. Welche Worte sie benutzt hatte. Vielleicht war es auch gar nicht nötig, sie genau zu imitieren. Wahrscheinlich hatte Opa kaum zugehört oder alles sofort vergessen. Es war äußerst unwahrscheinlich, daß er überhaupt reagiert hatte, und noch unwahrscheinlicher wäre es, wenn er jetzt wieder reagieren, wenn er Ruth gegenüber irgendeine Information aus Miriams Erzählung von gestern wiederholen würde.

»Bloß, Minnie war nicht ihr richtiger Name, nicht der Name, den ich mit dieser Stimme verbinde. Es war ein anderer Name. Wie war gleich der Name, Opa?«

Opa reagierte nicht. Ruth fragte sich, was er gehört hatte, ob er etwas gehört hatte. Sie nahm sich vor, auf sein Hören zu hören, wenn sie weitersprach.

»Die Stimme klang nach einer jüngeren Frau. Vielleicht kenne ich sie von früher, ich weiß nicht mehr genau …«

Ob Opa sie kannte? Ob Miriam deshalb mit Opa gesprochen hatte? Weil sie wußte, daß er Minnie von früher kannte. Unter einem anderen Namen. Als Miriam noch ein Kind war. Und Ruth. Und Minnie auch.

»Auf jeden Fall hieß sie nicht Minnie. Cora vielleicht? Stefanie? Miriam und Stefanie, weißt du noch?«

Ruth hörte auf Opas Hören, versuchte zu erfassen, wann er anders hörte, bei welchem Namen, bei welcher Namenskombination er Bekanntes hörte, gestern Gehörtes vernahm, wiedererkannte. Selbst wenn Opa keinen Muskel rührte, müßte ein Unterschied zu spüren sein. Daran glaubte Ruth fest. Je nachdem, wie die Schallwellen zurückkamen oder absorbiert wurden. Irgendwie, verdammt nochmal!

»Miriam und Alexandra? Judith? Gabi, Gabi und Miriam?«

Wie hießen nur all diese Kinderfreundinnen Miriams? Die aus der Ballettschule zum Beispiel?

»Rosi, nein, Roswitha. Rosi durfte ja keiner sagen. Roswitha und Miriam? War es das, Opa? Roswitha? Oder Carmen?«

Opa lag da, atmete alle halbe Stunde mal und schien nichts zu hören. Nichts, was Ruth hätte hören können. Entweder war alles falsch, hatte Miriam die Stimme überhaupt nicht erwähnt, oder …

»Opa!« sagte Ruth.

… oder er war wirklich nicht mehr in der Lage, einem Gespräch zu folgen, kapierte nur noch solche Brocken, die den Erinnerungssplittern entsprachen, die zufällig aus dem Nebel des Vergessens auftauchten.

»Clarisse, Claudia?« fragte Ruth. Sie hörte sich selbst wie eine Fremde sprechen. Es klang wie eine irrlichternde Lesung aus dem Verzeichnis aller standesamtlich zugelassenen weiblichen Vornamen.

»Luise, Babsi, Sissy?«

Wie der unsichere Versuch, eine neue Heiligenlitanei zu erfinden.

»Brigitte, Heike?« fragte Ruth. »Hörst du, Opa? Ich bin's, Miriam, und diese Stimme, die du auch kennst …«

Ruth brach ab. Es war sinnlos. Sie würde nichts aus ihm herausbekommen. Er wußte nichts, konnte nichts aussagen. Verhör gescheitert. Sie mußte anderswo suchen, in diesem Computerladen zum Beispiel, in dem Miriam angeblich schon am Morgen gewesen war. Miriam und Computer, eine seltsame Kombination!

Ruth startete einen letzten Versuch:

»Opa! Miriam und die Stimme aus dem Computerladen. Wer ist das?«

Opa röchelte wieder, sog hastig Luft ein.

»Der Neusiedler See«, flüsterte er mühevoll. »Kennst du den Neusiedler See?«

Es war nicht nur sinnlos, es war einfach beschissen. Berechnend, unfair, menschenverachtend. Der gleiche Fehler, den sie vorher schon einmal gemacht hatte. Fehler? Eine Fehlleistung, die mit so selbstverständlicher Regelmäßigkeit wiederkehrte, daß man nur noch von Charakterschwäche sprechen konnte.

»Ja, ich war schon öfter am Neusiedler See«, sagte Ruth. »Das erste Mal mit dir. Vor langer Zeit.«

Opa nickte. Im Bett klickte es leise. Dann begann es wieder zu summen. Ruth hatte nicht bemerkt, daß es sich ausgeschaltet hatte.

Es war warm im Zimmer.

»Vor ungefähr dreißig Jahren. Ich muß acht oder neun gewesen sein. Wir sind gewandert, und ich war so stolz, weil ich meinen eigenen Rucksack hatte, den ich den ganzen Tag über selbst trug, bis wir am Abend wieder in den Zug stiegen.«

»Bist du da, Miriam?« hauchte Opa.

Ruth strich über seine knochigen Finger. Feine weiße Härchen auf dem Handrücken. Das Bett summte sanft. (Zurück im Zug). Warum sich nicht gehenlassen? Miriam oder Ruth? Es war egal.

»Ja«, sagte Ruth, »ich muß sechs oder sieben Jahre alt gewesen sein. Müde und glücklich.«

Miriam und Ruth. (Sie schläft, gleich schläft sie!) Schwesterlich. Viel zu warm war's. Müde Füße auch. Naß? Nein, naß nicht.

»Der See.«

Der See, seh'n, sehnen, die Sehnen durch Löchriges, Knöchriges. Sehnsucht vielleicht nach Handauflegen. Und Segnen.

»Miriam?«

Versunken im dunkel spiegelnden Traum. Zugfenster klirren sanft. Sprechende Köpfe irgendwo, fern. (Immer so fort, immer so fort!) Ausgeklammert die Welt aus der Nacht. Damals, ja. Die Nacht wacht. Immer so fort mit fliegenden Lichtern. Alles schläft, einsam wacht. Die Nacht. Schmerzlos geborene Vorsätze (nie, nie, nie und nie!), sicher wie nie. Wenn du mal alt bist, Ruth? Aber nein, sie schlief unter der Decke, in Opapas Armen. Traumgesichtig. Atemlos im ratternden Rhythmus. Jemand summte.

»Lebst du noch, Miriam?«

Eine Hand pochte vielleicht. Ans Abteil. Vor schwer gepumptem Blut. Ruth und Blut, Miriam! Blutsschwester, warum bist du so blaß? (Erzähl ich keinem, bestimmt nicht, nie ein Wort zu irgend jemandem) Warum bist du so alt? Warum atmest du nicht?

Nur ein Spiel, ein Abzählreim. Ich und du, Müllers Kuh, Müllers Esel, der bist du. Du! Raus bist du! Raus-bist-du-noch-lange-nicht. Sag-mir-erst-wie-alt-du-bist! 95. Zählend zustoßender Zeigefinger. Ich kann schon bis 100 zählen, aber nicht im Zug.

Im Bett vielleicht, die Decke bis zum Kinn. Am See vielleicht, in summendem Schilf. Singsang ohne Ende (ph, mir doch egal!):

Ruth und Blut,
Teufelsbrut,
Wut und Glut,
Mut tut gut.
Wer liebt Ruth?

»Bist du das, Miriam?«

Ein Herz und eine Seele, das reichte nicht immer für zwei.

Auf Miriam konnte sich keiner einen Reim machen. Ach wie gut, daß niemand weiß. Weiß wie die Decke, wie die Nacht (meine Nacht!) im Zug. Der Zug pfiff auf vier Fingern. Feine weiße Fingerhärchen flatterten. Zugluft, knochig. Halt die Finger fest! Beim Pfeifen? Festhalten! Der Schlag, als ein anderer Zug passierte (der Zug von Immer-so-fort!), und das Aufstöhnen der Scheibe im Licht, 95 Waggons, und wieder Nachtgeratter, atemlos.

Rattern, stöhnen, schlagen, summen, keine Zeit zu atmen.
Zittern, dröhnen, summen, klagen.
Keine Luft zu atmen.
Hauchen, summen, pochen.
Keine Luft.
Summen, dröhnen, stöhnen.
Zu.
Summen, pochen (Blut und Ruth).
At-men uund at-men uuund at-men.
Nur ein Zug.
(Nie, ich jedenfalls nie!)
Atmen.
Und.

4

Abhören: Das dritte Kommuniqué

Es war ja nur ein Versuch. Wahrscheinlich sah sich der Verkäufer das Foto auch bloß an, um Ruth einen Gefallen zu tun. Immerhin sah er es sich an. Miriam hübsch und lachend vor unbestimmtem Grün. Auf 13 mal 18.

»Nein, nie gesehen«, sagte der Verkäufer. Er drehte das Foto um, als ob er hinten die Lösung irgendeines Rätsels vermutete. Die Rückseite war weiß. Der Verkäufer gab Ruth das Foto zurück.

»Ich hätte noch eine Frage«, sagte Ruth. Sie steckte Miriams Foto wieder ein.

»Bitte schön?«

»Wenn man eine Stimme digitalisiert, kann man sie doch verändern, oder?«

Der Verkäufer nickte.

»Wie zum Beispiel?« fragte Ruth.

»Haben Sie den Farinelli-Film gesehen? Über diesen Kastraten Ende letzten Jahrhunderts. Dessen Stimme hat man rekonstruiert, indem man eine Alt- und eine Tenorstimme übereinandergelegt hat. Kastraten gibt es ja nicht mehr. Wenigstens keine singenden«, sagte der Verkäufer mit schiefem Lächeln, das aus unerfindlichen Gründen komplizenhaft wirkte. Ruth hatte keine Lust, darauf in irgendeiner Weise einzugehen.

»Könnte ich die Stimmaufnahme einer erwachsenen Frau so manipulieren, daß deren Kinderstimme hörbar wird?«

»Sie könnten auf jeden Fall eine Kinderstimme daraus machen. Mit der entsprechenden Software ist das kein Problem. Aber Sie meinen wohl: eine ganz bestimmte Kinderstimme?«

»Ihre eigene. So, wie sie vor fünfundzwanzig Jahren gesprochen hat.«

Der Verkäufer zuckte die Achseln.

»Man müßte herumprobieren. Hin- und herschieben. Annäherungsweise wahrscheinlich schon ...«

»... wenn man weiß, wie die Stimme früher geklungen hat?«

Der Verkäufer nickte. Ruth nickte auch. Da lag das Problem. Wenn sie das wüßte, hätte sie wohl keine Schwierigkeiten, die Stimme ohne technische Mätzchen zu identifizieren. Aber immerhin, so könnte es gewesen sein. Miriam hatte Minnies Stimme als die einer Jugendfreundin zu erkennen geglaubt, war sich aber nicht ganz sicher gewesen und hatte überlegt, wie sie das nachprüfen könne. Sie war in einen Computerladen wie diesen hier gegangen und hatte mehr oder weniger dieselben Fragen wie Ruth gestellt. Wenn Ruth nur wüßte, in welchen Computerladen! Es gab sicher Hunderte in Wien, mit dreimal mehr Angestellten, von denen wahrscheinlich gerade der, der Miriam bedient hatte, heute krank war, Urlaub machte oder Außendienst hatte. Nein, Ruth konnte unmöglich alle in Frage kommenden Läden abklappern, heute schon gleich gar nicht.

»Alles in Ordnung?« fragte der Computerverkäufer.

Ruth zuckte zusammen.

»Danke«, sagte sie, ließ ihn stehen, ging hinaus auf den Rennweg, Richtung Belvedere, spazierte an der Mauer des Schlosses entlang, einfach so, ohne Ziel. Es war spät geworden, in einer halben Stunde schlossen die Geschäfte. Erst jetzt wurde sie sich bewußt, daß sie stundenlang bei Opa im Hospiz gewesen war. Aus irgendeinem Grund war sie weggetreten, wohl eingeschlafen neben dem summenden Bett, und als sie völlig zerschlagen und wirr wieder aufgeschreckt war, hatte Opa geschlafen. Vorsichtig hatte sie ihre Hand aus seiner gelöst, hatte ihm einen schnellen Kuß zugehaucht und war sofort gegangen. Sie hatte sich plötzlich unbehaglich gefühlt in diesem Zimmer, fremd gegenüber dem alten Mann, der dort unter der Decke lag. Fast panisch war sie geflohen, und das Gefühl, etwas Schreckliches erlebt zu haben, war nur langsam gewichen, als sie an der frischen Luft draußen tief

Atem holen konnte, und das auch nur, weil sie sich innerlich weigerte, über das Geschehene nachzudenken. Sie hatte sich an die Bemerkung der Krankenschwester geklammert, war in den nächstbesten Computerladen gestürzt, der auf ihrem Weg lag. Natürlich war es nicht der richtige gewesen, und so mußte sie sich mit der Hypothese zufriedengeben, daß Miriam möglicherweise nachgefragt hatte, ob man eine Frauenstimme technisch fünfundzwanzig, dreißig Jahre verjüngen könne.

Viel mehr wußte sie nicht. Miriam war tags zuvor wohl gleich am Morgen im Computerladen gewesen, hatte unmittelbar danach Opa besucht, und dann? Um 20.00 Uhr hatte die Vorstellung begonnen, aber Miriam war sicher deutlich früher in der Oper gewesen. Schminken, Kostüm, Einsingen – zwei Stunden mußte man wohl rechnen. Das war leicht herauszubekommen. Trotzdem blieben circa fünf Stunden am Nachmittag, in denen Miriam ja irgendwo gewesen sein mußte. In denen sie etwas unternommen haben mußte.

Vielleicht wegen Minnie. Vielleicht etwas, das zu ihrem Verschwinden beigetragen hatte, dafür verantwortlich war. Eine Begegnung, die sie dazu gebracht hatte, bei Ruth anzurufen. Oder - in Ruth zuckte eine Idee auf - wollte Miriam vielleicht ihren Einfall mit der computerveränderten Kinderstimme in der Praxis überprüfen? Hatte sie jemanden gesucht, besucht, der die technischen Möglichkeiten dazu hatte? Zuallererst hätte sie dazu eine Aufnahme von Minnies Stimme benötigt, und die konnte sie nur im Sender bekommen. Sicher wußte sie, daß alle Sendungen mitgeschnitten werden, daß also auch Minnies Stimme verfügbar war und daß sie mit Hilfe von Ruth an das Band kommen konnte. Vielleicht hatte sie deswegen telefoniert. Möglicherweise war sie vorher schon zum Studio gefahren, konnte aber wegen der Abendvorstellung nicht bleiben, bis Ruth zu ihrer Sendung auftauchte, und hatte dann später von der Oper aus …

Die Sendung! Oh, Gott! Ruth riß den Arm mit der Uhr hoch. Verdammt! Zu spät. Viel zu spät. Sie rechnete. Drei Minuten Nachrichten, aber seit genau neun Minuten mußte sie auf Sendung sein. Hätte sie auf Sendung sein müssen! »Wien, wie es singt und klingt«, die dritte.

Ein Taxi! Ruth sprang auf die Straße, hätte fast einen Radfahrer aus dem Sattel geworfen. Trottel! Kein Taxi weit und breit. Das nächstbeste Auto anhalten? Ruth winkte. Kein Wagen hielt. Sollte sie sich auf die Straße werfen? Ihr Herz wummerte bis in die Schläfen hinauf.

Zu Fuß bis zum Rundfunkhaus? Sie würde zehn Minuten brauchen, wenn sie rannte, acht vielleicht. Ihre Beine waren schon losgespurtet, liefen schon, bevor sie sich noch entschieden hatte. Sie hatte ihre Sendung vergessen, ihre eigene Sendung, ausgerechnet sie! Ein Alptraum! Der Alptraum eines jeden Rundfunkmoderators. Schwarzenbergplatz. An der Ampel stand ein Taxi, frei. Sie spurtete quer, keuchte, keuchte, war dort, bevor die Ampel auf Grün schaltete, riß die Tür auf, ließ sich in den Sitz fallen.

»Rundfunkhaus«, japste sie.

»Hören Sie mal!« sagte der Taxifahrer.

»100 Schilling«, keuchte Ruth, »bitte schnell!«

Der Taxifahrer brummte etwas, fuhr los. Ruth fingerte den Geldbeutel hervor. Sie keuchte noch schwer. Sie hatte einfach ihre Sendung vergessen. Vergessen wie … wie die Blumen zu gießen, wie …

Sie hatte noch nie vergessen, die Blumen zu gießen! Und jetzt die Sendung. Ruth lachte auf. Lachte, keuchte, lachte, bekam keine Luft. Es war fast schon komisch. Ein Riesengag.

Irgendwer würde übernommen haben. Ein armes Schwein, das gerade greifbar war. Oder sie hatten eine ihrer alten Sendungen eingespielt. Highlights aus der unvergleichlichen Karriere unserer allseits beliebten Ruth Strelecky. Ob sie das Band so angesagt hatten? Ruth kicherte.

Vergessen! Sie brauchte eine Ausrede! Ich habe es einfach vergessen, mit unschuldigem Augenaufschlag garniert? Typ blondes Doofie vom Lande? Oder besser cool: Ach, mir ist noch gar nicht gekündigt worden? Ich habe doch die letzten Male mein Bestes gegeben. Habt ihr noch nicht genug?

Oder Verkehrsunfall? Schwächeanfall?

Das Taxi bog in die Einfahrt zum Sender ein.

Die Wahrheit womöglich? Welche Wahrheit? Die Wahrheit war, daß sie ohne stichhaltigen Grund fünfzehn Minuten zu spät kam, zwanzig Minuten, bis sie oben war. Sie hätte den Taxifahrer bitten können, das Radio einzuschalten, um wenigstens zu wissen ... Zu spät. Sie warf ihm den Geldschein auf den Schoß, riß die Wagentür auf, bevor das Taxi noch richtig stand, lief ins Funkhaus. Hinter der Pforte saß der alte Hapal. Er grüßte mit der Hand, und Ruth zwang sich, zu gehen. Schnelle Schritte ja, aber nicht mehr laufen.

Ruhig, Ruth! sagte sie sich. Ruhig bleiben, ruhig werden! Was ist denn schon passiert? Natürlich war kein Aufzug da. Keiner der vier. Ein Aufzug war in all den Jahren noch nie da gewesen, wenn Ruth es eilig hatte. Sie drückte die Knöpfe, wartete, nahm nicht die Treppen. Was war denn schon passiert? Wegen einer läppischen Rundfunksendung? Die sollten halt drei, vier Platten auflegen, zwei Werbeblöcke mehr als sonst einschieben, dann rechnete sich die Sache sogar noch. Wer würde denn wegen so etwas die Beherrschung verlieren? Die Contenance?

Endlich kam der Aufzug. Die Tür öffnete sich mit stupidem Klingelton. Rein, Knopf drücken, los. Los! Ach, hören Sie auf, Herr Direktor! Merkt doch sowieso keiner, blöd, wie das Volk ist. Und wenn es einer merkt, glauben Sie etwa, der würde deswegen seinen Apparat aus dem Fenster werfen oder gar seine Gebühren nicht mehr bezahlen? Na also, schauen Sie, alles halb so wild, Herr Direktor!

Der Aufzug stoppte. Langsam den Gang entlang. Gemessenen Schrittes, dachte Ruth und wunderte sich, wieso ihr diese altbackenen Worte einfielen. Gemessenen Schrittes. Die Contenance verlieren. Fehlten noch »satisfaktionsfähig« und zwei Sekundanten, dann hätte sie alles zum fälligen Duell beisammen. Im Grunde haben sie dich eh schon abgeschossen, dachte Ruth.

»Alles klar?« fragte sich Ruth.

»Alles klar«, antwortete sie sich.

Bevor sie sich überlegen konnte, wie sehr sie sich damit

angelogen hatte, öffnete sie die Tür zum Studio, trat ein, wäre fast wieder rückwärts hinausgefallen: Der kleine Raum, in dem normalerweise der Tontechniker, der Chef vom Dienst und vielleicht mal ein Praktikant saßen, war brechend voll. Einen Moment lang hatte Ruth die irrwitzige Vorstellung, daß das ihre Fans waren, die ersten fünfzehn, zwanzig von den Hunderten, Tausenden, die gerade durch ganz Wien unterwegs waren, um vor Ort dagegen zu protestieren, daß ihre Ruth Strelecky unangekündigt ersetzt, ausgeschaltet, fristlos gekündigt worden war, die einen Riesenaufstand machen würden, Sitzblockaden, Sprechchöre, bis der von einem Pfeifkonzert empfangene Programmdirektor per Megaphon erklären würde, daß es sich um ein Mißverständnis – höhnisches Gelächter – handle und daß Ruth natürlich am nächsten Tag wieder …

Der Rest ginge im Beifallssturm unter, und da erkannte Ruth tatsächlich den Programmdirektor, Dr. Höslwang, der ihr, völlig unbehelligt von den vermeintlichen Fans, entgegenkam. Höslwang ließ sich sonst nie hier sehen. Es konnte keinen Zweifel geben, daß er wegen ihr hier war. Während sich Höslwang durch die Menge drückte, versuchte Ruth mit einem schnellen Blick aufzunehmen, was eigentlich los war. Hinter der Scheibe saß Roman auf dem Moderatorensessel. Er hatte also übernommen. Ruth hätte das schon an der Musik erkennen können, die aus dem Studiolautsprecher an der Wand tröpfelte. Eine typische Roman-wenn-er-nicht-weiß-was-er-auflegen-soll-Musik. An der Tonregie war Alex, der sie auch gesehen hatte und seinen Kopf mißbilligend schüttelte. Daneben ein paar vom Sender, die hier eigentlich nichts verloren hatten, eine Menge anderer Typen, die Ruth nicht kannte, und Waworka, der Kriminaler. Was wollte der denn hier?

Höslwang war bei Ruth, schnaufte hörbar aus.

»Wer wird denn gleich die Contenance verlieren«, sagte Ruth aus der ersten Eingebung heraus. Sie war nun ganz ruhig, der Puls normal, fast zu langsam, eingefroren. Wenn er ihr dumm kam, würde sie sich umdrehen und gehen. Wortlos. Kapitel beendet, Buch zu. Eine tröstliche Vorstellung.

»Um Gottes willen, Frau Strelecky! Was war denn los?« Höslwangs Stimme klang seltsamerweise fürsorglich, richtiggehend besorgt. Ruth verstand nicht recht.

»Entschuldigung«, sagte sie, »eine Unpäßlichkeit.«

»Ja, ach so. Geht es Ihnen wieder besser?« erkundigte sich Höslwang.

»Prächtig«, sagte Ruth. »Bin ich gefeuert?«

Sie hatte das Herumgerede satt. Sie wollte wissen, was los war. Am liebsten wäre sie abgehauen und hätte die ganze Meute alleine kläffen lassen.

»Gefeuert?« Der Direktor schien aus allen Wolken zu fallen. »Ich bitte Sie. Nur, weil Ihnen mal schlecht ist?«

Unentschuldigt gefehlt, die internen Richtlinien zweimal grob mißachtet, Verdacht auf Billigung, wenn nicht Unterstützung von terroristischen Anschlägen. Das müßte doch reichen!

»Eine Kraft wie Sie!« sagte Höslwang und schüttelte den Kopf. Dann aufmunternd: »Hauptsache, Sie sind wieder auf dem Damm!«

Ruth begriff immer noch nichts. Hatte Höslwang durchgedreht? Sie beschloß, abzuwarten, so zu tun, als ob alles normal wäre.

»Ja, dann werde ich mal übernehmen. Den Herrn Kern da draußen erlösen.«

»Ja … nein«, sagte Höslwang. »Ich weiß nicht, wir sollten vielleicht erst den Oberinspektor fragen. Es ist nämlich so … Herr Waworka, hätten Sie die Freundlichkeit …«

Der fette Oberinspektor schnaufte her. Höslwang begann, sie vorzustellen, doch Waworka schnitt ihm das Wort ab: »Wir kennen uns bereits.«

Es klang nicht so, als ob er von Ruths Bekanntschaft restlos begeistert wäre. Wenigstens einer, auf dessen Reaktionen man sich verlassen konnte.

Ruth fragte: »Bin ich es, nach dem Sie solche Sehnsucht haben?«

»Wir könnten während der nächsten Musikeinspielung wechseln.« Höslwang schaute auf die roten Ziffern der

Digitaluhr am Sendepult. »Dann blieben noch knapp fünfunddreißig Minuten. Letztes Mal rief sie auch erst gegen Ende der Sendung an.«

Waworka kratzte sich am Kinn. Er schien unentschlossen. Im Sprecherraum jonglierte Roman mit einer neuen CD. Alles Routine. Eine stinknormale, langweilige Ersatzsendung. Um so verwunderlicher war dieser Auflauf von Leuten, die nichts zu tun hatten und doch so beschäftigt taten. Alex thronte hinter seinen zwei Quadratmetern Sendepult und wirkte wie ein kleiner Junge, der wild entschlossen ist, seine eigenhändig gebaute Sandburg mit Zähnen und Klauen zu verteidigen. Seine potentiellen Gegner schienen zusätzliche Telefone zu installieren und an Alex' Reich anzustöpseln.

»Oder meinen Sie, daß der Wechsel zu auffällig wäre?« fragte Höslwang. »Meinen Sie, daß die Verrückte Verdacht schöpfen könnte?«

Daher wehte der Wind! Ruth begriff. Sie rechneten mit einem dritten Anruf Minnies, mit der neuerlichen Ankündigung eines Anschlags. Ruth deutete mit dem Daumen auf die Typen, die um Alex herumwuselten, und fragte Waworka: »Ihre Leute? Sie haben die Telefone präpariert, um den Anruf zurückverfolgen zu können?«

»Schlaues Kindchen«, sagte Waworka.

»Wieso sollte Minnie nicht genauso gut bei Roman anrufen? Wieso gerade bei mir?«

»Lassen Sie das unsere Sorge sein!« Waworka steckte sich einen Zigarillo zwischen die Lippen, kramte nach einem Feuerzeug.

»Wieso bei mir?« fragte Ruth.

»Ist nach Meinung unseres Psychoheinis viel wahrscheinlicher«, sagte Waworka. Er wandte sich zu Höslwang: »Haben Sie mal Feuer?«

»Rauchen ist im Studio absolut verboten«, sagte Höslwang entschuldigend.

»Ich will wissen, wieso?« sagte Ruth.

Waworkas Stirnadern schwollen an. Er klaubte den Zigarillo aus seinen Zähnen und platzte heraus:

»Weil eine Verrückte wie diese verdammte Minnie es vorzieht, mit einer Verrückten wie Ihnen zu plaudern. Weil Sie beide sich schon zweimal blendend unterhalten haben. Weil Sie, Frau Strelecky, so viel Verständnis für die Terroristin bewiesen haben. Weil Sie einfach so ein Typ sind, mit dem man Pferde stehlen kann. Ein dufter Kumpel, verstehen Sie?«

Waworkas Gesicht war dunkelrot.

Höslwang lächelte begütigend und sagte: »Natürlich ist es nicht Ihre Schuld, wenn die, ähm, Anruferin eine gewisse Affinität verspürt haben sollte.«

Ein wirklicher Diplomat, ihr Chef! Ruth war gerührt. Noch nie war sie so nett als Sympathisantin des Terrors bezeichnet worden.

»Andererseits«, fuhr Höslwang fort, »sollten wir diese Affinität des gemeinsamen Ziels wegen auch ausnutzen. Es handelt sich ja nicht nur darum, diese Minnie zu einem erneuten Anruf zu veranlassen, sondern sie auch in ein möglichst langes Gespräch zu verwickeln ...«

»So von Frau zu Frau«, warf Waworka höhnisch ein.

»... damit die Männer des Oberinspektors genug Zeit haben, die Spur zurückzuverfolgen. Und daß Sie das hervorragend verstehen, haben Sie ja schon unter Beweis gestellt.«

Höslwang strahlte Ruth an. Sie hatte verstanden, daß sie wirklich gefeuert war. Nur nicht ganz fristlos. Sie wurde noch für einen kleinen Job gebraucht, und dann durfte sie gehen.

»Sie gehen jetzt da rein«, sagte Waworka und deutete mit dem Zigarillo auf den Sprecherraum, »machen Ihr Zeugs wie immer, und falls sie anrufen sollte, bringen Sie sie zum Quatschen, quatschen Sie selbst, singen Sie ein Liedchen, machen Sie, was Sie wollen, aber halten Sie sie in der Leitung!«

»Sie haben so eine Art, daß man versucht ist, ›nein‹ zu sagen, selbst wenn Sie einem nur ›Guten Tag‹ wünschen«, sagte Ruth.

»Ich bitte Sie, Frau Strelecky!« sagte Höslwang dackeläugig. Eigentlich hatte sich Ruth mit dem Verlust ihres Arbeitsplatzes schon abgefunden, aber auf diese Art und Weise wollte sie sich nicht abservieren lassen. Wisch und weg. Wie ein Blatt Küchenrolle, mit dem man schnell ein paar Spritzer Tomatenketchup abwischt, bevor man es wegwirft.

»Das stehe ich nicht durch«, sagte Ruth, »im Moment wenigstens nicht. Ich bin ein Wrack, zerrüttet, am Ende. Zu viele Probleme, die auf mich in letzter Zeit eingestürzt sind, privat, beruflich, wissen Sie? Ich sehe da gar nicht mehr heraus.«

Waworkas Mund stand offen. Ein kleines rundes Loch zwischen fleischigen Backentaschen.

Höslwang fragte artig: »Probleme?«

Ruth nickte. Die beiden spielten ihr Spiel, und Ruth würde ihr eigenes Spiel spielen. Sie würde herausholen, was herauszuholen war.

»Meine Schwester ist spurlos verschwunden. Seit gestern abend, seit dem Brand in der Oper ist sie nicht mehr aufgetaucht ...«

»Oh«, sagte Höslwang betroffen.

»... nicht zu Hause, nicht bei Verwandten, Freunden, nirgends. Und die Polizei weigert sich, das ernst zu nehmen. Wissen Sie, was die Polizisten gemacht haben?«

Höslwang schüttelte vorsichtig den Kopf.

»Nichts! Gar nichts! Ich solle mich nicht so aufregen, haben sie gesagt. Kein Wunder, daß ich da mit den Nerven fertig bin, nicht? Das würde Ihnen doch nicht anders gehen, oder?«

»Äh«, sagte Höslwang, »vielleicht ist sie ...«

»Nein, ist sie nicht«, sagte Ruth, »aber eine Großfahndung würde mich etwas beruhigen. Eine Aufforderung an alle Streifenwagenbesatzungen, die Augen offenzuhalten. Und wenn Miriams Foto an alle Wiener Reviere durchgefaxt würde ...«

»Die spinnt!« zischte Waworka.

»Ich melde mich hiermit krank«, sagte Ruth fröhlich und winkte zu Roman hinüber, der hinter der Glasscheibe saß und gerade irgendeinen Musikbeitrag ansagte. Eins von den Trällerliedchen, die für solche Situationen immer herhalten mußten, weil sie so nichtssagend waren, daß sich garantiert kein Hörer darüber aufregte.

»Ich bin sicher, daß die Polizei, falls Ihre Schwester auch morgen noch nicht aufgetaucht sein sollte ...«, versuchte Höslwang mehr ab- als einzulenken. Ruth stöhnte.

»Ich bin mir sicher, daß ich noch Tage dienstunfähig sein werde. Wochen vielleicht. Ich spüre es. Ein untrügliches Gefühl.«

Höslwang schaute hilfesuchend zu Waworka.

»Noch fünfundzwanzig Minuten«, sagte Ruth, »und der Herr Oberinspektor muß ja noch telefonieren, die Fahndung einleiten, bevor ich mich erhole.«

Sie hielt Miriams Foto dem Oberinspektor unter die Nase.

»Was glaubt die eigentlich ...«, schrie Waworka los.

»Bitte!« sagte Höslwang.

Der Oberinspektor unterbrach sich, stutzte, krümelte den Zigarillo zwischen den Fingern. In Waworka arbeitete es, wie er selbst wohl schon lange nicht mehr.

»Vierundzwanzig Minuten«, sagte Ruth leutselig.

Der Zigarillo bröselte und brach. Waworka warf die zerfransten Reste zu Boden. Mit den nun beschäftigungslosen Fingern schnippte er kurz. Einer seiner Untergebenen flog herbei. Waworka nickte auf Miriams Foto hinab.

»Das da! Nimm's mit, Kreuzwieser! Vermißtenmeldung. An alle Wiener Sicherheitswachstellen ...«

»Und Streifenwagen«, sagte Ruth.

»... und Streifenwagen. Die ... die Dame gibt dir die Personalien der Vermißten.«

Ruth nickte, und Waworka knurrte ihr zu: »Eine Hand wäscht die andere. Jetzt sind Sie dran.«

»Nach dem Brand hat mir Hawliczek bedeutet, daß Miriam in einem Rettungswagen abtransportiert wurde. In den Krankenhäusern hat mir das niemand bestätigen können oder wollen. Aber Sie von der Polizei können doch sicher über die Rettungszentrale nachprüfen, wie viele und welche Krankenwagen im Einsatz waren und wen sie wohin transportiert haben.«

»Sonst noch etwas, gnä' Frau?«

Ruth schüttelte den Kopf. Waworka instruierte einen

anderen Polizisten aus seinem Fußvolk. Na also, es ging doch. Ruth war zufrieden. Wenn schon nicht mit der Welt, dann doch mit sich. Man konnte etwas tun. Es nützte tatsächlich, mit den Leuten zu reden. Das richtige Wort zur rechten Zeit konnte Wunder wirken. Würde hoffentlich Wunder bewirken.

Zwei Minuten später löste Ruth Roman ab. Der nahm den Kopfhörer ab und tippte sich an die Stirn.

»Sag mal, spinnst du völlig, Ruth?«

»Nur eine vorübergehende Unpäßlichkeit«, sagte Ruth, »aber danke für die Nachfrage.«

Roman warf den Kopfhörer aufs Moderatorenpult. Er zischte: »Wie kommst du eigentlich dazu, mir die Bullen auf den Hals zu schicken? Diesen ekligen Waworka, der seine fette Nase in jede Schublade in meiner Wohnung quetscht, um nachzusehen, ob ich darin deine verdammte Terroristin verstecke.«

»Was?« fragte Ruth.

»Tu nicht so!« fuhr Roman sie an. »Du hast ihn doch auf meinen Namen gebracht, du ...«

»Ich hielt es damals noch für einen Scherz, ich dachte ...«

Mein Gott, was redete sie eigentlich mit Roman? Was ging der sie denn an? Ruth setzte sich.

»Jetzt zieh deine Show hier ab, und dann hoffe ich bloß, daß sie dich möglichst bald abservieren«, sagte Roman. »Und wenn ich mein Teil dazu beitragen kann, dann werde ich das tun. Darauf kannst du Gift nehmen!«

Er schlug die Tür des Sprecherraums hinter sich zu und baute sich draußen hinter den Abhörspezialisten auf, während Ruth auf dem Moderatorensessel noch ein paar Augenblicke Zeit hatte, sich den Text zu überlegen, den sie nach dem laufenden Musikstück in die Welt schicken würde. Höslwang, Waworka und seine Leute, alle dort draußen erwarteten von ihr, daß sie das richtige Wort finden würde.

Ruth blätterte die CDs durch, die Roman säuberlich aufgeschichtet hatte. Alles Quark. Einheitsbrei, Magerstufe. Waworkas Probleme waren wahrlich nicht Ruths Probleme, und bei Höslwang saß sie schon so tief in der Scheiße, daß es nicht mehr darauf ankam. Kaputt, wie sie war, fühlte Ruth sich gut. Es war überhaupt kein Problem, die richtigen Worte zu finden. Man mußte sie nur heraussprudeln lassen. Es ging ganz von selbst. Ruth blendete das Gedudel aus und sagte ins Mikrophon:

»Herzlichen Dank dem lieben Roman Kern, der mich netterweise bis jetzt vertreten hat. Nun ist wieder Ruth Strelecky am Mikrophon, und wenn ihr eigentlich hier den dritten Teil von ›Wien, wie es singt und klingt‹ erwartet, seid ihr prinzipiell zur rechten Zeit auf der richtigen Frequenz. Ihr habt euch nur deshalb mit Romans Schlagerparade herumquälen müssen, weil ich zu spät gekommen bin. Genau wie früher in der Schule. Bus verpaßt, verschlafen, Schwindelanfall nach dem Aufstehen, das kennt ihr ja alle. Gott sei Dank ist mein Chef ein gutgläubiger Philanthrop, der seinen Mitmenschen jede noch so blödsinnige Ausrede abnimmt, bevor man sie überhaupt erst ausgesprochen hat.«

Ruth winkte fröhlich in Richtung Höslwang.

»Tatsächlich hatte ich Wichtigeres zu tun, als rechtzeitig hier im Studio aufzukreuzen, um euch zu irgendwelchen pseudokritischen Stellungnahmen zu animieren, die eh keinen interessieren. In den letzten Tagen ist nämlich einiges passiert. Wie die Stammhörer unter euch ja mitbekommen haben dürften, hat zweimal eine Frau namens Minnie in meiner Sendung angerufen, um Sabotageaktionen gegen das Wiener Musikleben anzukündigen. Tatsächlich fanden zwei Anschläge statt. Das klingt verrückt genug, könnte mir aber egal sein, wenn sich nicht die Polizei - und mit ihr auch ich - fragen würde, wieso die Dame ausgerechnet mich als Ansprechpartnerin vorzuziehen scheint. Zufall? Das wäre denkbar, wenn ich nicht noch von einer anderen Seite her in die Geschichte verwickelt worden wäre. Der zweite Anschlag richtete sich gestern abend gegen eine Aufführung der ›Zauberflöte‹ in der Kammeroper. Ausgerechnet gegen eine Aufführung, in der meine Schwester Miriam sang. Miriam ist im Chaos nach dem Anschlag spurlos verschwunden und bis zur Stunde nicht mehr aufgetaucht. Und heute habe ich herausgefunden, daß meine Schwester den Anruf Minnies im Radio gehört hatte und offensichtlich am Tag vor ihrem Verschwinden deren Identität zu klären versuchte.«

Höslwang hampelte wild hinter der Scheibe herum. Der Oberinspektor legte ihm beruhigend die Hand auf die Schulter. Eigentlich hätten die Rollen umgekehrt verteilt sein sollen, aber Ruth wollte sich darüber keine Gedanken machen. Sie sprach zu ihren Hörern in den Wohnzimmern, Küchen, Badezimmern und Dachkammern Wiens, zu Taxifahrern und Pendlern, die sich auf den Ausfallstraßen aus der Stadt hinausstauten, sie sprach in Kaffeehäuser, Boutiquen und Würstlstände hinein, in den Alltag der gewöhnlichen Leute, die das Radio eingeschaltet hatten, weil sie immer das Radio eingeschaltet haben, die an ein bißchen Gedudel nebenzu gewohnt waren, weder Totenstille aushalten noch wirklich zuhören wollten. Sie sagte ins Mikrophon:

»Ich mache mir Sorgen. Miriam ist meine einzige Schwester. Es ist nicht ihre Art, einfach abzuhauen. Da ist etwas faul. Vielleicht kann jemand von euch weiterhelfen, von euch an den Radiogeräten draußen. Miriam Strelecky ist 36 Jahre alt, 1,72 Meter groß, schlank, hat blondes, langes Haar. Wer hat sie seit gestern abend, 22.00 Uhr, gesehen? Bei wem hat sie sich gemeldet? Wichtig wäre auch, wo sie sich gestern zwischen 12.00 Uhr und 17.00 Uhr aufgehalten hat. In wessen Begleitung? Und kennt jemand von euch diese Minnie, die hier zweimal angerufen hat? Wer ist sie, wo wohnt sie? 06–6066996. Ruft an, wenn ihr etwas wißt! Aber bitte nur dann! Meine Schwester ist weg, verschwunden, entführt, was weiß ich. Ich habe keinen Nerv, mich mit den üblichen Wichtigtuern herumzuschlagen.«

Reality radio. War es das, was Ruth gerade anleierte? Vermißtensuche und Verbrecherjagd von der Schaltzentrale des Senders aus, mit Tausenden von unverdächtigen undercover-Agenten, die jedes Geflüster mitbekamen, jede Stimme in Wien kannten, keinen klitzekleinen Versprecher, kein Kaffeehausgeprahle eines Mitwissers überhörten, Zigtausende private ears, die überall waren, von denen immer ein paar am richtigen Ort sein würden, dort, wo es etwas zu hören gab, dort, wo die Musik abging.

»Jetzt kommt ausnahmsweise mal kein Musiktitel«, sagte Ruth ihren potentiellen Helfern. »Jetzt herrscht Ruhe, drei Minuten Funkstille. Hört der Stille zu, dem Nichts, in dem meine kleine Schwester versunken ist, hört in euch hinein und helft mir, wenn ihr könnt!«

Ruth schaltete das Mikrophon ab und ging aus dem Aufnahmebereich zu den anderen hinaus: Alex saß vor dem Mischpult und sah verblüfft auf die Aussteuerungsanzeigen, die eisern auf Null verharrten. Telefone läuteten. Die Kriminalpolizisten hatten Parallelschaltungen eingerichtet, um Minnie auf jeden Fall durchkommen zu lassen. Die Abhörspezialisten übernahmen den Telefondienst. Alex stand auf, drängte sich zu Ruth durch und sagte:

»Ruth, ich wollte ...«

»Ja?« Ruth schob ihn etwas zur Seite, um Höslwang abzublocken.

»Willst du einen Kaffee?« fragte Alex.

Ruth nickte.

»Frau Strelecky ...«, begann Höslwang aus zwei Metern Entfernung. Seine Stimme klang väterlich. Nein, eher mütterlich. Als ob er sich nicht ganz sicher wäre, ob es zuviel an Zumutung für das Kindchen wäre, seine eigene Besorgnis zu zeigen.

»Frau Strelecky ...!« sagte Höslwang noch einmal. Es klang immer noch elternhaft, aber deutlich weniger nach antiautoritär geprägter Generation als gerade eben.

»Sie sind mir vielleicht eine Person!« lachte Waworka. Er schien nicht besonders sauer zu sein. Ruth überlegte, was sie falsch gemacht haben könnte.

»Ihnen ist hoffentlich klar, daß Sie allen Spinnern dieser Stadt einen Freibrief ausgestellt haben, ihren Krampf zu verbreiten«, gluckste Waworka. »Astrologen und Wahrsagern, die ihre Hilfe gegen einen unbedeutenden Unkostenbeitrag anbieten, verkrachten Privatdetektiven, den Psychoexoten, die Ihnen verraten wollen, daß Sie nur Ihr Yin und Yang mit Hilfe eines zweiwöchigen Meditationskurses wieder in Übereinstimmung bringen müßten, um alle Probleme zu lösen. Dann gibt es da noch die Hobbyzeugen, die immer und überall alles beobachtet haben, die Leidensgenossen, denen aber auch haargenau das gleiche passiert ist, mit dem kleinen Unterschied, daß ...«

Die Abhörheinis an den Telefonen hatten alle Hände voll zu tun. Ganz Wien schien an der Strippe zu hängen. Alex kam mit einer Tasse Kaffee an.

»Schwarz und süß, okay?«

»Danke«, sagte Ruth.

»Es ist jetzt vielleicht nicht der richtige Moment«, sagte Alex, »aber ich wollte dir sagen, daß ich das klasse finde, wie du das machst. Allererste Sahne!«

»So?« sagte Ruth. Da war er wahrscheinlich der einzige.

»Ich wette, daß mindestens zehn Miriams anrufen«, kicherte Waworka, »die bloß nicht verstanden haben, worum's geht. Und die Frau Sparrer aus Meidling ruft auch an.«

Waworkas Assistent Kreuzwieser lachte.

»Frau Sparrer?« fragte Ruth.

»Die ruft immer an und beschuldigt ihre Nachbarin wirklich jedes Verbrechens, bei dem um Mithilfe gebeten wird«, sagte Kreuzwieser.

»Sie beherrschen ja sogar den Genitiv«, sagte Ruth ätzend. Sie versuchte, sich nicht stören zu lassen. Wenn auf hundert Spinner ein echter Hinweis kam, war das immer noch ein Riesenerfolg.

Ruth schlürfte einen Schluck Kaffee. Er war zu heiß und zu süß.

»Ehrlich, Ruth«, sagte Alex, »wenn ich eine Schwester hätte ...«

»Keine klugen Ratschläge, bitte!« sagte Ruth. Es war ihr egal, was wäre, wenn Alex eine Schwester hätte. Sie hatte eine Schwester, die verschwunden war. Darauf mußte sie sich konzentrieren. Damit mußte sie selbst klarkommen. Wenn alle alles besser wußten, war ihr das wahrlich keine Hilfe.

»Ich meine, wenn ich eine Schwester wie dich hätte ...«, sagte Alex schnell, als ob er sicher sein wolle, daß seine Stimme nicht zitterte.

»Hast du aber nicht«, sagte Ruth. Keine Ratschläge, kein Mitleid, keine Komplimente, keine Trostsprüchlein! Ruth konnte auf all das bestens verzichten. Sie sollten sie einfach in Ruhe lassen, Waworka, Alex, der ganze Haufen!

»Eine Schwester wie dich zu haben, das wäre schön«, sagte Alex. Er lächelte wie ein kleiner Junge, der es geschafft hat, sein Muttertagsgedicht einigermaßen fehlerfrei aufzusagen.

»Super wäre das!« Ruth nickte und drückte ihm die Kaffeetasse in die Hand. »Wenn du eine Schwester wie mich hättest, könntest du sie anquasseln, wenn dir etwas auf dem Herzen liegt. Und mich könntest du in Ruhe lassen mit dem Gesülze! Ich habe nämlich zu tun, ich gehe jetzt da hinein, und ich ...«

»Klar«, sagte Alex, »ich wollte dir das nur sagen, nichts weiter.«

Ruth war schon auf dem Weg zum Sprecherraum. Über die Schulter rief sie Alex zu: »Nichts durchstellen! Keine Anrufe jetzt!«

Nein, sie wollte jetzt keinen der Spinner und Wichtigtuer auf Sendung haben. Jetzt würde sie erst selbst mal loslegen. Und während im Studio die Telefone heißliefen, schaltete Ruth ihr Mikrophon ein und sagte den Wienern draußen, daß sie ihre Goschn halten sollten.

»Ich spreche jetzt nur zu einer Person. Zu einer, von der ich sicher weiß, daß sie zuhört. Ich rede mit dir, Minnie. Du meinst, daß du die Fäden in der Hand hast, aber da könntest du dich täuschen. Wahrscheinlich hängst du schon am Haken. Weißt du, wieviele Leute meine Sendungen hören? Zehntausende. Wenn du nur mit hundert Menschen in Wien gesprochen hast, irgendwann einmal, sind da statistisch ein paar dabei, die jetzt zuhören. Jemand von deinen Arbeitskollegen, deinen Nachbarn, der Metzger, bei dem du einkaufst, Schulfreunde, dein Fahrlehrer. Irgendwer, der deine Stimme erkannt hat und jetzt gerade die Nummer des Senders wählt. 06–6066996. Meine Schwester war dir auf der Spur.

Und ich werde da weitermachen, bis ich weiß, was los ist. Die Musik-Attentate sind mir egal, aber Gnade dir Gott, wenn du meiner Schwester etwas angetan haben solltest. Dann bringe ich dich um!«

Ruth war zu laut geworden, hielt jetzt inne, schnaufte durch, sagte:

»Eine kurze Pause. Ohne Musik. Wie vorhin, ihr wißt schon. Und dann hören wir mal, ob du dich traust, anzurufen, Minnie.«

Sie schaltete ab, gab Alex Zeichen, ihren Kaffee hereinzubringen. Der stand auf, aber Waworka nahm ihm die Tasse aus der Hand, schob sich an der Reihe der Abhörspezialisten vorbei, die zu simplen Telefonisten degradiert worden waren und wie in einem avantgardistischen Ballett zu einem unhörbaren, eigenwilligen Rhythmus Telefonhörer aufnahmen und niederlegten. Die Wiener dachten gar nicht daran, ihre Goschn zu halten.

»Ihr kleiner Schwarzer, gnä' Frau«, sagte Waworka. Er war ganz feiste Freundlichkeit, ein aus unerfindlichen Gründen bestens gelaunter Fettkloß, der Ruth aus seinen Schweinsäuglein anblinkte und mit erstaunlich flinken Patschfingern einen Zigarillo aus der Manteltasche zauberte. Ruth gab ihm Feuer und nippte am Kaffee. Waworka grinste.

»Hier macht eh jeder, was er will, nicht?« sagte er. »Vor allem Sie, meine verehrte Frau Strelecky.«

»Sie sagten, ich solle mein Zeug ... «

»Wissen Sie, ich denke, wir sollten zusammenarbeiten, Sie und ich.« Waworka strahlte, als hätte sich damit das Traumpaar des 21. Jahrhunderts gefunden. »Ich werfe Ihnen nichts vor, aber irgendwie sind Sie in diese Geschichte hineingerutscht und stecken jetzt bis zum Hals drin. Weiß der Himmel, wieso.«

»Mich interessiert nur meine Schwester.«

»Wenn Ihre Schwester tatsächlich verschwunden ist, hängt das mit der Stimme und mit den Anschlägen zusammen. Das haben Sie doch selbst gerade aller Welt verkündet.«

Waworka schickte eine weiße Wolke zur Studiodecke und

sandte einen trockenen Huster hinterher. »Sie halten mich auf dem laufenden, geben mir Ihre Informationen, und ich gebe Ihnen meine, das ist alles. Informationsaustausch auf rein geschäftlicher Basis.«

»Meine Schwester ...«

»Wir nehmen das ab sofort ernst. Ehrenwort.«

»Ich wüßte nicht, was ...«

Waworka klopfte die Asche in eine CD-Hülle ab.

»Hören S' zu«, sagte er. »Ihre Schwester ist nicht die einzige verschwundene Person. Der Hawliczek ist auch weg. Der stumme Bühnenarbeiter, der den Benzinfeuerlöscher betätigte. Tauchte nicht zur Vernehmung auf, war nicht zu Hause, die ganze Nacht nicht, wenn man den Angaben seiner Nachbarn Glauben schenken darf.«

»Und?«

»Hawliczek vergötterte Ihre Schwester, wußten Sie das? Schmelzer hat es mir gesagt. Hawliczek kennt Ihre Schwester besser als Sie selbst. Die Schöne und das Biest, etwas in der Art. Hawliczek lief ihr nach wie ein Hunderl, brav, folgsam, rollte sich am liebsten zu ihren Füßen zusammen, hat sich aber nie mehr als einen bewundernden Augenaufschlag gegenüber der großen Diva geleistet.«

»Miriam hat sich immer nur für ihre Musik interessiert.«

»Seltsam, daß sie beide weg sind. Praktisch gleichzeitig. Entweder sie sind aus irgendwelchen Gründen zusammen untergetaucht, oder er hat sie entführt ...«

»Oder sie ihn!« Ruth tippte sich an die Stirn.

»Oder ein dritter alle beide.«

»Sie haben den Fall ja praktisch schon gelöst«, höhnte Ruth.

»Der Schlüssel liegt in diesen Schwachsinnsattentaten. Besteht irgendeine Beziehung zwischen Ihrer Schwester und dem Schuberthaus oder dem Konzert, das dort stattfand?«

Ruth schüttelte den Kopf. Es waren nur sinnlose Spekulationen, die den Verstand benebelten. Wie der Zigarillodampf, der in Schlieren durchs Studio zog.

»Kann ich dann weitermachen?« fragte Ruth und tippte aufs Mikrophon.

»Wenn wir mal ein Gewaltverbrechen annehmen, rein hypothetisch ...«, sagte Waworka butterweich.

»Ein Gewaltverbrechen?«

»Mord«, sagte Waworka. »Wenn bei Mordverdacht zwei Personen verschwinden, dann reimen wir als kleine, phantasielose Kriminaler uns das so zusammen: Person A taucht nicht mehr auf, weil sie tot ist, Person B taucht nicht mehr auf, weil sie der Mörder ist und nicht lebenslänglich hinter Gitter will. Und manchmal stimmt das sogar.«

»Was wollen Sie damit sagen?« fragte Ruth.

»Das ist kein Spiel«, sagte Waworka. Er ließ die Glut an der Spitze seines Zigarillos im Rest von Ruths Kaffee verzischen und trollte sich.

Mord. Es war kein neuer Gedanke. Ruth hatte ihn selbst gehabt, natürlich. Dennoch war jetzt alles anders. Ein anderer hatte ihn ausgesprochen, hatte Miriams Schicksal objektiviert. Mord. Plötzlich bezeichnete das Wort kein Hirngespinst, das in Ruths Kopf irrlichterte, sondern eine Tatsache, die außerhalb ihrer selbst existierte, greifbar war, mit Ecken und Kanten, an denen man sich stieß, die nicht verschwinden würden, wenn sie an anderes dachte. Waworka hatte es gesagt, und es blieb gesagt, auch wenn jeder Mensch auf der Welt sich wünschen würde, es dem Kerl wieder in den Hals zurückzustopfen. Mord. Vier Buchstaben, eine Silbe. Und dann Ende, nichts mehr. Nur noch irgendwelche nichtssagenden Worte. Lautfolgen ohne Bezug zu irgendeiner Lebensrealität. Tote Worte, tote Körper. Zusammengesunken.

Ruth schaltete das Mikrophon ein und flüsterte:

»Bist du tot, Miriam? Liegst du irgendwo da draußen? Aufgedunsen im Altwasser der Donau, auf einer Müllhalde, im Kofferraum eines Autos? Haben sie dich verstümmelt? Liegt dein Körper verkrümmt da, oder hast du es bequem? Vielleicht sieht es so aus, als ob du schläfst. Das wäre schön.«

Ruth hörte ihre eigene Stimme kaum, wußte aber, daß sie in ganz Wien zu hören war. Alex würde dafür sorgen. Er war Profi, er tat seinen Job, egal, was kam. Sein Job war es, die Stimme der Moderatorin für ganz Wien hörbar zu machen.

»Ermordet!« Ruth lachte leise. Kehlig. Erschrak.

»Wenn du nur keine Schmerzen gehabt hast! Wenn es nur schnell ging! Haben sie dich erschossen? Erwürgt? Deinen Hals durchschnitten? Du hast nicht geschrien, oder? Es ging alles so schnell, und dazu der Schock, der dich gar nichts spüren ließ. Ein Moment, und alles war vorbei.«

Die Welt müßte aufhören, sich zu drehen. Für einen Moment wenigstens. Eine Trauerminute für Miriam, das war alles, was Ruth von den Radiohörern erwartete. Egal, wo sie waren, beim Einkaufen, im Auto, in der Badewanne. Sie brauchten nicht ihr Leben zu ändern, sie sollten nur kurz innehalten, zur Kenntnis nehmen, daß es kein x-beliebiges Programm war, das ihnen gerade aus ihren Radiogeräten entgegentönte, keine Spielshow, keine Unterhaltung, keine Information. Sie sollten merken, daß ihnen jemand sein Herz ausschüttete, und sie sollten gefälligst angemessen darauf reagieren. Mit Anstand zumindest.

»Meine Schwester ist tot«, sagte Ruth den Wienern, die das aller Wahrscheinlichkeit nach nicht hören wollten, die sich dafür garantiert nicht interessierten, die in ihrem Alltag nicht gestört werden wollten. Das Radio war dazu da, durch Einbauküchen Hintergrundmusik rieseln zu lassen, zu der man mit dem Kochlöffel rühren konnte, ohne sich groß Gedanken machen zu müssen. Und die paar menschlich anmutenden Stimmen dazwischen, die flotten, fröhlichen, frechen, sanft ironischen, gut gelaunten Sprecherstimmen bewiesen nur, daß man sich in der Welt draußen auch keine Gedanken machte, geschweige denn Gefühle hatte, daß es ganz selbstverständlich überall Tabus gab, daß gegen diese Tabus nichts einzuwenden war und daß überhaupt kein Grund bestand, sich die flotte, fröhliche, freche, sanft ironische, gut gelaunte gute Laune vermiesen zu lassen. So funktionierte das System, und deshalb wurde alles falsch, was ein Moderator sagen konnte, auch wenn es noch so richtig war. Ruths persönliche Geständnisse würden daran nichts ändern können. Sie würden als ganz toll empfunden werden, Spitzenunterhaltung, mal etwas ganz anderes! Hör da mal zu, würde Frau XY zu ihrem Mann hinter der Zeitung sagen, während sie weiter im Kochtopf rührte …

»Legen Sie Ihren verdammten Kochlöffel weg!« schrie Ruth ins Mikrophon. »Ja, Sie dort in Ihrer netten, flotten, fröhlichen Wohnküche. Hören Sie sofort auf! Und alle anderen auch. Meine Schwester Miriam ist tot, und ich verlange eine Schweigeminute. Nur eine Minute des Gedenkens. Ist das vielleicht zuviel?«

Ruth schaltete das Mikrophon ab, spürte ihre Augen feucht werden, kämpfte gegen die Tränen an, zog den Schleim in der Nase hoch. Sie mußten sie für verrückt halten. Für durchgedreht. Die Hörer, und die Kollegen hinter der Scheibe sowieso. Sie standen da wie die Ölgötzen, bewegungslos, stumm. Höslwang wirkte wie die Statue seiner selbst, ein eingefrorenes Rumpelstilzchen neben dem massigen Waworka, der seine Hände in den Manteltaschen vergraben hatte. Nichts rührte sich, nur die Arme der Telefonisten nahmen unentwegt Telefonhörer auf und legten sie wieder zurück, eine sinnlos arbeitende, selbstgesteuerte Maschine, die bis zum Ende der Welt schwachsinnige Botschaften entgegennehmen würde, und …

Und dann war alles anders. Ruths Sprecherraum war hundertprozentig schallisoliert, aber sie glaubte, einen Knall gehört zu haben. Einen Schrei, eine Explosion, die vom dritten Telefon her losbrach, den Arm des polizeilichen Telefonisten nach oben schleuderte, plötzliche Entschlossenheit in seine Gesichtszüge warf, in schnellen Wellen um sich griff, Waworkas Kopf herumwirbeln ließ, Höslwang aus hundertjähriger Starre erweckte, die Telefonisten wieder in Abhörspezialisten verwandelte, denen es völlig egal war, ob vor ihnen Studiotelefone klingelten, die sich nur ihren Kopfhörern, Knöpfen, Reglern, Apparaturen widmeten, die sich in Blitzesschnelle von Abhörspezialisten zu nur äußerlich menschlichen Abfangjägern wandelten. Hände zuckten umher, Münder klappten auf und zu, dort draußen wurde hektisch beratschlagt, wurden Anweisungen gebrüllt, und Alex' Stimme sagte über Kopfhörer:

»Sie ist dran, Ruth!«

Seine Finger huschten draußen über das Sendepult, und dann tippte sein Zeigefinger in Ruths Richtung. Waworka klopfte ein paarmal auf sein Handgelenk, an die Stelle, an der sich üblicherweise eine Armbanduhr befindet. Ruth nickte. Jetzt war sie an der Reihe.

»Minnie?«

Es war Minnie. Minnies Stimme:

»Ekelhaft, dein Selbstmitleid! Als ob es nur dich und deine Schwester auf der Welt gäbe, als ob sich in dieser beschissenen Stadt irgend etwas auch nur um eine Spur verändert hätte, nur weil zufällig mal du betroffen bist. Was glaubst denn du, wie viele Leute täglich verschwinden, verunglücken, sterben? Wie viele unheilbar krank zu Hause liegen? Sich vor Schmerzen winden? Geistig und körperlich zusammenbrechen? Tagtäglich fertiggemacht werden?«

Ruth sah die Kollegen hinter der Scheibe in einem wirren Ballett durcheinander springen, sah die Finger der Abhörspezialisten über Tasten und Schalter unverständlicher Geräte gleiten, eine Taubstummentruppe, die sich verbissen an einer Telefonleitung entlanghangelte, über Schaltungen, Kreuzungen hinweg, durch Abertausende Orts- und Ferngespräche hindurch, Störfaktoren, Zeitverluste, Hindernisse, die zu überwinden waren, um ans Ziel zu gelangen.

»Was ist mit meiner Schwester?« fragte Ruth.

Das Ziel war eine Küche, ein Wohnzimmer, ein Arbeitszimmer, in dem ein Telefon stand, in dessen Sprechmuschel eine junge Frau namens Minnie sagte:

»Kein Mensch interessiert sich für deine Schwester, genauso wenig wie du dich bis gestern für die Schwester von irgend jemand anderem interessiert hast.«

Das Ziel war ein Raum, in dem sich ein Telefon, eine junge Frau und ein Radioapparat befanden. Ein Radio, das auf die Frequenz von Ruths Sender eingestellt war und aus dem gleich dieselbe verzweifelte Frage einer verzweifelten Moderatorin ertönen würde, wie sie in x-tausend anderen Räumen, Geschäften, Kneipen, Autos, Schwimmbädern, Bahnhöfen von x-tausend Wienern auch vernommen werden würde:

»Was habt ihr mit meiner Schwester gemacht?«

Und während Waworka hinter der Scheibe seinen Arm im Kreis herumwarf, als wolle er einen störrischen Vorkriegsmotor mit der Kurbel starten, während sein stummer Mund unaufhörlich ›weiter, weiter, gleich haben wir sie, nur noch eine Minute, ein paar Sekunden, Zehntelsekunden, nur weiterreden‹ bellte, während die taubstummen Abhörer fieberhaft ihr Netz durch die Leitungen fädelten, sich in Zwischenschaltzentralen verhedderten, in Sackgassen verirrten, in Sammelanschlüssen ins Leere fischten, flog die Stimme Minnies irgendwo unerkannt an ihnen vorbei, kroch über Alex' Tonpult ins Mikrophon, surfte auf Radiowellen über Wien hinweg und verzehntausendfachte sich in den Empfängern von Hausfrauen, die Kochlöffel schwangen, und Kindern, die Hausaufgaben machten, von Menschen, die das alles nichts anging, zufälligen Ohrenzeugen, Zuhörern einer neuen Art von Hörspiel, das weder ein Spiel war, noch für sie zu hören bestimmt sein sollte.

Minnies Stimme sagte: »Zum letzten Mal: Deine Schwester ist uns scheißegal. Und nun zur Sache: Der aktive Widerstand gegen den Wiener Musikterror geht weiter. Die heiße Phase steht unmittelbar bevor. Wir rufen alle unsere Sympathisanten auf, unser gemeinsames Anliegen durch eigene Aktionen zu unterstützen. Kampf dem Musiksumpf! Ende des dritten Kommuniqués.«

»Du Mistvieh!« sagte Ruth.

Draußen brüllte Waworka auf einen der Abhörleute ein. Der Mann lehnte sich zurück und warf seinen Kopfhörer aufs Tonpult. Aus den Umstehenden bröckelte die Spannung. In Ruths Kopfhörer war wieder Alex' Stimme. Sie sagte:

»Weg. Aufgelegt.«

Ruth spielte die erstbeste CD aus Romans Stapel ein. Musik, zwei, drei. Irgendwelchen Wienerliedschund. Eine hilflose Racheaktion gegenüber Minnie, ein Signal für die Hörer, daß alles normal war, daß sie recht daran taten, das Intermezzo so schnell zu vergessen, wie es sich abgespielt hatte.

Waworka öffnete die Tür zum Sprecherraum, sagte: »Wien, das ist sicher. In den inneren zehn Bezirken. Aber weiter sind wir nicht gekommen. Es war einfach zu kurz.«

Wie um sich und seine Leute zu entschuldigen, begann er mit langatmigen Erklärungen über die Schwierigkeiten einer Fangschaltung. Ruth hörte nicht zu. Sie dachte an das Gespräch mit Minnie zurück und wurde sich klar, daß ihr im Vergleich zu den beiden Telefonaten zuvor Minnies Stimme völlig anders erschienen war. Fremd.

Sie unterbrach Waworka, ließ sich von Alex das Band mit der Stimme abspielen. Kein Zweifel, es war dieselbe Stimme, Minnies Stimme, doch dieses Gefühl, sie seit langem zu kennen, diese schwer definierbare Vertrautheit, war verschwunden. Eine fremde Stimme, die wohl sorgfältig artikulierte, der aber jede Schönheit abging, jede Attraktivität, menschliche Wärme vor allem, Lebendigkeit, Leben. Es war eine fast künstliche Stimme. Es war eine Stimme, die Ruth zweimal vorher am Telefon gehört hatte und sonst noch nie. Darauf hätte sie schwören können. Die Frage war nur, was ihr die anderen Male an dieser Stimme so verwandt erschienen war. Es mußte an Ruth selbst gelegen haben.

Roman moderierte in der Sprecherkabine seine Sendung an, Höslwang scharwenzelte um den Oberinspektor herum, und die Abhörspezialisten versanken wieder in die Lethargie, die wohl ihr normaler Aggregatzustand war. Die Funkkollegen ergingen sich in small talk.

Ruth hörte sich noch einmal die Aufnahme an.

»Und noch etwas ist seltsam«, sagte sie halblaut.

»Hm?« machte Waworka.

»Es ist eine Art Spiel. Solitaire für Rundfunkmoderatoren, die dauernd mit Höreranrufen konfrontiert sind. Man versucht sich zu vergegenwärtigen, aus welchem Umfeld der Anruf kommt. Ausgangspunkt sind die Hintergrundgeräusche. Kindergeschrei, eine Kuckucksuhr, Verkehrslärm und so weiter. Daraus bastelt man sich eine bildliche Vorstellung, je genauer, desto besser. Wenn einer per Handy aus seinem Auto anruft, merkt das jeder. Aber ich versuche dann auch herauszufinden, wo er gerade fährt, ob er allein im Auto sitzt, ob er BMW oder Mercedes fährt ...«

»Und?«

»Ich habe nie überprüft, ob meine Annahmen stimmen, aber ich bilde mir zum Beispiel ein, die Größe des Zimmers, aus dem mich jemand anruft, ungefähr abschätzen zu können. Der Nachhall, der Raumklang, verstehen Sie?«

»Sehr einfallsreich«, sagte Waworka. »Und wieviel Quadratmeter hat also diese Terroristenbude?«

»Ich habe keine Ahnung. Das ist es ja eben. Da sind keine Hintergrundgeräusche, gar nichts, da ist es nicht nur still, sondern mehr als still. Ich kann den Raum nicht identifizieren, ja, ich kann überhaupt keinen Raum hören. Es ist, als ob Minnie mitsamt ihrem Telefon in einem Riesenbausch Watte verpackt wäre.«

»Na prächtig!« sagte Waworka. »Das hilft uns garantiert weiter.«

Ruth zuckte die Achseln.

»Hören Sie zu!« sagte Waworka. »Ich gebe zu, daß wir keine Ahnung haben, wer diese Minnie sein könnte. Und solange das so ist, halten wir uns an die bekannten Fakten. Die bestehen aus zwei Anschlägen, wobei der zweite schon allein deshalb mehr verspricht, weil der oder die Täter Zugang zur Oper gehabt haben mußten, um das Attentat entsprechend vorzubereiten. Nach dem Anschlag sind mit Hawliczek und Ihrer Schwester zwei solche Personen spurlos verschwunden ...«

»Sie wollen andeuten, daß ...«

»Ja«, spuckte Waworka hervor, »so wie die Dinge stehen, sind die beiden unsere Hauptverdächtigen. Und schon allein deshalb sollten Sie keine G'schichten machen, sondern nach Hause gehen und sich ausschlafen. Das Detektivspielen überlassen S' besser uns!«

»Ja, Papa«, sagte Ruth. Wenn sie irgend etwas aus tiefster Seele haßte, dann war es haargenau diese Art von Überlegenheitsgetue. Waworka würde sich wundern. Natürlich würde Ruth weiter nachforschen. Jetzt erst recht.

5

Hinhören: Ohne Sorgen. Polka schnell

Robert Pledl senior hatte die generationenlange Erfahrung ausschließlich im selben Beruf tätiger Vorväter sowie eigene dreißig Dienstjahre auf dem Buckel. Er hatte mit seiner Hände Arbeit recht und schlecht fünf Kinder hochgebracht, er hatte ziemlich alles durchgemacht, was man so durchmachen konnte, er hätte Geschichten erzählen können, da würde so mancher mit den Ohren schlackern. Man konnte ihn alles nennen, aber ein Anfänger war er gewiß nicht.

Deshalb stutzte er auch kaum, als er an der Ringstraße um die Ecke der Wiener Börse bog und am Ende der Längsfassade zwei Haberer vor dem Seiteneingang aufgepflanzt sah. Uniformierte. Pledl rückte kurz die Krawatte zurecht, pfiff sich tastend in den Radetzkymarsch hinein und ging gemäßigt beschwingten Schrittes an den neoklassizistischen Säulen und Giebelfenstern entlang auf sein Ziel zu. Ein gewaltiger Palast, diese Börse, dachte er sich, und künstlerisch ist er auch, mit den vier Pferderln auf dem Dach, den Halbreliefs darunter, die wie echt altgriechisch aussahen und vielleicht sogar aus Marmor waren. Pledl selbst hätte ja so etwas nicht in seiner Gemeindewohnung haben wollen, schon allein wegen des Platzbedarfs, aber für die Börse war das durchaus passend. Geld regiert die Welt, das konnte man ruhig zeigen. Und wenn dabei etwas für die Kultur absprang, um so besser! Davon profitierten wenigstens auch die einfachen Leute wie er.

Der Seiteneingang war offen, die Abendkassa innen aufgebaut, und neben dem Tor standen die zwei Haberer Spalier. Pledl machte sich keine Sorgen, aber das war ungewöhnlich, und da er leidvoll gelernt hatte, daß es nie verkehrt war, informiert zu sein, beschloß er, die beiden auszufragen.

»Ist irgend etwas g'schehn, Herr Sicherheitswachbeamter?«

»Na.«

»Dann werd noch was g'schehn?«

»Na.«

»Zum Spaß werden S' doch ned hier stehn?«

»Reine Vorsichtsmaßnahme«, sagte der Haberer auf der linken Seite wichtig.

»Kommt vielleicht der Herr Bundespräsident zum Konzert?«

»Des ist doch ned der Opernball!« sagte der von rechts.

»Da wär ich auch ned dabei.«

Der Haberer musterte Pledl geringschätzig. »Des glaub ich eh.«

»No, jetzt sagen S' schon …«

»Gemma, gemma!« Der Wachbeamte winkte Pledl weiter.

Plötzlich schoß es Pledl durch den Kopf: »Ich hab's ja im Radio g'hört. Wegen der verrückten Musikterroristen, ned woar? Wien werd eine richtige Großstadtmetropole, wie Chicago.«

»Es besteht keinerlei Gefahr«, sagte der Wichtigtuer.

»Eh kloar«, sagte Pledl, »wenn ma von euch bewacht wer'n.«

»Jetzt schauen S', daß Sie weiterkommen!«

Pledl empfahl sich mit einem angedeuteten Diener und ging zur Kassa hinein. 350 Schilling kostete die billigste reguläre Karte für »Johann Strauss und seine Zeitgenossen«. Ein Wucherpreis, den sie von ihm aus von den ausländischen Touristen eintreiben konnten, aber für einen regelmäßigen Konzertbesucher und Freund des Wiener Walzers, wie Pledl es war, wären die Unkosten auf Dauer zu hoch gewesen, wenn er nicht zufällig einen Studentenausweis der Musikakademie mit einigermaßen passendem Foto besessen hätte.

»Zweitstudium«, pflegte er zu sagen, wenn eines der Mädel an der Kassa verwundert seine sechsundvierzig Jahre von oben bis unten musterte. »Musik war immer meine große Leidenschaft. Ererbt, schon von meiner Frau Mama her.«

Es gab auch diesmal keine Probleme. Er zahlte seine 250 Schilling und stieg mit dem Billett in der Hand die Prunktreppe zum Festsaal hinauf. 250 Schilling waren immer noch viel Geld. Gut, es handelte sich um eine Investition, und ohne Investitionen warf halt keine Firma auf die Dauer Gewinn ab. Das gehörte einfach dazu, das war bei ihm nicht anders als in anderen Branchen. Nur konnte Pledl seine Investitionen und Betriebsausgaben nicht steuerlich geltend machen. Eine Riesensauerei, wenn man ihn fragte. Kein Wunder, daß es mit Österreichs Wirtschaft nicht recht vorangehen wollte. Die steuerrechtliche Benachteiligung war neben dem unternehmerischen Risiko eine der größten Schattenseiten seines Berufs, bei dem der Laie nur an künstlerische Selbstverwirklichung, Zigeunerromantik, flexible Arbeitszeiten und im Handumdrehen verdientes Geld dachte.

Oben war schon einiges los, obwohl noch eine Viertelstunde Zeit war. Pledl schob einen der gerafften Vorhänge vor der Balkonfront zur Seite und blickte auf das Grün des Börseplatzes hinab. Es wurde schon dunkel draußen. Grinzingzeit, Heurigenwetter. Morgen würde er in die Weinbeiseln auf Arbeit gehen. Urlaub wäre auch mal schön, aber wenn die Kinder Schulferien hatten, herrschte bei ihm gerade Hauptsaison. Und auswärts arbeitete er nur, wenn es unbedingt nötig war. Schuster, bleib bei deinen Leisten! In Wien kannte Pledl sich aus. Da wußte er, wann er wohin gehen mußte. Gerade im Sommer war Wien die Stadt der unbegrenzten Möglichkeiten. In jedem Bezirk ein paar Straßenfeste, Freiluftkonzerte in Schönbrunn, das Opernfilmfestival auf dem Rathausplatz, der Prater war gerammelt voll, Grinzing sowieso, und selbst die Ganzjahresgelegenheiten wie die Walzerkonzerte waren um diese Jahreszeit profitabler.

Das Licht im Saal wurde schwächer gedreht, so daß die Hermesfiguren auf den Leuchtern noch sanft goldenen Schein widerspiegelten. Sie waren aus Messing, nicht aus Gold. Dafür hatte Pledl einen Blick. Es war nicht alles Gold, was glänzte. Pledl setzte sich neben zwei Japanerinnen in die letzte Reihe auf der Foyerseite. Von dort hatte er das Publikum auf den teuren Plätzen gut im Auge. Auf den Plätzen vor dem provisorischen Tanzpodest, auf dem gleich ein polnisches Nachwuchstanzpaar in ungarischen Trachten Wiener Walzer tanzen würde.

Pledl ließ einen schnellen Blick über die Reihen bis hin zu den hinteren Säulen des Festsaals gleiten. Die übliche Mischung aus elegant gekleideten Asiaten, videobewaffneten Amis bis hin zu versprengten Franzosen und Nordländern, die sich tuschelnd den nicht ganz von der Hand zu weisenden Verdacht auszureden versuchten, es handle sich bei dem Konzert um einen 150%igen Touristennepp. Ein paar deutsche Seniorinnen waren da – kaum interessante Pauschaltouristinnen –, aber außer ihm selbst garantiert kein echter Wiener. Na ja, die hatten das Wiener Blut ja eh schon in den Adern. Sogar die Mitglieder des Wiener Salonorchesters, die ihre Geigen langsam warmfiedelten, mußten zum großen Teil Böhmen oder Ungarn sein. Pledl hatte nichts gegen Fremde, um Gottes willen, er liebte die Fremden, vor allem, wenn sie Geld in die Stadt brachten. Und das taten sie. Zumindest die hier, die sich sogar den Besuch eines eindeutig überteuerten Walzerkonzerts leisten konnten. Ohne Tourismus wäre Wien schon längst eine tote Stadt, und, was deutlich schlimmer wäre, auch Pledl wäre mitsamt seiner lieben Frau, seinen zwei Söhnen und drei Töchtern als zumindest indirekt von der Tourismusbranche abhängiger Geschäftsmann elendiglich verhungert.

»Scusi«, sagte eine italienische Mamma, die ihre Großfamilie an Pledl vorbeischob, als der Dirigent gerade durch den Beifall des Publikums vors Orchester trat. Ein Milchbart im Frack, dem Pledls Meinung nach vor allem deshalb der Posten gegeben worden war, weil er sich die englische Übersetzung der Anekdoten rund um die schöne blaue Donau ziemlich problemlos hatte einprägen können. Er begrüßte die »sehr verehrten Damen und Herren, ladies and gentlemen ...«

»Cos' ha detto?« fragte die Italienerin.

Ein älterer Herr mit Schnurrbart wandte sich um, erläuterte: »Jó estét uraim és hölgyeim.«

»Scusi. Come?«

»Shut up, asshole!« zischte ein junger Ami von links.

Die Italienerin nickte eifrig und sagte: »Non capirò mai perché quei maledetti inglesi sono convinti che tutti debbano comprendere la loro lingua di merda.«

Die Japanerinnen lächelten unergründlich in die Runde.

Pledl gestand sich ein, daß der Tourismus auch seine Schattenseiten hatte, doch da begann endlich das Konzert. Die Streicher schmolzen Joseph Strauss' Kaiserwalzer herunter, und das Publikum aus allen Ländern der ehemaligen Donaumonarchie und von weit darüber hinaus erging sich in ersten angedeuteten Schunkelbewegungen. Pledl lehnte sich zurück und versuchte, im Halbdunkel ein paar interessante Leute auszumachen. Nicht zu viele, zwei oder drei genügten völlig. Klasse statt Masse, das war sein Motto. Akkordarbeit lehnte er prinzipiell ab. Irgendwie verstand er sich ja doch als freischaffender Künstler. Zudem war er nicht mehr der jüngste. Und das Risiko durfte man natürlich auch nicht vernachlässigen.

Zwei offensichtlich alleinstehende Damen in der ersten Reihe und das ältere Ehepaar schräg dahinter. Notfalls den Ami mit der Videotasche, auch wenn der seine Frau und zwei halbwüchsige Kinder dabei hatte. Kinder waren unberechenbar, und das war für geschäftliche Transaktionen von Nachteil. Er kannte das von seinen eigenen Kerlen. Erst schmollt einer wegen irgend etwas, schwört Stein und Bein, daß er keine Cola will, und kaum hat man dem anderen eine gekauft, die Geldbörse verstaut, da will er plötzlich doch etwas zu trinken und bittet und bettelt, bis man nochmals in die Tasche greift. Na ja. Notfalls den Ami mit den zwei Gören.

Pledl bewegte die Finger, als ob er als Sologeiger mitgreifen müsse. Seine Muskeln lockerten sich, das Blut kam in Bewegung. Er ließ sich Zeit, bis er auf die andere Hand wechselte. Bis zur Pause dauerte es normalerweise eine knappe Stunde, und vor der Pause konnte er sowieso nicht zu arbeiten beginnen. Die polnisch-ungarisch-österreichischen Walzertänzer wirbelten im Scheinwerferkegel zu »Rosen aus dem Süden« im Kreis, und Pledl ließ die Finger der rechten Hand im Takt knacken. Er drehte die Handgelenke, und die Japanerin neben ihm lächelte unergründlich. Das Schöne am Walzer war, daß er einen so beschwingt werden ließ. Man fühlte sich leicht, flink, schwerelos, jung. Und energiegeladen. Pledl massierte seinen Puls. Die Pause konnte von ihm aus kommen.

Es dauerte noch zwei Johann Strauss und einen Josef Lanner lang, bis der Dirigentenlackaffe heroisch abwinkte, Beifall aufbrandete, bis die Lichter um die Hermesfiguren wieder erstrahlten und die italienische Mamma sagte: »Che bello! Questa sì che è musica, altro che Eros Ramazotti!«

Es dauerte weitere fünf Minuten, bis sich das geneigte Publikum im Foyer am improvisierten Ausschank angestellt hatte. Also los, an die Arbeit! Pledl stand an den Türstock zwischen Foyer und Festsaal gelehnt und folgte mit den Augen unauffällig seinen Auserwählten. Er hatte Pech. Die eine der beiden Damen blieb gleich im Saal, tat so, als würde sie das rot-weiß-gelbe Marmorimitat an den Wänden bewundern. Die war für ihn gestorben, wenn sie sich nicht einmal ein Gläschen Sekt in der Pause leisten konnte. Entweder total verarmt oder so knickrig, daß sie sich das Geld für die überlebensnotwendigen Ausgaben abgezählt in die Geldbörse steckte.

Das ältere Ehepaar war zwar im Foyer, hatte aber zu streiten begonnen, auf ausländisch, so daß Pledl nur verstand, daß sie es nie schaffen würden, rechtzeitig vor Ende der Pause zu einer Erfrischung zu kommen. Der Video-Ami verhandelte mit einem Ordner am Eingang zum Umkleideraum der Walzertänzer, wollte offensichtlich seine Gören mit dem falschen Pußtamädel in seinen heimischen Fernseher bringen.

Blieb nur noch die zweite Dame, die etwas zu sehr auf Aristokratin machte und brav um ihren Sekt anstand. Elegantes schwarzes Kostüm, Zuchtperlenkette und – etwas gewagt für den Anlaß – weiße Satinhandschuhe. Sie nahm dann nur einen Orangensaft, zahlte mit einem 100-Schilling-Schein. Pledl sah genau hin. Es war nicht der einzige. Der Geldbeutel landete wieder in der Handtasche. Achtlos hineingeworfen. Wie manche Leute mit ihrem Geld umgingen! Als ob es gar nichts wäre!

Die Handtasche war aus Nappaleder und hatte einen ganz simplen Klickverschluß. Klick, Griff, klack, fertig. Es war ein Lehrlingsjob. Da mußte man halt durch. Alles wurde früher oder später zur Routine, das war in jedem Beruf so. Pledl seufzte, setzte sich in Bewegung, kreuzte auf die Dame zu, die den Orangensaft in der rechten Hand balancierte und die Nappatasche über dem linken Arm hängen hatte. Als ob er jemanden suche, drehte sich Pledl um 180 Grad, tat noch zwei Schritte rückwärts, stieß so sachte gegen den Orangensaft, daß gerade ein paar Tropfen überschwappten, schoß herum, verbindliches Bedauern ins Gesicht geschrieben.

»Gnä' Frau, entschuldigen S' vielmals!«

Ein unscheinbarer Fleck auf dem weißen Satin warf Entsetzen in Pledls Ausdruck. Untröstliches Schuldgefühl, das nie, nie, nie vergehen würde.

»Um Gottes willen«, stammelte Pledl, entfaltete in einer hilflosen Geste ein Taschentuch, dessen blütenweiße, bügelfaltenverzierte Ordentlichkeit ihm im Angesicht seines Malheurs flammende Röte ins Gesicht trieb.

»Kommen S' da herüber«, sagte er zerknirscht und wies hilflos auf einen der Stehtische ein paar Meter weiter, und sie wandte brav den Kopf, weg von seiner Hand, die unter dem ausgebreiteten Taschentuch klick, Griff, klack und fertig machte, »und stellen S' Ihr Glas dort ab!«

»No worries«, sagte die Dame, während er ihre Geldbörse in seine Jackentasche gleiten ließ und dann schüchtern mit dem Taschentuch an ihrem Handschuh herumtupfte.

»Sie sind zu gutherzig, gnä' Frau«, sagte Pledl beschämt. »Ich weiß nicht, wie ich das je wieder gutmachen kann.«

Die gnä' Frau lächelte ihn mehr als großherzig an, und Pledl hoffte, daß über die Unkosten für die Eintrittskarte hinaus wenigstens soviel Gewinn abgefallen war, daß er sich nicht für seinen Stundenlohn schämen mußte.

»Entschuldigen Sie nochmals, ich bin wirklich ...«

Die Dame winkte gnädig ab, und Pledl zog sich dezent zurück. Auf dem Weg zur Toilette sah er noch eine Herrenbrieftasche aus der Gesäßtasche eines Jeansträgers ragen. Viel war da wahrscheinlich nicht zu holen, aber solch provokativen Gelegenheiten konnte Pledl genausowenig widerstehen wie seine Frau den Schlußverkaufsangeboten. Ohne den Schritt zu verlangsamen, nahm er die Brieftasche ins Visier. Nahm sie sich vor. Nahm sie mit zwei Fingern auf. Und mit. Nicht vorbereitet, aber Gelegenheit macht Diebe. Und Kleinvieh macht auch Mist.

Auf der Toilette schloß er sich ein, zählte das Bare, packte es in sein eigenes Portemonnaie um und spülte den Rest samt Kreditkarten, Ausweisen, Familienfotos in den Orkus. Früher hatte er das Zeug den Leuten zurückgeschickt, doch irgendwann verlor man halt den jugendlichen Idealismus. Man mochte es Bequemlichkeit nennen, aber schließlich war es ja nicht seine Schuld, daß die sehr verehrten Damen und Herren Diebstahlsopfer nicht besser auf ihr Zeug aufgepaßt hatten. Man steckte sowieso nicht alles in den Geldbeutel. Seinen Kindern hatte er das schon lange beigebracht.

Der Jeansträger war bargeldmäßig eine ziemliche Pleite gewesen, aber zusammen hatte Pledl 853 Schilling und 50 englische Pfund verdient. Das heißt, umgesetzt. Brutto. Immerhin. Er entriegelte die Toilettentür, stieß an der Tür zum Gang mit einem jungen Kerl zusammen, der es anscheinend eilig hatte. Auch er hatte eine Videotasche umhängen. Pledl verstand das alles nicht. Ihm reichten zwei ORF-Sender völlig, und wer wollte, konnte sich doch diese Schüsseln montieren, da mußte man sich doch nicht selbst ein Programm aufnehmen.

Pledl war schon auf dem Weg zurück zu seinem Sitzplatz, doch plötzlich stach ihn der Hafer. War es, weil er mit der bisherigen Beute nur mäßig zufrieden sein konnte, war es sein Unverständnis für diese Videoburschen oder einfach der in vielen Berufsjahren entwickelte Instinkt, der ihm eingab, daß an der Art, wie der Kerl seine Videotasche umklammert hatte, etwas seltsam war? Als ob darin etwas viel Wertvolleres wäre, als es eine Videokamera selbst für einen dieser Spinner je darstellen könnte. Als ob das der größte Coup in Pledls Berufsleben werden könnte. Der Frühpensionierungscoup. Ein Miniatur-Fort-Knox ausnehmen!

Pledl band seine Armbanduhr ab, zählte bis dreißig und ging in die Toilette zurück. Gerade richtig! Der junge Mann wusch seine Hände, die Videotasche hatte er auf dem Sims des Waschbeckens unter dem Spiegel plaziert. Pledl stürzte neben ihm ans Waschbecken, stützte sich ab und ließ seine Uhr nach unten auf die Spitze seines Schuhs fallen. Echtes Leder, das den Lärm gut abgedämpft hätte, auch wenn Pledl nicht gleichzeitig verzweifelt losgebrüllt hätte:

»Meine Uhr! Haben S' meine Uhr gesehen?«

Er kickte die Uhr etwas nach links und klagte: »Ich habe sie gerade eben hier liegengelassen. Hundertprozentig!«

Der junge Kerl drehte das Wasser ab, schüttelte die Hände, hob seine Videotasche hoch, um nachzusehen.

»Hier ist nichts.« Er zuckte die Achseln. »Ich habe keine Uhr gesehen.«

Pledl knickte in sich zusammen. Ein gebrochener Mann, dessen Lebenssinn von einer Sekunde zur anderen zerstört worden war. Ein menschliches Wrack, eine Tragödie kosmischen Ausmaßes.

»Sie war ein Erbstück meiner Mutter«, krächzte er.

Der junge Mann sah sich hilflos um.

»Sie haben sie hier abgelegt? Sicher?«

Pledl nickte, wie nur ein Toter nicken kann, einer, der sich nur nicht umbringt, weil ein einziger Selbstmord viel zu wenig für all das Leid ist, das er auf seinen Schultern zu tragen hat, ein Untoter, der nie erlöst werden würde.

»Vielleicht ist sie hinuntergefallen«, sagte der hilfsbereite junge Mann und bückte sich, und Pledls Hand schoß auf die Videotasche zu und machte klick, klick, und grub sich in Stoff, Baumwollstoff, und tastete blitzschnell tiefer, und da waren keine Kronjuwelen, kein Bündel 1 000-Dollar-Noten, kein Kilo Kokain, da war nicht einmal eine Videokamera, da war nur ein schwerer Klumpen, glatt, metallen. Gold? Da war ein Klumpen Gold!

Pledls Hand packte zu und hob den Schatz heraus, während der ausgesprochen hilfsbereite junge Mann am Boden nach seiner Uhr tastete, und der Goldschatz war in eine seltsame

Form gegossen und war grau und silbern und hatte eine Schraubwindung an der Unterseite und war überhaupt kein Goldklumpen, sondern der Kopf eines Hammers. Ein mächtiger Vorschlaghammer, dem der Stiel fehlte! Ein Hammer!

»Da ist sie ja!« sagte der junge Mann von unten, und Pledl ließ den verdammten Hammer zurückfallen, klack, klack, fertig, und schon tauchte der Kopf des Mannes auf, und Pledl war überglücklich, wie neu geboren, auferstanden von den Toten, ein Wunder.

»Meine Uhr, Gott sei Dank!«

Er klopfte dem jungen Mann auf die Schulter.

»Sie wissen ja gar nicht, was mir das bedeutet. Herzlichsten Dank!«

»Schon in Ordnung.«

»Allerherzlichsten Dank!« jauchzte Pledl und machte sich davon. So etwas war ihm in seiner ganzen Karriere noch nicht passiert. Wenigstens hatte er etwas, was ihn während des zweiten Teils des Konzerts ablenken konnte. Da langweilte er sich sonst sowieso so unerträglich. Weil die ganze Spannung vorbei, die Arbeit abgeschlossen war und er noch eine Stunde bis Dienstschluß absitzen mußte. Aber früher zu gehen wäre ungehörig und vor allem für ihn als treuen Stammkunden der Walzerkonzerte viel zu auffällig gewesen. Wieso sollte er nächstes Mal wiederkommen, wenn es ihm nicht gefiel? Möglich wäre es immerhin, daß sich jemand diese Frage stellte.

Der Dirigent wippte im Polkarhythmus auf seinem Podest auf und ab. »Ohne Sorgen« von Josef Strauss. Wie sagte das Programmheft so schön: Charme und Lebensfreude der untergehenden Donaumonarchie vibrieren in der Musik von Walzerkönig Johann Strauss und seinen Zeitgenossen. Vielleicht sollte Pledl mal seine Kinder zur Arbeit mitnehmen, damit sie ein bißchen Kultur und Historie schnuppern konnten. Nur – mit allen fünfen, das konnte er sich nicht leisten. Da müßte er vorher schon irgendwo eine Goldader anstechen.

Der junge Mann mit dem Hammer in der Videotasche saß drei Reihen vor ihm. Zusammen mit einem anderen, der sich in der Pause auf einen schweren Stock gestützt hatte, obwohl auch er noch jung war. Der zweite hatte ebenfalls eine Videotasche bei sich, in der vielleicht eine Schachtel Zimmermannsnägel war, eine Beißzange, irgend etwas. Alles, nur keine Videokamera – darauf hätte Pledl Stein und Bein geschworen. Im Grunde konnte es ihm egal sein, er hatte Feierabend, mußte nur noch »Ohne Sorgen«, Ziehrers »Nachtschwärmer« und den »Seufzer Galopp«, bei dem die bemitleidenswerten Orchestermusiker mitzuseufzen hatten, überstehen.

Der falsche Ungar wirbelte seine Partnerin über den schmalen Tanzboden, daß die Röcke flogen und der Scheinwerfer ihren Bewegungen kaum folgen konnte. Der Musiker am Schlagwerk trommelte gegen die Bläser und Streicher an. Der Konzertmeister zuckte wie unter Starkstrom. »Ohne Sorgen. Polka schnell«. Der Begleiter des Manns mit dem Hammer legte seinen Stock zur Seite, öffnete seine Videotasche und griff langsam hinein. Vielleicht wollte er doch filmen? Vielleicht hatte Pledl ihm Unrecht …

Da zersprang die Welt, explodierte die Börse, kam der Knall. Aus dem Nichts kam er her, von überall gleichzeitig schien er herauszuspringen, aus den wackelnden Säulen, aus staubdampfendem Marmor, aus dem vor Entsetzen zitternden Bühnenboden. Eine ohrenbetäubende Druckwelle wie ein ungeheurer Orkan, der über die Weiten der Pußta stürmte und das Tanzpaar vom Podest wischte. Die Polka zerbröselte im Aufschrei der Explosion ins Nichts, zerfetzt das Schlagzeug, zersprungen die Saiten der Geigen, totes, verzogenes Blech fiel von den Lippen der Bläser, und der Konzertmeister kippte wie vom Schlag gerührt nach hinten, gab den Einsatz für das Publikum, das von den Schallfluten nach unten gedrückt wurde, zwischen den Stuhlreihen mit lautlosem Schrei versank, abtauchte im Nachgrollen des Knalls, das durch den Festsaal wogte und, bevor es erstarb, mit leichter Hand die Glühbirnen ausblies, als wären es schwach flakkernde Kerzen. Der Scheinwerfer erlosch, die Notbeleuchtung an allen Türen quittierte den Dienst. Kein Fünkchen

Licht hatte die Explosion überlebt, und wie am Anfang der Zeiten krabbelten seltsame Wesen durch die Finsternis, stießen an Stühle und Säulen und an andere seltsame Wesen, die aufschrien vor Angst und Panik, die zu kreischen begannen im Dunkel der Nacht, ächzten, heulten und doch den Nachklang der Explosion nicht zu übertönen vermochten.

Ein Attentat! dachte Pledl, während er versuchte, sich unter der Japanerin herauszuarbeiten, die über ihm lag und irre kicherte oder weinte oder beides zugleich.

Ein Sprengstoffanschlag! dachte Pledl. Ihm fielen die beiden Haberer ein, die drunten vor dem Eingang standen und in ihren schmucken Uniformen geraunzt hatten:

»Keine Gefahr!«

Alles, was recht war!

»Reine Vorsichtsmaßnahme!«

Diese depperten Idioten! Diese …

Er stieß die Japanerin von sich, ins Dunkel, hörte sie stöhnend gegen irgend etwas krachen, murmelte: »Na, na, na!«

Er schüttelte den Kopf, murmelte gegen das Gebrülle und Gekreische an, das ihm von überall aus der Finsternis entgegenschlug. Er hörte sich nicht. Er war nichts. Er war nur eine kleine, murmelnde Stimme im Chaos der Schreie, die durch das Schwarz zischten. Ein belangloses Stimmchen zwischen panisch zitternden Seelen, die sich aus ihren Leibern zu brüllen versuchten.

»Alles, was recht ist«, murmelte Pledl, und endlich flammte ein Licht auf, ein Licht in der Dunkelheit, der scharfe Strahl einer Taschenlampe, der nach oben zeigte, kurz suchte, einen der tief hängenden, nutzlosen Kronleuchter ergriff, an der Hermesfigur darüber klebenblieb, sie ins Licht setzte, eine Götterfigur aus Messing, die über den Köpfen schwebte, leicht und fremd und erhaben, aus olympischer Glorie in eine nachtschwarze Welt mit nachtschwarz stöhnenden Kreaturen versetzt. In glänzender Ruhe, allein, in sich versunken stand der Hermes hell über dem heulenden, blinden Elend, aus dem plötzlich ein schwarzer Blitz in den Lichtstrahl schoß. Ein gewaltiger Hammerschlag von schräg unten, der den Sockel der

Messingstatue traf, ihn mit hartem Klang erschütterte, die Lampen zerklirren ließ. Der Götterbote wankte. Und gleich darauf ein zweiter Schlag, der ihn absprengte, fällte, blechern tönend nach unten ins Dunkel rumpeln ließ, in dem die Menge, von neuem Entsetzen gepackt, aufheulte. Der Kegel der Taschenlampe fuhr durch zuckende Glieder über den gestürzten Gott, zeigte eine Hand, die ihn vom Boden aufhob, und dann erlosch der Strahl in stockfinsterer Nacht.

Pledl robbte sich durch gellendes Kindergeplärr und wüstes Männergefluche, über hysterisches Gekreische hinweg, stieß dumpf gegen eine Säule, wußte sich dadurch zumindest zu orientieren, zog sich hoch und stapfte durch die von Panik durchtoste Finsternis in die Richtung des nächsten Notausgangs. Er spitzte die Ohren, filterte in seinen Gehörgängen den amorphen Krach weg, konzentrierte sich auf eine einzige, ganz bestimmte Geräuschfolge und – er hörte sie, klar und deutlich vernahm er, wie die Klinke der Tür nach unten gedrückt wurde, wie der Türschnapper klickend zurücksprang, hörte wie aus gewaltigen Lautsprechern das unhörbare Knirschen der Tür in den Angeln und das dumpfe Klacken, mit dem sie wieder schloß. Sie waren draußen.

Pledl ließ sich auf den Boden zurücksinken, setzte sich mitten in das Gewirr aus Schreien hinein, in dem allmählich einzelne Stimmen, die auf unverwechselbare Weise brüllten, identifizierbar wurden. Immer gleiche Wortfetzen, unverständliche, adressatenlose Botschaften in unverständlichen Sprachen. So mußten die ersten paar Minuten nach dem Einsturz des Turms von Babel geklungen haben. Nur daß kein Gott da war, der sich lauthals eins lachte.

Es dauerte noch eine Ewigkeit, bis jemand auf die Idee kam, die Vorhänge zu öffnen, um wenigstens das Licht der Sterne und den Widerschein der Stadt in den Saal zu lassen. Bis die ersten Kerzen und Taschenlampen eintrafen. Dann brüllten die beiden Sicherheitswachler von unten durch den Saal, daß man Ruhe bewahren möge, und als das elektrische Licht wieder anging, stand Pledl auf und machte sich unauffällig aus dem Staub, bevor die Haberer noch auf die Idee kamen, allen

Besuchern das Verlassen des Gebäudes zu untersagen. Seine Personalien feststellen zu lassen, war ihm instinktiv unangenehm, was immer auch passiert war. Und was war denn schon passiert? Zwei junge Kerle hatten eine Hermesstatue geklaut, indem sie während eines Walzerkonzerts eine Bombe gezündet, den Festsaal der Wiener Börse in absolute Finsternis getaucht und in der allgemeinen Panik die Statue mit zwei gezielten Schlägen eines Vorschlaghammers von einem Kronleuchter herabgeholt hatten.

Pledl schüttelte den Kopf. Bei allem, was recht war, Wien war doch nicht Chicago! Er lehnte diese modernen Methoden ab. Wenn es sich wenigstens um Bankraub, Terrorismus oder Menschenraub zum Zwecke der Erpressung gehandelt hätte! Gut, da brauchte es andere Mittel. Aber in seiner Branche? Und all der Zauber für eine industriell hergestellte Dutzendfigur aus Messing, die seiner Schätzung nach über einen Hehlerpreis von 700 Schilling kaum hinauskam? Es war nicht alles Gold, was glänzte.

Pledl schüttelte nochmals den Kopf, als er die Stiegen zur U-Bahnstation Schottenring hinabstieg. Das gute alte Handwerk war wirklich am Aussterben. Ob er der letzte wahre Könner seiner Zunft war?

Mit ruhigem Stolz beschloß Robert Pledl, diesen Abend noch jemanden in der U-Bahn auszunehmen.

6

Herhören: Das Heulen der Wölfe

Blum sah aus wie ein Bulle. Uniform, Knarre und alles, was dazugehörte. Er stand da wie ein Bulle, sah aus wie ein Bulle und hörte sich an wie ein Bulle, wenn er »gemma, gemma, gemma« zu den Leuten sagte, die durch den Schönbrunner Schloßpark strömten und ihn durch dumme Fragen von der Aufgabe abhalten wollten, die er auszuführen gehabt hätte, wenn er tatsächlich gewesen wäre, was er zu sein schien: ein Bulle.

Die Aufgabe bestand darin, eine Aufführung des »Don Giovanni« an der römischen Ruine des Schloßparks gegen mögliche Störversuche und Attentate abzuschirmen. Das war keine leichte Aufgabe, wenn man bedachte, daß sämtliche Musikveranstaltungen in Wien gleichermaßen gesichert werden sollten. Das strategische Konzept des Oberbullen, der gemeint hatte, Blum Anweisungen geben zu können, zielte deshalb darauf ab, an neuralgischen Punkten Bullen so aufzustellen, daß sie möglichst deutlich als Bullen erkennbar waren, und damit potentielle Delinquenten, die per definitionem Anlaß hatten, näheren Kontakt mit Bullen zu vermeiden, auch zum Meiden der genannten neuralgischen Punkte zu veranlassen. Dieses Konzept war an sich durchaus logisch, aber, was Blum betraf, schon im Grundsatz zum Scheitern verurteilt, denn Blum sah zwar aus wie ein Bulle, war aber keiner.

Er war der Jäger der verlorenen Träume, und die Überlegungen des Oberbullen interessierten ihn einen feuchten Dreck.

Die Hecken des Schloßparks raschelten zustimmend im Abendwind. Schnurgerade führte die Allee nach links in die Dämmerung, in der sich die römische Ruine verbarg. Von dort kam die Vanik auf Blum zu, der am Neptunbrunnen stand und einer Taube zusah, die unter den Hufen eines sich aufbäumenden steinernen Pferdes zum Wasser trippelte, das friedlich nach unten plätscherte. Im weiten Brunnenbecken lag anderes Wasser wie schwarz schimmernder Samt.

»Alles klar?« fragte die Vanik. Sie war, wonach sie aussah. Eine Polizistin in Uniform.

Neptun war der Gott des Meeres, der normalerweise die Wellen aufpeitschte wie hier dieses steinerne Roß mit dem gewölbten Leib. Blum glaubte die Stille zu hören, das atemlose Warten und den Schlachtenlärm, das Brüllen von Mensch und Tier, lodernde Flammen. Doch das alles war lange vorbei. Blum nickte.

»Alles klar«, sagte er.

»The show must go on«, sagte die Vanik und zeigte mit dem Daumen hinter sich. »So viele Opernhäuser kann man denen gar nicht niederbrennen, daß sie mal eine Aufführung ausfallen ließen.«

Die Taube hatte es sich anders überlegt. Sie trank nicht, sondern trippelte zurück und drückte sich in die Höhle unter den aufgewölbten Vorderleib des Pferdes. Sie zog den Kopf in die Rumpffedern und schloß die Augen. Ihr Schlafplatz, ihr Zuhause. Blum fragte sich, ob eine Taube träumte.

»Alles klar, Blum?« fragte die Vanik.

Hinter dem Brunnen wanden sich kaum erahnbar Serpentinenwege den Hügel zur Gloriette hinauf. Der Bau war in weiches Scheinwerferlicht getaucht, doch durch die Kolonnaden stach frühe Nacht, in der das Licht verpuffte wie ein Traum in der Morgensonne.

»Klar ist alles klar«, sagte Blum. Was sollte denn nicht klar sein? Er stand hier am Neptunbrunnen des Schönbrunner Schloßparks, und die Blätter raschelten leis, und eine Taube schlief, und vom Tiergarten her hörte man ab und zu andere Vögel, die im Traum krächzten, und er, Blum, war der Jäger der verlorenen Träume, der Geduld hatte und warten konnte wie jeder Jäger, der sein Handwerk versteht. Er lag auf der Lauer, um da zu sein, im richtigen Moment an der richtigen Stelle, um zuzupacken und …

»Mach keinen Scheiß, Blum!« sagte die Vanik.

Sie hielt Blum für einen normalen Bullen. Er stand stramm, salutierte, sagte:

»Keine besonderen Vorkommnisse, Frau Kollegin.«

»Ich warn dich«, sagte die Vanik. Sie drehte sich um und verschwand in der grauen Allee. Die Bäume waren unten scharfkantig geschnitten und wölbten ihr Blätterdach über den Weg, der wie ein Tunnel zur Ruine führte. Ein schwarzer, wispernder Höllenschlund, der die Vanik verschluckte, das Geräusch ihrer Schritte auf dem Kies einsog, als ob er alles tilgen wollte, was an sie erinnern mochte. Blum war es egal. Die Vanik war nur eine simple Streifenpolizistin. Er hatte nichts mit ihr zu schaffen.

Blum sah nach oben, in den Nachthimmel über dem Schloßpark, suchte Orion, den Jäger, seinen Bruder, fand ein paar Sterne, die so aussahen und ihm durch ihr unmerklich pulsierendes Licht zuflüsterten, daß alles klar war, daß er auf der richtigen Fährte war und nur abzuwarten brauchte. Die Nacht war da, hatte sich aufgebaut über Schönbrunn wie eine riesige Opernkulisse und wartete nur auf ihre Königin, auf die Königin der Nacht, Blums Königin. Seit kurzem hatte die Königin einen Namen, ein Alter, ein Gesicht, alltägliche Daten, die aber weder Blum noch seinen Jägerbruder Orion zu täuschen vermochten. Sie blieb die Königin der Nacht, und Blum war der Jäger der verlorenen Träume.

Er zog das Fahndungsfoto aus der Uniformjacke, hielt es dem Licht der Sterne entgegen, das ihm Orion und Kassiopeia und Venus und all die anderen da oben herunterschickten, um ihm ihr Gesicht zu zeigen. Das Foto war durch die Vervielfältigungen seiner ehemaligen Polizeikollegen nicht eben besser geworden. Es gab die Königin der Nacht als ganz alltägliche Frau wieder, die angeblich Miriam Strelecky hieß und vermißt wurde, doch Blum war sich vom ersten Moment an über ihre wahre Identität sicher gewesen, noch bevor er gelesen hatte, daß sie Opernsängerin war und seit dem Abend vermißt wurde, an dem er die Königin der Nacht auf den Kirchturm verfolgt hatte. Es war, als ob er ihre Stimme aus dem Papier hören konnte.

Er strich mit den Fingerkuppen zärtlich über das Foto, ließ seine Augen über die nun menschenleere Fläche des Schloßgartens wandern, auf deren Kieswegen das Sternenlicht flanierte und die geheimnisvolle Schrift zu lesen versuchte, die schwarz auf schwarz von mäandernden Blumenbeeten auf abgezirkelte Grünflächen gezeichnet war. Dahinter lag das Schloß, das Königsschloß, das Königinnenschloß. Es duckte sich unter der Nacht und streckte seine Arme aus, als ob er die ganze Welt umfassen wolle. Vom Tiergarten her brüllte irgendein Raubtier seine Sehnsucht nach den Sternen in den Himmel, Neptuns Rösser waren auf dem Sprung in die Nacht, und die schwarzen Bäume warfen sich leise summend schwarze Schatten zu, von denen manchmal einer in das schwarze Loch hinunterplumpste, in dem die Vanik verschwunden war und durch das der Wind nun verwehte Töne hertrug.

Die Ouvertüre des »Don Giovanni« hatte begonnen. Sie hatten die Donna Anna kurzfristig mit einer anderen besetzt, mit irgendeiner Sopranistin, die Miriam Strelecky ersetzen sollte. Sie wußten nicht, daß man Miriam Strelecky nicht einfach umbesetzte. Daß diese Nacht ihr gehörte, weil sie die Königin der Nacht war. Blum wußte es. Er spürte es. Sie würde kommen, würde da sein. Vielleicht war sie schon da, irgendwo hinter Hecken, und dirigierte den wispernden Chor der Schatten.

Vielleicht war sie auch Blum zuliebe da, so wie er ihr zuliebe da war. Die Königin der Nacht und der Jäger der verlorenen Träume im Reich der wispernden Schatten. Wenn sie ihn nur erkannte! Blum verstaute ihr Bild unter seinem Hemd, zog die Uniformjacke aus und warf sie ins Brunnenbecken, dem Meeresgott zum Opfer. Dumpf klatschte die Jacke auf und ließ glänzende Kreise auf der Wasseroberfläche auseinanderlaufen. Unter dem Bauch des Pferdes schlug ein Paar Flügel. Mit der Uniformmütze schöpfte Blum Wasser und goß es sich über Hemd und Hose. Er überquerte den Kiesweg, stieg in ein Rosenbeet und zwängte seinen Körper durch die Dornen dem duftenden Humus zu. Er legte sich flach, grub die Hände zwischen die Wurzelstöcke und schmierte Erde auf seine Kleidung und ins Gesicht.

»Keine besonderen Vorkommnisse«, sagte Blum zu sich, zur Erde, zu den Rosen, zu seinem Blutsbruder Orion über ihm. Die Töne des »Don Giovanni« strichen an ihm vorbei, Melodiefetzen, die durch die Nacht nach Hause tanzten. Blum saß im Rosenbeet. Er war zufrieden. Sie würde ihn erkennen.

Blum wartete. Lachte leis. Sprach:

»Und hör ich die klingenden Töne der weltumspannenden Nacht, welche nach langer Irrfahrt den Jäger verlorener Träume heimwärts endlich zum Ziel leiten werden, den Göttern zum Trotz und den unnennbaren Leiden, die er von ihnen erduldet.«

Blum sang und wartete. Er war kein Bulle. Er war nie einer gewesen. Er hatte nur gesucht, hatte sich überall umgehört, ohne zu wissen, wonach. Jetzt wußte er es. Sie würde kommen.

Sie kam von oben. Sie kam von der Gloriette, die ihre Silhouette gegen den Nachthimmel reckte, sie kam nicht vom Orion, doch sie trug den Sternenmantel der Königin der Nacht. Sie sang nicht, doch sie war es, Blum erkannte sie wieder, und sie würde ihn erkennen, würde wissen, wer er war und was er wollte. Sie kam um den Brunnen, schritt auf die Melodien zu, die von der Ruine herschwebten, ihre Melodien, Töne, die ihr gehörten wie alle Töne der Nacht, und Blum stand in seinem Beet auf, pflückte eine der Rosen und ging seiner Königin entgegen. Ihre Haare schimmerten silbern unter einem schwarzen Schleier hervor. Blum war ruhig, war glücklich. Alles war leicht, der Wind ließ die Blätter rascheln, Gelächter tönte von fern, und Blum war bei ihr und sagte:

»Ich liebe dich.«

Er war der Jäger der verlorenen Träume. Sie war sein einziger Traum. Ein Traum, den er wiedergefunden hatte. Sie war klein und allein, hatte kein Gefolge bei sich. Sie war eine Königin.

»Ich liebe dich!« sagte Blum.

Eine Taube flog irgendwo auf, flatterte verwirrt durch die Nacht. Das Gesicht der Königin war verschleiert. Sie stand still, bewegte sich nicht, schien Blum zu mustern, sich nicht sicher zu sein. Er war der Jäger des wiedergefundenen Traumes. Zögernd streckte er ihr die Rose entgegen. Die Dornen kratzten an Leder entlang. Am Koppel seiner Dienstpistole. Ein Stück Metall in einem Stück Leder, das aus irgendeinem früheren Leben an Blum hängengeblieben war. Ein Stück früheres Leben, das er Neptun hätte opfern sollen. Er hatte es vergessen.

Die Königin wich einen Schritt zurück.

»Nein«, sagte Blum schnell.

Die Königin machte einen zweiten Schritt nach hinten. Sie behielt Blum und das Stück Leder an seiner Hüfte im Auge.

»So ist es nicht«, sagte Blum. »Nein, ich bin kein Bulle. Nie gewesen. Es ist ein Irrtum, nur ein Versehen, daß ...«

Sie flog auf ihn zu. Die Königin der Nacht flog auf den Jäger der verlorenen Träume zu, um sich ihm in die Arme zu werfen, an seinen Hals, um sich an Blum zu schmiegen, ihn zu küssen, wie denjenigen, den man liebt, den man verloren hatte und endlich wiederfand nach so vielen Jahren, in denen die Hoffnung fast verschwunden war, die Erinnerung, nicht aber die Liebe, die sich unauslöschlich eingegraben hatte und nun auferstand, heller und mächtiger als je zuvor. So flog sie auf ihn zu, wischte die Rose aus seiner Hand, warf sich an ihn, gegen ihn, an seinen Hals, mit beiden Händen um seinen Hals und drückte, drückte zu, krallte ihre Finger in sein Fleisch, drückte seinen Kehlkopf tief in den Hals.

»Gchkr«, gurgelte Blum, während seine Arme sie noch voller Liebe umfingen, weil sie nicht begriffen hatten, was vor sich ging, und dann rammte sich das Knie der Königin in Blums Unterleib, und Blum klappte nach vorn, schlug mit dem Kopf gegen ihre Schulter. Sein Hals war plötzlich frei, und er wollte schreien, daß alles ein Mißverständnis sei, er sei doch der Jäger der verlorenen Träume, er liebe sie, doch nur unmenschliche Laute würgten sich aus ihm heraus, und die Königin knallte ihm ihre Faust ins Gesicht, und er torkelte weg von ihr, nach links, er hörte das Blut aus der Nase pochen, im schweren Rhythmus der Nacht, die sich über seinen Kopf hermachte, und die Königin trat ihn in die Kniekehlen, und endlich knickte Blum, fiel, stürzte zu Boden, schrammte mit dem Ellenbogen über stechenden Kies, spürte kaum noch den Fußtritt in die Seite.

Blum krümmte sich. Er vermochte nicht zu atmen, alles war Panik, war Schock in seinem Körper, nur die Schritte, die sich langsam entfernten, hörte er überdeutlich, und sein Kopf dachte, daß es unendlich schade sei, daß sie ihn nicht erkannt hatte.

Durch den warmen Kies schienen tief aus der Erde schwere, kaum hörbare Akkorde des »Don Giovanni« zu dampfen, und in Blum begann der Schmerz zu singen, schrille Arien, die durch seinen Unterleib peitschten. Blum stöhnte dagegen an, zwang sich, gegen die Zentnerlast auf seinem Zwerchfell durchzuatmen. Er richtete den Oberkörper auf, ignorierte die stechenden Signale aus seinem linken Arm, sah sich um, sah, wie die Königin am Eingang des Tiergartens im Dunkel der Bäume verschwand, sah Orion am Himmel stehen und stemmte sich auf. Blum stand. Er atmete sorgfältig, konzentrierte sich darauf, die Luft tief einzuziehen und hörbar auszustoßen. Die Blätter rauschten. Der Wind war stärker geworden. Sonst hatte sich nichts verändert. Es war Nacht. Die Sterne, die Gloriette, Neptun mit seinen Streitrössern. Verwischte Musik aus fernen antiken Ruinen.

»Ich liebe dich«, sagte Blum leise. Er tat einen Schritt. Es ging. Er ging vorwärts. Der Königin nach. Er war der Jäger der verlorenen Träume. Er hatte keine Wahl.

Das Tor zum Tiergarten war verschlossen. Ein schmiedeeisernes Tor, in dessen Rundbogen eine Krone thronte. Von der Königin war nichts zu sehen. Blum war sicher, daß sie drin war. Er überkletterte den Zaun, ließ das Kassenhäuschen links liegen, umkreiste einmal den verschlossenen Kiosk und folgte langsam dem gewundenen Weg. Blum rief:

»Königin der Nacht!«

Hinter einem Graben wichen Lamas vorsichtig zurück. Sie

stellten die Ohren auf. Rechts waren Hirsche und Antilopen, die den Hals reckten, daß sie sich die Hörner fast in den eigenen Rücken bohrten.

»Meine Königin der Nacht!« rief Blum.

Die Antilopen stoben hakenschlagend ins Dunkel. Ein Hirsch stakste nach vorn und begann herausfordernd zu röhren. Er war nur ein paar Meter entfernt. Blum hätte ihn abknallen können. Problemlos. Ein kinderleichter Blattschuß. Oder das Gehirn unter dem Geweihansatz wegpusten. Das Gehirn eines blöde röhrenden Zwölfenders, dem Blum entgegenschrie:

»Ich bin der Jäger der verlorenen Träume.«

Raben krächzten von irgendwoher. Raben. Die Nacht war schwarz, und da vorn war eine Herde Rentiere, die auf die Teichanlage zu losbrach, vor einem Jäger flüchtete, der es nicht auf sie abgesehen hatte. In Todesangst flüchtende Rentiere, die Pelikane und Kormorane und Störche und Kraniche aufscheuchten, Wasservögel, Stelzvögel, irgendwelche Vögel, die flügelschlagend den letzten Rest Schlaf abschüttelten und nicht begriffen, was los war in dieser Nacht. Die nur wußten, daß alles anders war als sonst, daß all dies Gefahr bedeutete, eine unbestimmte, undefinierte, tödliche Gefahr, und die losgackerten und kreischten und krächzten, um die Welt und den Himmel zu warnen, das nächtliche Universum, in das ein brüllender Jäger auf der Suche nach seiner Königin eingedrungen war.

»Orion!« schrie Blum. »Blutsbruder, göttlicher Jäger, wo ist sie?«

Gegenüber rammten Steinböcke ihre Hörner krachend gegen die Felsen ihres Miniaturgebirges, aus dessen Löchern Murmeltiere in höchsten Tönen fiepten, und schon hastete der keuchende Blum an den Bären vorbei, fauchenden Brillenbären, brummenden Braunbären, geifernden Eisbären, und dann die Robben, die unter Wasser hin- und herschossen und ab und zu prustend und schnaubend durch die Wasseroberfläche brachen. In den Volieren am Hügel begannen Greifvögel anzuschlagen, ein mondsüchtiges, beutegieriges

»Waaooh, waaooh«, das das Dunkel zerschnitt, und Blum nützte die Gelegenheit und schrie in den Riß hinein:

»Miriam Strelecky! Königin der Nacht! Ich liebe dich!«

Vor ihm lag hinter einer skurrilen Skulptur nackter Baumstämme das Affenhaus. Ein geduckter Bunker, aus dem dumpfe Urwaldschreie drangen, ein halberstickte s panisches Kreischen gefolterter Waldmenschen, an denen sadistische Tiere unnennbare Foltermethoden erprobten. Aus der Richtung des Schlosses stöhnte ein Löwe auf, mit einem lächerlichen, gequälten Ton, keine Spur königlich, ein überdimensioniertes Winseln eher, das nur langsam Fahrt gewann, eine Art von Rhythmus, bis es endlich an eine unbeholfen geschlagene afrikanische Buschtrommel erinnerte. An Botschaften des letzten Überlebenden eines aussterbenden Stammes, an folgenlose, unverstandene Vermächtnisse.

»Miriam Strelecky!« schrie Blum. »Komm heraus!«

»Ja«, schrie er in seiner Verzweiflung, »ich bin Bulle. Ich nehme dich fest. Ich buchte dich ein. Ich knalle dich ab ...«

Aus dem Freigehege trompeteten die Elefanten. Sie trompeteten tatsächlich. Gellend, aber dreckig. Unsauber. Falsch.

»Es ist nicht wahr«, brüllte Blum. »Ich bin kein Bulle. Ich bin auf deiner Seite, Miriam Strelecky, ich halte zu dir, immer und ewig. Ich ...«

Seine Stimme überschlug sich. Er stürzte nach rechts, öffnete aufs Geratewohl eine Tür und fand sich in einem vergitterten Pavillon, in einem Zwinger aus kaiserlich-königlichen Raubtierhaltungszeiten. Blum rüttelte an den Gitterstäben, hinter denen ein Gepard sich an die Erde schmiegte, Mordlust in den glühenden Augen. Der gefleckte Schwanz der Katze klopfte lautlos auf den Boden. Sie fauchte Blum entgegen, und er fauchte durchs Gitter zurück und flüsterte:

»Komm, komm, komm!«

Der Gepard kroch winselnd ins Dunkel, robbte sich in Sicherheit, und von jenseits des Kaiserpavillons begannen Flamingos ihr mißtönendes Konzert, krächzten, quietschten lauthals in das Tohuwabohu hinein, in dessen Zentrum Blum stand und sich an den Eisenstangen eines Käfigs festhielt, den man Tieren nicht mehr zumuten konnte, der nur noch für Störenfriede wie Blum brauchbar war, für einen Jäger, der verwundert dem Krach zuhörte, den er entfesselt hatte. Blum schlug den Kopf gegen das Gitter, hielt sich die Ohren zu. Er wollte ja hören, zuhören, nichts lieber als das, nur …

»Sing für mich, Miriam!« schrie Blum durch die vergitterte Welt, deren Insassen brüllten und schnaubten, blökten, krächzten, pfiffen, gackerten, sich röchelnd gegen Zäune und Gitter warfen. Häftlinge, Lebenslängliche, Brüder, Schwestern, in denen Blums Verzweiflung Echos warf, die sich zu schriller Panik aufschaukelten, ein Inferno der Verzweiflungsschreie, das der Nacht einen neuen Klang gab, den ureigenen Klang von Wünschen, die nie erfüllt würden, den Klang der dumpfen Ahnung, daß immer Nacht herrschen würde, immer Dunkelheit, immer.

»Sing!« keuchte Blum. Er stürzte aus dem ehemaligen Raubtierzwinger und hastete durch die Gänge des Gefängnisses, in dem das Geschrei aller Kontinente weitertoste, und nur die Königin blieb stumm, sang nicht, zeigte sich nicht, schien verschwunden in ihrem nächtlichen Reich.

Von Süden her schlug eine neue Stimme an, ein kehliges Bellen, ein lautes Aufjaulen, das sofort abriß, um gleich wieder einzusetzen, sicherer, stärker, und während der Verzweiflungschor der Gefangenen vor Erschöpfung abebbte, begann die Stimme ihr Lied in die Welt hinauszusingen, einen langgezogenen einsamen Ton, den Ton einer Sirene, eines Nebelhorns, der die Nacht erfüllte, der sie ausmaß weit über Schönbrunn hinaus, über Wien, Österreich, der nach Norden zog, nach Osten, in die Wälder der Karpaten, bis in sibirische Weiten, in mondhelle Tundranächte. Eine zweite Stimme, eine dritte fielen ein, viele, jede für sich und doch aufeinander bezogen, ein Rudel der Einsamen, die ihr »ouuuuh« in die Nacht schickten, kläffend Atem schöpften, um wieder in das alles übertönende Sirenenkonzert einzustimmen.

Blum blieb stehen, schob die Schnauze nach vorn, sah hoch zu Orion und seinem Sirius, die dort oben die Ohren spitzten und hören mußten, was er hörte: das Heulen der Wölfe.

Es war kein Heulen. Es war Gesang. Gesang von Jägern, wie Blum einer war. Gesang, bei dem Blum Bilder sah, Landschaften, die er in allen Einzelheiten hätte beschreiben können, verschiedene Landschaften, die gemeinsam hatten, daß sie ursprünglich und wild waren, bedrohlich, nachtschwarz. In denen Tiere und Götter zu leben vermochten. In denen manche Tiere Götter waren und alle Götter Tiere, in denen Rudel von Jägern umherstreiften, die ihre Beute aus Traurigkeit hetzten und töteten. Landschaften vom Anfang der Zeit, in denen alltägliche Menschen fehl am Platz waren. In denen die besten Jäger gerade eben überlebten und unsichtbare, mythische Könige herrschten. Oder Königinnen.

Blum sprang los, hetzte in weiten Sätzen auf den Gesang der Wölfe zu, auf das langgezogene Heulen, das ihn zu rufen schien.

Das Gehege zog sich den Hügel zum Tirolergarten hoch und war mit Maschendraht umzäunt. Bäume reckten sich aus kahlem Boden nach oben. Es gab kein Unterholz, nur tote Äste und Baumstümpfe. Das Rudel hatte sich auf halber Höhe gesammelt. Die Wölfe saßen grau auf ihren Hinterbeinen, reckten die Schnauzen und sangen Orion, dem Jäger, zu. Die Königin stand mitten im Gehege, dem Rudel gegenüber, stand dort in ihrem Sternenkleid. Vielleicht sangen die Wölfe nicht Orion, sondern ihr zu.

»Sing!« flüsterte Blum.

Sie hörte ihn nicht. Sie sang nicht mit den Wölfen. Sie bemerkte Blum nicht. Blum strich am Gitter des Geheges entlang. Eine kahle, wüste Landschaft, eine nördlich bewaldete Insel im Meer der Nacht, die Insel der Wölfe und Blums verlorener Träume. Blum war zu Hause. Daheim. Die Wölfe heulten ihm entgegen. Die Königin stand still vor ihnen und wartete. Sie wartete auf irgend etwas. Auf irgendwen.

Blum erreichte das Gittertor. Es stand weit offen. Das Schloß war aufgesprengt worden. Blum nickte. Er sollte hinein. Es war seine Insel. Der Weg war frei. Blum flüsterte:

»Ich liebe dich.«

Er schlich von hinten auf seine Königin zu und hörte nun,

daß sie zu den Wölfen sprach. Er verstand ihre Worte nicht, wußte nicht, in welcher Sprache sie redete, hörte nur ihre weiche, zarte Stimme, die dem Chor der Wölfe silberne Fesseln zu weben schien, an denen das Geheul nach oben stieg. Die Wölfe saßen auf ihren Hinterläufen, grau und schwarz und zottig und stark. Sie heulten der Königin zu und wagten sich nicht zu rühren. Sie war die Königin der Wölfe.

Blum war kein Wolf. Er war nicht grau und schwarz und zottig. Zu ihm hatte sie nicht gesprochen. Blum haßte die Wölfe und ihren Gesang. Er haßte die Königin, die mit ihnen sprach. Er liebte die Königin. Blum hatte lange genug zugehört. Er war nur noch ein paar Meter von der Königin entfernt.

Er sprang los. Es war ihm egal, ob sie ihn hörte. Er flog auf sie zu, heulte auf, war bei ihr, griff sie an der Schulter, wirbelte sie herum, riß ihr den Schleier ab, und während er ihr seine Lippen gewaltsam ins Gesicht stieß, hörte er mit wilder Freude, wie es schlagartig still wurde, wie das Geheul verstummte, als hätte man den Wölfen gleichzeitig die Kehlen durchschnitten, und Blum küßte die Königin der Nacht, biß, küßte, drängte seine Zunge nach vorn, und überall war Gewalt und Nacht und rasender Triumph, atemloser Kampf und die Lust, seine Beute zu zerfetzen, zu zerfleischen, und er war stark, war stärker als sie, die nicht mehr zu den Wölfen sprach, sondern erbittert schlug und biß und kratzte.

Seine Finger rissen ihr den Sternenmantel in Fetzen, seine Nägel gruben sich in ihr Fleisch, sie gehörte ihm, Blum, und er konnte mit ihr machen, was er wollte. Er konnte ihr die Kehle durchbeißen, sie in zuckende, blutige Stücke reißen, konnte sie auffressen. Das alles konnte er tun, würde er tun, doch zuerst würde er mit ihr spielen, ihr sanfte Pfotenhiebe versetzen, die sie glauben ließen, vielleicht noch einmal davonzukommen, ihr Auswege öffnen, die er, kaum daß sie in Todesangst zu fliehen versuchte, erbarmungslos versperren würde, ja, ein neuer Hieb, ein schrilles Aufquieken wie ein Todesschrei in der Nacht, und Blum lachte wild auf. Alles in ihm jubelte.

Seine Bartstoppeln kratzten über die Wange der Königin, er verbiß sich in ihrem Ohr, seine Fingernägel pflügten durch ihre Haut und ...

Er stieß sie von sich, stieß sie in den Dreck. Er stand über ihr, einen Moment stand er einfach da, kein Gedanke, kein Gefühl, nichts rührte sich in ihm, er stierte sie an, und sie wimmerte mit ihrem häßlichen Sopranstimmchen und kroch wie ein Wurm im Staub von ihm weg. Blum stand stumm, stand und sah zu, wie der Wurm sich aufrichtete, irgendein vierfüßiges Vieh wurde, ein Halbaffe, der unsicher auf zwei Beinen wankte und nach unten durch das offene Tor des Geheges in die Nacht torkelte.

Fort, weg, verschwunden, verloren wie seine Träume.

Erst dann, dann erst brach in Blum die Wut los, eine dunkel herangrollende Wut über diese Täuschung, diesen ungeheuren Betrug, dem er zum Opfer gefallen war. Er hatte sie für die Königin der Nacht gehalten, hatte an sie geglaubt, hätte sie ohne Wenn und Aber geliebt. Er hatte Jahrzehnte nach ihr gesucht, hatte kein anderes Ziel gekannt als sie, sie, sie. Preisgegeben hatte er sich, vollkommen, bedingungslos, schutzlos. Ihr, der Königin der Nacht. Der angeblichen Königin der Nacht.

Sie war es nicht, war es nie gewesen. Sie hatte nur so getan, hatte sich verstellt. Ihr Gesang, ein einziger Betrug! Es war Verrat. Ein ungeheures Komplott gegen ihn, Blum, den Jäger der verlorenen Träume.

Alles wankte. Die Nacht, die Sterne. Blum knöpfte das Holster seiner Pistole auf, zog sie hervor. Alles wankte, würde einstürzen.

Die Wölfe waren in die südwestliche Ecke des Geheges zurückgewichen. Vor der Holzhütte drückten sie sich winselnd aneinander. Eine Woge von grauem Fell. Es war Hochverrat. Blum brachte die Pistole in Anschlag. Er zielte mitten hinein, drückte ab. Der Schuß bellte kurz auf. Die Wölfe jaulten auf, fuhren kläffend auseinander. Blum schoß ein zweites, ein drittes Mal. Die Wölfe stoben davon, sprangen gegen den Gitterdraht, flohen zum offenen Tor. Einen erwischte Blum noch mitten im Sprung. Der Schuß hustete ihn über den Haufen. Die anderen entkamen.

»Ouuuuh«, heulte Blum.

Vor dem Holzverschlag lag ein hellgrauer Fellklumpen. Daneben ein anderer, etwas dunkler. Der zweite winselte noch. Hochverrat.

»Nicht mit mir«, sagte Blum und sandte dem Wolf eine Kugel ins Hirn. Er starb klaglos.

7

Durchhören: Tote singen nicht

Ruth redete Kant gut zu, aber der zupfte nur an seinen Flügelfedern herum und würdigte Ruth keines Wortes. Nicht einmal des leisesten Krächzens. Die Morgengymnastik war absolviert, es hatte Kaffee für Ruth und Wasser für Kant gegeben. Das Radio dudelte wie immer, hatte die Art von Belanglosigkeiten von sich gegeben, die einen einigermaßen erfolgreichen Tag versprachen. Nichts ließ vermuten, daß es derselbe Sender war, in dem Ruth gestern die Funken hatte fliegen lassen. Alles schien in Ordnung, und Ruth fragte sich, woran ihr störrischer Vogel merkte, daß nicht alles in Ordnung war.

»Aufklärung, Kant!« sagte Ruth. »Wenn nicht einmal du mir hilfst, dann wird es wirklich haarig. Weißt du, der Oberinspektor verdächtigt Miriam.«

Kant drehte sich auf seiner Stange.

»Lächerlich, nicht? Findest du auch, oder? Mit dem rede ich kein Wort mehr.«

Kant hüpfte nach links, legte den Kopf schief.

»Wir müssen einfach wissen, wo Miriam geblieben ist. Das müssen wir aufklären, Kant! Sag: Aufklärung!«

Kant sagte nichts.

»Scheißvogel«, sagte Ruth. »Und du willst mein Freund sein? Der erste Kopf des deutschen Idealismus? ›Kritik der praktischen Vernunft‹ und so?«

Wo konnte sie nach Miriam suchen? Minnie wußte es, da war sich Ruth sicher. Aber die hatte ja nichts sagen wollen, hatte es vorgezogen, ihren Musikterrorquatsch zu verbreiten. Es grenzte sowieso an ein Wunder, daß sie noch einmal angerufen hatte. Sie mußte wissen, daß man versuchen würde, den Anruf zurückzuverfolgen. War sie ein Profi, der wußte, wie lange man dafür brauchte? Es schien sie auch nicht gestört zu haben, daß Ruth eine Privatarmee von Radiohörern auf sie angesetzt hatte. Als ob sie von denen nichts zu befürchten habe. Als ob sicher wäre, daß niemand sie kannte. War sie fremd in Wien? Frisch aus irgendeinem anderen Teil der Welt angekommen? Aus Australien zum Beispiel? Aus Mexico? Und wieso sollte sie sich dann vom Wiener Musikleben gestört fühlen? Da paßte nichts zusammen.

»Die Stimme, Kant«, sagte Ruth, »die werden wir uns noch einmal anhören.« Kant krächzte begeistert. »Du nicht, dummer Vogel«, sagte Ruth.

Sie rief bei Alex an. Es dauerte lange, bis er ans Telefon ging, und dann klang sein brummeliges »Hallo« so, als spräche er während einer Tiefschlafphase mit seinem Kopfkissen.

»Morgen!« krähte Ruth in den Hörer. Kant krächzte und nickte zustimmend. Er war überzeugter Frühaufsteher.

»Hier ist Ruth. Habe ich dich geweckt?«

Alex sagte verschlafen: »Hier spricht so ein Dings, äh, der automatische Anrufbeantworter von Alex Petschak. Mein Herrchen schläft noch und wäre Ihnen sehr verbunden, wenn Sie zu den üblichen Bürozeiten, also nach 12.00 Uhr, noch einmal anrufen könnten.«

»Alex, ich brauche dich heute. Es geht um …«

»Sie müssen den Pfeifton abwarten, wenn Sie eine Nachricht hinterlassen wollen. Moment!«

Im Hörer knisterte es. Alex pustete, blies Luft gegen die Sprechmuschel, aber kein Pfeifton kam. Ruth sah Alex genau vor sich, wie er mit zugekniffenen Augen und zerwühlten Haaren eine verzweifelte Grimasse schnitt. Manchmal konnte er wirklich komisch sein.

»Alex«, sagte Ruth, »wegen gestern im Sender, ich glaube, ich habe dich etwas hart angefahren.«

»Bist du das, Ruth?«

»Es war nicht so gemeint. Ich war halt im Streß, und alle quatschten auf mich ein, Höslwang, die Polizisten, alle wollten etwas von mir …«

»Klar, Ruth, kein Problem!« Alex schien jetzt endgültig wach zu sein.

»Okay?« fragte Ruth.

»Okay!«

Okay. Er war nicht nachtragend. Er war verständnisvoll wie immer. Ruth sollte noch irgend etwas Nettes sagen. Sie überlegte einen Moment. Ihr fiel nichts Passendes ein. Sie sagte:

»Ich wollte dich um einen Gefallen bitten.«

»Für dich tu ich alles«, sagte Alex.

Alles brauchte er nun wirklich nicht zu tun. Die Hälfte würde auch genügen. Ruth unterdrückte eine entsprechende Bemerkung.

»Es geht um Minnies Stimme. Ich will sie mir noch einmal anhören, und dich bräuchte ich für ein paar technische Dinge.«

»Von 12.00 bis 15.00 Uhr habe ich Dienst. Um 15.00 Uhr im Sender?«

»Danke!«

»Ruth ...?« fragte Alex.

»Danke nochmals! Also bis 15.00 Uhr dann!« Ruth legte auf.

15.00 Uhr, in fünf Stunden also. Ruths nächste Sendung war erst am übernächsten Tag. Samstag und Sonntag hatte sie frei. Ihre Sendung war nicht wochenendtauglich. Von der Konzeption her, hätte Höslwang mit entschuldigendem Lächeln angefügt. Zu intellektuell. Am Wochenende brauche man echte Knaller.

Zeit hatte Ruth also genug. Vielleicht sollte sie sich noch einmal um die Krankenhäuser kümmern. Schließlich war Miriam im Krankenwagen verschwunden, wenn man Hawliczek trauen durfte. Hawliczek war unauffindbar. Man konnte ihm nicht trauen.

Ruth rief bei der Kriminalpolizei an. Waworka war nicht da. Schlief wahrscheinlich noch oder rauchte seinen ersten Zigarillo in irgendeinem Kaffeehaus. Das wenigstens vermutete der blendend aufgelegte Kreuzwieser.

»Sie scheinen ihn nicht sehr zu vermissen«, sagte Ruth.

»Der Alte ist ein vorzüglicher Polizist, aber ich danke dem Allmächtigen jede Minute, in der ich nicht mit ihm konfrontiert bin«, sagte Kreuzwieser.

Das konnte Ruth gut verstehen. Sie kraulte Kant am Hals und fragte, ob die Rettungswagen überprüft worden seien.

»Natürlich«, sagte Kreuzwieser gekränkt. Es schien seine Aufgabe gewesen zu sein. »Elf Rettungswagen befanden sich nach Auskunft der Leitstelle im Einsatz. Sie haben siebzehn meist leicht Verletzte in drei verschiedene Krankenhäuser transportiert. Die Überprüfung aller Befunde und aller Namen, die der Rettungsdienstangehörigen und die der Verletzten, habe ich persönlich geleitet und kann Ihnen deshalb versichern, daß es niemanden gibt, der nicht identifiziert ist, niemanden, der eventuell unterwegs ausgeladen wurde, und vor allem niemanden, der Ihrer Schwester gleichsähe.«

Kant gluckste zufrieden.

»Die Fahndung hat ebenfalls noch keine positiven Ergebnisse gezeitigt«, sagte Kreuzwieser. »Es tut mir aufrichtig leid.«

Ruth bedankte sich und legte auf. Sie blies Kant unter die Nackenfedern. Er protestierte halblaut.

»Au, au«, sagte Ruth mechanisch. Simple Erklärungen waren die besten Erklärungen. Was war, wenn Miriam gar nicht verschwunden war? Wenn sie nicht anderswo aufgetaucht war, konnte das einfach bedeuten, daß sie nirgendwo hingegangen war. Daß sie noch dort war.

»Ich geh jetzt, Kant«, sagte Ruth. »Sei schön brav!«

Kant sagte etwas wie: »Krcht.«

Ruth nahm das Rad. Sie fuhr den Radweg am Donaukanal entlang. An der Roßauer Lände lagen Jugendliche in Liegestühlen und sahen sich Musikvideos auf einer Großleinwand an. Die Karikatur eines Club Med irgendwo in der Karibik. Ruth fuhr weiter und war kurz darauf vor der Kammeroper angelangt.

Von außen war dem Gebäude der Brand nicht anzumerken, wenn man von dem Polizeisiegel am Haupteingang absah. Ruth versuchte es am Bühneneingang hinten in der Drachengasse. Sie klingelte bei allen Abteilungen der Oper, doch nirgends rührte sich etwas. Das Gute daran war, daß ihr höchstwahrscheinlich kein Kriminaler zwischen den Beinen herumstolpern würde. Das Ekel Waworka würde sie wahrscheinlich zwischen den Fingern zerbröseln, wenn er von ihren Recherchen erführe.

Ruth läutete beim Hausmeister unten rechts. »Zwickl« stand auf dem Namensschild. Eine Matrone mit hochtoupiertem Haar öffnete.

»Sind Sie die Hausbesorgerin?« fragte Ruth.

»Was wollen S'?«

Ruth streckte ihr ihren Dienstausweis entgegen, tippte auf das Logo des Senders und sagte: »Rundfunk. Wissen Sie, wegen des Brands in der Oper ...«

Frau Zwickls Miene hellte sich auf, strahlte sonnengleich: »Eine Tragödie, ned woar? Aber jetzt ist erstmal a Ruh. Wissen S', laut war's ja schon, jeden Abend die Vorstellungen, der Applaus, und nachmittags üben s' und vormittags üben s', lauthals, immer diese Koloraturen und das ewige ha, ha, ha, ha, haaa, ha, ha, ha, ha, man hört ja alles durch, und keine Schallisolierung wollten sie uns auch nicht finanzieren. Der Anwalt ...«

»Die Polizei hat Sie sicher schon einvernommen?«

»Aber geh, nicht die Spur. Die ...«

»Wo Sie doch als unmittelbare Nachbarin eine wichtige Zeugin sind!«

»Eben!« Frau Zwickl lächelte geschmeichelt und zupfte an ihren Haaren herum. Ihre Haare waren so rot wie ihr Lippenstift.

»Sie müssen mir alles erzählen!« sagte Ruth mit Inbrunst.

»Oder störe ich Sie sehr?« fragte Ruth mit einem Anflug von Resignation in ihrer Stimme.

Wie erwartet, störte sie nicht. Überhaupt nicht. Ganz im Gegenteil, Frau Zwickl würde sich sehr geehrt fühlen, wenn die Frau Reporterin ihr die Ehre geben würde, eine Tasse Kaffee mit ihr einzunehmen. Sie sagte wirklich »einzunehmen«! Ruth gab ihr die Ehre, und schon saßen beide am Küchentisch. Frau Zwickl plapperte eine halbe Stunde, und Ruth sagte dreimal »ach nein«, viermal »tatsächlich?« und zweimal »großer Gott!« Die Frau hatte keine Ahnung, hatte weder vor noch nach dem Brand etwas Mitteilenswertes bemerken können, da sie vor dem Fernseher eingeschlafen war und nicht einmal durch die Sirenen der Rettungswagen aufgewacht war.

»Sehr aufschlußreich«, sagte Ruth. »Ich darf Sie doch namentlich nennen, oder?«

Sie durfte.

»Für unsere Hörer wäre natürlich auch ein Lagebericht vom Tatort äußerst interessant. Sie haben als Hausbesorgerin doch sicher einen Generalschlüssel?«

»Zum Theater vorne nicht«, sagte Frau Zwickl, »nur für die Räume und Werkstätten, die zu dieser Stiege hinausgehen.«

»Könnten wir nicht versuchen, von dort aus ...?«

Frau Zwickl warf einen unschlüssigen Blick auf das Schlüsselbrett neben der Küchentür, an dem ein einzelner Schlüssel hing. Sie zögerte.

»Die Polizei. Es gibt da Vorschriften. Ich darf nur öffnen, wenn sich ein Mieter ausgesperrt hat oder wenn Gefahr im Verzug ist oder auf behördliche Anweisung hin.«

»Natürlich. Ich dachte bloß ...«

»Hausmeister ist ein verantwortungsvoller Beruf.« Frau Zwickl hangelte sich zu einer Absage hoch, die sie selbst wohl kaum weniger bedauerte als Ruth.

»Sicher.«

»Meine Berufsehre, Sie verstehen?«

Ruth verstand. Die Sache war entschieden. Dann mußte es halt anders gehen. Ruth sah sich kurz in der Küche um. Kein Telefon war zu sehen. Und auch kein Telefonbuch.

»Haben Sie mal ein Telefonbuch? Ich möchte nur schnell die Nummer des Intendanten heraussuchen. Herr Schmelzer, nicht?«

Frau Zwickl nickte und ging aus der Küche. Ruth war mit zwei Schritten am Schlüsselbrett, steckte den Generalschlüssel ein und hängte ihren Fahrradschlüssel an seine Stelle. Ihr Kellerschlüssel hätte ähnlicher ausgesehen, aber Ruth befürchtete, ihn auf die Schnelle nicht vom Bund lösen zu können. Für eine Weile würde es der Fahrradschlüssel auch tun.

Frau Zwickl schnaufte zurück. Ruth schlug Schmelzers

Nummer nach, wehrte das Angebot, vom Zwicklschen Telefon aus zu telefonieren, als zu großherzig ab und verabschiedete sich, so schnell es die nötige ostentative Dankbarkeit gegenüber Frau Zwickl zuließ. Zur Sicherheit verließ sie das Haus, ging bis zum Griechenbeisl vor und wieder zurück. Dann begann ihr erster Einbruch. Oder handelte es sich strafrechtlich eher um unbefugtes Betreten fremden Grund und Bodens? Schließlich hatte Ruth nicht vor, irgend etwas zu stehlen. Sie wollte nur nach Miriam suchen. Nach einer Spur von ihr, einem Indiz für ein Verbrechen an ihr. Die Polizei hatte danach nicht gesucht und ergo auch nichts dergleichen finden können.

Ruth schloß die Stahltür mit der Aufschrift »Künstlereingang« auf, an der sie zwei Tage zuvor mit Schmelzer und Hawliczek gesprochen hatte. Sie wollte versuchen, zur Hinterbühne vorzudringen, dorthin, wo Miriam zuletzt mit Sicherheit gesehen worden war. Von irgendwoher hörte sie das leise Summen einer Klimaanlage. Sonst war alles ruhig. Nichts zu hören außer dem Geräusch ihrer eigenen Schritte auf den Holzdielen des Gangs. Es roch schwach nach kaltem Rauch. Rechts stand eine Tür offen. Eine Garderobe. Ein Maskenbildnerraum, der wie ein Friseursalon aussah, nur daß zusätzlich kleine Lautsprecher angebracht waren, aus denen während einer Aufführung der Bühnenton und die Ansagen des Inspizienten zu hören waren. Ruth sah in jeden Garderobenschrank, gab sich der Phantasievorstellung hin, vor einem der Schminkspiegel ihre Schwester schlafend vorzufinden, versuchte zumindest herauszubekommen, ob sich Miriam hier umgezogen hatte, ob der Klang ihrer Stimmübungen in der Luft hing. Ruth war sich nicht sicher. Sie konnte nirgends persönliche Dinge Miriams entdecken. Was war eigentlich mit ihrer Kleidung passiert? Hatte sich Miriam noch umgezogen, oder hatte jemand anderer aufgeräumt? Beweisstücke für die Polizei?

Nach ein paar Schritten teilte sich der Gang. Links befanden sich neben einer grob gemauerten Wendeltreppe, die nach unten führte, weitere Türen. Ruth öffnete die erste. Eine kleine Kammer mit Notbatterien und versperrten Schränken. Ruth wandte sich nach rechts, folgte dem Gang ums Eck, stieg ein paar Stufen nach oben. Der Brandgeruch war stärker als zuvor. Hier mußte es zur Bühne gehen. Vorsichtig öffnete Ruth die Tür. Ein Kulissenraum. Ohne ersichtliche Ordnung gestapelte Holzrahmen verdeckten die Seitenwände. Ein zweites leises Brummen mischte sich unter das Geräusch der Klimaanlage. Am Ende öffnete sich der Raum zur Hinterbühne, einem von Vorhängen und Pappmachéprospekten gegliederten Labyrinth, durch dessen Gänge sich Ruth zu dem eintönigen Summen, das von irgendeiner Maschine stammen mußte, vorarbeitete. Dann stand sie auf der Bühne, inmitten der verkohlten Reste der Zauberflötendekoration. Auf den Brettern, die die Welt bedeuteten, verrieten schwarze Striemen, daß jemand das Gemisch aus Asche und Löschschaum eilig aufgewischt hatte. Im Orchestergraben lagen Stühle und Notenständer noch wild durcheinander. Der leere Zuschauerraum stieg nach hinten an. Er strahlte unschuldig in Gold und Weiß. In der dritten Reihe hatte Ruth gesessen, als …

Sie wischte den Gedanken weg, versuchte, die Musik der »Zauberflöte« nicht wieder lebendig werden zu lassen und sich ganz auf die Suche nach Spuren von Miriam zu konzentrieren. Sie wurde das Gefühl nicht los, daß irgend etwas nicht so war, wie es sein sollte, obwohl das Brummen, das in der Luft lag, beruhigend, fast vertraut wirkte. Es erfüllte die bedrohliche Stille des verlassenen Theaterraums mit Leben, mit der Sicherheit, die die Alltagsaktivität von Menschen ausstrahlt, und sei es auch nur in Form einer von ihnen installierten Maschine. Es könnte ein zusätzlicher Ventilator sein, mit dem der Brandgeruch, der sich überall festgesetzt hatte, zerstreut werden sollte. Das vermittelte Ruth den Eindruck, daß man sich bemühte, die Dinge in Ordnung zu bringen. Dasselbe wollte sie auch, nichts anderes. Sie war im Grunde nicht allein, obwohl niemand anderes da war, auf dieser Bühne, auf der sie ihre Schwester zum letzten Mal gesehen hatte, bevor Miriam vor dem Feuer geflüchtet und dann verschwunden war. Das monotone Geräusch unterstützte Ruth bei ihrer Suche. Sie blickte sich um, konnte aber nirgends einen Ventilator entdecken, obwohl …

Ein kleiner kalter Lufthauch schien Ruth plötzlich zu erfassen, ein böse zischender Windstoß, der sie frösteln ließ.

… obwohl das Licht im Zuschauerraum brannte! Und auf der Bühne. Und in den Nebenräumen der Bühne. Alles war taghell erleuchtet. Jemand hatte alle Lampen eingeschaltet. Jemand mußte hier gewesen sein, war vielleicht noch hier. Die Kriminalpolizei ließ nicht alle Lampen in einem von ihr versiegelten, halb ausgebrannten Opernhaus brennen!

Ruth rührte keinen Muskel, wagte nicht zu atmen. Vielleicht war sie nicht allein. Sie horchte. Ein Schlurfen von Füßen, das Knacken eines Dielenbretts, das sanfte Rauschen eines Vorhangs, an dem sich jemand entlangschob?

Sie hörte nichts. Sie hörte nur das Brummen, ein immer gleiches Geräusch, das einen auf die Dauer verrückt machen mußte.

»Ist da wer?« fragte Ruth halblaut zu den abgefackelten Resten von Sarastros Palast hin.

Da rührte sich nichts. Da war niemand. Da hörte man niemanden leise atmen, da hörte man gar nichts. Außer diesem verfluchten Ventilator. Vielleicht hatte doch die Polizei …? Oder eine Putzfrau? Wäre es Ruth denn lieber gewesen, wenn alles im Dunkel liegen würde? Wenn sie mit einer Kerze in der Hand durch das Labyrinth hinter der Bühne stolpern müßte? Über Balken fiele, gegen Dekorationen krachte?

»Ist jemand hier?« fragte Ruth in den Zuschauerraum.

»Hallo!« rief sie in den Bühnenhintergrund. Schrie sie. Horchte. Der unsichtbare Ventilator summte von irgendwoher. Von überall her. Ruth war sicher, daß sie nicht allein war. Daß hier irgendwo irgendwer …

Plop.

Ruhig bleiben! Keine Panik! Es war nichts. Es war nur das Blut, das in ihren Ohren rauschte, das in ihr dröhnend den Ventilator nachäffte, das auf- und abwallte, ihr ein anderes Geräusch vorgespielt hatte. Ein leises Plop. Sicher war es nur ihr Trommelfell, das auf den Blutansturm reagierte. Eine Art Druckausgleich, wie wenn man einen großen Höhenunterschied zu schnell bewältigte. Ruth hatte immer zu kämpfen, wenn sie Paßstraßen fuhr. Seit ihrer Kindheit. Erst dieses Gefühl der Taubheit, und dann schluckte sie und preßte, und nichts geschah, und jedesmal dachte sie, daß ihre Ohren diesmal endgültig verschlossen blieben, daß sie ihr Leben lang wie durch Watte hören müßte. Doch irgendwann kam dieses Plop, und alles war in Ordnung.

Sicher hatte sie solch ein Plop in ihrem Ohr gehört.

Plop.

Es war nicht in ihrem Ohr. Sie hatte es wieder gehört. Es kam von außen. Es kam wie das Summen des Ventilators von außen. Ein leises, kurzes, dumpfes Geräusch, als ob ein Insekt gegen die Flügel des Ventilators geprallt und von ihnen zerschmettert worden wäre. Wie ein Wassertropfen, der im Waschbecken zerplatzte.

Ruth schlich quer über die Bühne, blieb stehen, horchte.

Sie ging zurück, tauchte zwischen den Vorhängen an der Seite der Bühne ein, blieb stehen. Der Ventilator summte hier leiser. Ruth horchte.

Plop.

Da war es wieder. Es war nicht in ihrem Ohr. Es war auch kein stimmloses Plop, es war eher ein dumpfer Ton, der klang. Unzweifelhaft klang er ein wenig. Es war eher ein …

Plong.

Und noch einmal: Plong.

Ein dumpfer Ton, der kaum merklich nachhallte. Nachschwang. Ruth sah sich um. An der Seite der Bühne befand sich das Inspizientenpult mit dem Mikrophon der Sprechfunkanlage, die alle Räume des Theaters beschallte. Vielleicht sollte Ruth … ? Quatsch, sie war hier eingebrochen, sie sollte ruhig bleiben und sich ruhig verhalten. Heimlich, still und leise nach ihrer Schwester suchen. Neben Ruth ragten an der Wand die Stahlgerüste empor, die die Galerien über der Bühne trugen. Leitern führten zu den absenkbaren Stangen für die Dekorationen hinauf, zu elektrischen Seilzügen, Punktzügen,

Seilen, Leitungen, Spotleuchten, zu einem halb herunterhängenden Netz. Alles war schwarz gestrichen.

Plong.

Es klang metallen. Es klang nach einem Stein, der auf eine Metallplatte fiel, von ihr abprallte und sie nachschwingen ließ. Alles war schwarz, aber gut ausgeleuchtet. Ruth sah keine Metallplatte, keine fallenden Steine. Sie sah keinen Menschen, der eventuell einen Stein fallen lassen konnte, nicht einmal eine Ratte, die ihn irgendwo hätte herabstoßen können.

Plong, plong.

Ruths Kopf zuckte nach links. Da drüben! Das Geräusch entstand nicht auf der Bühne. Es kam aus der Wand. Es klang dumpfer als ein Stein, der auf eine Metallplatte fällt. Es klang, als ob ein Stein hinter einer Wand auf eine Metallplatte fiele. Es mußte nebenan sein. Hinter der Wand.

Da, fast auf Höhe des eisernen Vorhangs, war halb versteckt ein Bühnenabgang. Ruth drückte sich drei Stufen hinab, wandte sich nach links, dachte an nichts als an dieses Geräusch, schien gebannt von ihm wie von einem geheimnisvollen Flötenton, der jeden Menschen sicher durch Feuer und Eis führt.

Auch dieser Gang war in kaltes weißes Licht getaucht, das rechts ein paar Türen und links eine rohe Ziegelmauer erkennen ließ. Keine Menschenseele, keine Metallplatte, keine fallenden Steine. Ruth öffnete die erste Tür und fand sich in der Orchestergarderobe. Sie war leer, kahl und still. Ruth ging auf den Gang zurück. Sie horchte. Horchte, bis ein leises Plong ertönte. Es kam aus der Mauer. Es mußte von nebenan kommen. Von der Bühne, die Ruth gerade verlassen hatte, weil sie zu hören geglaubt hatte, daß das Geräusch aus diesem Gang hier stammte.

Es gab nur eine Erklärung. Das Geräusch entstand in der Wand.

Es gab keine Steine, die in einer Mauer auf eine Metallplatte fielen. Das war keine Erklärung. Ruth ging zurück auf die Bühne.

Sie blieb stehen. Sie horchte gegen die Wand. Von fern

surrte der Ventilator. Unbeirrbar. Leise. Monoton. Wirbelte irgendwo Luft um.

Kein Plong.

Das Geräusch war in unregelmäßigen Abständen aufgetreten, aber ein so langes Intervall hatte es noch nie gegeben. Ruth wartete. Zählte bis 60. Zählte ein zweites Mal bis 60. Es hatte sich ausgeplongt. Ruth ging langsam die Wand ab, strich mit der Hand am rauhen Putz entlang, als ob sie die Stelle, an der das Geräusch entstanden war, erspüren wollte. Sie wich den Gerüststreben aus, suchte wieder den Kontakt zur Mauer, strich an einem Lüftungsrohr entlang, ließ ihre Hand nach unten gleiten.

Das Lüftungsrohr war kalt. Es war aus Aluminium. Es war hohl. Es war ein geschweißtes Rohr, das an der Wand befestigt war, aus der das Geräusch gedrungen war. Ruth beugte sich nach vorn. Sie legte ihr Ohr auf das Rohr, preßte es gegen das kühle Metall. Sie horchte.

Sie hörte kein Plong. Aus dem Lüftungsrohr kam kein Geräusch eines irgendwo abprallenden Steins. Das tote Metall, das wärmer wurde, je mehr es sich gegen Ruths Wange preßte, das sich in ihr Ohr hineingrub, zwickte, drückte, Schmerzen verursachte, die Ruth sicher sein ließen, daß sie nicht träumte, dieses tote Metall – sang.

Es war ein weibliches Lüftungsrohr. Es sang von fern her mit einer Frauenstimme. Es sang schön. Es sang mit einer ausgebildeten Sopranstimme. Es sang die »Zauberflöte«. Eine Arie der Pamina aus der »Zauberflöte«.

Aus dem Heizkörper sang Miriam.

Miriam!

Miriam sang. Wer singen konnte, lebte!

Ruth fuhr hoch. Das Rohr lief nicht nur an der Wand entlang, es führte weiter, woanders hin. In einen Raum, in dem sich jemand aufhalten konnte, der aus irgendwelchen Gründen sang. Und der aus irgendwelchen Gründen vielleicht zuvor gegen dieses Rohr geklopft hatte. Dagegen geschlagen hatte, um Krach zu erzeugen, Plongs, um auf sich aufmerksam zu machen. Jemand, der vielleicht eingesperrt war. Ihre

Schwester Miriam, die irgendwo eingesperrt war. In einem Lüftungsraum.

Lüftungsräume waren im Keller. Ruth lief los, von der Bühne herab, ums Eck, zur Treppe, die nach unten führte. Die Absätze ihrer Schuhe klackten auf den Steinstufen nach unten. Das Licht brannte auch hier. Nackte Birnen. Ein Gang, Gerümpel, Seitentüren links und rechts. Die Treppe führte noch weiter hinab. Ruth blieb stehen. Hörte Miriams Gesang. Hörte Miriams Gesang nicht. Sie vermochte nicht zu entscheiden, ob sie irgend etwas außer dem Atem hörte, der aus ihrem Mund herausstieß. Aufs Geratewohl wandte sich Ruth nach rechts, lief verwinkelten Gängen nach. Vorn rechts befanden sich die Hydraulikhübe, die den Boden des Orchestergrabens nach oben zu fahren vermochten. Ruth befand sich auf der Unterbühne. Der Unterwelt der Bühne. Ruth fröstelte. Es war kühl. Hinter der Tür gegenüber öffnete sich eine Welt ohne Zeit und Raum. Eine Pappelallee aus dem winterlichen Sibirien führte in eine griechische Tempelruine, in der sich die Inneneinrichtung eines Pariser Bistros breitgemacht hatte. Zitronenbäume am Felsenstrand. Auf einer Biedermeierkutsche thronten weiße Kumuluswolken. Über Polsterfauteuils Lanzen und Hellebarden, Gefängnisgitter vor einem türkischen Serail. Eine Welt, die Welten zitierte, zusammenhanglose, stumme Bruchstücke davon, die darauf zu warten schienen, daß irgend etwas geschah, daß die Ouvertüre begann, Gesang ihnen Leben einhauchte.

Die Lüftungsrohre zogen sich an der Decke entlang. Unerreichbar hoch. Ruth horchte. Da war kein Laut, kein Lebenszeichen. Sie war in einer mit Opernkulissen vollgestopften Halle, in der sich nichts rührte. Kein Gesang. Keine Miriam. Es war die falsche Unterwelt, in der sie gelandet war, eine Hölle, in der nur eingeschlafene Opernträume verwahrt wurden. Ruth wandte ihr den Rücken zu und ging zurück auf den Gang, ohne sich umzusehen. Sie suchte eine andere Abteilung der Unterwelt. Eine, in der Menschen in Lüftungsrohre sangen und auf Rettung warteten. In der Totgeglaubte auf Auferstehung hofften.

Das Jenseits hinter der Tür nebenan entpuppte sich als Tischlerwerkstatt. Kreissägen, Hobelmaschinen, Werkbänke und Holz in jeder Form: Bretter, Latten, Rahmen, Leisten, Schindeln, Keile, Klötze, Späne, Spanplatten. Und Werkzeug. Und Rohre. Zwei Lüftungsrohre liefen am hinteren Ende der Werkstatt die Wand hoch. Oben teilten sie sich, nach unten verschwanden beide in einem quadratischen Loch, das für eine Wendeltreppe ausgespart worden war, die in die untere Unterwelt führen mußte. In den zweiten Kreis der Hölle.

Ruth stapfte durch die Sägespäne auf die ausgefranste Schattenspirale zu, die von der Wendeltreppe an die Decke geworfen wurde. Auch dort unten brannte Licht. Ruth spürte einen Lufthauch. Einen leicht modrigen Geruch. Sie strich eines der Lüftungsrohre blank, als ob der Staub darauf das Lebenszeichen ersticken könnte, das sie zu hören wünschte.

Noch bevor sie ihr Ohr an das Rohr gelegt hatte, hörte sie den Gesang. Eine Arie, klar wie Wasser, hell wie die Hoffnung, melodisch wie der Klang des Namens Miriam. Es war nicht die »Zauberflöte«, aber es war Miriams Stimme, und wenn Ruth sich ganz nah herandrückte, konnte sie sogar die Worte verstehen:

»… versiegen ewig des Grames Tränen,
hier quält das Herz kein irdisch Sehnen,
nur Freud und Wonne atmet die Brust …«

Ruth legte die Lippen an das Rohr, wollte rufen, antworten, konnte nicht, flüsterte nur ihr Herz hinein und hörte, hörte zu, hörte einen dumpfen Schlag, der nicht dazugehörte, der nicht aus dem Rohr kam. Sie fuhr zurück, drückte sich gegen das Geländer der Wendeltreppe.

Der Schlag war von oben gekommen, von der Bühne. Wie von einem umgefallenen Stuhl. Ein Stuhl, dessen Lehne auf die Dielen krachte, weil er umgestoßen worden war. Ruth horchte, krampfte die Hände um den Handlauf des Geländers. Gedrehtes Metall.

Es konnte irgendwer sein. Die Hausbesorgerin, Putzpersonal, ein Polizist, der aus Versehen an einen Stuhl gestoßen war, laut fluchen würde und dann den Stuhl …

Niemand fluchte. Nichts knarrte. Niemand stellte den Stuhl oben wieder auf. Als ob da jemand in der Bewegung erstarrt wäre, um zu hören, ob sie ihn gehört hatte, was bewies, daß er sie schon vorher gehört hatte.

Stille, in die sich verwehte Fetzen von Gesang mischten. Eine Ahnung von Gesang aus unwirklichen Welten. Eine Stimme, die kaum merklich in Ruths Ohr einsickerte. Der Gesang kam nicht nur aus dem Rohr. Er stieg müde die Wendeltreppe herauf. Er kam von unten. Oben war jemand, der Stühle nicht mehr aufstellte, die er umgestoßen hatte. Ergo jemand, der etwas im Schilde führte. Der jemanden verfolgte, von dem er nicht gehört werden wollte. Eine Gefahr.

Von oben kam die Bedrohung, die in der Stille nach dem dumpfen Schlag wuchs und wuchs, zur Todesdrohung anschwoll, Ruth den Atem abzudrücken drohte, das Leben abpressen und sie mitnehmen wollte nach Weiß-der-Teufel-wohin. In die Hölle.

Oben war die Unterwelt. Unten war Miriam.

Oben war Grabesstille. Unten war Hoffnung auf Leben.

Ruth stieg vorsichtig über herumliegende Dachlatten, setzte die Füße sacht auf den Metallgitterstufen der Treppe auf, tastete sich langsam Stufe um Stufe hinab, so langsam, wie sie sich gegen die Todesangst stemmen konnte, die von oben her mit unheimlicher Stille auf sie drückte.

Von unten stieg leiser Gesang auf wie Morgennebel über Herbstwiesen. Über Frühlingswiesen. Ruth war am Ende der Wendeltreppe angelangt, war unten. Die Lüftungsrohre liefen unter der Decke nach rechts. Am linken Ende des Gangs konnte Ruth im Neonlicht die steinerne Haupttreppe erkennen, die offensichtlich noch tiefer führte. Unter manchen Häusern des ersten Bezirks sollten sich bis zu fünf Kellergeschosse befinden, ehemalige Vorrats- und Weinkeller, Gasträume, ja Werkstätten aus der Zeit, als die in ihren Befestigungsanlagen gefangene Stadt sich nach unten ausdehnen mußte. Aus der Zeit der zweiten Türkenbelagerung vielleicht.

Der Gesang wehte von rechts her. Er war immer noch zu leise, um Ruth die Worte auch ohne Verstärkung durch ein

Lüftungsrohr verstehen zu lassen, aber er kam von rechts, hatte so viel Kraft, daß er Ruth unwiderstehlich anzog. Er war eine Fährte, eine klar zu lesende Spur, der sie nur zu folgen brauchte. Bis zum Ende.

Sie folgte. Sie vertraute sich der Tonspur an, die sie an geschlossenen Türen vorbeiführte, weiter hinein in den Kellergang, auf dessen Steinboden ihre Absätze klackten, so sehr sie sich auch bemühte, kein Geräusch zu verursachen. Überlaut schien ihr dieses Klacken, ein hauchdünnes Band nur die Stimme, an der sie sich vorwärtszog, zwei fast unwirkliche Geräusche, deren einzige Funktion zu sein schien, die Stille, die ihr in den Rücken stieß, in ihrer ganzen Gewalt herauszuheben. Diese Stille, die kein punktuelles Klacken, kein dünnes Band war, sondern ein schweres, giftiges Gas, das hinter ihr her quoll, das jeden Quadratzentimeter Luft verpestete, sich unerbittlich in jeder Mauerritze festsetzte, sich langsam und unbeirrbar heranschob und in jede Pore ihres Körpers eindringen würde.

Ruth haßte die Stille, wußte plötzlich, daß sie die Stille immer gehaßt hatte, daß ihr gesamter Alltag, ihr Beruf, das Radio, ihre Vergnügungen, Kant, daß all das nur dazu diente, die Stille einzumauern, daß all das Herumhampeln nur diesem einen Ziel diente, das man sich nicht eingestehen konnte, weil es unerreichbar war. Weil die Stille immer da war, überall, in jedem Winkel der Welt und in jedem Menschen. In jedem einzelnen Menschen, so sehr er vom Säuglingsalter an dagegen anplärrte und sich durch sein Leben raunzte, schmeichelte, diskutierte, sang, hustete, seufzte, bis er vielleicht in einem verzweifelten Todesschrei kapierte, daß alles vergebens war, daß er verloren hatte gegen die Stille, die immer da gewesen war, immer stärker gewesen war und ihn nun ins Bett brachte, in den Schlaf zwang, wie die Eltern ein übermüdetes Kind, dem sie gnädig erlaubt hatten, noch ein bißchen herumzuquengeln.

Ruth fürchtete die Stille, die über die Treppen heruntersank, sich durch die Gänge wälzte, und um nicht aufzuschreien, klammerte sie sich an das dünne Band der Stimme ihrer Schwester, das Gott sei Dank stärker zu werden schien.

Weniger brüchig. Eine fest verwobene Melodie, aus der sich einzelne Worte erahnen ließen:

»… Frieden … ins Leben …«

Worte, die sich begreifen ließen und deshalb der Stille zum Trotz existieren mußten, andauernd erschaffen wurden, irgendwo da hinten, hinter einer der schweren Metalltüren.

Hinter der letzten Tür. Der Tür am Ende des Gangs. Dort, wo die Lüftungsrohre die Wand durchbrachen. Dort, wo es nicht mehr weiterging, wo man höchstens noch zurück konnte. Wenn man es schaffte, gegen die Stille anzukämpfen. Hinter der letzten Tür sang Miriam:

»… vom Frieden des Todes hinüber ins Leben voll Qualen zu gehen …«

»Sing, Miriam!« flüsterte Ruth. Sie drückte die Klinke nach unten.

»… welch grausame Wandlung …«

Die Tür war abgeschlossen. Der Schlüssel steckte im Schloß.

»… vom Frieden des Todes …«

»Sing weiter, Schwesterlein!« flüsterte Ruth. Sie drehte den Schlüssel.

»… hinüber ins Leben voll Qualen …«

Der Schlüssel knirschte im Schloß, zerbrach die Stille, als wäre sie aus Fensterglas, riß durch sie einen Spalt, in dem eine andere Dimension aufbrüllte:

Schritte!

Menschen.

Ein Verfolger!

»… zu gehn …«, sang Miriam.

Es war das Geräusch von Schritten auf Treppenstufen, das in der Stille hinter Ruth aufbrach, von leisen, vorsichtigen Schritten, die sich zum zweiten Kellergeschoß hinabtasteten.

»… voll Qualen zu gehen …«

Es war das Geräusch von genagelten Schuhen, in denen einer steckte, der mit der Stille im Bunde war, der genauso grausam, gefährlich, tödlich war wie die Stille selbst, gefährlicher noch, weil er nicht warten konnte, weil er es nicht erwarten konnte, Miriam zum Schweigen zu bringen, weil er der Tod selbst war, der Ruth verfolgte, der sie todsicher aufspüren würde, selbst wenn es irgendwo einen Fluchtweg gäbe. Es gab keinen Fluchtweg.

»... vom Frieden des Todes hinüber ins Leben ...«

Wenn Ruth sich umdrehte, würde sie ihn gleich an der Ecke des Gangs sehen können, durch das leise Geräusch seiner Schritte hindurch, das die Stille zerrissen hatte. Ruth drehte sich nicht um. Vielleicht, wenn Miriam zu singen aufhörte! Es gab keinen Fluchtweg, aber es waren viele Türen da, zu Schalträumen, Putzkammern, zu irgendwie genutzten Kellergewölben. Vielleicht hatten sie genug Zeit, sich zu verstecken. Ruth drehte den Schlüssel bis zum Anschlag, drückte die Klinke, zog die Tür nach außen, drückte sich in den Raum.

Ins Dunkel. Der Raum war dunkel. Der erste Raum im ganzen Theater, der im Dunkeln lag.

»... ins Leben voll Qualen ...«

Ruth stand hinter der Schwelle, zeichnete ihren Schatten in den Lichtschein, der von den Leuchtröhren auf dem Gang ausging und sich mit der langsam aufschwingenden Tür beharrlich ins Dunkel fraß. Die Schattengrenze wich an Rohren entlang zurück, über metallene Apparaturen, ein Kälteaggregat, einen Wärmetauscher, ließ Schalter und Anzeigen aufleuchten, fuhr weiteren Rohren nach ...

»Miriam?« flüsterte Ruth und machte einen Schritt ins Dunkel.

»... voll Qualen zu gehen ...«, sang Miriam lauthals.

Sie konnte nichts wissen von den genagelten Schuhen, vom Tod, der in Ruths Rücken nahte. Sie tat, was sie immer getan hatte, sang, als ob es nichts anderes gäbe, als ob das alles wäre, was Bedeutung hatte.

Vielleicht singt sie auch gegen die Stille an, dachte Ruth, während sie mit der linken Hand die Tür leise hinter sich zuzog und mit der anderen nach dem Lichtschalter tastete.

»Ich bin's, Ruth«, flüsterte Ruth. »Sei still! Um Himmels willen, sei still!«

Das Schloß schnappte ein. Es war stockdunkel.

»... welch grausame ...«, sang Miriam über alle Geräusche irgendwelcher genagelten Schuhe hinweg, mit dieser Stimme, die sich leichthin sogar über die Totenstille erhob, darüber hinwegschwebte, diese wunderschöne Stimme, die jedes Schicksal besiegte, die alles in Ordnung bringen würde, wenn Ruth endlich das Licht ...

Sie fand es. Fand den Schalter, drückte. Eine Neonröhre flackerte rechts unwillig, flammte kurz auf, brach zusammen, raffte sich auf, gewann zuckend an Kraft, stabilisierte sich, leuchtete.

»... grausame Wandlung ...«, sang Miriams Stimme.

Das Licht brannte. Von der Lüftungsmaschinerie führten Rohre nach links.

»... vom ...«, sang Miriams Stimme.

Der Mund war weit aufgerissen. Die Augen waren weit aufgerissen. Die Zunge hing heraus.

»... Frieden ...«, sang Miriams Stimme.

Die Zunge war blau, das Gesicht aufgedunsen. Hing schief über dem schlaffen Rest.

»... des Todes ...«, sang Miriams Stimme.

Sie sang aus dem aufgerissenen Mund, diesem ekelhaften Loch über einem fürchterlich langen Hals, den die Schlinge des Stricks zusammenschnürte. Der Strick führte nach oben. Er war an einem Rohr verknotet. Ein fester Strick mit einer festen Schlinge, die einem das Genick brechen konnte, bevor sie einen erdrosselte.

Miriams Stimme sang aus einem toten Mund, aus dem toten Mund eines toten Mannes, der dort am Lüftungsrohr erhängt hing. Aufgehängt wie ein ausrangiertes Opernkostüm, in dem aus Versehen der Sänger steckengeblieben war. Der Erhängte war nicht Miriam, aber er war ein Sänger, er war einmal Opernsänger gewesen. Ein Heldentenor, der zuletzt den Tamino gegeben hatte. Der Feuer und Eis überlebt haben mochte, nicht aber diesen simplen Strick. Dem die letzte Prüfung endgültig die Luft abgeschnürt hatte. Es war Palffy, Palffys Leiche, aus der Miriams wunderschöne Stimme sang:

»... hinüber ins Leben ...«

Und Ruth schrie. Schrie aus allen Leibeskräften auf. Schrie an gegen die Stimme, die aus diesem toten Körper tönte, in dem sie nichts verloren hatte. Jeder mochte sich umbringen, wie und wo er wollte. An Lüftungsrohren erhängen. Ob er Palffy hieß oder sonstwie. Aber er sollte gefälligst die Stimme ihrer Schwester in Frieden lassen. Sie freilassen. Ruth schrie, um Miriams Stimme aus dem leblosen, schlaffen Sack an der Wand herauszubrüllen, um die Stimme vom Körper zu exorzieren, in dem sich der Tod eingenistet hatte.

Ruth schrie.

Der Tod ließ verstummen. Tote sangen nicht. Sie stahlen auch keine Stimmen, um sie für sich singen zu lassen. Aus sich singen zu lassen.

»... voll Qualen zu gehen ...«, sang Miriams Stimme glockenhell, und hinter der Tür auf dem Gang trommelten die Nagelschuhe heran, ohne auch nur zu versuchen, das Geräusch zu unterdrücken. In Ruth schrie ihr eigener Schrei weiter, schien sich eingebrannt zu haben, und die Schritte waren fast an der Tür, keuchend, waren da. Ruth knipste das Licht aus und drückte sich neben der Tür an die Mauer. Draußen sagte eine Männerstimme Unverständliches, und Ruth stieß mit dem Fuß gegen irgend etwas. Sie schob ihren Rücken an der Mauer hinab, als sich neben ihr die Klinke nach unten bewegte. Ruth tastete nach dem Gegenstand, der am Boden lag. Es war ein flacher Kasten. Sie griff ihn mit beiden Händen. Die Tür ging auf, ein Lichtstreifen fiel bis zum Kälteaggregat, und Miriams Stimme sang:

»... hinüber ins Leben ...«

Der Kasten war flach, eckig, aus Kunststoff. Ruth zitterte. Oder es war der Kasten. Er vibrierte ein wenig in Ruths Händen. Unter den Schwingungen, die er produzierte. Aus dem Kasten sang Miriam. Es war der Kasten, der mit Miriams Stimme sang. Es war ein Kassettenrecorder.

Ein massiger Schatten sprang in den Lüftungsraum, machte einen gewaltigen Satz durch den Lichtkegel und landete direkt vor Ruth, ein todesschwarzer Schatten, der im Sprung brüllte:

»Keine ...«

Und Ruth war schon hoch, die Hände um den Recorder verkrampft, aus dem Miriams Stimme so süß-schmelzend sang.

»... Bewegung!« brüllte der Mann, der geduckt vor Ruth lauerte, und sie hob den Kasten hoch über ihren Kopf, über den Kopf des Schattenmannes in genagelten Schuhen, der sie die ganze Zeit über verfolgt hatte, der jetzt vornübergebeugt vor ihr stand, als ob er eine Pistole in der Hand hielte, mit der er die Lüftungsapparaturen bedrohte. Er war Ruth gefolgt, er hatte eine Pistole, er brachte den Tod. Es würde nicht lange dauern, bis sich seine Augen an die Dunkelheit gewöhnt hätten, und Ruth hatte keine Waffe, um sich zu verteidigen. Sie hatte nur Miriams Stimme, die ihr helfen konnte. Nur Miriams Gesang konnte sie retten.

»... voll Qualen ...«, sang es aus dem Kasten, und Ruth schlug zu, schlug mit Miriams Stimme auf den todverheißenden Schatten herab, ließ sie krachend niedersausen auf den Kopf vor ihr ...

»... zu geh ...«

... und Miriams Stimme starb im Aufstöhnen des Mannes, der nach vorne sackte. Metall klimperte auf dem Steinboden. Es war eine Pistole, es war tatsächlich eine Pistole gewesen, die der Mann in der Hand gehalten hatte und über der er jetzt zusammenbrach, und mit maßloser Wut hob Ruth den Kasten ein zweites Mal, um den Mann endgültig zu zerschmettern, um aus ihm jeden Lebenshauch herauszuprügeln, ihn für immer verstummen zu lassen, so wie Miriams Stimme verstummt war. Da zischte Ruth von der Tür her ein Geräusch ins Ohr. Sie wirbelte herum, sah noch die Faust, die ihr entgegenschoß, ihr ins Gesicht knallte. Ein furchtbarer Schlag, der sie durch den Raum wischte. Sie stürzte, schlug mit dem Kopf gegen Steinhartes und versank in dröhnender Nacht.

»Wir sollten ihn abhängen«, sagte eine Männerstimme.

»Spinnst du?« knirschte eine andere.

»Was ist, wenn die Leichenstarre eintritt?«

»Was soll sein? Der ist tot, die Leichenstarre tritt auf jeden Fall ein. Egal, ob er am Rohr hängt oder am Boden herumliegt.«

»Was ist, wenn die Leichenstarre eintritt und seine Zunge so heraushängt? Bis zum Kinn herunter.«

Der andere stöhnte. Ein kräftiger blonder Mann, der sich ein rotes Taschentuch an den Hinterkopf preßte. Um das Taschentuch herum waren seine Haare nicht blond, sondern rot. Gegen Ruths Kopf pochte die Wand. Die Wand, an der ihr Kopf lehnte. Er brummte. Der Kopf.

»Wie sieht das denn aus vor der Beerdigung, wenn ihn seine Familie zum letzten Mal sehen will, und er streckt ihnen eine blaue Zunge entgegen?«

»Wo zum Teufel bleiben die bloß?« knurrte der andere. »Ich verblute hier wie eine koscher geschlachtete Sau.«

»Säue sind grundsätzlich unreine Tiere. Die können nicht koscher geschlachtet ...«

»Wirklich? Echt hochinteressant!«

»Du meinst also, wir sollten nichts ...?«

»Ja, meine ich!« brüllte der mit dem blutdurchtränkten Taschentuch.

In Ruths Kopf stachen tausend Messer. Sie versuchte ihre Hand nach oben zu heben. Es ging nicht. Etwas klirrte. Ruths Handgelenk schmerzte. Sie war mit Handschellen an ein Rohr gefesselt.

»Sie ist aufgewacht, Hans!«

Hans war der mit dem roten Taschentuch. Er sagte: »Hau ihr noch eine runter, bevor sie die Klappe aufmacht!«

Hans war der, dem Ruth den Kassettenrecorder übergezogen hatte. Leider nicht fest genug.

»Verdammte Scheiße«, sagte Hans und ließ sich auf einen Stuhl fallen, der an der gegenüberliegenden Wand des Lüftungskellers stand. Die beiden schienen Ruth nicht sofort umbringen zu wollen.

»Tut's arg weh?« fragte der, der nicht Hans hieß.

Die Reste des Kassettenrecorders lagen am Boden, an der Tür zum Kellergang, die weit offen stand. Überall brannte

Licht. Palffy hing an der Wand wie ein nasser Sack. Solange keiner sprach und wenn Ruth vom Preßlufthammer in ihrem Kopf absah, war es still, aber ganz anders als zuvor. Es gibt solche und solche Stille, zwei Arten, die sich nur oberflächlich gleich anhören.

Hans streckte stöhnend seine Beine aus. Er trug genagelte Schuhe, aber trotzdem bestand keine Gefahr. Die beiden würden Ruth nicht umbringen. Sie rückte ihren Oberkörper aufrecht, so weit es ging. Die Handschellen schabten am Rohr entlang.

»Bullen?« fragte Ruth. »Ihr seid Bullen?« Ihre Stimme kam ihr rostig vor, scheppernd. Alles andere als radiotauglich.

»Der schon«, sagte Hans mit einem Nicken zu seinem Kollegen hin, »aber ich nicht. Ich bin die Nummer eins unter den Wiener Frauenmördern. Spezialität so harmlos aussehende Ladies wie du, die pflichtbewußten, unterbezahlten Staatsdienern den Schädel einzuschlagen versuchen.«

Er rappelte sich auf, wankte zu Ruth herüber und schwenkte das Taschentuch vor ihren Augen. Es war ziemlich rot.

»Idiot!« sagte Ruth erleichtert.

»Blöde Kuh!«

»Arschloch!« jauchzte Ruth. Es waren Bullen. Österreichische Staatsbeamte.

»Verschrumpelte Krähe!«

»Hosenträgermacho!« Staatsbeamte, deren Aufgabe darin bestand, für die Sicherheit der österreichischen Staatsbürger zu sorgen. Ruth war österreichische Staatsbürgerin.

»Frigides Miststück!«

»Würstchen!«

»Du zickige … Zicke!«

»Du halbgare, lauwarme Burenwurst!«

»Du … du kannst mich mal!« sagte Hans. Er gab auf, setzte sich wieder, brummte. Ruth hätte ihn umarmen können. Sie war in Sicherheit. Keiner würde sie umbringen.

Hans jammerte weiter über seine Wunde, bis es ein paar Minuten später draußen laut wurde. Ein paar Uniformierte tauchten auf, und in ihrem Gefolge Oberinspektor Waworka mit Kreuzwieser. Hans rappelte sich hoch, sein Kollege nahm Haltung an. Waworka hustete zur Begrüßung, nickte zu Palffys Leiche hin und fragte: »Spurensicherung?«

»Muß gleich hier sein«, sagte Hans.

»Tag, Herr Waworka«, sagte Ruth. Die Handschellen klirrten glöckchengleich am Metall der Rohre.

»Was soll'n das?« fragte Waworka.

»Die wollte mich umbringen«, sagte Hans entschuldigend. »Sie hat mir eins über den Kopf gezogen, daß ...«

»Wir zählen jetzt zusammen bis drei«, sagte Waworka, »und wenn wir fertig sind, hast du die Dame befreit, ihr aufgeholfen und dich ehrlich und aufrichtig entschuldigt.«

»Sie hat mich beleidigt«, sagte Hans. »Mehrmals! Beamtenbeleidigung ist ...«

»Du bist eine absolute Null! Eine absolute Null kann man nicht beleidigen. Da ist jedes Schimpfwort ein Kompliment!« Waworka brüllte. Irgendwann würden ihm die Adern auf der Stirn platzen. Ruth war sich sicher, daß es nicht mehr lange dauern konnte.

»Aber ...«, sagte Hans.

»Ist schon in Ordnung«, sagte Ruth.

»Sie halten sich da raus!« sagte Waworka. Er begann zu zählen: »Eins ...«

Hans fingerte einen Schlüssel aus der Tasche der Lederjacke.

»Wir zählen zusammen«, sagte Waworka. »Du und ich. Beamte, die nicht bis drei zählen können, haben bei der Kriminalpolizei nichts verloren.«

Hans beugte sich über die Handschellen. Das blutige Taschentuch fiel von seinem Kopf auf den Boden.

»Zwei«, sagte Waworka.

»Zwei«, sagte Hans. Er sperrte die Handschellen auf, steckte sie ein.

»Und ...«, sagte Waworka.

»Tschuldigung«, knirschte Hans.

»Es tut mir leid«, sagte Ruth, während sie sich an seinem Arm nach oben zog. »Ich hatte Angst, wissen Sie? Ich dachte,

Sie würden mich verfolgen. Da hing die Leiche, und dazu sang die Stimme meiner Schwester. Ich geriet in Panik. Ich dachte, Sie wollten mich umbringen. Sie können sich nicht vorstellen, wie leid ...«

»Drei«, sagte Hans.

»Drei«, sagte Waworka, »na also. Und nun zu Ihnen, sehr verehrte Frau Strelecky. Zuerst möchte ich wissen, wie Sie herausgefunden haben, daß Palffy hier hängt?«

Waworka war ein Schwein. Jedes Schwein war menschlicher als er. Ruth würde ihm nichts sagen, nichts vom Licht in allen Räumen der Oper, nichts vom Klopfgeräusch in den Lüftungsrohren, kein Wort von Miriams Stimme, vom Gesang, der sie hierher geführt hatte und der sich nur als Kassettenaufnahme erwiesen hatte, die irgendwann gemacht sein konnte, und schon gar nichts von ihrer Hoffnung und ihrer Angst.

Ruth sagte Waworka alles. Sie beschrieb ihm jedes Geräusch, jeden ihrer Gedanken, jede kleinste Beobachtung, die ihr einfiel. Die Leute von der Spurensicherung waren inzwischen eingetroffen. Im Kellerraum ging es zu wie auf dem Westbahnhof. Ein Fotograf blitzte Palffys Leiche.

»In Ordnung«, sagte Waworka, »haben Sie jemanden gesehen? Ist Ihnen jemand entgegengekommen, als Sie in den Keller gingen?«

»Entgegengekommen?«

»Alles absperren, alles durchsuchen!« schnauzte Waworka Kreuzwieser an. Dann wandte er sich wieder an Ruth:

»Selbst hat er sich nicht aufgehängt, wenn man nicht unterstellen will, daß seine Seele auf dem Weg ins Fegefeuer den Stuhl dort wieder säuberlich an die Wand gestellt und dann die Kellertür von außen versperrt hat. Und die, die ihm ins Jenseits geholfen haben, kümmerte es einen Dreck, das ganze nach Selbstmord aussehen zu lassen. Die waren bloß daran interessiert, etwas aus ihm herauszukriegen. Bloß was?«

»Wieso?«

»Foltern ist ein Kommunikationsproblem«, sagte Waworka. »Oft geht die Sache schief, weil die Beteiligten zu wenig aufeinander hören. Jeder hat eine Frequenz, auf die er anspricht. Bei der er zu quasseln beginnt. Es ist oft nur eine winzige Bandbreite, und die muß man nützen. Wenn einer nicht zuhört und gerade in diesem Moment wieder einen Elektroschock losläßt, daß das Opfer vor Schreien und Wimmern gar nicht reden kann, obwohl es gerade in diesen paar Sekunden nichts lieber möchte, als endlich alles loszuwerden, dann ist es vorbei. Dann ist die Chance verpaßt. Dann macht das Opfer zu, auch wenn es bis in den Tod geht. Und Tote singen nicht mehr.«

»Sie scheinen sich auszukennen«, sagte Ruth. Es sollte cool klingen.

»Das hier ist clever gemacht«, sagte Waworka mit einem Anflug von Bewunderung in der Stimme. »Die waren ganz ruhig, brav, gesittet, haben nicht herumgebrüllt, haben nur aufmerksam zugehört. Die haben den richtigen Moment abgewartet. Und ich wette meine Pension, daß Palffy gequatscht hat.«

»Ich verstehe gar nichts«, sagte Ruth. Das war die Wahrheit, die reine Wahrheit und nichts als die Wahrheit.

»Sie haben es seiner eigenen Entscheidung überlassen. Ihn nicht zu irgendeinem Punkt hingeprügelt, den sie dann womöglich im Eifer des Gefechts übersehen hätten. Sie haben ihm das Seil um den Hals geschnürt, ihn da oben festgebunden und ihn gnädig die Hände um das Lüftungsrohr legen lassen, bevor sie den Stuhl unten weggezogen haben. Solange er sein Gewicht zu halten vermochte, passierte ihm nichts. Wenn er redete, würden sie ihm den Stuhl wieder hinstellen. Er müßte nur auspacken. Es war seine Entscheidung. Er mußte wissen, wann seine Kraft zu Ende ging und ob er vorher reden wollte. Wenn er es vorzog, zu sterben, würden sie das respektieren. Sie brauchten nichts aus ihm herauszuprügeln. Sie brauchten nur zu warten. Zuzuhören. Er machte alle Phasen durch, Jammern, Unschuldsbeteuerungen, Trotz, Verweigerung, er spürte, wie seine Finger klamm wurden, verzweifeltes Flehen, und sie warteten nur, hörten zu, taten sonst nichts ...«

»Nein«, sagte Ruth.

»Und dann kam der Punkt, als er meinte, jetzt könne er sich nicht mehr halten. Als der Schmerz in den Fingerkuppen weg war, als er seine Arme nicht mehr spürte, und er redete, sprudelte los, stieß alles hervor, was sie wissen wollten, japste mehr heraus, als sie wissen wollten, und sie nickten und sagten nichts und gingen, hauten ab, vergaßen, den Stuhl wieder unter seine Füße zu stellen, waren verschwunden, und er fand doch noch irgendwo ein wenig Kraft, Kraft, die ihm die Todesangst verlieh, und er schaukelte und schwang und schlug mit den Füßen gegen die Apparaturen, gegen die Rohre, sandte verzweifelt Signale durch die Leitungen des Opernhauses, in dem er so oft den Helden gegeben hatte. Er wußte, daß die Chance gleich null war, aber trotzdem schlug er in der wahnwitzigen Hoffnung um sich, daß ihn jemand hören könnte, ihn retten könnte, doch keiner kam und irgendwann ...«

»Oh, Gott«, sagte Ruth.

»Sie haben ihm eine simple Frage gestellt. Es ist eine Methode, die sich nicht dafür eignet, lange Erklärungen zu erpressen. Es war eine einzige, bescheidene Frage, und ich würde gern wissen, welche.«

»Nach Miriam!« sagte Ruth. »Die Kassette mit Miriams Stimme! Sie haben ihm das Band vorgespielt.«

»Liebe Frau Strelecky, Sie sind die einzige, die Ihre Schwester mit einer derartigen Intensität sucht. Haben Sie Palffy da hochgehängt?«

»Wer war sich so sicher, daß Palffy etwas wußte? Etwas, das für irgend jemanden so eminent wichtig war?«

»Gute Frage«, sagte Waworka.

Die von der Spurensicherung hatten den Raum von allen Seiten fotografiert und die erfolgversprechenden Objekte auf Fingerabdrücke hin eingepinselt.

»Können wir ihn jetzt herunternehmen?« fragte der Kollege von Hans. Waworka nickte.

»Er ist gestorben, während ich dort oben war«, sagte Ruth. »Und seine Mörder sind erst kurz vorher abgehauen. Als ich vielleicht schon im Theater war.«

Es war ein beschissener Gedanke.

Waworka nickte.

»Ich frage mich, wieso Ihre beiden Polizisten hinter mir her waren«, sagte Ruth. Sie zeigte auf Hans.

»Nur zu Ihrem Schutz«, sagte Waworka.

Einer der Kriminaltechniker nestelte über Palffys Kopf. Zwei andere hoben den Körper an, um das Gewicht auf den Strick zu entlasten.

»Sie haben mich hierher gehetzt!« sagte Ruth. »Und Ihre zwei Möchtegern-Gorillas hinterher ...«

»Ich habe Ihnen gesagt, sich aus der Sache herauszuhalten!«

»Sie wußten, wie ich reagiere. Sie haben mir genau das Maß an Informationen gegeben, das sicherstellte, daß ich weitermache. Ich bin Minnie auf die Zehen gestiegen, und Sie hofften, sie würde mir an den Kragen wollen! Sie haben mich als Lockvogel benutzt. Sie dachten, über mich würden Sie an die Typen herankommen. An Attentäter, Terroristen, Leute, die über meine Leiche wahrscheinlich genauso skrupellos gehen würden wie über die von dem da.«

Sie zeigte auf Palffy, der auf dem Steinboden lag. Ein Polizist entfaltete eine Plastikplane. Sie hatten für jede Eventualität alles Nötige dabei.

»Es ist ein schwieriger Fall«, sagte Waworka.

»Sie sind ein Schwein!« sagte Ruth.

»Werden Sie nicht hysterisch!« sagte Waworka.

Ein Polizist zog die Plane über Palffys toten Kopf.

8

Überhören: Playback

Ruth war etwas zu früh im Sender. Alex hatte noch Dienst. Als Sendetechniker war man auf jeden Fall wochenendtauglich. Von Holderied und Bussemann, die im Sprecherraum vor den Mikrophonen herumalberten, hätte Ruth das nicht unbedingt behauptet. Senderintern sprach man beim Stil der beiden von »Teenieklatschen«, eine Bezeichnung, die in ihrer Doppeldeutigkeit ziemlich genau traf: Die Kids waren begeistert, wenn man sie so richtig fertigmachte. Eine Generation von Verbalmasochisten, die sich über die Jahre hin zu vervollkommnen suchte.

»Ciao, bella«, sagte Alex und drehte die internen Studiolautsprecher so weit herunter, daß die beiden Trottel nicht mehr vernehmlich waren. »Ich bin eigentlich fertig. Sobald Angela mich ablöst, können wir loslegen.«

Ruth nickte, setzte sich neben ihn.

»Ich habe schon die PAZ-Bänder mit Minnies Stimme überspielt«, sagte Alex. »Du mußt mir nur noch erklären, worum es eigentlich geht.«

»Gleich. Ich frage nur mal unten nach, ob meine Schwester hier war, um sie sich anzuhören.«

»Nein«, sagte Alex, »die im ZÜT-Archiv sind sich sicher. Außer der Polizei hat niemand danach verlangt. Auch nicht nach KSBs von deinen Sendungen. Ich habe das nachgeprüft.«

PAZ bedeutete Programmaufzeichnungszentrale. Im Schalterraum liefen Tag und Nacht Bänder, auf denen jeder Huster, der in die Welt gesendet wurde, dokumentiert war. Die Bänder wurden in der Zentrale für Überspieltonträger archiviert. Das war gesetzlich vorgeschrieben. Falls Reklamationen kamen, Beleidigungsklagen oder so etwas. KSBs nannte man die Kurzsendebänder, die nach einer Woche gelöscht wurden.

Obwohl Ruth schon Jahre im Geschäft war, klangen ihr die Abkürzungen an manchen Tagen völlig fremd in den Ohren. Das lag nicht an den Abkürzungen selbst. Es funktionierte etwa so, wie wenn man sich ein Wort wie »Brot« tausendmal laut vorsagte. Irgendwann schien es jede Bedeutung zu verlieren.

Ihre Schwester hatte also nicht hier nachgeforscht. Es war sowieso nur eine schwache Hoffnung gewesen. Es änderte auch nichts an Ruths Aufgabe: Miriam hatte Minnies Stimme erkannt, und Ruth mußte versuchen, diese Erkenntnis nachzuvollziehen.

Hinter der Glasscheibe winkte Bussemann ihr zu, gab Zeichen, daß sie hereinkommen solle. Ruth schüttelte den Kopf. Sie hatte keine Lust, die dumme Trine in den anzüglichen Blödeleien der beiden abzugeben, und das war genau die Rolle, die übrigblieb, wenn die beiden sich die Bälle zuwarfen. Bussemann schickte ihr Kußhändchen zu, Holderied reckte den Mittelfinger hoch. Nach der Sache in der Oper konnte Ruth sich nicht einmal darüber aufregen.

»Ist was?« fragte Alex. Es klang besorgt.

»Schon in Ordnung«, sagte Ruth.

»Du, wegen deiner Schwester, es tut mir echt leid ...«

»Mir auch«, sagte Ruth mit einem Anflug von Galgenhumor, den sie eigentlich gar nicht besaß. Der ihr schon längst abhanden gekommen war.

»Und die Sache mit Minnie«, sagte Alex. »Wie du das alles wegsteckst!«

Ruth lächelte schwach. Alex beantwortete am Telefon eine Anfrage aus dem Schaltraum, machte »ja ... nein ... jetzt nicht« und sagte zu Ruth:

»Klar, es nimmt dich mit. Logisch. Aber du hast dich trotzdem im Griff. Bewundernswert!«

Ruth drückte Daumen und Zeigefinger aufeinander und sagte: »Ich bin so weit vor dem Zusammenklappen. Vor der Klapse.«

»Unsinn«, sagte Alex. »Du schaffst das. Wenn es jemand schafft, dann du!«

»Ich habe gerade eine Leiche gefunden«, sagte Ruth. Irgend etwas Hartes in ihr begann zu bröckeln. Sich aufzulösen.

»Was?«

»Palffy. Erhängt an einem Lüftungsrohr.«

»Palffy, der Opernsänger?«

Ruth nickte. »Vor zwei Stunden.«

»Oh, verdammt, Ruth! Hast du die Polizei ...?«

»Klar, alles in Ordnung«, sagte Ruth. Schluchzte sie.

»Hör zu, wir können das heute sein lassen. Die Stimme läuft uns nicht weg. Wir verschieben das auf irgendwann und gehen statt dessen essen. Ich lade dich ein. Ich kenne da einen ausgezeichneten Inder im 7. Bezirk. Schmeckt dir indisches Essen?«

»Ich kann jetzt nichts essen.«

»Klar kannst du. Das tut dir gut. Der Appetit kommt mit dem Essen. Das hat meine Großmutter immer gesagt. Es stimmt auch. Wetten?«

»Es ist drei Uhr nachmittags«, schniefte Ruth.

»Na und? Da bekommen wir wenigstens sicher einen Platz.«

»Außerdem ...«

»Oder chinesisch, wenn dir das indische Essen zu scharf ist. Oder indonesisch, griechisch, mexikanisch? Was du willst. Oder wir gehen zum Prater. Wir fahren mit dem Riesenrad! Genau! Das habe ich zum letzten Mal vor zwanzig Jahren gemacht. Wird mal wieder Zeit! Wie wär's?«

Ruth schneuzte sich, lächelte, wischte sich die Augenwinkel, schüttelte den Kopf. »Die Stimme! Du mußt mir bei dieser verdammten Stimme helfen. Vielleicht hängt davon ab, ob ...« Sie brach ab.

Alex starrte sie einen Moment an. Er hatte blaue Augen.

»Gut«, sagte er, »in Ordnung. Aber nachher gehen wir zusammen essen. Versprochen?«

»Danke«, sagte Ruth.

»Versprochen?«

Warum nicht? Es war egal. Ruth konnte sich nicht immer gegen alles wehren. Nicht mehr. Wahrscheinlich war es sogar vernünftig. Sie hatte sich in den letzten Tagen von so gut wie nichts ernährt. Es half niemandem, wenn sie sich zugrunde richtete.

»Okay«, sagte Ruth.

»Wir machen das schon«, sagte Alex, als Angela hereinkam, um ihn abzulösen. Alex übergab. Ruth sah Bussemann hinter der Scheibe hochspringen und vor dem Mikrophon auf- und abhüpfen. Er schlug mit den Armen wie ein flatterndes Huhn und gackerte wahrscheinlich irgend etwas unheimlich Spaßiges hervor. Holderied schüttelte sich vor Lachen. Kaum gelang es ihm, Ruth zum Abschied zuzuwinken.

Ruth trottete Alex in den 3. Stock nach. Abteilung Studioproduktion. Der Raum sah nach einem normalen Büro aus, nur daß neben den drei Computern noch jede Menge anderer Elektronik herumstand.

»Alles da«, sagte Alex. Er legte das Band ein, schaltete den A-D-Wandler ein, der die Aufnahme von Minnies Stimme digitalisieren und manipulierbar machen würde, und fragte: »Bist du sicher, daß du es noch einmal hören willst?«

»Ich will wissen, wie sie als Kind geklungen hat. Minnies Kinderstimme, geht das?«

»Ich probiere es mit einer Terz höher. Das entspricht der durchschnittlichen Stimmsenkung bei Mädchen in der Pubertät. Es gibt natürlich individuelle Unterschiede, die hauptsächlich davon abhängen, wie stark die Stimmlippen des Kehlkopfs wachsen. Ein Kind spricht aber auch anders als ein Erwachsener, langsamer, legt mehr Wert auf die einzelnen Silben und reiht sie annähernd gleichberechtigt aneinander, während wir eher in Sinneinheiten, Wörtern, Sätzen sprechen.«

»Wie geht das mit der Terz? Das Band einfach schneller ablaufen lassen?«

Alex lachte. »So wie früher bei den Plattenspielern, meinst du? Von 33 auf 45 und 78 Umdrehungen pro Minute, so daß Jim Morrison zu einer hastig und atemlos quäkenden Tina Turner wird? Nein, ich verändere nur die Tonhöhe. Pitch shifting nennt sich das. Die Pausen, die Sprechgeschwindigkeit, der Rhythmus, die Modulationseigenarten, das bleibt alles unverändert. Gleich, es dauert nur einen Moment.«

Der Computerbildschirm wurde hell. Ein Diagrammband baute sich quer über den Monitor auf. Es sah mit seinen Spitzen und Einkerbungen nach oben und unten wie die flächig aufgebaute Aufzeichnung eines EKGs aus.

»Das Soundfile in Wave-Form«, erklärte Alex, »da sind alle Sprachformanten drin. Die Bullen nehmen so etwas zur Stimmidentifikation. Wir arbeiten ernsthaft damit. Ich kann es dir rückwärts laufen lassen, etwas hinein-, heraus- und überblenden, Einsätze gerade schneiden. Das geht mit dem Digas-System alles non destructive, verstehst du? Ohne daß am ursprünglichen File etwas verändert wird. Ich kann Störgeräusche remastern und …«

»… Kinderstimmen rekonstruieren?« fragte Ruth.

»Ich mach ja schon«, sagte Alex.

Während seine Finger übers Keyboard hüpften, hörte Ruth in die unveränderte Aufnahme hinein, obwohl das nicht nötig gewesen wäre. Sie hätte Wort für Wort mitsprechen können, so hatten sich Minnies Kommuniqués in ihr Ohr gefressen. Ruth hatte die Stimme in all ihren Eigentümlichkeiten aufgesogen, war sich sicher, sie aus einem Chor von hundert gleichzeitig erklingenden Stimmen heraushören zu können, und doch blieb ein nicht greifbarer Rest, etwas, das ihr die Stimme gleichzeitig vertraut und fremd erscheinen ließ. Das Seltsame an der Stimme lag nicht in der Stimme selbst, sondern in Ruths unentschiedener Reaktion darauf. Sie dachte zurück. Bei den ersten beiden Anrufen hatte sie die vertrauten Aspekte herausgehört, beim dritten nur auf das Fremde geachtet. Beides war da. Ähnlich wie bei dem berühmten Schattenriß, in dem man einmal einen Kelch, ein anderes Mal zwei Gesichter im Profil zu erkennen glaubte. Es kam darauf an, wie sie hinhörte. Ein wahrnehmungspsychologisches Problem.

»Wie stellst du dir Minnie vor, Alex? Als Person, meine ich.«

»Minnie?«

Ruth nickte. Alex sagte:

»28 Jahre alt, hübsch, kühl, menschlich schwierig, fanatisch, wenn sie sich auf etwas versteift. Sie hat Matura, zwei Semester Psychologie studiert, dann die Uni zugunsten einer Schauspielschule geschmissen, die sie immer mehr gelangweilt hat, je besser unsere Minnie wurde. Sie hat sich auf anderes verlegt, war auf der Suche, Drogen, Poona, so Zeugs, hat sich nirgends so recht gefunden und denkt nun, daß es langsam an der Zeit wäre, mal was durchzuziehen. Nicht irgend etwas natürlich, sondern etwas Besonderes, Unverwechselbares. Gegen die Wiener Musikindustrie hat sie nicht mehr als jeder einigermaßen normale Mensch. Was die ganze Aktion für sie interessant macht, ist die Verrücktheit, die darin liegt. Der Wahnsinn dabei. Sie steht an der Kippe. Entweder sie findet bald etwas Handfestes und lernt, sich damit zu bescheiden, oder sie wird abstürzen. Freunde, die ihr helfen könnten, besitzt sie nicht. Dazu kommt es ihr viel zu sehr darauf an, sich durchzusetzen und stark zu scheinen. Sie muß und will alles alleine schaffen, eine Situation, mit der sie weniger zufrieden wäre, wenn sie ahnte, wie nahe sie sich am Abgrund befindet.«

»Mmh«, sagte Ruth. Alex hatte recht. So klang die Stimme, so ungefähr mußte die Person sein, die dazugehörte. Und doch stimmte das Bild nicht. Noch fehlte etwas, der Schlüssel, der die letzte Tür aufsperrte und Minnie real werden ließ. Noch fehlte das eigentlich Charakteristische, das Unverwechselbare, das Ruth nicht zu benennen wußte.

»Wir können dann ...«, sagte Alex.

»Das könnte auch ich sein«, sagte Ruth. »Deine Beschreibung würde auch auf mich ganz gut zutreffen.«

»Hübsch, kühl und schwierig, meinst du?«

»Alles«, sagte Ruth. Ihre Biographie, ihr Charakter, die Deformationen ihres eigenen Lebenswegs, sie paßten wunderbar zu Minnies Stimme. Vielleicht war es das, was Ruth vertraut vorkam. Minnie konnte ihre Schwester sein. Nein, das nicht! Nicht Miriam! Aber Ruth selbst könnte Minnie sein, wenn man von der Stimme ausging. Und doch, sie war nicht Minnie, und da war noch etwas anderes, irgend etwas!

»Eine Terz höher?« fragte Ruth.

»Zwanzig Jahre früher«, nickte Alex.

Er schaltete ein. Ruth starrte gebannt auf den Computerbildschirm.

Der Strich des Cursors lief durchs Diagramm. Aus den Lautsprechern hörte sie eine Mädchenstimme, die sagte:

»Es geht nicht nur um Schrammelmusik und Heurigenlieder. Wir möchten erstens ausdrücklich die sogenannte ernste Musik einbeziehen. Haydn, Schubert ...«

Es war grotesk. Es war eine achtjährige Kinderstimme, die sagte:

»Und wir lehnen zweitens den Ausdruck ›akustische Umweltverschmutzung‹ als viel zu schwach ab ...«

Es war klar, daß es nicht paßte. Natürlich benutzte eine Achtjährige andere Worte, sprach über andere Themen. Das verstand sich von selbst. Aber es war die Stimme eines achtjährigen Mädchens, und Ruth kannte sie nicht, hatte sie nie gehört. Es war keine von Miriams Kindheitsfreundinnen.

»Ich könnte ein bißchen Hall dazugeben, ein bißchen mehr Tiefe«, schlug Alex vor.

Ruth schüttelte den Kopf.

Die Stimme klang wie eine Kinderstimme. Sie klang so, wie Minnies Stimme im Alter von acht Jahren geklungen haben mußte. Ruth kannte die Stimme nicht, das war alles. Es lag nicht daran, daß die Stimme nicht wie eine wirkliche Kinderstimme geklungen hätte. Im Gegenteil, sie klang echt. Als hätte man gerade ein Mädchen aufgenommen, das einen Text auswendig gelernt hatte, dessen Bedeutung es nicht verstand. Die Stimme klang gar nicht künstlich, klang genauso wenig künstlich wie die Stimme der erwachsenen Minnie. Da war kein Unterschied zu hören.

»... dahinter steckt eine Ideologie des falschen Tiefsinns und des fröhlichen Tralala ...«, sagte die Kinderstimme.

»Stop!« sagte Ruth.

Alex unterbrach.

»Hast du sie erkannt?« fragte er.

»Sie klingt gar nicht künstlich verändert«, sagte Ruth.

»Eins-a-Gerät!« sagte Alex. Er tätschelte sein Computerspielzeug.

»Sie ist aber künstlich verändert«, sagte Ruth.

»Um eine Terz höher«, sagte Alex. »Gehen wir essen?«

»Wenn man nicht hört, daß sie künstlich verändert ist ...«, sagte Ruth.

»Das Riesenrad«, sagte Alex, »der Prater! Wir beide im Riesenrad rundummerdum!«

»Das Ganze zurück!« sagte Ruth. »Mach die Stimme tiefer! Geht das? Möglichst stufenlos. Oder in Halbtonschritten. So kleine Schritte wie möglich!«

Alex seufzte. »Solange du nicht verlangst, daß ich dir einen Stimmbruch im Zeitraffer simuliere!«

Er fingerte auf seinem Keyboard, klickte mit der Maus Befehle an, bevor Ruth auch nur ansatzweise erfaßt hatte, welche Möglichkeiten das Gerät anbot.

»... ihr vom Radio seid die Großdealer, deren Überdosen sich die Wiener gedankenlos ...«, sagte eine Mädchenstimme, die langsam tiefer wurde, sich seltsam in ernstere Lagen verschob, die kein reales Entwicklungsstadium widerspiegelten. Manche Stimmen entsprachen keinem Menschen, manche Menschen schienen mit ihrer Stimme nicht zusammenzuhängen. Das war alles möglich. Es war nicht nur möglich, es war so. Es war nur eine Frage der Zeit. Eine Frage der Hertzzahl.

»... und sie für alles andere ertauben läßt«, sagte die Stimme, die sich nun wieder Minnie annäherte, erkennbar wurde, die in ein paar Sekunden um zwanzig Jahre gealtert war, um eine läppische Terz. Minnie! Ruth wußte nun Bescheid. Fiel nicht mehr auf sie herein. Stellte sich nicht selbst in Frage, zermarterte sich nicht ihr Gehirn.

»Da wären wir wieder«, sagte Alex.

»Weiter!« sagte Ruth.

»Weiter?«

»Tiefer!«

»Tiefer?«

»Ja.«

Er sollte die Stimme herabsinken lassen, sollte Minnie heruntersteigen lassen von ihrem hohen Roß, sie altern lassen, herauswerfen aus ihrer arroganten Selbstsicherheit, in andere Welten, andere Identitäten, in denen sie sich genauso unsicher fühlte wie Ruth in ihrer. Genauso künstlich.

»Die Diagnose ist klar, die Therapie ebenso ...«, sagte eine Stimme aus dem Computerlautsprecher, die nicht mehr Minnies Stimme war. Eine tiefe rauchige Frauenstimme, wie Federboas und Kellerlokale der zwanziger Jahre, wie eine Zarah Leander, die alles erlebt hatte, was das Leben einer wie ihr bieten konnte, die mit jeder unmerklichen Schalterdrehung um Jahre alterte und plötzlich nur mehr Erinnerung war.

»Weiter!« sagte Ruth.

»... akustischen Terror, der einen kollektiven Hörsturz bei seinen Opfern hervorgerufen hat.«

Die Stimme schien wieder höher zu werden, aber das täuschte. Sie erinnerte noch immer an Kellerbars. Nur, daß dort keine melancholischen Chansons gesungen wurden, dort ging es schriller zu, verzweifelter, Rotlicht, Spotscheinwerfer, Whiskey und Qualm, Gogo-Girls und Transvestitenshows. Die Stimme erinnerte an eine Tunte, die sich nicht sehr erfolgreich bemühte, nach jemandem wie Zarah Leander zu klingen. Eine Tunte, die ihre Show vor gelangweilten Zuhältern in einem heruntergekommenen Loch am Praterstern abspulte und wußte, daß die Chance, auf die sie seit Jahrzehnten zu warten behauptete, für sie nie existiert hatte. Oder für ihn.

»... so lange, bis der Musikwahnsinn vorbei ist, bis die Wahrheit wieder hörbar wird«, sagte die Stimme.

Für sie oder ihn, weiblich, männlich, die Stimme war dazwischen, war nun androgyn. Sie klang nicht mehr verstellt, nicht nach Transvestitenroutine, sondern nach einem Mann, dessen natürliche Stimme an die einer Frau erinnerte.

»Weiter!« sagte Ruth.

»Seid ihr die Stumm-wie-ein-Fisch-Fraktion?« hörte Ruth eine zweite Männerstimme vom Band fragen, die ihre eigene Stimme sein mußte. Ein fremder Mann, der irgendwo in ihr steckte, den sie nicht kannte und nicht kennenlernen wollte. Eine andere Identität, die in Ruth ihr Unwesen trieb und der sie nicht im Dunkeln begegnen wollte. Es war eine Stimme, die nach Fleisch und Blut klang, die klang, als ob sie aus einem menschlichen, männlichen Kehlkopf stammte, aber so war es nicht. Es war Ruths Stimme, die in tiefere Lagen abgestürzt war, hinuntergestürzt durch Alex' Computer, und die Ruth jetzt mit ihrer verdammten Frage wahnsinnig machen wollte.

Plötzlich kam es Ruth so vor, als ob nicht die Stimme, sondern ihr Hörvermögen abgestürzt wäre. Als ob sie von allem, was Laute von sich gab, nur noch grauenvolle Untertöne wahrnehmen könnte, dumpfes Gestöhne, das in dunklen Winkeln umherkroch, nichts Leichtes, Helles, Klares mehr, als ob sie selbst einen Hörsturz ganz besonderer Art erlitten hätte, eine akute partielle Ertaubung, die ihr Innenohr für alles verstopfte, was nicht nach Tod und Verderben klang.

»Hören Sie!« sagte die fremde Männerstimme.

»Das war deine Stimme«, sagte Alex. »Das bist du.«

»Nein«, sagte Ruth.

Es war nur eine fremde Männerstimme, die Ruths Selbstverständnis auslöschen, ausknipsen wollte, wie man einen Lichtschalter im Keller ausknipst. In einem dunklen Lüftungskeller, in dem Leichen an Rohren hingen, Hunderte von Leichen, die ihre blauen Zungen bis zum Kinn herausstreckten und Ruth aus aufgerissenen, blutunterlaufenen, toten Augen anstarrten, als ob sie irgend etwas dafür könne.

»Wir verstehen uns«, sagte Minnies Stimme, eine feste Männerstimme, deren Besitzer in der Blüte seiner Jahre stehen mußte, voll Kraft und Erfolg, das pralle Leben, das keinen Gedanken daran verschwendete, daß es einmal zu Ende gehen würde. Eine Stimme, die nicht in den schrecklichsten Alpträumen daran dachte, daß jemand in verzweifeltem Todeskampf mit den Füßen gegen Lüftungsrohre trommeln könnte.

»... nur eins noch ...«, sagte die Stimme, die noch ein wenig tiefer wurde, ein wenig älter wurde, in deren Sicherheit sich Erfahrungen mischten, in die sich Ahnungen drängten, die das Ungeheuerliche möglich erscheinen ließen, eine ungläubig abgewehrte Wirklichkeit, so real wie der Tote, dem sich Ruth vor ein paar Stunden gegenübergesehen hatte, ein Toter nur, nicht Hunderte, aber ein wirklicher Toter, Knochen, totes Fleisch und kaltes Blut, ein paar Meter vor ihr, an einem Seil, das sich in seinen Hals schnürte und ihn nie wieder atmen, nie mehr sprechen lassen würde.

Ruth hörte die Stimme, hörte den Tod und dachte, daß das doch nicht möglich sei.

»Das war nur der Anfang ...«, sagte Minnies Männerstimme vom Band.

Minnie irrte sich. Das war das Ende.

Es war möglich.

»Stop!« sagte Ruth. »Nicht mehr tiefer!«

»Es wird weitergehen«, sagte Minnie.

Es war nicht Minnie. Minnie gab es nicht. Nicht mehr. Es würde nicht weitergehen für Minnie. Minnie war tot.

»Bald schon«, sagte die Stimme, die nicht Minnie gehörte, ihr nie gehört hatte.

Es war die Stimme eines ungefähr vierzigjährigen Mannes.

Die Stimme eines Toten.

Es war die Stimme eines toten Mannes.

»Sehr bald«, sagte die Stimme mit blauer Zunge unter blutunterlaufenen Augen.

»Palffy«, sagte Ruth. Es war Palffys Stimme. Es gab keinen Zweifel.

»Was?« fragte Alex.

Palffy war Minnie gewesen, hatte seine Stimme mit Hilfe eines Computers und eines Shiftingprogramms verändert. Er hatte als angebliche Terroristin im Sender angerufen.

»Ist das technisch möglich?« fragte Ruth. »Geht das auch ohne Band? Konnte Palffy in Echtzeit mit veränderter Stimme telefonieren?«

»Palffy?« fragte Alex ungläubig. »Ganz langsam, Ruth! Du hast heute einiges durchgemacht. Und die letzten Tage ...«

»Es ist Palffy. Er hat durch den Computer telefoniert. Das erklärt, warum es keine Hintergrundgeräusche gibt, keinen Raumklang. Die Stimme ging durch den Computer direkt ins Telefon. Es konnte gar keinen Raumklang geben.«

»Du solltest versuchen, abzuschalten. Etwas anderes zu machen, an anderes zu denken.«

»Sag mir nur, ob das in Echtzeit geht!«

»Ja«, brüllte Alex. Er rüttelte sie an den Schultern, sagte: »Hör zu, hör jetzt mal zu, Ruth! Ausnahmsweise! Eine Stimme besteht nicht nur aus der Tonhöhe. Da gibt es den Stimmduktus, das Timbre, die Klangfülle. Frauenstimmen zum Beispiel sind klangvoller, wußtest du das? Das hängt vom Kehlkopf und seiner Lage ab. Zweitens, es gibt keinen Menschen, der nur eine Stimme hat. Du kannst so und so sprechen. Mit gestützter Stimme zum Beispiel. Das klingt völlig anders, das könnte eine andere Person sein ...«

»Und?« fragte Ruth. »Es ist Palffy!«

»Ich denke, daß das verdammt nach fixer Idee klingt. Verständlich nach all dem, was passiert ist, aber es bleibt trotzdem eine fixe Idee. Ich stehe hier nicht neben dir und schau zu, wie du dich in so etwas verrennst. Ich schau doch nicht einfach zu, wie du dich kaputtmachst.«

»Ich habe mit ihm gesprochen, habe ihn sprechen hören. Nicht oft, aber es genügt. Miriam hat ihn gut gekannt, sie hat ihn aus Minnies Stimme herausgehört. Weiß der Teufel, wie! Sie hat es gewußt, hat ihn identifiziert, brauchte sich nur zu erkundigen, ob es technisch machbar war. In jedem Computerladen konnten ...«

»Er war Sänger an der Kammeroper. Ein bekannter Tenor, der sein ganzes Leben lang für die Musik gelebt hat, und jetzt soll er sich plötzlich als Terroristin ausgegeben haben, um die Oper niederzubrennen, an der er engagiert war? Zu einem Zeitpunkt, als er selbst auf der Bühne stand?«

»Ja«, flüsterte Ruth.

Alex schwieg.

Es war Palffy.

Warum er es getan hatte, wußte Ruth nicht. Seine Kollegen hatten auf ihm herumgehackt, das hatte Ruth im Sicherheitsbüro selbst mitbekommen. Sie hatten ihn fertiggemacht, und so, wie das Ganze ausgesehen hatte, nicht zum erstenmal! Palffy hatte wie einer gewirkt, der die Aggressionen aller, die in seiner Nähe waren, geradezu magnetisch anzog. Das geborene Opfer, eine jammervolle Gestalt, die in ihrem Elend so unappetitlich war, daß man sie gern noch ein wenig tiefer hineindrückte. Zwei Stunden auf der Bühne der Heldentenor, und zweiundzwanzig Stunden lang der Prügelknabe seiner Umgebung. Vielleicht hatte er deshalb durchgedreht, vielleicht hatte er die Lüge seines Lebens einfach nicht mehr ausgehalten, und der Haß auf sich selbst hatte in dieser wahnwitzigen Aktion seinen Ausdruck gefunden. In dieser künstlich veränderten Stimme, die alles zur Zerstörung freigab, was bisher sein bißchen Lebenssinn ausgemacht hatte. Vielleicht war diese falsche Stimme das einzige, was ihm noch authentisch erschienen war, sein eigentliches, wahres Ich. Diese Minnie-Stimme, in der Ruth sich selbst gehört hatte, die ihr so nah und vertraut erschienen war. Und plotzlich wurde sich Ruth darüber klar, daß sie selbst, was immer Palffy zu all dem bewogen haben mochte, sich gerade in der Künstlichkeit der Stimme wiedergefunden hatte. In der Falschheit, die sie instinktiv erahnt hatte. In der großen Lüge über sich selbst, die diese Stimme verkörperte und die auch Ruths Leben beherrschte, von den großen Entwicklungslinien bis hin zu ihrer Radiostimme, die sie um einen Halbton fälschte, um mit falschem, verlogenem, unaufhörlichem Geplapper ihren Lebensunterhalt ein wenig erfolgreicher zu verdienen. Ihren Unterhalt. Ein paar Schilling.

»Gut«, sagte Alex.

»In Ordnung«, sagte er. »Dann war es also Palffy. Und Palffy ist tot.«

Ruth nickte. Sie war froh, daß sie wenigstens ihm gegenüber nicht mehr argumentieren mußte. Sie war müde, fühlte sich ausgebrannt, wollte ins Bett. Schlafen. Doch vorher mußte sie unbedingt noch Waworka anrufen.

Sie erreichte ihn im Revier.

»Suchen Sie Anschluß?« fragte Waworka. »Haben Sie niemanden, der sich um Sie kümmert?«

»Ich weiß, wer Minnie ist«, sagte Ruth.

»Was?«

»Minnie, die Anruferin. Die Terroristin. Vielleicht erinnern Sie sich dumpf.«

»Also?« fragte Waworka.

»Erst sind Sie dran. Was ist mit Miriam?«

»Jetzt sagen Sie schon, wer diese verdammte Minnie ...«

»Minnie läuft Ihnen nicht weg. Und ich möchte wissen, was Sie über meine Schwester herausgefunden haben.«

»Nichts«, knirschte Waworka. »Die Fahndung läuft, aber bisher ohne Ergebnisse.«

»Und was machen Sie noch, außer herumzusitzen und zu warten?«

»Frau Strelecky, ich liebe Ihre Schwester fast so wie Sie, aber in meinem Job kann man nicht nur seinen Neigungen nachgeben. Nach dem dritten Anschlag von gestern abend haben wir ...«

»Was?« fragte Ruth ungläubig. »Ein dritter Anschlag? Wieso haben Sie mir vorhin in der Oper nichts davon gesagt?«

»Wenn Sie wirklich etwas über Minnie wissen, dann sollten Sie jetzt mal zur Sache kommen.«

Ruth versuchte, sich zu beherrschen: »Lieber Oberinspektor, wir kennen uns doch mittlerweile. Ich kenne Sie, und Sie mich. Ich weiß den vollen Namen und den Aufenthaltsort von Minnie, und Sie wissen, daß ich Ihnen beides erst dann sage, wenn Sie mir alles mitgeteilt haben, was mit der Geschichte auch nur im entferntesten zu tun zu haben scheint.«

»Wir sind noch nicht fertig miteinander«, quetschte Waworka hervor. Ruth ließ ihm Zeit, sich einen Zigarillo anzuzünden, und hörte sich dann an, was in der Börse beim Walzerkonzert geschehen war.

»Verletzte?« fragte sie.

»Ein paar Schrammen, nichts von Bedeutung. Aber der Sachschaden geht in die Hunderttausende. Und alles wegen einer Scheißmessingfigur. Genauso irre wie die Anschläge zuvor!«

»Wieder ein Attentat gegen ein Konzert! Vielleicht hat es doch mit Musik zu tun.«

»Quatsch! Das ist reine Show. Aber wozu?« Waworka klang fast verzweifelt.

»Im Schuberthaus war es eine Sirene, dann der Brand in der Oper und jetzt die Explosion in der Börse. Seltsam!«

»Seltsam? Verrückt, irre, geistesgestört!«

»Die umgekehrte Reihenfolge hätte eine Art von Logik: Eine Explosion setzt etwas in Brand, und der Brand löst Alarmsirenen aus. Das ergäbe eine nachvollziehbare Geschichte.«

Waworka seufzte: »Sehr hübsch, ja, nur lagen jeweils vierundzwanzig Stunden zwischen den Anschlägen. Außerdem reagierte die Sirene im Schuberthaus nicht auf Feuer, der Brand in der Oper brach nicht durch eine Explosion aus, und in der Börse ging es offensichtlich darum, daß jemand im Dunkeln auf Kronleuchtern herumhämmern wollte.«

»Ich dachte nur ...«

»Lassen Sie's besser sein!« sagte Waworka.

»Was war mit ...?« fragte Ruth. »Was haben Sie in der Oper herausgefunden?«

»Ja«, sagte Waworka.

»Was ›ja‹?«

»Die Fingerabdrücke auf der Cassette im Recorder haben wir identifiziert.«

»Ja?« In Ruth würgte sich eine plötzliche, unbegreifliche Angst hoch.

»Es sind die gleichen wie auf dem Feuerlöscher, der mit Benzin gefüllt war.«

»Hawliczek?«

»Hawliczek.«

»Er hat Palffy zu Tode gefoltert?«

»Könnte sein.«

Hawliczek, das kleine, stumme Männchen, das verängstigt durch die Welt getorkelt war wie ein regelmäßig geprügelter Hund, der nichts anderes erwartet als den nächsten Fußtritt. Hawliczek, der tragische Held des Opernbrandes, der in todesmutigem Einsatz die Katastrophe erst wirklich herbeigeführt hatte. Hawliczek, der sadistische, eiskalt berechnende Folterknecht und Mörder eines Sängers, der wie er an der

Kammeroper arbeitete? Hawliczek, der stumme Bewunderer ihrer Schwester, ihr hoffnungsloser Verehrer und der einzige, dubiose Zeuge ihres angeblichen Abtransports im Krankenwagen.

»Und Miriam?« fragte Ruth.

»Nichts. Wir haben alles auf den Kopf gestellt«, sagte Waworka.

»Keine Spur?«

»Als ob sie nie dort gewesen wäre.«

»Scheiße«, sagte Ruth. Alex tätschelte ihr die Wange.

Waworka sagte: »Wenn es Hawliczek war, der aus Palffy etwas herausbekommen wollte, dann ging es vielleicht wirklich um den Verbleib Ihrer Schwester. Dann wußte Palffy, wo sie war, und Hawliczek wußte es nicht. Wenn es so war, frage ich mich, wieso Palffy das verschwiegen hat und ...«

»Das verdammte Schwein!« sagte Ruth. Palffy steckte dahinter. Erst jetzt wurde es Ruth bewußt. Palffy steckte nicht nur hinter den Anschlägen, sondern auch hinter Miriams Verschwinden.

»... und wieso Hawliczek die Geschichte mit dem Krankenwagen erfunden haben soll. Das gibt doch nur Sinn, wenn er von der Wahrheit ablenken wollte, aber nicht, wenn er eh nichts wußte.«

»Palffy hat sie entführt«, sagte Ruth.

»Vielleicht hat Hawliczek gar nicht gelogen«, fuhr Waworka fort. »Er hat wirklich gesehen, wie sie im Rettungswagen abtransportiert wurde.«

»Ich dachte, Sie hätten alles überprüfen lassen.«

»Ja, alle offiziellen Rettungswägen, die im Einsatz waren. Aber vielleicht war's keiner. Es muß ein falscher Krankenwagen gewesen sein. Ein umgespritzter Kleinbus. Oder geklaut. Und darin zwei Männer in weißer Kleidung, die mit der Rettungswache genauso wenig zu tun haben wie ich mit den Fiakerfahrern. Im Chaos nach dem Brand wären auch zwei grüne Männchen vom Mars damit durchgekommen. Die beiden haben sich Ihre Schwester geschnappt, sie auf eine Bahre geschnallt, und mit Blaulicht und Sirene ab die Post!«

»Sie hat nicht geschrien«, sagte Ruth tonlos. »Miriam hätte doch protestiert. Sie …«

»Nein!« Waworka schnitt ihr das Wort ab. »Reden S' kein' Schmarrn! Das muß es nicht heißen. Vielleicht haben sie sie nur betäubt. Vielleicht hat sie auch geschrien. Es gab siebzehn Verletzte und jede Menge mehr, die unter Schock standen. Die haben alle durcheinander gebrüllt. Stöhnen, Schreien, Jammern, Zetern, da hätte sie lauthals ihre Rolle weitersingen können, ohne daß das irgendwen gekümmert hätte.«

»Wohin haben sie Miriam gebracht?« fragte Ruth.

»Keine Ahnung«, sagte Waworka dunkel. Dann, fast bittend: »Vielleicht zu Minnie. Wo ist sie?«

»Im Leichenschauhaus, denke ich. Oder in der Gerichtsmedizin. Sie hat einen Zettel am linken Fuß. So ist das doch, oder? Eine Karteikarte, auf der der Name steht. Ihr Name ist Gero von Palffy.«

Am anderen Ende war Schweigen. Unverständnis, Mißtrauen, stille Wut, die anwuchs und explodierte:

»Sie sind wohl vollständig durchgedreht!«

»Bitte!« sagte Ruth zu Alex. Sie konnte einfach nicht mehr. Alex nickte. Er übernahm den Telefonhörer und erklärte Waworka mit allen Details, wie sie Palffys Stimme identifiziert hatten. Dann legte er auf.

»Glaubt er uns?« fragte Ruth.

»Sie prüfen es nach.«

»Was noch?«

»Sie nehmen Palffys Haus auseinander. Die Wohnung von Hawliczek auch. Und ich soll mich um dich kümmern!« sagte Alex.

»Das hat Waworka gesagt?«

»So ähnlich. Er hat gesagt, ich soll dich zum Ladendiebstahl verführen, damit er dich endlich einbuchten und aus dem Verkehr ziehen kann.«

»Und was meinst du dazu?«

»Verführen wäre nicht schlecht«, sagte Alex. Seine Stimme war weich wie eine Daunendecke. Und tief wie der Schlaf.

Blum war nicht Niemand. Er hatte sich nur als Niemand ausgegeben, um seine Feinde zu verwirren. Er hatte sie auch verwirrt, aber sie hatten ihn dennoch nicht entkommen lassen. Er verstand sie, er an ihrer Stelle hätte sich auch nicht entkommen lassen. Das wäre zu gefährlich für sie gewesen. Er war einfach zu gefährlich für alle Feinde, denn er war …

Er war niemand. Offiziell war er Niemand. So hatte er es ihnen für die Akten diktiert. Vorläufig war er das. Bis auf weiteres. Er kicherte. Sie würden schon sehen. Man würde noch von ihm hören.

»Oder?« fragte Blum-Niemand. Es klang seltsam. Die Wände schluckten den Schall seiner Stimme, aber die Stimmen, die ihm von irgendwoher antworteten, vernahm er klar und deutlich.

»Du bist niemand«, sagten sie ihm, und er nickte sich zu. Niemand wollte er sein, bis es an der Zeit war. Er stand von der Pritsche auf, stellte sich mit dem Rücken gegen die gepolsterte Wand und maß die Entfernung bis zur gegenüberliegenden Wand aus. Drei kleine Niemandsschritte. In der Länge waren es vier. Das ergab einen Raum von zwölf Quadratniemandsschritten, in dem er gefangengehalten wurde.

Kein Fenster, nur ein ab und zu flackerndes Neonlicht, das hinter bruchsicherem Glas in die Wand eingelassen war, erleuchtete die Höhle, aus der er entkommen wollte. Nach draußen, in die Freiheit, in den neuen Tag, der inzwischen angebrochen sein mußte, der vielleicht schon wieder vergangen war. Dann in die neue Nacht, hinaus auf jeden Fall, in die Welt, die ihn brauchte wie sonst niemanden. Und er war hier gefangen auf zwölf Quadratniemandsschritten, die er sich mit einer Pritsche teilen mußte.

»Du bist doch sonst immer so schlau«, sagten die Stimmen.

Blum-Niemand legte sich auf die Pritsche und starrte die Tür an. Die Tür war verschlossen. Sie hatte nicht einmal eine Klinke. Sie war gepolstert und darunter massiv. Blum-Niemand hatte es ausprobiert. Ihm taten noch alle Knochen weh.

»Wir werden alle hier umkommen«, sagten die Stimmen.

Die Tür starrte zurück. Sie hatte nur ein Auge. Es befand

sich in der Mitte, in Augenhöhe, wie es sich gehörte, aber es war halt nur ein Auge. Blum-Niemand hatte zwei, wie alle normalen Menschen. Er starrte das Auge an, und das Auge starrte glasig zurück. Es beobachtete ihn unaufhörlich. Hinterlistig. Ein Blick, hinter dem sich Übles verbarg. Das Auge gehörte zu seinen Feinden. Er würde es ausschalten müssen, wenn er davonkommen wollte. Aber wie? Er brauchte einen Einfall, eine zündende Idee. Es mußte eine geradezu blendende Idee sein, sonst hatte er keine Chance.

»Du hast uns hierher geführt«, sagten die Stimmen vorwurfsvoll. »Du mußt uns auch wieder herausführen. Laß dir etwas einfallen!«

»Ruhe!« sagte Blum-Niemand. Er legte die Handballen an die Ohren, drückte zu, wühlte den Kopf unter das Kissen. Er wollte nichts mehr hören. Er mußte nachdenken.

»Und du willst der Retter der Menschheit sein!« höhnten die Stimmen. »Nicht einmal dich selbst kannst du retten, du Nichts, du Niemand!«

Verdammte Stimmen! Sie konnten nicht das Maul halten. Sie mußten wirklich alles ausplappern. Daß er sie nicht zum Schweigen bringen konnte! Daß sie durch alles durchtönten, als ob es gar nicht da wäre. Als ob sie in seinem Kopf selbst entstünden.

Er konnte nur hoffen, daß der Feind ihn nicht abhörte. Ihn, Blum-Niemand-Retter-der-Menschheit.

»Na gut, eine Geiselnahme«, sagte Waworka. »Was geht mich das an?«

Der Fahrer, der ihn zu Hause abgeholt hatte, brauste mit 90 Sachen in die Kurve zum Kärntner Ring. Am Sonntagmorgen um 4.30 Uhr war zwar kein Verkehr, aber das änderte nichts daran, daß Waworka bei der Raserei übel wurde.

»Wollen S' uns umbringen?« fragte er. »Und schalten S' die depperte Sirene aus!«

»Wir san eh da«, sagte der Fahrer.

Waworka grunzte. Für Geiselnahmen gab es Sonderkommandos, zu denen solche Karriereheinis gehörten, die sich nicht zu blöd dafür waren, in Gesprächsführung ausgebildet zu werden. Und Scharfschützen in schweren Panzerwesten, in denen all die Bewegungen unmöglich wurden, die ihren Trägern in diversen Kampfsportlehrgängen beigebracht worden waren. Was hatte er da verloren?

In Höhe der Operngasse stand ein Einsatzwagen mit Blaulicht quer. Zwei Sicherheitswachler leiteten die paar Autos, die unterwegs waren, vom Ring ab. Der gesamte Ring war gesperrt, wie zuletzt wahrscheinlich zu den heißesten Zeiten der Opernballdemonstrationen. Da mußte eine große Sache am Laufen sein. Waworka war es egal. Er hätte gern noch ein paar Stunden geschlafen.

Die Sicherheitswachler winkten Waworkas Wagen durch. An der Einmündung Goethegasse hatte sich über die drei Spuren des Rings, über Tramgleise, Grünanlage, Geh- und Radweg eine Sonderschau des polizeilichen Fuhrparks breitgemacht. Bundespolizei, Bezirkspolizei, Sicherheitsbüro, kasernierte Bereitschaftspolizei, alles war da. Der fette Bronzegoethe wirkte auf seinem Denkmal wie ein überdimensionierter Parkwächter.

»Da vorn«, sagte der Fahrer und wies mit der Hand Richtung Heldenplatz. Waworka quälte sich aus dem Rücksitz des Wagens, zupfte das Jackett zurecht und steckte sich eine Havanito an. Der Burggarten rechts wurde von Sicherheitswachlern mit gezückter Pistole belagert. Alle paar Meter kauerte einer hinter dem Sandsteinmäuerchen und starrte durch das Gitter ins Dunkel. Ab Höhe Eschenbachstraße ersetzten Scharfschützen mit Gewehren die Sicherheitswachler.

Zwei Streifenwagen standen direkt vor dem Burgringeingang des Burggartens auf dem Gehweg. Auch sie dienten Scharfschützen als Deckung. Die Einsatzleitung befand sich schräg dahinter, bei der Tramhaltestelle. Mit ein paar quergestellten Zivilfahrzeugen war der Raum zwischen Haltestellenüberdachung, Würstelstand und Zeitungskiosk zu einer Mischung aus Indianerfort und Wagenburg ausgebaut worden. Gary Cooper war nicht da, nur lauter hohe Tiere von der Polizei, die ernste Gesichter machten. Waworka kannte die meisten, aber freiwillig gesprochen hätte er höchstens mit

Rippel vom 1. Bezirk. Rippel stand in der Gruppe um Hofrat Rosenberger, der anscheinend das Kommando führte.

Rippel sagte: »Servus, Waworka.«

Waworka brummte zurück. Der Hofrat lehnte wie eine Karikatur General Custers an einem Zivil-BMW, aus dem der Sprechfunk quäkte. Er zog ein Gesicht, als sei Little Big Horn nicht wahr gewesen. Der Kommandeur der Scharfschützentruppe rapportierte: »Der innere Ring ist auch aufgebaut. Sie ist eingekreist. Wir sind nirgends mehr als zwanzig, fünfundzwanzig Meter von ihr weg. Wenn wir stürmen …«

»Reden S' keinen Schmarrn«, sagte der Hofrat. »Bis ihr drin seid, kann sie der Geisel noch in aller Ruhe den Skalp abnehmen, nachdem sie sie mit Blei vollgepumpt hat.«

»Wir könnten uns noch ein paar Meter heranarbeiten und den Sturmangriff mit Blendgranaten in den Bauwagen vorbereiten. In fünf Sekunden ist die Sache erledigt.«

»Fünf Sekunden?« fragte der Hofrat.

»Wenn wir die Tür gleich aufkriegen. In zehn garantiert.«

»Zehn Sekunden sind neun zuviel! Lassen S' die Männer bleiben, wo sie sind. Wir warten ab und zermürben.«

Der Sturmangriffsheini gab über Walkie-talkie den Durchhaltebefehl an seine Scharfschützen weiter, die in den Büschen des Burggartens lagen. Die Kerle bestätigten den Befehl alle einzeln und schlossen mit »over«. Waworka sog den Rauch ein. Er fühlte sich jetzt schon zermürbt.

»Die Scheinwerfer sind in Stellung, Herr Hofrat«, meldete einer.

»Gut, wir versuchen's. Anschalten!«

Irgendwo begannen Akkus zu dröhnen, und zwei Scheinwerfer links und rechts des Parkeingangs flammten auf. Weißes Licht flutete in den Burggarten und ließ das Mozartdenkmal aufleuchten. Das Wolferl träumte mit entrücktem Blick unhörbaren Melodien nach und blätterte mit steinerner Hand in steinernen Noten. In das Rasenstück vor dem Denkmal waren irgendwelche Blumen in Form eines Violinschlüssels gepflanzt. Sehr hübsch. Weniger hübsch waren die beiden Sicherheitswachbeamten neben dem Violinschlüssel. Der eine trat auf einen Spaten ein und stach Rasenstücke aus der Anlage. Der andere kniete auf dem Boden und wühlte mit den Händen im Dreck. Als das Scheinwerferlicht über die beiden herfiel, stutzten sie einen Moment, richteten sich kurz auf, um dann völlig ungeniert weiterzugraben.

»Spinnen die?« fragte Waworka zu Rippel hin.

»Sie ist mit der Geisel im Bauwagen«, flüsterte Rippel. »Sie hat die beiden im Visier.«

Der Bauwagen stand links hinter den aufgereihten Parkstühlen, auf denen tagsüber die japanischen Touristen warteten, bis der Platz unterm Denkmal für das obligate Erinnerungsfoto mit Wolfgang Amadeus frei wurde. Es war ein stinknormaler Bauwagen, wahrscheinlich von den Arbeitern, die wochentags das Burggartentor restaurierten. Ein Fenster zeigte Richtung Mozartdenkmal. Es stand offen. Sonst verriet nichts, daß jemand im Bauwagen sein könnte.

»Was ist denn hier eigentlich los?« fragte Waworka.

Der Hofrat drehte sich zu ihm um.

»Oberinspektor Waworka? Kommen S' her!«

Er zog ihn zum BMW und sagte zu dem Kaugummi kauenden Jungspund auf dem Fahrersitz: »Spielen S' die Aufzeichnung noch einmal ab!«

Der Jungspund nickte, schaltete an. Es knackte. »Streifenwagen vor dem Eingang zum Burggarten auf dem Gehweg. Vielleicht ham die Kollegen a Amateurhur aufg'spürt.«

Leiser und gerade noch verständlich kam eine andere Stimme: »Die wer'n bloß zum Bieseln 'gangen sein.«

Die laute Stimme lachte und sagte: »Mir schau'n mal, ob s' Hilfe brauchen.«

Es knackte wieder.

Der Hofrat zuckte mit den Mundwinkeln, sagte entschuldigend: »Polizeifunk.«

»Aha«, sagte Waworka. Ihm brauchte doch keiner zu erzählen, wie es bei den nächtlichen Streifen zuging.

»Treibt's es nicht zu wild«, sagte eine dritte Stimme vom Band. Das mußte der aus der Funkleitzentrale sein.

»Da sitzt jemand drin«, sagte die leise Stimme.

Man hörte, wie das Motorgeräusch des Streifenwagens erstarb. Eine Tür wurde geöffnet und blechern zugeschlagen. Dann war kurz Stille.

»Zentrale?« Das war wieder die erste Stimme, aber in einem anderen Tonfall. Gespannt, wach, eine Stimme, die einen plötzlichen Adrenalinstoß zu verarbeiten hatte. »BP 230, ist das nicht der Wagen, den sie vor ein paar Tagen g'stohlen haben? Könnt's ihr das mal überprüfen?«

»Moment«, sagte der aus der Zentrale.

»Wos?« hörte man den Sicherheitswachler aus dem Streifenwagen. Es war nicht in den Funk hineingefragt. Wahrscheinlich hatte ihm der Kollege, der ausgestiegen war, etwas zugerufen.

Die Stimme von der Zentrale fragte: »BP zwo – drei – ... ?«

»Es ist die Strelecky!« schrie der aus dem Streifenwagen aufgeregt. »Die abgängig erklärte Sängerin sitzt ... Wos? ... Was wollen Sie ... ? Nein!«

Es knackte.

»Es ist der gestohlene Wagen«, sagte der von der Zentrale. »Wir schicken Verstärkung. Laßt's alles, wie's ist! Hallo? Wagen 131? Hört's ihr mich?«

Der Hofrat ließ das Band abschalten.

»Aus«, sagte er, »Funkverbindung abgebrochen. Jetzt graben sie da drüben. Müller und Herzmansky.«

»Ich hätte auch abgebrochen, wenn mich eine Lady mit der Puff'n in der Hand drum gebeten hätte«, sagte der mit dem Kaugummi.

»Jetzt ist eh klar, warum ihr mich geholt habt's«, sagte Waworka. »Die Strelecky gehört zu meinem Fall. Ich soll euch sagen, wer sie entführt hat und da drin als Geisel hält.«

»Wenn Sie so gnädig wären«, sagte der Hofrat.

Waworka zuckte die Achseln. »Was weiß ich? Es ist noch nicht klar. Verdächtig war der Palffy von der Kammeroper, aber der spaziert nicht mehr mit der Pistol'n in der Hand durch die Gegend. Der liegt in der Gerichtsmedizin und ist tot, wie's toter nicht mehr geht. Der war gestern schon tot und wird heut nicht wieder auferstanden sein.«

»Es ist sowieso eine Frau.«

»Eine Frau? Frauen bringen vielleicht mal einen um, aber entführen tun s' niemand, höchstens ihre eigenen Kinder, wenn man sie nicht zu ihnen läßt. Aber so etwas passiert nur in Persien, und außerdem ist die Strelecky kein Kind mehr.«

»Es war eine Frau. Wir haben Zeugen.«

»Eine Frau?« Waworka schüttelte den Kopf. »Waren die Zeugen besoffen?«

»Das schon«, gab der Hofrat zu.

»Wo san s', die besoffenen Zeugen?«

Sie waren auf der anderen Seite des Rings in einem Mannschaftsbus, der vor dem Antiquariat geparkt war. Zwei Penner, die Waworka als erstes um einen Zigarillo anschnorrten.

»Was habt's denn schon getrunken?« fragte Waworka.

»A Vierterl oder zwa«, sagte der eine.

»Jeder«, sagte der andere.

»A Viertel Hektoliter?« fragte Waworka. »Oder warum erzählt's ihr sonst solche G'schichten?«

»Aber Herr Kommissar«, sagte der eine, »wenn's um die Woarheit geht, erzähl'n wir doch kaane G'schichten! Und a bisserl Wein san wir g'wohnt.«

Der zweite stierte Waworka in die Augen und rezitierte mit kratziger Stimme, doch in reinstem Hochdeutsch: »Das beeinträchtigt unser Wahrnehmungsvermögen nicht im geringsten.«

»Eine Frau?« fragte Waworka. »Eine Frau mit einer Puff'n?«

»Und was für eine Frau! Eine Königin. Sie hatte silberne Haare und trug einen Sternenmantel.«

Der hochdeutsch Sprechende war Hochdeutscher. Und völlig meschugge. Da war kein Wahrnehmungsvermögen zu beeinträchtigen.

»Dös klingt jetzt bled«, gab der andere zu, »aber glauben S', wir würden so a G'schicht erfinden, Herr Kommissar? Wenn wir g'sogt hätt'n, daß wir nix g'seh'n hätten, wär'n wir schon längst furt. Dös hätt'n wir eh moch'n soll'n.«

»Und wie sie sang, die Frau im Sternenmantel!« sagte der

Hochdeutsche. »Wunderschön. Die ganze Zeit, während die Polizisten die gefesselte Frau in den Bauwagen tragen mußten. Die Königin ging mit der Pistole hinter ihnen her und sang wie eine Nachtigall. So ungefähr ...«

Er krächzte los. Ohne Text. Auf »la, la, la«. Wenn Nachtigallen nur entfernt so klangen, sollte man sie ausrotten. Ekelhaft, wie der Alkohol die Stimmbänder ruinieren konnte. Waworka war ab sofort für die Prohibition. Er warf seinen Stummel weg und herrschte den Sängerknaben an, daß er das Maul halten solle.

»Ihr werdet's schon noch so singen, wie ich will«, sagte er.

»I hob's da gleich g'sagt, wir hätten uns furtmoch'n soll'n«, sagte der erste Penner.

»Nicht aus dem Käfig herauslassen, die zwei Vogerln«, sagte Waworka zu den Kollegen im Bus. Er überquerte die Fahrspuren des Rings zurück zur improvisierten Einsatzzentrale. Hinter Augustinerkirche und Albertina dämmerte es grau. Im Scheinwerferlicht gruben die beiden Streifenpolizisten den Rasen vor dem Mozartdenkmal auf. Der mit dem Spaten stand im inzwischen knietiefen Loch. Der andere hockte am Rand auf seinen Fersen und schaufelte mit den Händen Abraumerde auf den Hügel, den sie schon aufgeschüttet hatten. Im Bauwagen rührte sich nichts.

Eine der höheren Chargen, die Waworka nur vom Sehen kannte, klemmte ein Megaphon zwischen die Gitterstäbe des Burggartenzauns und legte los:

»Hier spricht Abteilungsleiter Wieninger vom Sicherheitsbüro Wien-Mitte. Ich bitte Sie, keine unüberlegten Handlungen! Uns ist genauso wenig an Gewalt gelegen wie Ihnen.«

Er sprach akzentuiert und war um jenen ruhigen, Sachautorität demonstrierenden Ton bemüht, mit dem Vertreter ihren Kunden die Vorteile einer zusätzlichen Lebensversicherung darlegen.

»Wir würden gerne wissen, worin Ihr Problem besteht. Wir können über alles reden ...«

Er machte in dem Stil weiter. Sie wollten verhandeln, um Zeit zu gewinnen und mehr über den Täter herauszubekommen.

Beziehungsweise über die Täterin. Waworka konnte noch nicht recht daran glauben.

»Die Königin der Nacht«, sagte der Hofrat. »Sie hat schon in den vergangenen Nächten für Unruhe gesorgt, auf Kirchendächern herumgesungen ...«

»Eine Verrückte?« fragte Waworka.

»Einer der Anschläge, die Sie bearbeiten, richtete sich gegen die Kammeroper? Gegen eine Vorstellung der ›Zauberflöte‹?«

»Mmh«, machte Waworka. Ja, ja, er hatte verstanden. Die »Zauberflöte«, die verrückten Anschläge, die verschwundene Strelecky und jetzt die Geiselnahme. Er sollte daraus eine stimmige Geschichte machen. Er hatte die Leute von der Oper selbst verhört, und er hatte sie gestern noch einmal von seinen Leuten überprüfen lassen, als klar war, daß der tote Palffy hinter der Telefonstimme gesteckt hatte. Ohne Ergebnis. Nichts. Vielleicht gab es ja eine Verbindung, aber Waworka hatte keine Ahnung, welche.

»Herrgott, Waworka!« sagte der Hofrat.

»Die Schwester«, sagte Waworka, »wir könnten die Schwester der Strelecky anrufen. Die hat eine besondere Affinität zu Verbrechern, Verrückten, Terroristen und Ermordeten. Die zieht so etwas an.«

»Wenn Ihnen nichts Besseres einfällt«, sagte der Hofrat und winkte einem seiner Adjutanten. »Und die beiden Streifenpolizisten, die ihren Wagen kürzlich dieser Königin der Nacht zur Verfügung gestellt haben, die will ich auch hier sehen.«

Der Adjutant zischte ab.

Wieninger sprach mit dem Megaphon auf einen verlassen aussehenden Bauwagen ein. In den Pausen, die er effektvoll einstreute, hörte man Vögel, die im Burggarten zu zwitschern begonnen hatten. Wie jeden Morgen wahrscheinlich. Ungewöhnlich war nur Wieninger, der verschwörerisch in die Flüstertüte flüsterte:

»Wenn Sie Forderungen haben, können wir auch darüber reden. Wir werden tun, was in unserer Macht steht. Sie müssen uns Ihre Forderungen aber mitteilen, damit wir überhaupt etwas tun können.«

Das Loch, das die beiden Polizisten gruben, sah nach einem Stück Schützengraben aus, das von einem Erdwall zusätzlich gesichert werden sollte. Der mit dem Spaten stand bis zu den Oberschenkeln im Loch. Er reckte sich von Zeit zu Zeit, ächzte, daß es bis über den Zaun hinaus vernehmbar war. Er war Bauarbeiten nicht gewöhnt. Ein Streifenpolizist halt.

»Wenn sie noch ein wenig tiefer sind, reicht es als Deckung«, sagte der Scharfschützenkommandeur. »Wir rufen ihnen durchs Megaphon zu, daß sie sich hineinwerfen sollen, und stürmen im gleichen Moment.«

»Sie san mir vielleicht ein Revolverheld«, sagte Rippel.

»Und die Geisel im Bauwagen?« fragte der Hofrat.

»Vielleicht ist sie sowieso schon tot«, sagte der Sturmfanatiker hoffnungsfroh.

»Erwürgt, oder? Es ist kein Schuß gefallen. Die Geiselnehmerin hat mit den Waffen von Müller und Herzmansky drei Pistolen zur Verfügung. Würden Sie bei solchen Möglichkeiten jemanden erwürgen? Als schwache Frau noch dazu?«

Der Sturmtruppenführer sah aus, als ob er nichts lieber täte, als ein paar Geiseln zu erwürgen, sagte aber nichts mehr.

»Was graben die denn überhaupt?« wunderte sich einer von der Bundespolizei. »Einen Fluchtweg?«

Der Hofrat sah ihn an, als ob er deppert wäre. Der von der Bundespolizei verteidigte sich: »Weiß doch jeder, daß der gesamte 1. Bezirk unterkellert ist. Vielleicht wollen sie zu Franz Josephs geheimem Verbindungsgang zwischen Hofburg und Schönbrunn?«

»Gibt's nicht«, sagte Rippel, der sein Revier kennen mußte.

»Aber einen begehbaren Lüftungsschacht vom Burggarten zur Staatsoper gibt es.«

»Der kommt da hinten heraus«, sagte Rippel, »hundert Meter weiter. Wenn sie dorthin wollen, können wir unseren Urlaub für die nächsten beiden Jahre vergessen.«

Wieninger flüstertütete: »Seien Sie vernünftig! Lassen Sie uns mit der Geisel reden! Nur zwei Worte, damit wir sehen, daß es ihr gutgeht ...«

Er unterbrach, steckte sich eine Zigarette an. Zermürben

war eine zermürbende Tätigkeit. Die Vögel jubilierten und trällerten in den beginnenden Morgen hinein. Es war ein Sonntagmorgen, der Tag des Herrn, und sie feierten ihn mit einem Heidenspektakel.

»Die Sicherheit und körperliche Unversehrtheit aller Beteiligten zu gewährleisten, ist unser oberster Grundsatz«, flüsterte Wieninger den Vogelgesang nieder. »Noch ist es nicht zu spät, noch können Sie das Schlimmste vermeiden. Lassen Sie uns verhandeln …«

Der Adjutant des Hofrats bog um die Ecke der Würstelbude. In seiner Begleitung befand sich eine Streifenpolizistin. Der Adjutant stand stramm, sagte: »Die Strelecky nimmt nicht ab, Herr Hofrat. Ich habe einen Wagen hingeschickt, um sie zu holen.«

Der Hofrat nickte und blickte fragend auf die Polizistin.

»Inspektorin Vanik. Sie war bei der Streifenwagenbesatzung, der die Königin der Nacht den Wagen entwendet hat. Frau Vanik ist hier im Einsatz.«

Die Vanik salutierte und berichtete von den vergeblichen Versuchen, die Königin der Nacht an der Josefstädter Straße festzunehmen. Ihre Personenbeschreibung stimmte mit der der Penner überein. Das sprach Waworkas Meinung nach eher gegen die Vanik als für die Penner.

»Und Sie haben keine Ahnung, wer sie ist?« fragte der Hofrat.

Freilich, dachte Waworka, sie weiß Namen, Adresse und Sternzeichen. Sie will es bloß spannend machen. Man mußte wahrscheinlich vor allem dumme Fragen stellen können, um Hofrat zu werden.

Die Vanik zögerte, sagte: »Nein.«

»Aber?«

»Mein Kollege Leo Blum …« Sie brach ab.

»Na los!«

»Er war am Gürtel mit dabei, und er hat sie angeblich vergangene Nacht in Schönbrunn wieder gesehen. Wir haben die Aufführung von ›Don Giovanni‹ abgesichert.«

»Er weiß, wer sie ist?«

»Er hat behauptet, sie sei gar nicht die Königin der Nacht. Er wisse das genau. Sie sei eine Hochstaplerin, die er durchschaut habe.«

»Her mit dem Blum!« sagte der Hofrat und schnippte mit den Fingern nach seinem Adjutanten. Der sprang in Habacht-Position.

»Es ist nur …«, sagte die Vanik, »der Blum sitzt in der Gummizelle. Im Irrenhaus.«

»Was?« fragte der Hofrat.

»In der Psychiatrie. Er hat durchgedreht. Zu viert haben sie ihn kaum unter Kontrolle gebracht. Völlig ausgeklinkt.«

»Wegen der da?« fragte Waworka. Er zeigte mit dem Daumen Richtung Bauwagen.

»Er hat versucht, im Schönbrunner Tiergarten die Wölfe auszurotten«, sagte die Vanik. »Wegen Hochverrats.«

»Wegen Hochverrats? Wölfe?«

»Hat Blum gesagt. Das halbe Rudel hat er abgeknallt, die restlichen sind entkommen. Die durften wir dann die Nacht durch jagen. Wenn wir einen gestellt hatten, mußten wir ihn natürlich erschießen. Präventiv. Die sind ja gefährlich, vor allem, wenn sie in die Enge getrieben werden. Kanadische Timberwölfe, wissen Sie? Zwei gingen uns noch ab, als wir gestern um 4.00 Uhr abgelöst wurden. Heute morgen haben s' uns genau um 4.00 Uhr hierher gekarrt. Komisch, was?«

»Wölfe. Und eine falsche Königin der Nacht. Ob das etwas zu sagen hat?« fragte der Hofrat. Er blickte in die Runde.

Sicher hatte das etwas zu sagen. Das hatte zu sagen, daß man nicht jedes Weichei mit Sprung in die Polizei aufnehmen sollte. Die Welt war schon verrückt genug. Da sollten zumindest die Leute, die für Ordnung zu sorgen hatten, einigermaßen klar im Kopf sein. Das wenigstens meinte Waworka.

Wieninger schnippte seine Zigarettenkippe durch den Gitterzaun und sagte durchs Megaphon:

»Hören Sie, versetzen Sie sich mal in unsere Lage! Wir haben Sie umstellt, und wir wollen kein Blutvergießen. Was sollen wir jetzt machen? Wir warten. Eine Stunde, zwei Stunden, acht Stunden, bis wir abgelöst werden. Die Kollegen, die uns ablösen, werden auch nichts anderes machen als warten. Wir halten das länger aus als Sie. Irgendwann werden Sie etwas zu essen brauchen ...«

Links von Waworka war eine Würstelbude. Auf einem Schild versprach sie Debreziner, Frankfurter, Bratwurst, Käsekrainer, Burenwurst, Kartoffelsalat. Lauter leere Versprechungen. Der Rolladen war geschlossen. Waworka steckte sich eine Havanito an. Wieninger sagte:

»Wenn Sie etwas zu essen brauchen, wenn Sie irgend etwas brauchen, werden Sie mit uns reden müssen. Warum dann nicht gleich? Sagen Sie uns ...«

Aus dem offenen Fenster des Bauwagens schob sich ein kleines schwarzes Loch dem Scheinwerferlicht entgegen, das im Grau des beginnenden Tages schwächer geworden schien. Der Schuß bellte auf, und während Waworka unter die Theke des Würstelstands abtauchte, hörte er, wie Glas knallend zersprang. Jemand schrie »verdammt«, und schon kam das Echo des Schusses federleicht von der Rückfassade der Neuen Burg zurück und mischte sich unter das Flügelschlagen der aus den Bäumen aufsteigenden Vögel. Waworkas Zigarillo glühte auf dem Teer des Gehwegs. Um Waworka herum lagen die Spitzen der Wiener Polizei wie Mikadostäbchen übereinander. Der Scharfschützenrambo hielt sich an seinem Sprechfunkgerät fest und zischte unter dem BMW durch: »Angriff, Herr Hofrat, Angriff?«

Rippel krabbelte nach vorn, lugte um die Ecke. »Sie hat nur den Scheinwerfer zerschossen.«

Der Hofrat war überraschend schnell wieder auf den Beinen, hielt sich aber hinter dem Würstelstand in Deckung. Waworka trat die Havanito aus und sagte: »Sie scheint nicht groß auf Gespräche aus zu sein.«

Auch er schaute vorsichtig zum Bauwagen hin. Das Fenster war dunkel. Nichts rührte sich. Die beiden Polizisten erhoben sich aus dem Dreck und gruben mit deutlich erhöhtem Elan weiter.

Wieninger hockte am Fuß der Burggartenmauer in Dekkung. Er hielt das Megaphon in der rechten Hand und deutete fragend mit der linken darauf. Der Hofrat winkte ab. Er sagte: »Her mit dem Blum!«

»Die lassen keinen zu ihm«, sagte die Vanik.

»Notfall, Ausnahmezustand, Notstand«, sagte der Hofrat zu seinem Adjutanten. »Sie holen ihn da heraus. Wenn es sein muß, stürmen Sie den Laden.«

Der Adjutant flog ab.

»Und was machen wir jetzt?« fragte Waworka.

»Nichts.« Der Hofrat klopfte sich den Staub aus der Kleidung.

»Warten und zermürben«, sagte er.

»Gute Idee«, sagte Waworka.

»Holt wer einen Kaffee?« fragte Rippel.

»Für mich eine Melange«, sagte Waworka.

Seine Feinde hatten ihn selbst herausgelassen. Sie wußten nicht, wer er war. Daß er der Held aller Helden und der schrecklichste Feind seiner Feinde war. Die einäugige Tür hatte sich einfach geöffnet, und wie die Lämmer, die sich selbst zur Schlachtbank führen, hatten sie ihn herausgeholt. Er würde sie noch eine Weile leben lassen.

Sie waren zu viert. Zwei saßen vorne im Streifenwagen, und zwei andere links und rechts von ihm auf der Rückbank. Auch seine Stimmen waren mitgekommen. Sie waren da, beschützten ihn gegen die feindlichen Stimmen, die in den Mauern der Häuser saßen, an denen sie vorbeiglitten, auf Balkonen und in Erkern, unter Fenstergiebeln. Die ihn aus Säulen, Stuckportalen und blätterndem Putz angeiferten. Die in Steinen kicherten und ihm die Klänge vergangener Zeiten um die Ohren schlugen: türkischen Kanonendonner, das Stöhnen der Pestkranken, kaiserliche Kutschen, die übers Pflaster ratterten, Schüsse hinter Barrikaden, den Gleichschritt der braunen Kolonnen, Fliegeralarm, Flakfeuer. Doch seine Stimmen waren bei ihm und sagten:

»Dir kann nichts passieren. Du bist der Liebling der Götter.«

Die Sonne brach rot durch die Häuserschlucht der Burggasse, leitete den Wagen nach unten. Der Fahrer bog in die Ringstraße ein. Überall standen Streifenwagen. Damit hatte der Liebling der Götter nichts zu schaffen. Links hinter dem Tor lag der Heldenplatz im Morgenlicht, eine weite, öde Fläche, ein leeres Schlachtfeld, über das seine Stimmen wie der Wind sausen und ihm zuflüstern konnten:

»Du bist der Held aller Helden.«

Er nickte, antwortete nichts, verriet sich nicht. Der Wagen stoppte hinter einem Mannschaftsbus. Seine Feinde stiegen aus.

»Auf geht's, Blum!« sagte einer.

Er war nicht Blum, aber er tat, als ob nichts wäre, und folgte ihnen auf die andere Straßenseite. Dort hatten sich die Anführer seiner Feinde gesammelt, bewaffnete und unbewaffnete, uniformierte und zivil getarnte. Es war noch nicht an der Zeit, sie alle zu zerschmettern.

»Inspektor Blum?« fragte einer von ihnen. »Ich bin Hofrat Rosenberger. Wie geht es Ihnen?«

Auch sie hielten ihn für Inspektor Blum. Das war gut, aber dennoch mußte er höllisch aufpassen. Er durfte sich nicht verraten. Er sagte:

»Nicht gut.«

»Tut mir leid. Sie hatten auch einiges am Hals in letzter Zeit, nicht? Die Geschichten mit dieser Königin der Nacht müssen Sie ganz schön mitgenommen haben. Verständlich, allzu verständlich!«

»Königin der Nacht?« Das ging niemanden etwas an. Niemand, und sonst niemanden. Vielleicht noch den Helden aller Helden, aber sicher keinen Hofrat Sowieso.

»Uns bereitet sie auch Schwierigkeiten, große Schwierigkeiten. Diese Königin der Nacht hat unschuldige Menschen als Geiseln genommen und bedroht sie mit dem Tode. Inspektor Blum, Sie müssen uns helfen! Sie können Leben retten!«

»Ich bin psychisch krank«, sagte er. Das war gut! Das war eine blendende Idee. Die beste Maske, die er sich zulegen konnte.

»Wenn wir wüßten, wer sie wirklich ist, könnten wir ganz anders mit ihr umspringen. Ein Täterprofil erstellen, das Tatmotiv klären, ihre Schwachstellen herausfinden, Bezugspersonen kommen lassen, die auf sie einwirken ...«

»Ich bin krank«, sagte der Held aller Helden. »Kranke Menschen brauchen Hilfe. Und Ruhe. Man darf sie nicht unter Druck setzen!«

»Wer setzt Sie denn unter Druck, Herr Blum? Wir wollen nur wissen, wer diese Königin der Nacht ist. Nur den Namen. Ein Wort, und alles ist vorbei!«

Der Held aller Helden sagte nichts.

»Psychisch krank?« flüsterten die Stimmen. »Ha, ha, das ist gut, das ist sehr gut. Du bist der listige Liebling der Götter.«

Die Stimmen waren mit ihm. Sie waren vom Heldenplatz über die Neue Burg herübergeflogen und saßen nun zwitschernd in den Bäumen des Burggartens.

»Das war ein Mißverständnis im ... Ich meine, wie Sie diese Nacht verbringen mußten«, sagte der Hofrat. »Ich werde höchstpersönlich dafür sorgen, daß so etwas nicht wieder vorkommt. Dafür verbürge ich mich.«

»Es gibt Stimmen, die lügen, und Stimmen, die die Wahrheit sagen«, sagte der Held aller Helden leichthin. Er konnte sich das erlauben, ohne zuviel zu verraten. Er hatte seine Feinde fest in der Hand.

»Den Namen!« sagte der Hofrat. »Wer ist diese verdammte Königin der Nacht?«

»Er simuliert«, sagte eine andere Stimme von der Seite. »Haben Sie schon mal einen Irren gesehen, der zugibt, daß er irre ist? Der will uns auf den Arm nehmen, das Bürscherl!«

Der Held aller Helden wandte sich seinem neuen Feind und dessen heiserer Stimme zu. Sie hörte sich nach zu vielen Zigarillos an und erinnerte dumpf an graue Vorzeiten. An neblige Abende, die Generationen zurücklagen, zurückreichten vor die Existenz des Helden aller Helden und vor die Geburt der Götter selbst. In Zeiten, in denen es nichts als die Stimmen gab und das Chaos, in dem sie sich bis aufs Blut bekriegten.

»Komm, pack aus, Freunderl! Hör auf, uns zum Narren zu halten! Das ist kein Spaß hier«, sagte sein Feind und hustete bellend aus einem massigen Körper hervor. Es war ein mächtiger Feind, dem der Held aller Helden gegenüberstand, es würde der Kampf aller Kämpfe werden, die schicksalsentscheidende Schlacht. In solch einem Duell starb man nicht namenlos. Der Held aller Helden beschloß, seinem Gegner einen Namen zu geben. Er überlegte kurz. Es war egal. Irgendein Name. Er würde ihn Waworka nennen, wie immer sein richtiger Name sein mochte.

»Also raus mit der Sprache!« sagte sein Gegner. Sagte Waworka.

»Und?« fragte der Held aller Helden. Der Kampf hatte begonnen. Die Stimmen murmelten durch die Lüfte, schwirrten an den Köpfen vorbei, stießen nieder, zogen hoch. Die Stimmen summten dem Held aller Helden Kriegslieder in die Ohren.

»Und was?« fragte Waworka zurück. Waworka machte sich gut als Name. Er paßte ausgezeichnet.

»Also raus mit der Sprache, und weiter?« half ihm der Held aller Helden auf die Sprünge.

Er sollte sich selbst auch einen Namen zulegen. Einen, der zu Waworka paßte. Einen, der die Gleichheit der Waffen herstellte. Ein faires Duell, das war alles, was er wollte. Wie wäre es mit Blum? Leo Blum? Er würde sich Leo Blum nennen.

Gut. In Ordnung. Die Stimmen tanzten um ihn und sangen:

»Du bist Leo Blum.«

»Und weiter?« fragte Leo Blum noch einmal.

Waworka polterte: »Nichts weiter. Du sagst uns, wer die Königin der Nacht ...«

Er unterbrach, stutzte. Er hatte begriffen, mit wem er es zu tun hatte. Mit Leo Blum!

»Blum?« fragte Waworka. »Du bist doch der vom Schuberthaus? Du bist doch ...?«

»Du?« fragte Blum. Es kämpfte sich gut mit den Stimmen im Rücken, die alle mit einer Stimme sprachen. Mit seiner Stimme. Es war Leo Blums Stimme.

»In Ordnung«, sagte Waworka, »man muß ja nicht gleich ein Drama draus machen.«

»Also raus mit der Sprache, und weiter?« fragte Blum.

»Jetzt lösen wir erst die Sache mit der Königin der Nacht, dann gehen wir zusammen in ein Kaffeehaus und reden alles aus.«

Er wich zurück. Er sah stark aus, aber er war ein Feigling. Ein aufgeblasener Ballon, dem man mit einem Stich die Luft auslassen konnte.

»Und?« sagte Blum. »Was noch? Da fehlt doch etwas!«

»Ich red halt so«, sagte Waworka. »Das ist nicht so gemeint. Im Lauf der Jahre entwickelt jeder seine Eigenheiten. Ich sag ja nicht, daß das in Ordnung ist ...«

»Du Bürscherl!« sagte Blum.

Waworka wurde dunkel im Gesicht, wurde laut: »Gut, von mir aus, ich entschuldige mich. Tut mir leid. In Ordnung? Können wir jetzt wissen, wer diese Königin der Nacht ...«

»Du entschuldigst dich bei wem?« erkundigte sich Blum interessiert.

Waworka schnappte nach Luft. Er fuhr sich über die Stirn, versuchte zu kontern: »Treib's nicht zu weit!«

Blum wandte sich an den Hofrat: »Ich weiß nicht viel über die Königin der Nacht, aber ich weiß etwas, das Ihnen weiterhelfen könnte. Ich sage es Ihnen gern, aber erst, wenn ich seine Aussage gehört habe. Wenn der da den Mund aufgemacht hat.«

Er wies auf Waworka. Der Hofrat kapierte nichts. Er sah Waworka fragend an.

Waworka sagte: »Der weiß nichts. Der macht bloß Sprüche. Am besten sofort zurück in die Klapse!«

Blum lachte. Er fühlte sich großartig. Stark. Er sagte: »Er will es nicht sagen. Er setzt lieber Menschenleben aufs Spiel, als eine Beleidigung wieder gutzumachen, die er einem anderen Menschen zugefügt hat.«

»Was war eigentlich im Schuberthaus los?« fragte der Hofrat.

Blum deutete auf Waworka. Er hatte nichts zu erklären.

Er war Leo Blum, er war im Recht. Er brauchte keine Stimmen mehr. Es gab keine Stimmen mehr. Er sprach selbst. Für sich selbst.

»Tut mir leid«, sagte Waworka. »Ich muß mich entschuldigen ...«

»Bei wem?« fragte Blum schnell. Jetzt hatte er ihn.

»Bei wem? Bei ... Ihnen«, stieß Waworka heraus. Er zeigte Wirkung. Ja, jetzt hörte sich alles anders an als damals, als die Sirenen Blums Kopf vernebelt, als die Stimmen in ihm sich gegenseitig gelähmt hatten. Diesmal hatte Blum zugeschlagen. Und er hatte gut getroffen. Er mußte jetzt nur nachsetzen, dem Kerl den Rest geben.

»Und wer bin ich?«

»Herr Blum«, preßte Waworka hervor.

»Was bin ich? Los, ich will es hören!«

»Herr ... Inspektor ... Blum«, knirschte Waworka.

»Schwamm drüber!« sagte Blum. Waworka war am Boden. K.o. Ausgezählt lag er auf den Brettern. Er sollte jetzt seine Wunden lecken. Blum hatte gewonnen, und alles war in Ordnung. Er war nicht nachtragend. Es war alles ausgestanden.

»Die Königin der Nacht ist ein Mann«, sagte Blum. »Ich bin an sie heran, weil ich dachte, sie sei die Miriam Strelecky, weil die doch vermißt war und weil die Königin der Nacht immer dort auftauchte, wo eigentlich die Strelecky sein sollte, und weil sie beide wunderbar sangen und wegen der ›Zauberflöte‹. Ich war mir sicher. Sie ging dann auf mich los, es kam zu Handgreiflichkeiten, und da habe ich es bemerkt. Ohne Zweifel. Die Königin der Nacht ist ein Mann.«

Die Sonne strahlte als leuchtender Ball über der Albertina. Sie warf ihr Licht auf die Rückseite des Mozartdenkmals. Von vorne wurde es durch einen völlig überflüssigen Scheinwerfer angestrahlt. Glocken läuteten irgendwo zur Messe. Es war Sonntag. Ein paar Tage waren vergangen für Leo Blum. Er konnte sich an alles erinnern. Er war auf Kirchtürme geklettert, war abgestürzt, hatte Orion Blutsbrüderschaft geschworen, Befehle mißachtet, seine Uniform vernichtet, sich mit

Mannweibern geprügelt, Wölfe erschossen. Es würde nicht leicht werden, das alles zu erklären. Sie würden ihm nicht glauben, aber das war ihm ziemlich egal. Alles war ziemlich egal. Nur eines zählte: Er war nicht niemand, er war wieder wer. Er war Leo Blum!

Er lachte lauthals der Sonne zu.

»Gut«, sagte der Hofrat, »danke, Blum.«

Blum lachte ihn an. Er war Leo Blum.

»Und jetzt ab mit ihm. Zurück in die Klapse!« sagte der Hofrat.

»Ich werde versuchen, Ihnen alles zu erklären«, sagte Blum.

»Klar«, sagte der Hofrat, »später mal.«

»Aber ... «, sagte Blum, doch sie hatten ihn schon gepackt. Zwei Sicherheitswachler. Sie führten ihn ab. Es war ein Riesenirrtum. Er war Leo Blum.

»Ich red halt so«, sagte Waworka. »Das ist nicht so gemeint. Im Lauf der Jahre entwickelt jeder seine Eigenheiten. Ich sag ja nicht, daß das in Ordnung ist ... «

Wenn das Bürscherl wegen einer alltäglichen Bemerkung durchdrehte, brauchte es halt einen Psychologen. Bei der Polizei war so ein Weichei völlig fehl am Platz. Waworka konnte nichts dafür. Immerhin war er im Schuberthaus nicht mit dem angemessenen Respekt angesprochen worden. Er war Oberinspektor, und ein Untergebener hatte ihn gefälligst auch so zu nennen.

»Gut, von mir aus«, sagte er. »Ich verlange ja nicht, daß du dich entschuldigst. In Ordnung! Können wir jetzt wissen, wer diese Königin der Nacht ... «

»Du entschuldigst dich bei wem?« fragte der Kerl. Tat so, als ob er Waworka mißverstanden habe. Nützte aus, daß ihn alle für einen Irren hielten, um unverschämt werden zu können.

»Treib's nicht zu weit!« sagte Waworka. Er sagte es im Guten. Er hatte wirklich Verständnis für Geisteskranke, solange sie nicht bei der Polizei waren oder Ermittlungen behinderten oder ihm auf die Nerven gingen. Auf das Bürscherl trafen leider alle drei Einschränkungen zu. Na gut. Erst die Identität der Königin der Nacht! Wenn man die aus ihm herausbekam, rechtfertigte das ein wenig Geduld.

Das Blumbürscherl sagte: »Ich weiß nicht viel über die Königin der Nacht, aber ich weiß etwas, das Ihnen weiterhelfen könnte. Ich sage es Ihnen gern, aber erst, wenn ich seine Aussage gehört habe. Wenn der da den Mund aufgemacht hat.«

Er wies an Waworka vorbei in den Burggarten. Auf den steinernen Mozart, der auf seinem Sockel stand und im Scheinwerferlicht träumte. Da konnten sie lange warten, bis der etwas sagte!

Es hatte keinen Sinn mit dem Blum. Waworka wandte sich zum Hofrat: »Der weiß nichts. Der macht bloß Sprüche. Am besten sofort zurück in die Klapse!«

»Er will es nicht sagen. Er setzt lieber Menschenleben aufs Spiel, als eine Beleidigung wieder gutzumachen, die er einem anderen Menschen zugefügt hat«, sagte Blum.

Selbst einem Hofrat mußte jetzt klar werden, daß mit Blum nichts anzufangen war. Aus jemandem, der sich von einem steinernen Mozart tödlich beleidigt fühlte, war nun wirklich nichts Sinnvolles herauszubekommen.

»Was war eigentlich im Schuberthaus los?« fragte der Hofrat.

Waworka zuckte mit den Schultern. Vielleicht hatte es da mit Blum begonnen. Vielleicht hatte er aber auch von Geburt an einen Schlag weg. Was wußte denn Waworka!

»Tut mir leid«, sagte Waworka zum Hofrat. Er hatte keine Ahnung. Er war kein Psychiater. In dieser Sache konnte er nicht weiterhelfen. Er sagte: »Ich muß mich entschuldigen, aber ...«

»Bei wem?« unterbrach Blum.

»Bei wem?« Waworka wurde klar, wie abgedreht Blum war. Er war nicht in der Lage, einem Gespräch zu folgen. Waworka wurde sanft.

»Bei ihnen«, sagte er und wies auf den Hofrat und in die Runde.

»Und wer bin ich?« fragte Blum atemlos. Verängstigt. Als hinge sein Leben davon ab. Auf einmal tat der Junge Waworka leid. Ein armes, hilfloses Würstchen, das nicht wußte, wer es war, das von allen herumgestoßen wurde und sich nicht einmal selbst Respekt entgegenbringen konnte, weil es nur eine amorphe, stumpfsinnige Masse darstellte.

»Herr Blum«, sagte Waworka begütigend. Das Gesicht Blums leuchtete auf. Waworka schien den richtigen Ton getroffen zu haben.

»Was bin ich?« Blum hüpfte vor Erregung auf der Stelle. Er wollte seine Identität. Eine Identität. Er brauchte jemanden, der sie ihm schenkte.

»Los, ich will es hören!« jammerte er.

Waworka war in Geberlaune. Jeden Tag eine gute Tat. Vor allem Witwen, Waisen und infantilisierten, verrückten Polizisten gegenüber.

»Herr ... Inspektor ... Blum«, sagte er langsam und beruhigend. Vielleicht half es, wenn man Blum wie einen Dreijährigen ansprach.

Tatsächlich hörte er auf, herumzuhüpfen. Ganz ruhig wurde er, schien in sich versunken, glücklich fast. Ja, da hatten es die Verrückten leicht. Waworka war fast neidisch.

»Schwamm drüber«, sagte Blum. Er schien fast normal.

Glocken begannen irgendwo zu läuten, und Waworka dachte, daß er das nicht schlecht hingekriegt habe und daß jetzt Blum nur noch auspacken müsse, und schon begann Blum zu sprechen, sagte: »Die Königin der Nacht ist ein Mann ...«

Blum packte aus, und Waworka dachte, in aller Bescheidenheit dachte er, daß er wahrhaft eine außergewöhnliche psychologische Meisterleistung vollbracht habe. Er gönnte sich einen Moment des Triumphs, sah die Sonne über der Albertina lächeln und steckte sich eine Havanito an. Er hustete fröhlich und dachte, daß das Leben manchmal gar nicht so übel sei, und mit sich und der Welt zufrieden, hörte er Blum zu. Und Blum redete und sagte:

»Die Königin der Nacht ist ein Mann.«

Es waren ein paar kleine Worte, die sich in Waworkas Gehirn drängten, und während er zusah, wie die Sonne den Tag erschuf, ordneten sich die Worte von selbst ein, ergänzten die bruchstückhafte Melodie in seinem Kopf, schoben ein paar Töne hin und her, gaben ein, zwei andere Vorzeichen, transponierten, und ohne Waworkas Zutun klang das fertige Lied in ihm auf.

»Das ändert nichts«, sagte der Sturmabteilungskommandant. »Wir sollten stürmen und ihr den Hals umdrehen.«

»Ein Mann?« fragte der Hofrat.

»Ihm den Hals umdrehen«, verbesserte sich der Scharfschützenchef.

Es war kein fröhliches Lied. Nichts mit Wienerwald und Weinseligkeit. Ein grau gekleidetes Männchen, das gebückt durch die Nacht schlich, drängte sich Waworka in den Sinn. Ein anonymer Zwerg, der durch den Nebel huschte, der gramgebeugt Melodien suchte und vergebens hoffte, daß es noch nicht zu spät wäre, daß der Tod ihm die Frist verlängern würde, die schon abgelaufen war. Es war zu spät.

Was blieb, war Resignation, Trauer, der Wunsch nach ewiger Ruhe.

»Requiem aeternam dona eis«, murmelte Waworka. Wie von selbst übersetzten sich seine Gedanken in die ersten Worte des Requiems. Mozarts Requiem. Das letzte, unvollendete Werk Mozarts, der da hinten in Stein verewigt worden war, von den gleichen Wienern, die ihn damals in einem Massengrab auf dem St. Marxer Friedhof hatten verschwinden lassen.

»Et lux perpetua luceat eis«, murmelte Waworka.

»Hm?« fragte Rippel.

Ein Licht war Waworka aufgegangen. Es war alles klar. Vor allem war klar, was zu tun war. Waworka wandte sich an den Hofrat:

»Ich brauche ein paar Sachen.«

»Wenn Sie eine Idee haben, schießen Sie los!« sagte der Hofrat.

Der Scharfschützenkommandant nickte begeistert. Waworka sagte: »Kerzen, Weihwasser, Blumenkränze, Gebinde mit Schleifchen …«

Der Hofrat starrte ihn an.

»... das Mozartorchester, einen Chor, einen Priester und mindestens zwei Ministranten, besser vier.«

»Geht es Ihnen gut?« fragte der Hofrat.

»Und natürlich einen Sarg. Schwarz. Nicht zu billig. Er sollte schon etwas hermachen.«

»Einen Sarg, natürlich«, sagte der Hofrat. Er schaute um die Ecke des Würstelstandes. Die beiden Streifenpolizisten gruben wie besessen.

»Klar«, sagte der Hofrat, »ein Grab! Die heben ein Grab aus.«

»Sie ... äh, er will die Geisel umlegen und gleich hier beerdigen?« fragte der Scharfschützenheini. »Dann sollten wir rechtzeitig ...«

»Es ist der Hawliczek von der Oper«, sagte Waworka. Es konnte nur der Hawliczek sein. Seine Bindung an die Strelecky, sein Verschwinden, die Hinrichtung von Palffy, alles paßte zusammen. Hawliczek war nicht ganz dicht, ihm war zuzutrauen, daß er sich als Königin der Nacht verkleidete und auf Kirchen herumkletterte, um nach seinem Schwarm zu rufen. Daß dem stummen Zwerg von verschiedenen Zeugen eine Frauenstimme zugesprochen worden war, hatte nichts zu bedeuten. Man brauchte nur an den Keller der Oper zu denken. Dort hatte Hawliczek ja bewiesen, daß er Aufnahmen von der Strelecky besaß und sogar einen Cassettenrecorder zu bedienen vermochte.

»Der Hawliczek!« sagte Waworka.

»Kein Grund, ihn die Strelecky umbringen und unrechtmäßig außerhalb der dafür vorgesehenen Anlagen begraben zu lassen«, meinte der von der Bundespolizei.

»Der tut der Strelecky nichts«, sagte Waworka. »Da könnt ihr Gift darauf nehmen.«

»Also bitte«, sagte der Hofrat.

9

Erhören: Bumm, bumm

Es war so, wie es immer hätte sein müssen. Das leise Pochen, das sich auf sie übertrug und durch ihre Adern wallte. Über ihren Haaren sein gleichmäßiger Atem, der der Dunkelheit ihren Ton gab, sicher und freundlich und vertraut. Sonst nichts, Stille. Nur das waren die Geräusche der Nacht, ihrer beider Nacht, und sie waren schön. Es war egal, ob sie schlief oder wach lag, es war unwichtig, ob es ein Traum war oder nicht. Ob es ein Gestern gab oder ein Morgen, ein Ob oder ein Wenn.

Sie strich mit ihrer Wange an seiner Brust entlang. Glatte, zarte, warme Haut. Kaum ein Härchen, das kitzelte. Er drehte den Kopf, sagte etwas wie »ouhm«.

Er war ein kleiner Junge. Sie würde auf ihn aufpassen.

Sie lächelte, dachte: »Ich liebe dich.«

Heute nacht ja, ohne Wenn und Aber. Jetzt. Jetzt war lange genug, denn es gab nichts anderes. Es war schön.

Sie drückte ihr Ohr gegen seine Brust und hörte dem rhythmischen Pulsieren zu, das sich darin abspielte. Sie liebte auch seinen Herzschlag. Es war ein ganz besonderer Herzschlag. Er machte »bumm bumm, bumm bumm«. Na gut, vielleicht taten das andere Herzen auch. Aber nicht so! Nicht so schön zumindest. Und nicht nur für sie. Sie fand es rührend, daß sein Herz nur für sie schlug.

Sie zog die Decke über seine Schulter hinauf und kuschelte sich näher an ihn. Alles war dunkel und ruhig, und wenn sie wirklich wach gewesen war, dann wollte sie nun wieder einschlafen und von seinem Herzen träumen, das unermüdlich für sie weiterschlagen würde, die ganze Nacht hindurch.

Sein Herz sagte »schlaf gut, schlaf ein«, und sie stak im Niemandsland zwischen Schlafen und Wachen und lächelte ihm in ihren Halbträumen zu. Wenn sie nur gleichzeitig schlafen und wach sein könnte! Von ihm träumen und seinem Herzschlag zuhören. Sie hatte überhaupt keine Lust, sich für eins von beiden zu entscheiden. Sie wollte, daß alles so blieb, wie es gerade war, aber gleich würde sie im Schlaf versinken. Oder vollends auftauchen.

»Was meinst du?« fragte sie leise. Vielleicht dachte sie es auch nur, vielleicht träumte sie nur, ihn gefragt zu haben. Doch sein Herz antwortete.

»Bumm bumm«, sagte es, und sie fand, daß das eine ausgezeichnete, schlagfertige Antwort war, die genau das sagte, was in so einer wunderschönen Situation zu sagen war. Zur Belohnung küßte sie sich den Hals hoch, der zu dem klugen, treuen Herzen gehörte, und dann kam ein Ohr zum Knabbern, und sie biß ein bißchen und sagte: »Gut gemacht, du!«

Sein Atem stockte kurz. Erst dachte sie, es läge daran, daß sie ihr Lob so hinreißend ausgesprochen habe, aber dann stöhnte er ein wenig und machte abwehrend »nnnnnh«.

»Doch, ehrlich«, sagte sie. Er war einfach zu bescheiden. Er wußte gar nicht, was für ein Goldschatz er war, aber sie würde es ihm schon beibringen.

Sie leckte seine Wange entlang, und richtig, da war die Nase, ein niedliches, kleines Stupsnäschen, auf dem sie ihre Zunge kreisen ließ. Sein Kopf wich zur Seite aus. Du schüchterner kleiner Goldschatz, du! Sie hielt seinen Kopf mit beiden Händen fest und sog an seiner Nase, und da wachte er endlich auf.

»Ruth!« sagte er.

»Keine Namen!« zischte sie verschwörerisch. »Nur du und ich.«

Und da sie ihn so schön vor sich hatte und schließlich irgendwie verhindern mußte, daß er irgend etwas ausplapperte, was nicht hierher gehörte, drückte sie ihre Lippen auf seine und stopfte ihm den Mund.

Etwas Sanftes streichelte über ihren Rücken. Es konnte eine zarte Hand sein. Stimmt, er hatte auch Hände. Er hatte ein Herz, das für sie schlug, und eine Nase, Lippen zum Küssen und Hände, die sanft streicheln konnten, er war ein

Mensch aus Fleisch und Blut, mit allem, was dazugehörte. Es war unglaublich!

Natürlich hatte er auch seine Schwächen, klar. Er war kein Supermann und mußte noch einiges lernen. Zum Beispiel durch die Nase zu atmen. Kaum küßte man ihn mal ein paar Minuten lang, schon blieb ihm die Luft weg. Als sie ihn losließ, schnappte er wie ein Fisch auf dem Trockenen und japste: »Oh, Mann, Ruth!«

»Mann?« fragte sie und fuhr mit ihrer Hand nach unten, um an ihm zu überprüfen, ob sie das mit der Männlichkeit bisher falsch aufgefaßt hatte.

»Nee, wirklich«, sagte er, »jetzt ist Schluß!«

»Ein Mann, ein Wort?« fragte sie. Er küßte sie auf die Stirn.

»›Au, au‹, würde Kant dazu sagen«, sagte sie.

»Ist das der Spitzname für einen deiner Verflossenen?« fragte er. »Ich hätte eher auf Terminator getippt.«

Er war süß, aber er war halt auch nur ein Mensch. Ein Mann, genauer gesagt. Die Befunde weiter unten waren eindeutig. Man mußte das Problem mit der Männlichkeit nur richtig anfassen.

»Kant sagt zu allem ›au, au‹. Er kann nichts anderes sagen. Ich will ihm das Wort ›Aufklärung‹ beibringen, aber sehr weit sind wir noch nicht gekommen. Mein Papagei, weißt du.«

»Au, au. Ein kluges Tier. Ich meine, so wie er auf dich eingeht!«

Er konnte auch frech sein. Süß, einfach ein süßes Früchtchen! Sie biß ihn zur Strafe in den Nacken.

Er machte brav »au, au«, und sie sagte:

»So, jetzt bringe ich dir den Rest bei, der zur Aufklärung noch fehlt. Wie das so geht mit den Männern und Frauen, und natürlich den Unterschied zu den Bienen und Blumen.«

Er wehrte sich kaum, und danach hörte sie zu, wie sein Herz klopfte, als ob er Todesangst hätte. Sie würde auf ihn aufpassen. Sie hätte ewig so liegen können, den Kopf an seiner Brust, um dem Pochen zuzuhören, und seinem Atem, der langsam ruhig wurde.

Viel zu früh klingelte der Wecker. Eines dieser alten rasselnden Dinger, die einen per Schocktherapie für die Schrecken des Alltags klar kriegen wollten. Sie fuhren beide hoch. Alex stellte die Teufelsmaschine ab und knipste das Licht über dem Bett an. Ruth sah, daß es 5.00 Uhr morgens war.

»Ich muß arbeiten«, sagte Alex.

»Jetzt?« fragte Ruth. Das eigentliche Jetzt war vorbei. Vorläufig zumindest. Sie sah ihm nach, als er aus dem Bett sprang. Er war immer noch süß.

»Mmh«, sagte er. Er kratzte sich am Rücken, streckte sich.

»Du spinnst«, sagte sie zärtlich.

»Eigentlich erst um 8.00 Uhr. Aber ich muß noch etwas vorbereiten. Ich hätte es gestern nachmittag machen sollen, aber ...«

»... da kam etwas dazwischen«, ergänzte Ruth.

»Mittags bin ich wieder da«, sagte Alex.

Er wurstelte sich in sein T-Shirt wie alle Männer: Erst den Kopf durch die Halsöffnung, um dann wild mit den Armen in der Zwangsjacke zu stochern, bis man die zugehörigen Öffnungen fand. Man könnte auch erst in die Ärmel schlüpfen und dann den aufgekrempelten Rest geordnet über den Kopf ziehen, aber das würde kein Mann je lernen. Wie so manch anderes auch. Damit mußte man leben.

»Daß du dich unterstehst, von hier abzuhauen!« drohte Alex, als er den Kampf mit dem T-Shirt für sich entschieden hatte. »Ich hab noch einiges mit dir vor.«

»Angeber!« rief ihm Ruth ins Bad nach. Sie hörte Wasser plätschern, einen Rasierapparat summen. Alles in allem dauerte es etwa halb so lang, wie ein T-Shirt anzuziehen. Jeder hatte halt seine persönlichen Stärken. Sie murmelte: »In der Früh und nach dem Essen, Zähneputzen nicht vergessen!«

Aus dem Bad gurgelte und prustete es. Er kam zurück und sah blendend aus. Frisch und knusprig wie ein backwarmes Croissant.

»Küß mich!« sagte Ruth. Er beugte sich über sie. Er schmeckte nach Pfefferminz.

»Schlaf schön!« sagte er. »Ich denk an dich.«

Er löschte das Licht und ging. Ruth drehte sich auf die Seite und umarmte das Kopfkissen. Es war noch warm und roch nach ihm, aber der Herzschlag ging ihr ab. Er hatte ihn mitgenommen. Sie hörte ihrem eigenen Atem zu. Er klang ruhig und zufrieden. Satt. Müde. Und bald hörte er ganz auf.

Als Ruth wieder aufwachte, drangen Streifen hellen Lichts durch die Ritzen der Jalousien. Unwillkürlich tastete sie nach dem Radio neben ihrem Bett. Sie fand kein Radio. Es war auch nicht ihr Bett, es war Alex' Bett.

»Olala«, sagte Ruth. Sie stand auf, öffnete die Jalousien, lief nackt durch die Wohnung und fand in der Küche einen Radioapparat. Sie schaltete an. Was immer auch kommen mochte, heute würde es ein gutes Omen sein.

Es kam Klassik. Irgendein Streichquartett. Am Sonntagmorgen ein Streichquartett anzuhören, war für sie ebenso ungewöhnlich, wie in Alex' Bett aufzuwachen. Na also. Dann paßte es ja! Sie drehte lauter und ging ins Bad. Oh, Gott, sie sah ja schrecklich aus. Na ja, so schrecklich auch wieder nicht.

»Spieglein, Spieglein an der Wand ...?« fragte sie, doch der Spiegel schien zur unkommunikativen Sorte zu gehören. Oder er war ein Morgenmuffel. Dann halt nicht! Ruth drehte den Hahn in der Dusche auf. Durch das rauschende Wasser war die Musik aus der Küche nicht zu hören. Ruth trällerte sich selbst etwas vor. Seltsam, daß Alex zu Hause Klassik hörte. Sie wußte nicht viel von ihm, hatte sich unverständlicherweise nie für ihn und seine Vorlieben interessiert, war aber aus irgendwelchen Gründen der Meinung gewesen, er bevorzuge etwas schräge Rockmusik, Acid Jazz, Funk vielleicht. Etwas in dieser Richtung. Auf Klassik wäre sie nie gekommen. Es paßte auch nicht zu ihm.

Alex' Vorlieben! Die Doppeldeutigkeit des Ausdrucks wurde ihr bewußt, und sie fragte sich, ob sie bloß neugierig oder etwa eifersüchtig sei.

»Weder, noch. Nicht die Spur!« sagte sie sich. Sie war im Jetzt, in der Gegenwart, und das war alles, was zählte.

Sie drehte das kalte Wasser stärker auf, aah, brrr, sie klapperte kurz mit den Zähnen und entschied dann, daß es nicht der geeignete Tag wäre, um sich zu quälen. Ruth drehte das

Wasser ab, angelte sich ein Badetuch und ging in die Küche, um sich einen Kaffee aufzusetzen.

Aus dem Radio fiedelten die Streicher munter daher. Vielleicht war es Mozart. Ruth blickte auf die Senderanzeige, sah, daß Alex Ö1 eingestellt hatte. Sie drückte auf den ersten Knopf der Programmspeicherung. Ja, da war es. Auf dem Display leuchtete die Frequenz ihres Senders auf. Es kamen Nachrichten. Kurz nach 9.00 Uhr.

Die Nachrichten berichteten von dem üblichen Zeug, das als wichtig angesehen wurde. Wenn Ruth auf Sendung gewesen wäre, hätte sie womöglich von den wunderbaren Tönen eines schlagenden Herzens erzählt.

»Was Ihnen abgeht, ist Distanz, Frau Strelecky. Dienst ist Dienst, und Schnaps ist Schnaps. Sie müssen das besser trennen«, machte Ruth fröhlich Höslwangs Stimme nach.

Sie dachte an Alex, der hinter dem Sendepult saß und ihr mit codierten Nachrichten über Regierungskrisen und Koalitionsgeplänkel die Botschaft sandte, daß er sie liebte. Sie dachte zumindest, daß er an sie dachte. Vielleicht dachte er sogar, daß sie dachte, daß er an sie dachte, und bevor sie vor so vielen gedachten Rückkopplungen aufheulte, suchte sie lieber im Kühlschrank nach etwas Eßbarem. Sie fand praktisch nichts. Der Mann lebte von kalter Luft und Liebe. Oder er futterte schon am Samstag seine gesamten Wochenendvorräte auf. Grüner Salat und eine Dose Thunfisch, das war alles. Na Mahlzeit!

»9.03 Uhr. Willkommen bei ›Morning star‹. Am Mikrophon Roman Kern.«

Oh, Gott, Roman! Ruth drehte leiser. Roman plapperte sich ein paar Sekunden lang in die Sendung hinein. Daß er überhaupt Sonntagsdienst hatte? Ach ja, doch, »Morning star« moderierte er öfter, eine Sendung, die auf irgendeinen Stargast zugeschnitten war, an den die Hörer blöde Fragen stellen durften. Ruths unmaßgeblicher Meinung nach hatte die Sendung vor allem die Behauptung zu beweisen, daß das Publikum als Kunde König sei und deswegen das Recht habe, Prominente vom sonntäglichen Ausschlafen abzuhalten.

60 Minuten gnadenloser Sadismus! Ruth war froh, daß sie nur mäßig prominent war.

Obwohl sie am Abend reichlich gegessen hatte, kam sie fast um vor Hunger. Sie öffnete die Thunfischdose. Es paßte auch nicht schlechter zum Frühstück als Romans Sonntagmorgenmusik. Trotzdem, sie würde sich beschweren. Eine Frau wie sie heimtückisch zu verführen, die ganze Nacht mit ihr im Bett herumzuturnen, und dann nicht einmal ein ordentliches Frühstück im Haus zu haben, so etwas durfte sie gar nicht erst einreißen lassen. Sie mußte mal ein, zwei ernste Worte mit Alex reden. Oder drei. Sie dachte da an: Ich liebe dich.

Das Telefon stand im Wohnzimmer. Ruth ließ sich in den Schaukelstuhl sinken und wählte die Durchwahlnummer des Studios. Da Alex sowieso alle Anrufe vorsortierte, konnte sie ihn ohne Umschweife mit einer Liebeserklärung überfallen, um dann Müsli, Fruchtsaft, Schinken und ein Dreieinhalb-Minuten-Ei einzufordern. Von seiner Reaktion würde es abhängen, ob sie verlangte, sein Versagen öffentlich in Romans Starstunde breittreten zu können. Wenn er aufrichtig zerknirscht war, würde sie vielleicht Gnade …

Mist, es war besetzt. Dabei hatte Roman die Nummer noch gar nicht durchgegeben. Ruth drückte auf die Gabel, dann auf die Wahlwiederholung. Früher oder später würde sie ja wohl durchkommen.

Der Thunfisch hatte schon genug von ihrem Magen, wollte wieder hoch, und im Studio war immer noch besetzt. Die Wiener hatten selbst am Sonntagmorgen nichts Besseres zu tun, als beim Radio anzurufen. Daß einer wie Roman überhaupt Fans hatte, das sollte Ruth mal jemand plausibel erklären. Lauter Gestörte, die ihr armer, kleiner Alex nun in einer Tour abzuwimmeln hatte.

Ruth ging in die Küche, um dem Fisch mit einer neuen Ladung Koffein den Todesstoß zu versetzen. Im Radio machte Roman gerade auf jovial:

»… echt nett, daß ihr als unsere morning stars eingesprungen seid. Ihr fangt ja eigentlich erst um 10.00 Uhr an, nicht? ›Happy weekend‹. Gleich anschließend auf diesem Sender.

Bleiben Sie dran, meine Damen und Herren! Und ihr beiden, eine Stunde früher aufstehen, wie habt ihr das verkraftet?«

»Schwer, war verdammt schwer! Ich brauch meinen Schönheitsschlaf, weißt du. Ich habe ja immer noch die Gurken auf den Augen. Das ist halt der Vorteil vom Radio ...«

Das war Holderied! Was wollte der denn da? Und wo Holderied zu scherzen versuchte, da konnte auch Bussemann nicht weit sein.

»Bei deinem Aussehen mußt du dich sowieso nach den Vorfernsehzeiten zurücksehnen, Holderied! Und was das frühe Aufstehen betrifft, halte ich es mit der alten Volksweisheit: Für den Benno Bussemann fängt der Tag schon gestern an.«

Roman lachte pflichtschuldigst. Ruth löffelte Zucker in ihren Kaffee. Ein Idiot interviewte zwei andere, die den Hals anscheinend überhaupt nicht voll bekommen konnten. Holderied und Bussemann waren doch erst gestern nachmittag auf Sendung gewesen, und jetzt machten sich die beiden daran, bei Roman ihren Unsinn zu verbreiten. Als Stargäste! Am Sonntagmorgen zu einer Uhrzeit, zu der man vor ein paar Jahren gerade mal das Hochamt aus dem Stephansdom übertragen durfte. Und als ob das nicht genügte, moderierten sie anschließend noch ihren eigenen Quark. Wenn das so weiterging, konnte man ihnen den Sender gleich überschreiben. Na prost! Ruth schlürfte einen Schluck Kaffee.

»Sicher haben unsere Hörer eine Menge Fragen an euch«, sagte Roman, »Tabus gibt es doch für euch nicht, oder?«

»Also, ich bin für alles zu haben. Bussemann hat dagegen einige Leichen im Keller. Ihn sollte man schonen ...«

»Paß auf, daß ich dich nicht dazulege, Holderied. Fragen Sie mich, verehrte Hörer, denn bei unserem holden Knaben hier schaut es auch unter dem lockigen Haar ziemlich schlecht aus.«

»Rufen Sie an!« sagte Roman. »Unsere morning stars Benno Bussemann und Heinz Holderied warten auf Ihre Fragen.«

Trotz Madonnas unsäglicher Fassung von »Don't cry for me, Argentina« drehte Ruth die Lautstärke hoch und ging nach nebenan. Jetzt würde natürlich einiges am Telefon los sein. Sie versuchte es dennoch. Es tutete wie erwartet. Besetzt. Je öfter Ruth die Wahlwiederholung drückte, desto wütender wurde sie über das Programm ihres Senders. Sie beschäftigten sich nur mehr mit sich selbst, interviewten sich gegenseitig, zogen immer engere Kreise um einander, bis alles in einer großen Implosion in sich zusammenstürzen würde.

Ohne große Hoffnung durchsuchte Ruth das Zimmer nach einer Programmzeitschrift. Wider Erwarten fand sie die »TV-Woche« auf dem Fernseher. In der Radioübersicht stand nur »Morning star«, ohne Nennung des Stargasts, und für 10.00 Uhr war »Happy weekend« angesetzt. Das machten verschiedene Leute, aber Holderied und Bussemann gehörten ihres Wissens nicht dazu. Seltsam. Das Studiotelefon war dauerbesetzt. Als ob es zumindest eine Weltreise zu gewinnen gäbe.

Aus dem Radio in der Küche fragte ein Zuhörer: »Mich würde interessieren, wie ihr immer auf eure Ideen kommt. Ich meine, es ist …«

Holderied unterbrach: »Ideen? Was für Ideen? Haben wir Ideen, Bussemann?«

»Du nicht«, sagte Bussemann, »ich natürlich schon, ich sprühe sozusagen über vor Ideen. Veranlagung, jahrelanges Studium, Lebenserfahrung, das alles bündelt sich in mir zu einer wahrhaft gelungenen Mischung.«

»Manchmal gibt er mir eine seiner Ideen ab«, sagte Holderied, »damit ich auch reich und berühmt werde.«

»Keine Tabus«, sagte Bussemann, »die Lust, auch das scheinbar Unmögliche zu denken, Mut, Beharrlichkeit …«

»Hör auf, Bussemann!« prustete Holderied los.

Roman legte »Don't worry, be happy« auf. Ruth gab die nutzlosen Versuche, zu Alex durchzukommen, auf und rief statt dessen in der Portiersloge des Senders an. Hapal war dran. Hapal hatten sie eingestellt, als es vor zwanzig Jahren Mode wurde, Behinderte zu integrieren. Er war Rollstuhlfahrer. Kinderlähmung oder so etwas. Er schien 80 Stunden in der Woche zu arbeiten. Auf jeden Fall saß er praktisch immer hinter dem polierten Holz seiner Loge und grüßte freundlich, wenn Ruth im Sender auftauchte. Er gehörte sozusagen zum Mobiliar.

Ruth verlangte, über die interne Anlage mit Alex verbunden zu werden. Es dauerte ein paar Sekunden, dann sagte Hapal: »Besetzt, Frau Strelecky. Tut mir leid.«

Da schien ja die Hölle los zu sein! Bei Programmdirektion und Personalverwaltung brauchte es Ruth am Sonntag überhaupt nicht zu probieren. Insofern war es ein Glücksfall, daß Hapal Dienst hatte, denn er wußte sowieso am besten über alles Bescheid, was im Sender ablief.

»Ja, Frau Strelecky«, sagte Hapal, »Holderied und Bussemann machen ›Happy weekend‹ heute zum erstenmal. Könnte sein, daß sie nur einspringen, weil jemand anders ausgefallen ist. Warten S', ich schau mal im Rahmenplan nach ...«

Ruth wartete.

»Nein, sie stehen drin. Alles ganz regulär und in Ordnung, Frau Strelecky.«

Regulär? In Ordnung? Na ja. Ruth hätte die Selbstdarstellung der beiden eher als Anschlag auf den guten Geschmack bezeichnet. Und der heutige war anscheinend von langer Hand vorbereitet.

»Aber daß sie auch noch als Stars bei Roman Kern auftreten müssen?« fragte sie.

»Ja, wissen S' denn nicht, was mit dem Stargast passiert ist?« fragte Hapal zurück. Sein Ton versprach sensationelle Enthüllungen.

»Was denn?«

»Tot«, sagte Hapal triumphierend. »Er ist gestern tot aufgefunden worden. Einen Tag vor seinem Auftritt in ›Morning star‹. Stellen Sie sich das vor!«

Ruth stellte es sich vor. Sie vermochte zwar den Sachverhalt, nicht aber den Zeitpunkt als besonders tragisch zu empfinden.

»Wer war es denn?«

»Ein Sänger«, sagte Hapal. »Ein adliger Opernsänger. Warten S' ...!«

Ruth saß in einem fremden Schaukelstuhl in einer fremden Wohnung, in die die Morgensonne Lichtfelder setzte.

»Gero von Palffy«, sagte Hapal. »So hieß er, ja.«

Und lange Schatten auf die Holzdielen zeichnete.

Im Radio fragte ein Hörer: »Seid ihr auch privat befreundet, oder arbeitet ihr nur zusammen?«

»Soweit eine Kobra mit einem Karnickel befreundet sein kann ...«, sagte Bussemann.

»Frau Strelecky? Hören Sie noch?« fragte Hapal.

Gero von Palffy! Tamino! Der Sänger, den Ruth im Heizungskeller der Kammeroper erhängt aufgefunden hatte. Der als Minnie die Anschläge angekündigt hatte. Der Miriam auf dem Gewissen haben könnte. Hawliczeks Folteropfer.

»Ja«, sagte Ruth, »ich höre.«

Palffy sollte Romans Stargast sein. Den hätte Ruth gern einiges gefragt. Da hätte sie liebend gern angerufen und aus ihm herausgeprügelt, was eigentlich los war. Was mit Miriam war. Ihn im Radio fertiggemacht, vor aller Öffentlichkeit unter Druck gesetzt. Ruth empfand ein fast irrwitziges Bedauern, daß dies nicht mehr möglich war.

»Der Palffy konnte also nicht mehr kommen«, sagte Hapal, »und wenn s' ihn aus dem Leichenschauhaus herbeigeschleppt hätten, dann wäre er wahrscheinlich nicht sehr gesprächig gewesen.«

Es ging nicht mit rechten Dingen zu. Es war nicht Ruths Einbildung, auch keine sich selbst erfüllende Prophezeiung. Wer Probleme suchte, fand sich garantiert bald über beide Ohren darin begraben, aber gerade heute war Ruth so weit weg von all dem gewesen. Sie hatte nicht daran gedacht, nicht bewußt, nicht unbewußt, mit keiner Faser ihres Körpers. Sie war einfach nur glücklich gewesen, das Gestern war Lichtjahre entfernt gewesen, in einem anderen Universum, das nun plötzlich wieder alles um sie herum ausfüllte, das mit einem einzigen Namen wieder auferstanden war. Mit dem Namen eines Toten.

»Wenn sie keine Séance machen wollten, mußten sie halt schnell für Ersatz sorgen«, sagte Hapal. »Und da Holderied und Bussemann eh nachher dran waren, ging das wohl am einfachsten so.«

Holderied sagte im Radio: »... denn eine Männerfreundschaft ist etwas fürs Leben, und wenn Bussemann ein Mann wäre, wie es sein Name irrtümlich vermuten läßt ...«

Ruth war verliebt. Sie wollte Alex' Herzschlag hören, seine Haut spüren, an nichts denken, über nichts nachdenken müssen. Sie hatte genug von Leichen und Bränden und falschen Terroristenstimmen. Sie wollte nur mit Alex zusammen sein, wollte ihn bei sich haben, und als sie daran dachte, daß er jetzt im Sender arbeitete und daß eigentlich Palffy, der mutmaßliche Entführer von Miriam, dort ein paar Meter von ihm entfernt sitzen sollte und daß Roman diesen Typen eingeladen hatte und daß Roman auch dort war, da stieg eine unerklärliche Angst in ihr auf.

Unsinn! dachte sie. Alex ist Toningenieur. Er arbeitet dort, weil er Dienst hat. Er macht seinen Job, und wenn er fertig ist, kommt er heim. Zu ihr. In drei Stunden ist er da.

»Danke!« sagte Ruth ins Telefon und legte auf. Noch einmal versuchte sie vergebens, zu Alex durchzukommen. Dann bestellte sie ein Taxi.

10

Mithören: Requiem, KV 626

Es war ums Verrecken kein Priester zu bekommen gewesen. Nicht für so etwas. Nur weil vielleicht Menschenleben auf dem Spiel standen. Den Priestern ging es um Ernsteres. Um Sterbesakramente, die Einsegnung, die Fahrkarte ins Himmelreich. Damit scherzte man nicht.

Waworka hatte nicht vor, zu scherzen. Er wollte eine Beerdigung, wie es sich gehörte, ernsthaft, mit allem Pipapo. Anders hatte es keinen Sinn. Den Priester würde ersatzweise Wieninger abgeben. Dem fielen schon die richtigen Worte ein. Der war Psychologe, der hatte das gelernt.

Ein Uniformierter baute im Schutz des Burggartenmäuerchens einen CD-Player auf und richtete den Lautsprecher vorsichtig auf das Mozartdenkmal aus. Sie hatten eine »Requiem«-Aufnahme unter der Leitung von John Eliot Gardiner aufgetrieben, mit Barbara Bonney, Anne Sofie von Otter, Hans Peter Blochwitz und Willard White als Solisten. Daran war nicht herumzumäkeln. Damit mußte auch Hawliczek zufrieden sein.

Das Grab hinter den Blumen war gerade fertig ausgehoben. Die beiden uniformierten Totengräber saßen auf dem Abraumhügel und ließen sich die Sonne ins Gesicht scheinen. Sie wirkten erschöpft. Der eine rauchte und warf ab und zu einen schnellen Blick auf den Bauwagen. Hawliczek ließ nichts von sich hören. Er hätte jetzt anfangen können, aber er fing nicht an.

Waworka überquerte schräg die Fahrbahn des Rings. Vor dem Schaufenster mit »Wiener Modellschmuck« formierte sich der Trauerzug. Vier Sicherheitswachler hatten den leeren Sarg geschultert. Der Deckel war lose aufgelegt. Zwölf Scharfschützen standen in Zweierreihen stramm, das Gewehr vor der Panzerweste. Ihr Chef hatte ihren Einsatz gegen Waworkas Einspruch durchgesetzt:

»Ehrenkompanie, Salutschüsse, das macht doch etwas her, Herr Waworka! Was wollen S' denn? Und wenn es nötig sein sollte, dann sind die Männer gleich an Ort und Stelle.«

Wieninger zupfte sich seinen schwarzen Talar zurecht und tupfte sich mit dem Ende der Stola den Schweiß von der Stirn. Er war blaß.

»Und?« fragte Waworka.

»Scheiße«, sagte Wieninger.

Das war nicht ganz die angemessene Ausdrucksweise für einen Priester. Hoffentlich hielt Wieninger durch. Wenn einer aus der Rolle fiel, ging alles den Bach hinunter. Dann würde ein Grab bei weitem nicht ausreichen.

»Bloß ablesen!« sagte Waworka. »Wort für Wort, was im Brevier steht. Feierlich, Wieninger, salbungsvoll!«

»Es ist meine erste Beerdigung«, jammerte Wieninger.

»Für die Leiche auch. Das schaffst du schon.«

Waworka klopfte ihm auf die Schulter und wandte sich ab, doch Wieninger hielt ihn am Ärmel fest.

»Waworka?«

»Hm?«

»Und wenn es gar kein Leben nach dem Tod gibt?«

»Was?«

»Wenn alles aus ist? Wenn ein Irrer dich abknallt, wenn eine Kugel dir ein paar Organe zerfetzt und das Blut herausläuft und das Herz stillsteht und das Gehirn zu arbeiten aufhört, und dann ist alles vorbei? Hä? Was ist dann? Wenn bloß noch ein Haufen totes Fleisch herumliegt, über dem dann ein echter Priester irgendeinen Quatsch erzählt?«

»Wenn, wenn, wenn«, sagte Waworka. Neben Wieninger standen die Ministranten. Sie waren für die Chorhemden etwas groß geraten. Und etwas zu unrasiert. Wieninger sagte:

»Ja, wenn! Was ist dann, wenn?«

»Dann kann dir das egal sein. Dann bist du hin.«

»Dann kann mir das egal sein?«

»Völlig egal!«

Wieninger nickte. »Natürlich gibt es ein Leben nach dem Tod! Wenn es eines vor dem Tod gibt, warum soll es dann keines nach dem Tod geben?«

»Na also«, sagte Waworka.

»Wenn bloß meine Kinder schon erwachsen wären!«

»Herrgott, Wieninger! Du bist Priester. Katholisch. Du hast keine Kinder, merk dir das endlich!«

Die zu Mitgliedern der Trauergesellschaft erwählten Polizisten waren damit beschäftigt, Reservepistolen in die Blumengestecke einzubinden und durch hübsch drapierte Bänder und Schleifen zu tarnen. Seit den Zeiten von Al Capone dürfte es keine Beerdigung mit so gewaltiger Feuerkraft gegeben haben.

»Ich habe keine Kinder«, nickte Wieninger. »Ich habe keine Familie. Für den Fall meines Ablebens vermache ich hiermit mein bewegliches und unbewegliches Vemögen zu gleichen Teilen dem Weißen Ring für die Unterstützung von Verbrechensopfern und einem von meinem Freund Waworka zu bestimmenden Kloster. Letzterem mit der Auflage, sieben Jahre lang täglich für mein Seelenheil eine Messe zu lesen. Als Zeugen dafür, daß ich im Vollbesitz meiner geistigen Kräfte und aus freiem Willen diesen letzten Wunsch kundgetan habe, benenne ich folgende hier anwesende Herren: Hofrat Dr. Rosenberger und Oberinspektor Rippel.«

Der Hofrat lächelte. Sein Gesicht grinste. Es hatte sich zu einer Grimasse verzogen, in der die ursprünglichen Züge nicht mehr erkennbar waren. Es war die Anspannung.

»Mach du's!« sagte Waworka zu Rippel.

»Ich?« fragte Rippel. »Wieso ich?«

»Der Wieninger packt es nicht. Mich kennt der Hawliczek. Ich habe ihn vernommen. Mir nimmt er den Priester nicht ab.«

»So ein Pech!« sagte Rippel.

»Wenn Hawliczek durchdreht, dann kann es jeden erwischen. Wieso sollte er gerade mit dem Priester anfangen? Für den ist die ganze Welt schuld. Der wird einfach drauflos ballern.«

»Aha«, sagte Rippel.

Zwei Sicherheitswachler kamen im Laufschritt aus Richtung Rathaus an. Irgendwoher hatten sie ein Weihrauchgefäß organisiert. Einer der als Ministranten verkleideten Polizisten nahm es ihnen ab, packte routiniert zu, zog rasselnd die Kette des Deckels hoch und legte glimmende Kohle ein. Sein Kollege im schwarz-weißen Chorrock preßte das Schiffchen mit dem Weihrauch gegen die Brust.

»Alles klar. Wir könnten dann!« Der Scharfschützenkommandeur salutierte vor dem Hofrat. Seine Stimme zitterte. Er war ganz Vorfreude auf die bevorstehende große Ballerei.

Wieninger bekreuzigte sich vor Stirn, Mund und Brust. Er sagte:«Ich bin bereit.«

»Na dann«, sagte Rippel.

»Wenn etwas schiefgeht, Waworka ...«, quetschte der Hofrat hervor. Er reihte sich direkt hinter dem Sarg ein, als ob er eine besonders enge Beziehung zu der Leere darin hätte. Er sah mitgenommen aus.

»Ton ab!« Waworka gab dem Mann am CD-Player ein Handzeichen und baute sich neben dem Hofrat auf. Er hätte jetzt gern eine geraucht, aber das ging wohl schlecht. Zu pietätlos. Die Havanitos steckten in der Brusttasche. Über dem Herzen. Waworka sah nach vorn.

Am Burggartentor spielte die Musik. Das Requiem, Köchelverzeichnis 626, das letzte, unvollendete Werk von Wolfgang Amadeus Mozart, vervollständigt durch seinen Schüler Franz Xaver Süssmayer, der auch nicht viel älter geworden war als sein Meister. Es klang nach Tod. Ein Requiem halt.

»In Gottes Namen!« sagte Wieninger vor dem Sarg. Flankiert von seinen beiden Ministranten schritt er auf den Eingang des Burggartens zu, schritt einem leeren Sarg über den leeren Ring voran, einer falschen Trauergemeinde von Polizisten, die alles mögliche im Sinn hatten, nur keine Trauer. Er schritt feierlich über den Asphalt, um als falscher Priester eine falsche Entführung in eine falsche Beerdigung umzuwandeln, und Waworka schnaufte hinter dem Sarg her, der im Sonnenlicht glänzte, und fragte sich, ob es richtig sein könne, daß hier so viel Falsches im Spiel war.

Ohne zu zögern, schritt Wieninger durch das Burggartentor, gemessenen Schrittes schritt er dahin, nahm den Weg rechts um die Grünanlage. Im Schutz des Mäuerchens streckte der Mann am CD-Player den Daumen nach oben, als Waworka an ihm vorbeiging, und tatsächlich hatte Hawliczek nicht geschossen, noch nicht. Vielleicht hörte er dem Kyrie zu, das jetzt aus den Lautsprechern über den Burggarten flutete, den Chorstimmen, die im Marcato gegeneinander liefen, einander querten, sich durchdrangen, zusammenklangen. Das Kyrieeleison tanzte lautstark um den Trauerzug und schnitt ihn ab von den Vogelrufen, dem fernen Autolärm, von allen Tönen der Welt, ließ Waworka keinen Laut des Befehls vernehmen, der sich über dem Pistolenlauf aus dem Fenster des Wohnwagens gelöst haben mußte. Waworka sah nur die beiden falschen Totengräber von ihrem Erdhügel aufstehen, sah, wie sie ihre Hände hinter dem Kopf falteten und auf den Bauwagen zuwankten. Wenn Tote gehen könnten, würden sie so gehen.

»Herr, erbarme dich«, rief Wieninger vorne gegen die Sopranläufe des Kyrie an, aber er schritt weiter, hielt nicht inne, zögerte nicht, schritt dahin, als ob es nichts anderes gäbe, als feierlich einem Verrückten entgegenzuschreiten, der im Begriff stand, zwei halbtote Sicherheitswachbeamte endgültig in die Hölle zu schicken.

»Christus, erbarme dich!« stöhnte der Hofrat neben Waworka inbrünstig.

Die beiden Sicherheitswachler öffneten die Tür des Bauwagens und stiegen hinein. Die Tür schloß sich.

»Herr, erbarme dich!« murmelte die Schar der Scharfschützen hinter Waworka gegen die gewaltigen Trompetenstöße an, die das Finale des Kyrie einleiteten.

Im Bauwagen war noch kein Schuß gefallen, und Wieninger bog nach links in die asphaltierte Lücke zwischen Mozartdenkmal und ausgehobenem Grab ein. Schon stand er am Kopfende des Erdlochs, und während die Lautsprecher die letzten »eleison«-Akkorde des Chors herausbrüllten, ließ Wieninger den Sarg neben dem Grab ablegen und den Deckel öffnen. Von innen leuchtete roter Samt auf. Es sah wie eine Einladung aus.

»Weihrauch!« befahl Wieninger in die kurze Pause auf der CD hinein. Die beiden Ministranten reckten ihm Weihrauchkessel und Schiffchen entgegen. Wieninger löffelte die Körner auf die Kohle. Der Ministrant ließ den Deckel nach unten rattern und begann, das Faß zu schwenken. Kleine Wölkchen stoben am Scheitelpunkt nach oben und verflatterten in der Morgenluft.

Irgendwo raschelte irgend etwas, und schon brüllte vom Burggartentor her der Chor sein »dies irae« hervor, schrie alles nieder, was einen Laut von sich hätte geben können.

Wie in einem Stummfilm stellten sich die Scharfschützen auf den beiden unteren Stufen des Mozartdenkmals auf. Hinter ihnen kletterten nackte steinerne Putten übermütig am Sockel des Denkmals empor. Die Scharfschützen trugen olivgrüne Panzerwesten und standen zu Mozarts Füßen stramm. Sie sahen aus wie Scharfschützen, die vorgaben, eine Ehrenformation darzustellen. Die restlichen Trauergäste bildeten einen lockeren Halbkreis auf der vom Bauwagen abgewandten Seite des Grabs.

»Dies irae, dies illa«, schrie der Chor, und mit ihm drohten die Posaunen des Jüngsten Gerichts, rief die Trompete ihren Weckruf, um die Gräber zu öffnen, die zerfallenen Knochen wieder zusammenzustückeln, die Toten aller Zeiten auferstehen zu lassen, nur um sie endgültig abzuurteilen, um ihnen zu zeigen, daß es nicht genügte, einfach bloß zu sterben, daß damit noch nicht alles ausgestanden war. Noch lange nicht.

Waworka wischte den Gedanken weg. Langsam, dachte er, alles zu seiner Zeit. Erst mußte die Leiche mal unter die Erde. Dann sah man weiter. Dann konnte man an Auferstehung denken. Sie mußten eh exhumieren, sobald die Sache ausgestanden war. Wenn die Sache durchgestanden war.

Willard Whites Baß schwelgte in Grabestiefen. Waworka spürte die Schwingungen im Magen. Er hätte doch noch eine rauchen sollen. Dann setzte der Tenor ein. Mit »mors«. »Mors« war das erste Wort. Tod. Herrgottsakrament! Waworka haßte dieses Requiem. Diesen ganzen todessüchtigen Mist. Leichen und Gräber und Sünden und Abrechnung. Diesen verdammten Mozart, der das verbrochen hatte, obwohl er es doch wahrlich nicht nötig hatte. Der besser bei seinem »Pa-pa-pa-papageno« geblieben wäre, statt sich mit so etwas in den Tod hineinzukomponieren. Wenn Waworka wüßte, daß ihm nur noch ein paar Wochen blieben, würde er noch einmal ordentlich auf die Pauke hauen. Irgendwie.

»Was ist los?« zischte der Hofrat neben Waworka.

Nichts war los. Noch nichts. Die Sopranistin verkündete, daß nichts ungesühnt bliebe. Im Bauwagen herrschte Grabesstille. Wahrscheinlich wußte Hawliczek nicht, was er von dieser ganzen Inszenierung halten sollte. Vielleicht saß er in seinem verdammten Bauwagen und lachte sich tot. Das wäre immerhin eine Lösung.

»Was ist, wenn er nicht kommt? Wenn er einfach drin bleibt?« fragte der Hofrat zwischen den Zähnen durch. Seine Stimme zischte fremd.

Rippel kaute auf der Unterlippe. Um ihn herum verzerrte Gesichter, Fratzen, die einmal Polizisten gehört hatten, versteinerte Masken, hinter denen Funken sprühten. Angsthasen! Waworka war ganz ruhig. Äußerlich und innerlich. Er kannte keine Angst. Nur diese verdammte Musik ging ihm auf die Nerven, diese Weiberstimmen, Hyänen, die von nichts als Tod und Verderben kläfften. Und als ob das nicht genügte, gesellte sich dieser andere Ton dazu, dieses quälende Summen, ein gefährliches Knistern, ein elektrisches Pritzeln und Pratzeln, das von seinen unfähigen Kollegen ausgehen mußte, das ihn umtoste, zwickte, das summte und stach wie ein mörderischer Schwarm mordlüsterner Mörderbienen, das ihm immer lauter und greller in den Ohren gellte, so daß es kaum auszuhalten war. Der Ton der Angst. Die Luft um ihn kochte schrill, seine Ohren drohten zu platzen, alles Schuld dieser Angsthasen, die ihn mit Wellen von Panik terrorisierten, nur weil sich die Tür des Bauwagens geöffnet hatte, Terror durch Panikwellen, die Waworka nicht überhören konnte, die seine Trommelfelle zu durchlöchern drohten, und dahinter lagen seine Gleichgewichtsorgane, das war bei ihm so. Dafür konnte doch er nichts! Simple, einfache, bescheidene Gleichgewichtsorgane, die dieses irrsinnige Knirschen unmöglich aushalten konnten, und dann zog auch noch ein Schleier vor seinen Augen auf, aus dem ein wahnwitziger Chor gegen das Chaos in ihm ankreischte:

»Rex tremendae majestatis.«

»Verdammt, er kommt«, würgte der Schißhase von Hofrat neben ihm hervor, und in Waworkas Ohren krachte es, als ob die Innenohrschlagader geplatzt, die Hörnerven explodiert wären. Undeutlich sah er durch das Grau vor seinen Augen einen Verrückten, der sich als Königin der Nacht verkleidet hatte und in jeder Hand eine Pistole trug.

»Verdammt«, sagte Waworka, doch alles schrie auf ihn ein, so daß er sein eigenes Wort nicht verstand, seine eigene Stimme nicht erkannte, den seltsamen Laut nicht identifizieren konnte, der aus seiner Kehle hervorgebrochen war und der wie ein fremdes Stöhnen geklungen hatte. Das Stöhnen einer Person, mit der er nichts zu tun hatte, das sich vielleicht aus einem der zähneklappernden Feiglinge in ihn eingeschlichen hatte.

Waworka probierte noch einmal ein »Verdammt«, und es klang wie das Krächzen einer Seele im Fegefeuer. Er schüttelte den Kopf. Er sah zum Bauwagen. In der Tür ...

Er sah die Tür, er hörte die Tritte auf der Stufe des Bauwagens. Vielleicht war in seinen Ohren gar nichts explodiert. Sicher funktionierten sie ebenso gut wie seine Augen, mit denen er die beiden Sicherheitswachler in der Tür des Bauwagens auftauchen sah. Sie lebten, sie hatten die Hände nicht hinter dem Kopf verschränkt, sie schleppten einen Körper zwischen sich, der eine an den Füßen, der andere unter den Achseln. Einen weiblichen Körper, der als Pamina gekleidet war und dessen Kopf leblos im Nacken hing. Über hängendem blonden Haar glänzte eine überlange wächserne Kehle.

»Salve me, fons pietatis«, lockte der Chor aus den Lautsprechern am Burggartentor.

Alle waren nichts als Schißhasen, der Hofrat, der ganze

restliche Haufen! So war es. Genauso war es. Der weibliche Körper war Miriam Strelecky. War die Strelecky gewesen. Sie war tot. Tot, jawohl. Alles in Waworka jubelte auf. Er hatte es gewußt.

Der Krach in Waworkas Kopf war wie weggeblasen, die Gleichgewichtsorgane hielten ihn problemlos im Gleichgewicht, das Requiem aus den Lautsprechern plätscherte so dahin, und Waworka hörte seine eigene Stimme wieder, die dem Hofrat triumphierend zuflüsterte:

»Was hab ich gesagt? Ein Begräbnis. Hawliczek hat sie geliebt, und nun will er sie begraben. Er will nichts anderes. Kein Lösegeld, kein Fluchtfahrzeug, nichts. Wir spielen das Beerdigungsspielchen mit, und dann aus, amen, dann wird er aufgeben.«

Es war alles in Ordnung. Waworka hatte alles vorausgesehen. Er plapperte leise auf den Hofrat ein: »Hawliczek begräbt sie hier zu den Füßen Mozarts, die Mozartinterpretin, seine Opernkönigin. Eine schöne Geste, wenn Sie mich fragen. Ab in die Erde, und dann trauert er, der Hawliczek, und wir haben Ruhe.«

Was sollte der Hawliczek sonst machen? Das arme Würstchen, das im Kostüm der Königin der Nacht neben der Leiche herging und auf jeden der Leichenträger eine Pistole richtete. Die Träger stolperten auf das Grab zu. Wieninger stand am Sarg wie eine Eins, die Augen halb geschlossen. Seine Lippen bewegten sich. Er schien zu beten. Rippel kaute auf seiner Oberlippe. Mit der unteren schien er fertig zu sein. Durch die hintere Reihe der Scharfschützen lief eine kaum merkliche Bewegung.

»Alles läuft glatt, wenn keiner Quatsch macht«, flüsterte Waworka. »Wenn bloß keiner Quatsch macht!«

Die Träger waren neben dem Sarg angekommen. Sie blieben stehen. Hawliczek ließ die Pistolenläufe kurz nach unten wippen. Der vordere Träger griff um, und dann legten sie den Körper vorsichtig in den Sarg. Er paßte wie angegossen. Wieninger beugte sich über den Sarg und versuchte, die Hände der Toten über der Brust zu falten. Er nahm seine

Rolle ernst, er gab sich Mühe, aber die Arme der Leiche ließen sich nicht abwinkeln. Wieninger zerrte am linken Arm. Im Ellbogen knackte es fürchterlich, und Wieninger fuhr erschrocken hoch. Hawliczek reagierte nicht.

»Die Leichenstarre!« triumphierte Waworka. »Von wegen Entführung, von wegen Geiselnahme! Sie ist schon seit Ewigkeiten tot, seit Tagen. Der Hawliczek hat sie nur aufgeklaubt, als er endlich den Palffy in die Finger bekommen und aus ihm herausgekitzelt hatte, wo die Leiche versteckt war.«

Wieninger beugte sich wieder über den Sarg und legte die Hände der Toten über ihren Oberschenkeln ineinander. Er bekreuzigte sich. Hawliczek beugte sich vor und flüsterte ihm etwas ins Ohr.

»Ingemisco tamquam reus«, sangen die Solisten vom Tor her, und obwohl Wieninger nicht schuldig war, nicht schuldiger als ein Polizeipsychologe, der zu einem guten Zweck als Priester bei einer inszenierten Beerdigung auftrat, kniete er neben dem offenen Sarg nieder, klaglos, ohne zu zögern, mit beiden Knien auf die frisch aufgeworfene Erde. Hawliczek kniete sich neben ihn, und für einen Moment schienen sie in Andacht versunken. Dann streckte die falsche Königin der Nacht dem falschen Priester zögernd eine der Pistolen entgegen, fast, als ob sie ihm die Waffe anböte, und Wieninger nahm an. Er neigte den Kopf demutsvoll, öffnete den Mund und umschloß mit seinen Lippen den Lauf der Pistole.

»Verdammt!« zischte der Hofrat.

Ohne die Pistole loszulassen, streifte sich Hawliczek mit der anderen Hand die silberne Perücke vom Kopf. Er war dunkelblond. Sein Haar klebte am Hinterkopf. Hawliczeks Finger zitterte am Abzug der Pistole. Der Abzug berührte fast das Kinn Wieningers, der die Augen geschlossen hielt. Er wirkte wie ein Säugling, der im Halbschlaf am Schnuller nuckelt. Nur, daß statt des Schnullers der Lauf einer Glock 9 mm zwischen seinen Lippen steckte.

Waworka hörte sich schlucken.

Hawliczek neigte den Kopf über den Sarg. In den Sarg. Über das wächserne Gesicht der Toten, die starr dort lag, den fahlen Lippen zu, aus denen nie mehr ein Ton gesungen werden würde, keine Arie aus der »Zauberflöte«, kein Schubertlied, kein »Confutatis maledictis«, wie es hier am Fuß des Mozartdenkmals erklang, nichts mehr. Sanft küßte Hawliczek das tote Fleisch, zart hauchte er seinen Abschiedskuß auf die kalten Lippen, versunken in wer weiß welchen Gedanken und Erinnerungen. Bei ihr war er, mit ihr, losgelöst vom Leben, von dieser Welt, mit der ihn nur noch eine Glock 9 mm verband, deren Lauf im Mund eines Polizeipsychologen in schwarzem Talar steckte.

Waworka schluckte wieder, und schon war es vorbei. Hawliczek zog die Pistole zurück und sprang hoch. Wieninger rappelte sich mühsam auf. Es war nur ein Moment gewesen, ein flüchtiger Kuß, der wie ein Ton aus einer anderen Welt aufgeklungen war und sich gleich wieder aufgelöst hatte. Ein Hauch eines anderen Lebens, der im Nu verweht war, aber Waworka plötzlich sicher sein ließ, daß nichts mehr zu befürchten war. Nicht von diesem Hawliczek in seinem lächerlichen Sternengewand, und wenn er noch so bedrohlich mit seinen beiden Pistolen herumfuchtelte.

»Er hat sie geliebt«, flüsterte Waworka ehrfürchtig. »Nur deshalb hat er den Palffy gefoltert und umgebracht. Aus Liebe!«

Der Hofrat brummte. Wieninger stand wieder. Er war ein tapferer Priester. Er zupfte sich den Kragen des Talars zurecht und befahl zum Burggartentor hin, die CD auszuschalten. Die Geräusche des Alltags tauchten wieder auf: der ferne Verkehrslärm, das Grundrauschen der Stadt, über das sich Vogelgezwitscher schob, unterdrückte Huster bei den Trauergästen, leises Gemurmel aus den Reihen der Scharfschützen. Kleidung raschelte, man wechselte das Standbein.

Ohne daß irgend jemand sie dazu aufgefordert hätte, schlossen die beiden Sicherheitswachler den Deckel über dem Sarg und zogen zwei Stricke unter ihm durch. Wieninger faltete die Hände und verkündete mit lauter Stimme:

»Lasset uns beten, wie der Herr uns zu beten gelehrt hat.«

Zwei der Scharfschützen stellten ihre Sturmgewehre am

Sockel des Denkmals ab und unterstützten die beiden Totengräber. Jeder nahm ein Seilende auf. Sie zogen an, und zu viert ließen sie den Sarg Handbreit um Handbreit ins Grab hinab. Hawliczek stand mit gesenktem Kopf an der Stirnseite. Die Pistolen zeigten nach unten.

»Vater unser im Himmel …«, begann Wieninger. Die beiden Ministranten fielen ein, Rippel, die Totengräber, Scharfschützen, Kriminalpolizisten und Sicherheitswachler, einer nach dem anderen, in dieses halb automatisierte Gemurmel, »… geheiligt werde Dein Name …«, in diesen monotonen Sprechgesang, dessen Laute nichts bedeuteten, nicht das, was die Worte besagten. Laute, die alte Weiber mit karierten Kopftüchern ans Licht zerrten, rußende Kerzen in dämmrigen Dorfkirchen, gestärkte Sonntagshemden, riesige Beichtstühle und dumpfe Schrecken vor Schuld und Sünde.

»… Dein Reich komme …«, murmelte der Hofrat neben Waworka. Man betete, er betete. Es war eine Beerdigung. Eigentlich war es nur eine taktische Beerdigung. Sie hatten sie inszeniert, weil es eine Chance war, Hawliczek zur Aufgabe zu bewegen. Sie hatten seine nicht ausgesprochene Forderung im Interesse einer gewaltlosen Lösung erfüllt. Reine Show, doch alle spielten mit, als ob sie daran glaubten. Beteten andächtig. Die Totengräber auf der linken Seite ließen die Seile los, die beiden andern zogen an und holten sie ein. Jeder tat, was er zu tun hatte. Der Hofrat sagte:

»… Dein Wille geschehe …«

Der Sarg war unten. Im Grab. Tote mußten beerdigt werden. Es war eine Show, die Realität geworden war. Eine wirkliche Beerdigung mit wirklich ergriffenen Gästen, von denen keiner an anderes dachte, als zu beten. Außer Waworka. Beten half nicht. Man tat es halt, wenn man sonst nichts zu tun hatte. Waworka hatte einen Mordfall zu klären.

»Sie wurde umgebracht«, flüsterte er. »Palffy war es nicht allein. Er hatte Helfer.«

»… wie im Himmel, so auf Erden …«, murmelte es von überall her.

»Es ist am Abend des Brands in der Oper geschehen. Sie

wurde im Krankenwagen abtransportiert, und Palffy mußte in der Oper bleiben. Also waren mindestens zwei andere beteiligt. Und zwar niemand von der Operntruppe. Aber jemand, dem Miriam Strelecky im Weg stand. Nur warum? Hat sie etwas gewußt, was sie nicht wissen sollte? Und was?«

»... unser tägliches Brot gib uns heute ... «, murmelte alles.

»Das tägliche Brot?« fragte Waworka. Wem reichte das schon, heutzutage? Geld brauchte man, Zaster, Kohle, viel Kohle. Vielleicht ging es ums Geld. Vielleicht steckte hinter den Anschlägen ein Riesengeschäft. Jemand, der damit irgendwie Reibach machen konnte.

»... und vergib uns unsere Schuld ... «

Vergebung? Im Himmel vielleicht, aber nicht auf Erden! Hier steckte man ein, weil man einstecken mußte, aber sobald einer seine Chance sah, war Schluß mit der angeblichen Vergebung. Dann wurde abgerechnet, auf Heller und Pfennig. Dann wurde zurückgezahlt. Rache? Es könnte auch Rache gewesen sein. So viele verschiedene Motive für Verbrechen gab es nicht. Geld, Macht, Liebe, Rache, Spinnerei - das war's dann schon. Waworka kannte sich aus. Das war sein täglich Brot.

»... wie auch wir vergeben unseren Schuldigern ... «

Hawliczek mußte ihm weiterhelfen. Wenn einer etwas wußte, dann er. Aber Hawliczek stand mit hängenden Schultern über einem offenen Grab, hielt zwei Pistolen kraftlos in den Händen, ein Stein, der sich willenlos umspülen ließ vom Gemurmel der Sargträger und Scharfschützen.

»... und führe uns nicht in Versuchung ... «

Führe ihn nicht in Versuchung! Wenn Hawliczek jemanden erschießen würde, dann sich selbst. Er hatte nie viel besessen. Alles, was ihm etwas bedeutete, lag tot unter ihm. Und nun hatte er nur noch seine Trauer, seine Verzweiflung. Und zwei Pistolen. Wenn er auf die Idee kam, zwei und zwei zusammenzuzählen, dann war es vorbei. Dann konnte Waworka schauen, wie er seinen Fall löste.

»... sondern erlöse uns von dem Bösen ... «

Mach ich, dachte Waworka, kein Problem, wenn ihr mich mit Hawliczek sprechen laßt. Wenn ihr endlich aufhört mit eurer Beterei, mit dem falschen Zauber hier, mit dieser Schmierentragödie, auf die nur ein Halbdebiler wie Hawliczek hereinfallen konnte, und ausgerechnet der hatte den Schlüssel zu dem ganzen Theater in den Händen, ohne wahrscheinlich überhaupt zu ahnen, worum es eigentlich ging.

»… denn Dein ist das Reich und die Kraft …«, murmelten der Hofrat und Rippel und der ganze Rest. Waworka hörte zitternd zu, wollte »aus!« schreien und »Schluß!«, schrie nicht, natürlich schrie er nicht, er öffnete den Mund und etwas in ihm sagte:

»Und führe uns nicht in Versuchung.«

Es war Theater, eine Inszenierung, Show.

»… und die Herrlichkeit, in Ewigkeit …«

Versucht wurde man, wo Versuchungen lauerten. Die fielen nicht vom Himmel. So etwas fiel einem nicht zufällig ein. Das baute sich auf, Tag für Tag, bis das, was ursprünglich undenkbar war, erst als spinnerte Idee aufblitzte, sich allmählich zum Gedankenspiel verfestigte und wuchs und denkbarer wurde, möglicher, und irgendwann sagte man sich: Das wäre etwas! Und dann sah man sich um, schaute mit anderen Augen hin, spitzte die Ohren, dachte probehalber ein bißchen nach, und plötzlich schien es machbar, praktisch durchführbar, nicht von irgend jemandem, sondern von einem selbst, ja. Man wehrte sich noch ein wenig, sagte ein paarmal »nein«, aber da war es schon zu spät. Es verlangte danach, getan zu werden, und es gab nur einen, der es tun konnte, und so tat man es also in Gottes Namen.

»… Amen«, murmelte die Meute.

So funktionierte das mit der Versuchung. So könnte es gewesen sein. Waworka hatte einen Verdacht.

»Herr, gib ihrer Seele die ewige Ruhe«, verkündete Wieninger mit ausgebreiteten Armen. Sein Blick ging nach oben, über die Mozartstatue hinaus, die unbewegt in die Ferne blickte. Wieninger nickte Hawliczek gütig zu, doch der stand in sich versunken, als wäre auch er zu Stein erstarrt. Wieninger sagte weich:

»Wenn Sie ein paar Worte sagen wollen, Herr Hawliczek?«

Hawliczek schreckte auf. Waworka hatte Wieninger nicht gesagt, daß Hawliczek stumm war. Das konnte er nicht wissen. Hawliczek hielt sich an seinen Pistolen fest. Er nickte. Er räusperte sich. Es klang wie das Husten eines fiebernden Kindes. Hawliczek sagte:

»Vie … len … Dank.«

Er fiepte die Silben mit einem hohen Mäusestimmchen zögernd heraus. Er räusperte sich noch einmal. Er sagte:

»Vielen Dank, daß …«

Er zögerte, schien sich über den Zischlaut zu wundern, den er produziert hatte. Er fuhr fort:

»… daß Sie alle gekommen sind.«

Er sprach mit Kopfstimme, im Falsett. Er sprach nicht, er piepste. Er sprach so, wie er sprechen konnte. Mit einer Kinderstimme, die seit Jahrzehnten nicht mehr benutzt worden war. Er war nicht stumm, er hatte nur seit Ewigkeiten nicht mehr gesprochen.

»Vielen Dank, daß Sie die Mühen und Un … Unannehmlichkeiten nicht gescheut haben …«

Vielleicht war er ein Kastrat. Vielleicht hatte er doch selbst gesungen über den Dächern von Wien, mit seiner Kastratenstimme, die alle für eine Frauenstimme gehalten hatten, weil es keine Kastraten mehr gab. Vielleicht war auch nur der Stimmbruch ausgeblieben. Wegen irgendwelcher Hormongeschichten. All seine Freunde und Altersgenossen hatten ihre Männerstimmen bekommen, einer nach dem anderen, nur er hatte weiter im Sopran gepiept, und nichts geschah, die Ärzte zuckten mit den Schultern, und die Freunde kicherten hinter vorgehaltener Hand, und Hawliczek wurde schweigsam, redete nur noch, wenn es unbedingt nötig war, und dann merkte er irgendwann, daß es überhaupt nie unbedingt nötig war, zu reden. Also hörte er damit auf, also schwieg er. Vielleicht war er dann umgezogen, vom Land nach Wien, wo ihn keiner kannte, wo sich niemand wunderte, daß er stumm war, es war halt so, ein Stummer, das gab es ja, warum nicht? Er konnte in Ruhe seine Arbeit tun, unbehelligt von seiner eigenen piepsigen, fiepsigen Sopranstimme, die er nicht brauchte und nicht wollte, die er langsam vergaß und erst jetzt wieder ausgrub unter all dem Schutt der Jahre, um die letzten Worte für jemanden zu sprechen, den er geliebt hatte. Hawliczek sagte:

»... all die Mühen, um ... um hier zu sein ...«

Er suchte nach Worten, er rang danach. Es war hoffnungslos. Es gab keine Worte, die seine Königin wieder aus dem Grab auferstehen lassen konnten. Kein Sopranstimmchen und keinen vollen Baß, die das vermochten.

»... an diesem ... scheußlichen Tag ...« Hawliczek blickte erschrocken auf die Pistolen in seinen Händen.

»... trotz des Wetters, trotz Kälte und Sturm ...«

Die Sonne strahlte vom fast wolkenlosen Himmel. Kein Lüftchen, das die sanfte Wärme von der Haut hätte blasen können, regte sich. Die Vögel zwitscherten in den Bäumen des Burggartens. Es war ein wunderschöner Morgen.

»... an diesem finsteren Tag, an dem es der Eisregen nicht mehr im schwarzen Himmel aushält und sich zu Boden stürzt, sich an tief gefrorenem Matsch zerschmettert, im aussichtslosen Versuch, sich bis zum glühenden Erdkern durchzubohren.«

Waworka öffnete sich den obersten Kragenknopf. Es war sonnig, es würde ein heißer Tag werden.

»Bei dieser Kälte«, sagte Hawliczek, »die den Atem vor dem Mund zu Eis erstarren läßt und in all die hineinkriecht, die noch atmen können, und sie absterben läßt, in Eiszapfen verwandelt, die brechen und splittern würden, wenn einer sie anrührte ...«

Hawliczek sprach zu sich. Er sprach von ihr, von seiner Trauer um sie.

»... wenn einer da wäre, der sie anrühren könnte, wenn nicht alle schon erfroren wären, alles gestorben wäre, was einmal Leben in sich hatte, alle Stimmen gebrochen, tot ...«

Hawliczek sprach von sich. Er hielt zwei Pistolen in den Händen.

»... alles tot«, sagte er, »bei so einer Kälte.«

Er war nicht stumm. Er redete mit seiner Kinderstimme von Tod und Kälte, und das an einem wunderschönen, warmen

Wiener Morgen. Man hätte ihn für verrückt halten können. Waworka hätte ihn normalerweise für verrückt gehalten, aber da gab es diesen dünnen Spalt zwischen Hawliczek und dem Irresein, einen kleinen Riß, in den Waworka nicht hineinsehen wollte, ein Riß fein wie ein Haar, an dem ein Leben hängen konnte. Hawliczek war nicht verrückt. Er war …

»Danke«, sagte Hawliczek. »Danke, daß Sie gekommen sind.«

Hawliczek war ein Zeuge, der vernommen werden mußte. Waworka zog seine Pistole aus dem Halfter. Er schob den Hofrat zur Seite, trat vor. Die Vögel zwitscherten, zwitscherten einfach weiter. Waworka hörte sie zwitschern und sah auf seine Schuhspitzen, während er die paar Schritte zum offenen Grab machte. Er blieb davor stehen, sah nicht auf, sah das schwarze Holz unter sich, den Sargdeckel, unter dem die Strelecky lag, kalt, abgestorben, tot, und mit einem leichten Schwung aus dem Handgelenk warf er seine Pistole dort hinunter. Sie schlug hart auf dem Holz auf, klopfte vergeblich am Reich der Toten an und rutschte in den Spalt zwischen Sarg und Erdwand. Dort blieb sie liegen.

Waworka hatte die rechte Hand frei. Sie war nackt und leer und suchte etwas, woran sie sich festhalten konnte. Waworka streckte sie Hawliczek entgegen. Er sagte: »Mein Beileid.«

Seine Hand zitterte nicht. Sie war feist und groß. Auf ihrem Rücken sprossen weiße Härchen, und an den Fingern, mit denen Waworka seine Havanitos zu halten pflegte, schienen gelb-braune Flecken auf. Waworka hustete.

Hinter ihm murmelte jemand auf Latein. Es klang nach Heiligenlitanei. Plötzlich ließ Hawliczek die beiden Pistolen aus seinen Händen fahren, als ob sie glühten. Fast zufällig schienen sie ins Grab zu fallen, mit einem dumpfen Doppelschlag vom Erdboden zu verschwinden, und Hawliczek ergriff Waworkas Hand, packte sie, drückte sie, sagte mit seiner fiepsigen Fistelstimme: »Danke. Ich danke Ihnen.«

Waworka nickte. Er ließ los und stellte sich schräg hinter Hawliczek auf, der nun keine Waffe mehr hatte, der nur noch ein schmächtiges Männchen in einem lächerlichen Sternenmantel war, ein halb verrückter mutmaßlicher Mörder, der von drei Dutzend bis auf die Zähne bewaffneten Polizisten umgeben war, hinter denen ein weiterer Sicherungsring mit zig anderen lauerte. Ein Verbrecher, der nun völlig gefahrlos und in Nullkommanichts überwältigt werden konnte, der festzunehmen und dem Haftrichter vorzuführen war. Er mußte verhaftet werden, egal wie verrückt er war. Darüber sollten sich die Gutachter beim Prozeß streiten, das war nicht die Aufgabe der Polizei. Die Polizei mußte ihn nur festnehmen, und das würde sie auch tun.

»Los!« befahl der Chef der Spezialeinheit seinen Leuten, die unter Mozarts lässig ausgestrecktem Arm strammstanden. Und sie gingen los. Sie machten rechtsum, marschierten hintereinander im Gleichschritt auf Hawliczek zu, aufs offene Grab zu, mit den Sturmgewehren schräg über der Brust. Sie waren Scharfschützen, darauf trainiert, eine Mücke aus 100 Schritt bewegungsunfähig zu schießen, Nahkampfexperten, die einen Elefanten aufs Kreuz zu legen vermochten. Nur war da kein Elefant. Da war nur ein kleiner trauernder Mann, der vor Kälte fröstelte, obwohl die Sonne vom Himmel stach.

Der vorderste Scharfschütze blieb stehen, balancierte sein Gewehr einen Moment unschlüssig auf den Handflächen und ließ es dann ins Grab fallen. Es schlug hart auf. Der Scharfschütze gab Hawliczek die Hand.

»Danke«, sagte Hawliczek.

Ein Scharfschütze nach dem anderen kapitulierte, warf sein Gewehr auf den Sarg. Manche bekreuzigten sich. Einer salutierte, bevor er Beileid wünschte. Im Grab schlug nichts mehr dumpf auf Holz. Kolben und Läufe schepperten metallisch übereinander, wenn ein weiteres Gewehr auftraf. Es klang nach Schrottplatz. Nach ausrangiertem Metallmüll und zerbrochenen Grundsätzen.

Blumen wären auch schön gewesen, dachte Waworka. Blumen wären üblich gewesen. Die krachten nicht so. Aber die Scharfschützen hatten nur Gewehre bei sich, und Hawliczek schien damit zufrieden zu sein. Er nahm die Beileidswünsche ernst entgegen. Er nickte jedem der Polizisten zu, vergaß keinem seinen Dank auszusprechen. Er hielt durch, bis nach den Scharfschützen auch Rippel und der Hofrat und all die anderen Polizisten am Grab vorbeidefiliert waren. Er sah sie ihre Pistolen ins Grab werfen, ihre Kränze und Gebinde, in denen weitere Pistolen versteckt waren, er bedankte sich, schüttelte Hände.

Glocken läuteten von der Kapuzinerkirche her. Es war Sonntag. Die Scharfschützen sammelten sich in Gruppen am Bauwagen und tuschelten. Irgendwer mußte Hawliczek irgendwann festnehmen. Der Hofrat schien unschlüssig, ob er Befehle geben sollte. Und vor allem, welche. Hawliczek trat an den Rand des Grabs und stierte hinein, hindurch, irgendwohin.

Vom Sarg war nichts mehr zu sehen. Gnädig hatte sich eine Decke aus Maschinenpistolen und Steyrer Sturmgewehren und Glock-Pistolen und Walther-Pistolen darüber gebreitet. Grabbeigaben, die in ihrem wirren Durcheinander eingestanden, daß sie für den Schutz der Toten zu spät kamen, daß sie überflüssig waren, nutzloser Kinderkram. Vielleicht war das immer der Sinn von Grabbeigaben gewesen. Zu zeigen, daß all diese Parfumflakons und bunt bemalten Amphoren, diese Ringe, Armreifen, Halsketten und Waffen unbedeutend waren, daß mit dem Tod dessen, der sie getragen hatte, auch der Glaube an ihren Wert gestorben war. Von wegen Ausrüstung für das Jenseits! Es gab kein Leben nach dem Tod. Es gab gerade mal ein Leben vor dem Tod, und das konnte blitzschnell vorbei sein.

Man sollte das Grab zuschaufeln, dachte Waworka. Er zündete sich eine Havanito an, und dann noch eine, als Hawliczek auf dem aufgeschütteten Erdhaufen neben dem Grab saß. Waworka setzte sich ächzend daneben.

Hawliczek sah ihn nicht an. Er zerkrümelte Erdbrocken. Waworka fragte:

»Wie?«

»Erwürgt. Mit einem Strick wahrscheinlich.«

»Wer war's? Außer Palffy?«

Hawliczek schüttelte den Kopf: »Sie hatte nur Palffys Stimme erkannt. Sie wußte selbst nicht, wer noch dabei war.«

»Als Sie in der Oper ...« Waworka brach ab. Sagte: »Palffy hat seine Komplizen nicht verraten?«

»Ich wollte nur wissen, wo sie war«, sagte Hawliczeks unschuldiges Kinderstimmchen. »Er hat es mir gesagt, und ich habe sie geholt. Sie war tot. Ich mußte sie begraben.«

»Ja«, sagte Waworka. »Sie hätten nichts ändern können.«

»Es war eine würdige Beerdigung«, sagte Hawliczek.

»Danke«, sagte er.

Wieninger stand plötzlich vor ihnen. Er hob die Hände zum Segen, als sei er für den Talar gemacht. Als hätte er nie etwas anderes getan, als Schwerverbrecher zu segnen. Und obwohl alles nur inszeniert war, wirkte er echter als jeder echte Priester. Es kam darauf an, ob man daran glaubte. Wieninger glaubte. Er sagte:

»Der Herr sei mit dir, mein Sohn.«

»Und mit deinem Geiste«, piepste Hawliczek.

Und als ob irgendein Gott diese Abmachung bekräftigen wollte, krachte es plötzlich aus Richtung Norden auf. Die Vögel stoben aus den Bäumen, und Donner grollte über die sonnenbeschienene Rückfassade der Neuen Burg herüber.

Hawliczek schrak hoch, sah Waworka an, nahm zum erstenmal die Scharfschützen in ihren Panzerwesten wahr.

»Gehen wir?« fragte er.

Eine Explosion. Es war der Knall einer Explosion gewesen. Waworka nickte mechanisch.

Hinter der Neuen Burg begannen entfernt Alarmsirenen zu heulen.

11

Gehören: Gott verderbe Franz, den Kaiser

Kaiserwetter, pflegte man in Wien zu sagen. Man hätte auch einfach von einem strahlenden, frischen, sonnigen Sonntagmorgen sprechen können. Doch im Grunde paßte das Wort ganz gut in diese dumpfe, geschrumpfte Ersatzrepublik: Kaum zeigte sich mal ein Lichtstrahl, holte man die goldenen K.u.k.-Erinnerungen aus der Mottenkiste der eigenen Sehnsüchteleien nach Glanz und Größe. Und das zu einer Zeit, in der man nicht einmal die Kraft zum Untergang aufbrachte, geschweige denn zu etwas, was man Leben nennen könnte. Aber war es nicht auch früher so gewesen, hier in diesem Österreich, das sich ein Weltreich zusammengeheiratet hatte, ohne je zu wissen, was es damit anfangen sollte?

Nummer 1 blickte sich um. Er befand sich im Schweizerhof, in der Keimzelle der alten Macht, im Mittelpunkt der Alten Burg, an die dann Stallburg, Amalienburg, Leopoldinischer Trakt, Reichskanzleitrakt, Michaelertrakt und die Neue Burg angeklebt worden waren, wie Böhmen und Burgund und Ungarn und was sonst noch alles dem österreichischen Kernland. Angestückelt, umgebaut, barockisiert, regotisiert, renoviert, bis Tünche und neue Verkleidungen von selbst hielten und nicht mehr erkennen ließen, ob jemals Substanz darunter vorhanden gewesen war.

Die Arkaden an der Westfront des Hofs waren verbaut, der Putz blätterte großflächig ab, die Fenster im ersten Stock hätten an eine x-beliebige Mittelschule denken lassen, wenn sie nicht verdunkelt und vergittert gewesen wären. Sonst wies nichts darauf hin, daß sich dahinter die Räume der Habsburger Schatzkammer befanden.

Nummer 1 stellte seinen Arztkoffer ab. Er nahm eine Papiertüte heraus und ließ sie in den Abfalleimer am Fuß der

Treppe plumpsen. Er sah auf die Uhr. Fünf vor zehn. In fünf Minuten würde sich das Gitter vor dem Eingang zur Schatzkammer öffnen und die zwei Dutzend Wartenden auf die Insignien kaiserlicher Selbstdarstellung loslassen. Zwei dutzendmal staunende Nostalgie, »oh's« und »ah's«, die lauter würden, je protziger sich die Klunker präsentierten, dazwischen nach Eis quengelnde Kinder, deren Mütter sie mit dem genervten Hinweis auf Gold, Samt und Edelsteine ruhigzufüttern versuchten, und natürlich die Japaner, die trotz des Fotografierverbots lächeln würden. All das typische Gesocks einer verkommenen Massentourismusgesellschaft vor den Relikten einer überkommenen blaublütigen Pseudoelite. Und er natürlich. Er wäre auch dabei. Nummer 1.

Nummer 1 ging an den Außentreppen entlang, die der im 18. Jahrhundert errichteten Botschafterstiege vorgelagert waren, durch die wiederum die gotische Fassade der Burgkapelle völlig verbaut worden war. Da drinnen, dort oben, auf der dritten Empore sang jetzt wie jeden Sonntag die diensthabende Abteilung der Wiener Sängerknaben zu Ehren Gottes, zur Bewahrung toter Traditionen und zur Ausplünderung von Touristen, die sonst nie in eine Messe gehen würden, und wenn sie noch so viel Geld dafür bekämen. Vierundzwanzig Sopranstimmchen in lächerlichen Matrosenanzügen, die heute Schuberts »Große Messe in F-Dur« herunterratterten, statt mit ihren Freunden Fußball zu spielen oder sonst etwas Sinnvolles zu unternehmen. Sie konnten einem fast leid tun. Fast. Nummer 1 taten sie nicht leid. Jeder bekam, was er verdiente. Und jeder verdiente, was er bekam. Das sollten auch die Kinder beizeiten lernen.

Nummer 1 klemmte seine Arzttasche fester unter den Arm und beugte den Kopf dem kleinen Knopf an seinem Revers zu. Er sagte:

»Gott verderbe Franz, den Kaiser.«

»Klar und deutlich«, sagte Nummer 3. Die Knopfmikrophone funktionierten einwandfrei. Natürlich funktionierten sie einwandfrei. Sie hatten sie schließlich zigmal überprüft. In Trockenübungen, bei Reichweitentests, mit jeder Art von

Störimpulsen, unter Ernstfallbedingungen. Die Mikros hatten immer einwandfrei funktioniert. Nummer 3 wischte sich über die Stirn.

Die Morgensonne knallte durch die Frontscheibe. Er hätte den Wagen anders parken sollen. Mit der Sonne im Rücken. Nummer 3 überlegte einen Moment, ob er das jetzt noch korrigieren sollte, aber der gewählte Platz war eigentlich ideal. Wenn man von der Sonne absah. Die fünfzehn Minuten, die zu warten waren, würde er wohl noch durchstehen.

Er drehte das Autoradio lauter. In »Morning star« präsentierte Roman Kern seine Kollegen Holderied und Bussemann. Nummer 3 klappte die Sonnenblende nach unten und lehnte sich in den Fahrersitz zurück. Er war ruhig, er war voll konzentriert. Keine Bewegung draußen entging ihm, die kleinste Unregelmäßigkeit würde er spüren, jedes Detail, das nicht zu einem stinknormalen Sonntagmorgen passen wollte. Sogar die Radiostimmen nahm er mit überwacher Aufmerksamkeit auf. Als ob selbst dabei etwas schiefgehen könne.

Auf jedes Anzeichen von Gefahr draußen lauerte er, auf jeden bedrohlichen Unterton, aber da war nichts, alles war normal, ein Sonntagmorgen wie jeder andere, nur etwas sonniger vielleicht. Das konnte man aushalten. Im Radio sagte Roman Kern:

»Bleiben Sie dran! Nach den Nachrichten werden Ihnen unsere Stargäste ein ›happy weekend‹ mit Überraschungen ...«

»Ist ja gut, Herr Kern!« sagte Nummer 3 zu sich. Es war nichts als harmloses Geplapper. Da war nichts Ungewöhnliches.

»Klar und deutlich«, antwortete Nummer 1.

Unter dem Eingang zur Burgkapelle rührte sich etwas. Eine gleichförmige Bewegung erfaßte die Wartenden, ein kollektiver kleiner Schritt auf das Gitter zu, das gerade aufgeschlossen wurde. Zwei Minuten zu früh, aber das spielte keine Rolle. Das war nur von Vorteil.

Nummer 1 ging langsam über die Steinplatten des Schweizerhofs zum Eingang der Schatzkammer zurück und schloß sich der Reihe von Touristen an, die durch den Gang zu Kasse und Garderobe vordrängelten. Auf die Überwachungskameras, die so unter der Decke befestigt waren, daß sich nirgends ein toter Winkel ergab, achtete keiner von ihnen, auch nicht der alte Mann in der verschlissenen schwarzen Kutte, aus der wie ein drittes Bein eine Krücke ragte, auf die er sich schwer stützte. Der Mann trug einen Vollbart. Unter dem Hut quollen graue Locken hervor. Ein Jude, ein Musterbeispiel eines orthodoxen Juden, der an galizische Stedtl erinnerte, an Rabbi Löws Experimente, an Kabbala und Zinswucher. An alles Mögliche, nur nicht an modernste Knopfmikrophone.

»Trau nie deinen Augen!« flüsterte Nummer 1 in sein Mikro.

»Klar und deutlich«, sagte Nummer 2 in seinen Bart. Er sah sich nicht um. Er war ein halb gelähmter Jude, für den jede Bewegung eine Qual war. Da drehte man sich nicht schnell mal um. Da klemmte man eher seine Krücke unter die Achsel und schleppte sich vorwärts, gebeugt unter der Last der Jahre und des Schicksals, aber getragen vom festen Willen, am Leben der anderen teilzuhaben, sein Stück der Welt mitzubekommen, und was war seine Welt schon anderes als der Glanz der Vergangenheit, der hier auf ihn wartete, wenn er erst die Kasse passiert, wenn er sich die Treppe hinaufgeschleppt hatte, den leichtfüßigen jungen Touristen nach, am freundlichen Personal vorbei, an den Wachleuten, die ihre Walkie-Talkies an die Gürtel hängten und ihm ihre Hilfe anboten.

»Danke, sehr freundlich, aber ich habe Zeit«, sagte Nummer 2 in leicht östlich gefärbtem Deutsch und hielt keuchend einen Moment inne. »Ich habe lange Jahre darauf gewartet, hierher zu kommen, da halte ich es auch noch fünf Minuten länger aus.«

Ein paar Minuten blieben ihm tatsächlich noch. Die Wachleute nickten verständnisvoll. Nummer 2 setzte seine Krücke auf der nächsten Treppenstufe auf, und er hörte die Stimme von Nummer 3, die ihm zuflüsterte:

»Klar und deutlich, Nummer 2.«

Im Radio kamen Nachrichten. Nicht einmal in der Welt war etwas Ungewöhnliches passiert. Und draußen vor seinem

Wagen schon gleich gar nicht. Nummer 3 konnte ganz ruhig sein. Er war ganz ruhig. Er kurbelte das Seitenfenster herunter, damit er besser hören konnte, wenn etwas passierte. Und damit er etwas frische Luft bekam. Im Wagen war es stickig und knallheiß. Nur er, er war eiskalt. Er war Nummer 3.

»10.03 Uhr«, sagte Holderied im Radio, »an diesem wunderschönen Sonntagmorgen, an dem wir vor allem die Leute grüßen wollen, die etwas Besseres zu tun haben, als uns im Radio ...«

»10.03 Uhr«, sagte Nummer 3 in sein Mikro.

»Es verrecke Franz, der Kaiser!« sagte Nummer 1. Er ging an der Garderobe vorbei, ließ die Kasse links liegen und stieg die Stufen zum Vorraum der Toiletten hinunter. Rechts befand sich ein Telefon, links die Tür mit der Aufschrift »Kein Eintritt«. Nummer 1 trug den Nachschlüssel in seiner Jackentasche. Er brauchte ihn nicht. Die Tür sprang auf, als er die Klinke drückte. Sie hatten es nicht anders verdient. Sie waren auch noch nachlässig. Daß sie berechenbar waren, wußte er schon seit langem. Man trat ihnen auf den Schwanz, und sie jaulten. Man machte sich eher zuviel Gedanken als zuwenig.

Nummer 1 warf einen Blick über das Sicherungsbrett und schloß die Tür wieder. Dann ging er auf die Toilette. Er sperrte ab, setzte sich auf die Klobrille, öffnete seinen Arztkoffer. Er holte einen kleinen Kasten hervor, zog eine Antenne aus und fragte in das Mikrophon an seinem Revers:

»Nummer 3?«

»Okay.«

»Nummer 2?«

»Moment noch!«

Orthodoxe Juden waren nicht so schnell. Vor allem, wenn sie eine elendig schwere Krücke mitschleppen mußten. Nummer 2 war langsam, aber er kannte seinen Weg wie im Schlaf. Als ob er ihn tausendmal gegangen wäre. Er hätte die Augen schließen und ein paarmal durch alle Räume gehen können, ohne einmal anzustoßen. Er humpelte durch Raum 4, wandte sich nach rechts, Raum 9, verzichtete auf die Räume dazwischen, auf die Wiege von Napoleons Sohn, auf die ungarische Krone Stefan Bocskais, auf die antike Achatschale, die manchem als der heilige Gral galt. Die geistliche Schatzkammer, die sich dort hinten anschloß, ließ er links liegen. Er war orthodoxer Jude, er hatte für die silbergefaßten Knöchelchen von Märtyrern und für den gekreuzigten Nazarener nicht viel übrig. Das würde wohl jeder verstehen.

Er bog nach rechts, er war nun allein, hatte durch seine Abkürzung selbst die ungeduldigsten Touristen überholt, Raum 10, er mühte sich an den ganzen schönen Sachen vorbei, ojojoi, welch ein Glanz, der die indirekte Beleuchtung überstrahlte, welch eine Pracht, dieser normannische Krönungsmantel aus karminroter Seide, goldbestickt, mit doppelten Perlenreihen geschmückt. Ajajajai, was könnte seines Vaters Sohn damit für Geschäfte machen, Könige und Kaiser könnte er zufriedenstellen, welch ein Funkeln und Blitzen! Nur gab es keine Könige und Kaiser mehr, niemanden, für den die Zauberschätze gemacht schienen. Auf jeden Fall waren sie viel zu schade für diese dunklen Räume. Es war traurig, daß sie unter Sicherheitsglas gefangen waren, angestarrt von Tausenden unwissenden Augen, von Überwachungskameras, von gelangweilten Wächtern wie dem da, der in der Ecke stand und an den Fingernägeln kaute.

Nummer 2 nickte ihm zu und dachte, daß die Schätze genausogut in der Truhe eines gebrechlichen Juden liegen könnten, der sie hegen und pflegen würde wie seinen eigenen erstgeborenen Sohn. Raum 11. Da waren die Reichsinsignien, und Nummer 2 schnaufte wie ein gebrechlicher alter Mann, der zu schnell gegangen ist. Er blieb stehen, ächzte, oijoijoi, und streckte den gebeugten Rücken mühsam. Im Glaskasten vor ihm thronte die Reichskrone auf rotem Samt. Welch eine Pracht!

Nummer 2 schüttelte den Kopf vor Bewunderung und sagte versonnen, sagte in seinen Bart hinein und in das kleine Mikrophon darunter: »Sie ist wunderschön, ojojoi.«

Nummer 1 saß eineinhalb Stockwerke tiefer auf einer Klobrille. Er hielt einen kleinen Kasten mit einer ausziehbaren Antenne in der Hand. Es war ein Sender, an dem sich ein

Schalter befand, den man mit einem Daumendruck umlegen konnte. Nummer 1 sagte in sein Mikro:

»Bim, bam, bum.«

Dann legte er den Schalter an seinem Sender mit einem Daumendruck um. Es ging ganz leicht. Der Sender sandte ein Signal aus, das mühelos durch modernen Stahlbeton, Ziegel aus der Ringstraßenepoche, barocken Stuck, Renaissancemarmor und gotisches Maßwerk drang. Ein Signal, das unbeirrbar seinen Weg durch Wände und Mauern fand, durch die Kaiserloge ins Innere der Burgkapelle, zielstrebig durchs Kirchenschiff auf die zweitoberste Empore schoß und dort anlangte, wo es ungeduldig von einem zweiten Kasten erwartet wurde, der sich in einem unscheinbaren Aktenkoffer am Fuß des linken Stützbogens befand. Es grenzte an ein Wunder, aber es war kein Wunder, es war das Signal einer Fernzündung, die funktionierte, die genausogut funktionierte, wie sie in der Börse und bei allen Tests zuvor funktioniert hatte. Das Signal erzeugte im zweiten Kasten ein unhörbares Klicken, ließ einen unsichtbaren Funken aufblitzen, der sich in einen Aktenkoffer voll Plastiksprengstoff hineinfraß und ihn zündete. Es war kein Wunder, es war der Zweck einer Fernzündung, eine Sprengladung zu zünden, und das hatte sie getan.

Nummer 1 hörte den Explosionsknall dumpf durch die Mauern. Die Tür der Toilette zitterte im Schloß. Alles zitterte ein wenig.

Die Füße von Nummer 1 kribbelten. Die Entfernung zur linken Gewölberippe auf der oberen Empore betrug höchstens fünfzig Meter Luftlinie, mehr nicht. Die Entfernung zu dem Punkt, an dem sich bis vor ein paar Sekunden der linke Stützpfeiler befunden hatte.

Nummer 1 sah auf seine Uhr. Er sagte: »Zehn Uhr, fünf Minuten und fünfundzwanzig Sekunden.«

»Zehn Uhr, fünf Minuten und fünfundzwanzig Sekunden«, wiederholte Nummer 3, obwohl seine Uhr inzwischen schon zehn Uhr, fünf Minuten und neunundzwanzig Sekunden zeigte. Genaues Timing war alles, das war von Anfang an klar gewesen. Nummer 3 kontrollierte, ob der Zündschlüssel im

Zündschloß steckte. Er steckte. Nummer 3 hätte augenblicklich starten können, aber er mußte noch warten. Achteinhalb Minuten hatte es bei der Kammeroper gedauert. Eine Streuung von plus/minus zwei Minuten war in Ordnung. Das war einkalkuliert. Es konnte länger dauern, weil der Sonntagsdienst zu trödeln pflegte. Es konnte auch schneller gehen, weil weniger Verkehr auf den Straßen war. Das hatten sie im Griff. Nummer 3 horchte zum offenen Autofenster hinaus. Aus dem Radio sagte Bussemanns Stimme: »Ich zum Beispiel werde notorisch unterschätzt, unterbewertet und vor allem unterbezahlt ...«

»Halt's Maul, Bussemann!« murmelte Nummer 3, aber die Stimme aus dem Radio kümmerte sich nicht um ihn.

»Halt's Maul!« sagte Nummer 2. Er stand vor der Krone des Heiligen Römischen Reichs und nickte. Man sollte nicht soviel reden. Man sollte zuhören, wenn es etwas Wichtiges zu hören gab, wie zum Beispiel einen Knall, der, abgedämpft durch Wände und Sichtblenden, über den Schweizerhof zu einem alten Juden herübergeschwappt war, und dann sollte man bestaunen, was die Welt zu bieten hatte, was der menschliche Erfindungsgeist geschaffen hatte. Meisterstücke wie diese Krone aus dem 10. Jahrhundert, die aus acht Goldplatten gefertigt war, die mit goldgefaßten Perlen dicht besetzt waren. Auf den Zellenemailbildern der Diagonalplatten thronten neben Christus drei Könige des Alten Testaments: David, Salomo und Ezechias, die Gerechtigkeit, Weisheit und Gottvertrauen symbolisierten. Drei Garanten der rechtmäßigen Herrschaft, drei Juden, wie Nummer 2 einer war. Er war Nummer 2. Noch war er allein.

Auf der Stirnplatte der Krone prangten zwölf taubeneigroße Edelsteine, stellvertretend für die zwölf Apostel, für die zwölf Stämme Israels. Für jeden einzelnen dieser Steine würde so manch einer seine Seele verkaufen. Nummer 2 nicht. Er war ein alter, habgieriger Jude. Sein Preis war hoch.

Stirn- und Nackenplatte der Krone waren durch einen ebenfalls goldenen Hochbügel verbunden. Trotz ihres Alters wirkte die Krone stabil. Es wäre schade darum. Nummer 2 war dafür, sie nicht sofort einzuschmelzen. Erst, wenn er ein paar Milliönchen nötig hätte, um einem armen, alten, kranken Juden den königlichen Lebensabend zu sichern, den ihm der Rest der Welt nicht gönnen wollte. Der Wächter zum Beispiel, der nach dem Explosionsknall aus Raum 10 herübergestürzt war, unschlüssig gezögert hatte, ob er seinen Posten verlassen und nachsehen sollte, was geschehen war, und nun mit seinem Walkie-talkie Näheres zu erfahren suchte.

Das Funkgerät knackte, und Nummer 2 wandte seinen Blick auf die Reichskrone zurück. Sie stand auf einem samtüberzogenen Würfel, unter dem zwei Drähte verschwanden, die von Sensoren ausgingen. Die Sensoren klebten an der Innenseite des Glaskastens.

Die Überwachungskamera im Eck war genau auf ihn gerichtet. Ein kleines rotes Licht zeigte an, daß sie in Betrieb war. Ein kleines ewiges Licht, das an das unermeßliche Mißtrauen und die unüberwindliche Angst der Menschen mahnte.

Nummer 2 war nur ein orthodoxer Jude, für den das ewige Licht nichts bedeutete, viel weniger als das rote Funkeln der Rubine, das geheimnisvolle Feuer in ihnen, doch er seufzte leise und sagte in das Mikrophon unter seinem Bart:

»Wir sollten sie nicht einschmelzen.«

Nummer 1 saß auf der Klobrille und löste die Schnürsenkel. Der Knall war vorbei, und vom Gebrüll der Verwundeten, vom Röcheln der Sterbenden konnte er nichts hören. Es waren zu viele, zu dicke Mauern zwischen ihm und der Burgkapelle, in der die Ladung explodiert war. Wenn Nummer 1 die zeitlichen Abläufe richtig kalkuliert hatte, mußte er mit seinem Daumendruck das »Agnus Dei« zum Platzen gebracht haben. Ob während der Chorpartien oder während der Tenor- oder Baßsoli, wußte er nicht. Hoffentlich während der Des-Dur-Stellen. Die Molltonarten wären ihm unpassend erschienen, auch wenn es am Ergebnis nichts änderte. Es war nur eine Frage des ästhetischen Empfindens.

Nummer 1 stellte seine Schuhe ordentlich nebeneinander. Seine Socken waren weiß. Er öffnete den Arztkoffer, nahm eine weite weiße Hose und den dazu passenden Rettungsdienstkittel heraus. Er zog beides über seinen Anzug. Blütenweiß.

Den Meßbesuchern auf der oberen Empore dürfte es nicht besonders gut ergangen sein. Das alles war sehr bedauerlich, aber ohne ein paar Opfer ging es nun mal nicht. Da würde der Plan nicht funktionieren. Der große Plan. Für andere große Pläne hatten andere große Männer ganze Völker in Krieg und Tod gehetzt. Alexander, Cäsar, Napoleon. Dagegen war Nummer 1 ein Waisenknabe.

Ganz unten im Koffer befand sich ein Paar weißer Schuhe. Nummer 1 schlüpfte hinein und band sie zu.

Wahrscheinlich hatte die Sprengladung ein gehöriges Loch in den Stützpfeiler gerissen, der die Gewölberippe trug. Es war durchaus möglich, daß die Orgelempore links abgesackt war. Vielleicht waren ein paar der Sängerknaben in ihren blütenweißen Matrosenkitteln herabgepurzelt wie verstoßene Engelchen, denen Knall auf Fall die Sünden vorgebetet wurden, die sie wie alle anderen begangen hatten. Vielleicht klingelten ihnen im Sturz die Ohren davon. In diesem Hörsturz, in dem die Reste des »Agnus Dei« starben, in dem sich kein ergreifender Des-Dur- oder f-Moll-Klang mehr von irgendwelchen Lippen löste, nichts mehr mit »adagio molto«, nur noch ein markerschütternder Schrei wie von einem Lämmchen auf der Schlachtbank, und das blanke Entsetzen warf sich in gellenden Echos von Kirchenwand zu Kirchenwand.

Nichts half, niemand half, nicht die gotische Madonna am linken Seitenaltar, nicht die Statuen der vierzehn Nothelfer, kein Dionysius, keine heilige Katharina und auch nicht Christophorus mit seinem Stab. Und nochmals brach ein Stück Mauer, stürzte in den Aufschrei des menschlichen Fleisches auf der unteren Empore. Das »Dona nobis pacem« fiel ersatzlos aus. Höhere Gewalt, dachte Nummer 1 kichernd. Statt dessen gab es ein polyphones Werk aus Wimmern und Wehklagen, man keuchte Blut hervor, stöhnte in Sechzehnteln sein Leben aus, Stimmbänder zerrissen in wahnsinnigen Fermaten.

So ähnlich mußte es klingen, doch Nummer 1 hörte nichts.

Er warf seine schwarzen Schuhe in den Arztkoffer und legte den kleinen Kasten mit der Antenne vorsichtig darauf. Dann setzte er sich wieder auf die Klobrille. Er wartete. Er war ein Sanitäter, der auf seinen Einsatz wartete, der darauf wartete, daß es für ihn etwas zu tun gab. Er sah auf seine Uhr. 10.09 Uhr. Das Mikrophon befand sich nun unter seinem weißen Kittel. Es würde trotzdem funktionieren. Alles würde funktionieren. Auch ohne Nummer 4. Nummer 4 war ja nun leider tot. Sie hatten auch ihre Opfer zu beklagen. Es ging halt nicht immer alles mit Frieden, Freude, Eierkuchen ab.

Nummer 1 sagte: »10.09 Uhr.«

»Es sind erst vier Minuten«, sagte Nummer 3.

Aus dem Radio dudelte Musik.

»Es ist noch nicht soweit«, sagte Nummer 3. »Es kann noch nicht soweit sein, vier Minuten sind zu wenig, und man hört auch noch nichts. Überhaupt nichts. Werdet bloß nicht nervös! Um Gottes Willen, dreht jetzt nicht durch! Ich sage euch Bescheid, sobald es losgeht, ja? Rührt euch nicht vorher! Kein Grund zur Beunruhigung! Wir haben achteinhalb Minuten kalkuliert, plus zwei Minuten, macht zehneinhalb Minuten, und jetzt sind gerade erst vier Minuten vorbei, vier Minuten und fünfundzwanzig Sekunden, und da wäre es ...«

»Schrei nicht so!« flüsterte Nummer 2 seinem Bart zu. Es war der Bart eines orthodoxen Juden, der über seine Krücke gebeugt in Raum 11 der Schatzkammer stand, umgeben von Erschütterungsmeldern, Überwachungskameras und uniformierten Aufpassern, die in ihre Walkie-talkies plärrten.

Nummer 2 reimte sich aus den Bruchstücken des aufgeregten Gesprächs zusammen, daß es ein Attentat in der Burgkapelle gegeben habe, verübt von schlechten Menschen, die die Musik zerstören wollten. Es schien nicht das erste gewesen zu sein. Der Wächter sprach von Verrückten, die schon wieder zugeschlagen hätten. Nummer 2 war nur ein alter, kranker Mann, der die moderne Welt nicht recht verstand, aber das schien ihm kaum glaubhaft. Konnte es jemanden geben, der Musik haßte? Diesen Trost in der Einsamkeit, dieses Licht im Dunkeln? Der Wächter mußte sich täuschen. Er sollte lieber gehen, um mal nachzusehen. Um sich zu vergewissern. Und zwar schnell!

»Notfalls ...«, sagte Nummer 2.

»Noch nichts«, japste Nummer 3. »Es sind schon sechs Minuten, und ich höre nichts. Ich höre nur die Autos draußen und die Schritte der Passanten und Hundegebell. Vielleicht bin ich plötzlich für bestimmte Töne taub geworden, so ähnlich wie farbenblind ...«

Er holte Luft. Holderieds Stimme sagte aus dem Radio:

»Alsdann, unser Gewinnspiel: Wir wollen es Ihnen an diesem schönen Sonntag nicht so schwer machen, und deshalb wird Ihnen mein Kollege Bussemann jetzt gleich die richtige Antwort durchgeben ...«

Nummer 3 hörte das Radio klar und deutlich. Bussemanns Stimme, die sagte:

»Und Sie rufen an, um uns die falsche Frage zu dieser richtigen Antwort zu stellen ...«

Hundegebell, Mädchenlachen, Radiostimmen, Taubengurren, Fliegensummen. Nummer 3 hörte alles. Und ganz von fern einen anderen Ton, kaum erahnbar, es war der Ton, der Ton von Nummer 3, für Nummer 3, der Ton, auf den er gewartet hatte. Er war da, leise, fern, doch klar und deutlich genug.

»Für die beste falsche Frage gibt es zwei Eintrittskarten zum Konzert des Alpbacher Gamsbarttrios, das gestern mit rauschendem Erfolg in der Wiener Stadthalle stattgefunden hat«, sagte Holderied.

Der Ton schwoll an und ab, er tatütatate, er kam von einer Sirene, von einem Martinshorn.

»Die Jury bilden wir drei, Holderied, Bussemann und ich«, sagte Bussemann.

Es war nicht eine Sirene, es waren mehrere, die wild durcheinander heulten. Sie gehörten zu Einsatzwägen der Sicherheitspolizei, die aus Richtung Burggarten anbrausten. Fünf vollbesetzte Polizeifahrzeuge, die abbremsten und nacheinander durchs Heldentor zur Alten Hofburg hin einbogen. Fünf Einsatzwägen, und da hinten kamen noch weitere, drei, vier. Sechseinhalb Minuten! Wieso waren die so schnell? Die Sicherheitswache. Verdammt nochmal!

Und endlich, endlich, endlich kam auch von der anderen Seite des Rings ein Sirenenton, endlich tauchte der erste Krankenwagen auf, diese Lahmsäcke, wollten die vielleicht die Schwerverletzten verbluten lassen? Da, ein zweiter aus der Lerchenfelder Straße, gut, der Rettungsdienst war unterwegs, zwei Wägen, immerhin, auch wenn das natürlich noch lange nicht ausreichte. Verstärkung war nötig. Nummer 3 startete den Motor.

Im Radio sagte Bussemann: »Die richtige Antwort lautet ...«

Nummer 3 schaltete das Radio ab und das Martinshorn seines Wagens an. Er fuhr los. Er fuhr den dritten Rettungswagen, der am Tatort eintreffen würde. Nummer 3 sagte in das Knopfmikrophon an seinem weißen Rettungsdienstkittel: »Los!«

Kein Mensch war im Vorraum der Toilette. Kein Besucher, keiner vom Wachpersonal. Sie hatten anderes zu tun, als menschlichen Bedürfnissen nachzugehen. Die unverletzten Meßbesucher, die in Panik geflüchtet waren, mußten schon im Schweizerhof umherbrüllen. Die ersten Verwundeten wurden wohl gerade über die Treppen hinausgetragen. Da draußen gab es einiges zu tun. Es würde gleich noch mehr zu tun geben.

Nummer 1 schlüpfte in den Wartungsraum, in dem sich der Sicherungskasten befand. Da war die Hauptsicherung. Nummer 1 griff in seinen Arztkoffer und holte den kleinen Kasten mit der Antenne heraus. Zwei kleine Bewegungen, zwei harmlose Handgriffe. Mit der rechten Hand legte Nummer 1 einen Schalter um, mit der linken drehte er die Hauptsicherung heraus. Die zweite Explosion hörte er lauter als die erste, aber das wirkte nur so, weil die Bombe viel näher detoniert war: am Fuß der Treppe zur Burgkapelle, neben dem Tor zur Schatzkammer.

Die Alarmanlage dröhnte los. Wie erwartet. Am Gitter befanden sich Sensoren, und die Kamera am Eingang war in einen Haufen Schrott verwandelt worden. Das genügte der Alarmanlage, um loszulegen. Mit einem grellen, vibrierenden Summen, nicht lauter, aber durchdringender als der Ton der Anlage im Schuberthaus. Ein unangenehmes Geräusch, und das nur wegen einer Bombe, deren Sprengkraft läppisch war, kaum stärker als die eines besseren Silvesterknallers. Gut, die Splitter des Papierkorbs, in dem das Paket deponiert war, würden schrapnellähnlich durch den Schweizerhof sausen, und die Treppe würde jetzt auch eher nach mittelalterlicher Schloßruine aussehen, aber war das Grund genug für solch ein hysterisches Geschrei, wie es jetzt von draußen durch den Lärm der Alarmanlage bis zu ihm hineindrang? Memmen und Feiglinge, die bei jedem Donnerschlägchen meinten, die Welt ginge unter, die sich verloren durch den Rauch der Explosion husteten, panisch gegen den Qualm anbrüllten, nach Ärzten und Sanitätern jammerten.

Nummer 1 besaß einen Arztkoffer, er war ein Sanitäter, aber er wartete ab. Er sagte in sein Mikrophon:

»Los!«

Der Knall fiel über den alten Juden her, schien ihn noch tiefer zu beugen, zusammenzupressen, so daß er einen Moment wie eine Raubkatze vor dem Sprung aussah, bevor er nach gar nichts mehr aussah, weil das Licht erstarb, die milde indirekte Beleuchtung ausfiel. Die Alarmanlage schepperte los, und der Wächter fluchte und tappte im stockdunklen Dunkel Richtung Ausgang, rumpelte gegen den Türstock zu Raum 12, tastete sich fluchend weiter.

Das rote Licht an der Überwachungskamera leuchtete noch immer. Sie hing nicht an der allgemeinen Stromversorgung, sie wurde durch ein eigenes Aggregat gespeist. Mißtrauen allerorts, und vielleicht handelte es sich sogar um eine neumodische Infrarotkamera, die trotz der biblischen Finsternis aufzeichnete, wie ein alter Jude emporschnellte, ein paar tausend Jahre Judentum mir nichts dir nichts abwarf, sich blitzschnell verjüngte, gesundete, zu Nummer 2 wurde, einem jungen, verkleideten Mann, der seine Krücke herumwirbelte und mit beiden Händen am Fußende packte.

Von Raum 10 her hörte er Stimmen. Ein Kind weinte, und eine Mutter sagte beruhigend, daß sie doch da sei, und Nummer 2 war auch da, war voll da, und er trat einen Schritt zurück und holte weit aus. Die Achselstütze war keine Achselstütze, sondern ein schweres Stück Metall, das fast wie der Kopf eines Hammers durch die Luft pfiff und gegen den Glaskasten prallte.

Die Scheibe ächzte und knirschte, und Nummer 2 schlug ein zweites Mal mit aller Gewalt zu, und das Sicherheitsglas knackte und bröselte. Die Alarmanlage dröhnte von überall her. Sie hatte nun einen Grund mehr zu jaulen, aber das merkte ihr niemand an. Alarm war Alarm, und Alarm gab es schon seit einer Ewigkeit. Seit fast einer halben Minute.

Das Mädchen von nebenan schrie »Mama!«, und mit seinem dritten Schlag fetzte Nummer 2 die Scheibe krachend auseinander, griff zu, griff sich die Krone am Scheitelsteg, die Krone des Heiligen Römischen Reiches Deutscher Nation, künstlerischer Wert unschätzbar, Verkaufswert unschätzbar, Materialwert achtstellig.

»Es ist nur ein Stromausfall«, sagte die Mutter nebenan unsicher, und Nummer 2 machte sich auf die Socken.

»Ab die Post!« flüsterte er in sein Mikrophon, und dann ging die Post ab. Mit traumwandlerischer Sicherheit stürmte er durch die Räume 12 und 13, holte im Laufen die Spraydose aus der Tasche unter dem Kaftan und sprühte sich Theaterblut auf Bart, Hals und Schulter. In Raum 14 überholte er den Wachmann, der im Dunkeln vom rechten Weg abgekommen war und links fluchend ein Bild von der Wand fegte. Es mußte das Porträt Kaiser Maximilians I. sein.

Die Alarmanlage kümmerte das nicht. Sie sang in der immer gleichen Lautstärke durch die Räume, Raum 15, Raum 16, und Nummer 2 summte leise mit, summte sanft dagegen an, »froh zu sein, bedarf es wenig«, die Treppe hinab in den Vorraum, immer drei Stufen auf einmal, er hatte die Schrittlänge im Kopf, im Gefühl, in den Beinen, »und wer froh ist, ist ein König«, sang er in sein Mikrophon. Ja, das war es, er hätte singen können vor … vor diesem Gefühl, und er sang, und er sprang die Treppe nach unten.

Auch hier war alles dunkel, Alarmgebrumme, und plötzlich erinnerte Nummer 2 sich daran, daß er ein alter, schwer verletzter Jude war, der umgehend Hilfe brauchte. Irgendein untrügliches Gefühl sagte ihm, daß er an der Ecke der Garderobe Hilfe fände, daß dort ein Sanitäter stünde, und genauso war es. Die Alarmanlage summte vergnügt vor sich hin, vom Eingang der Schatzkammer schallte Chaos herein, in das die heulenden Sirenen vergeblich Ordnung zu bringen suchten, und der Sanitäter an der Garderobe nahm Nummer 2 die Krone aus der Hand und verstaute sie in einem Arztkoffer.

»Und?« fragte Nummer 1.

»Und wer froh ist, ist ein König«, sagte Nummer 2.

»Scheiße«, sagte Nummer 3 zu dem Polizisten vor dem Schweizertor, »hören Sie nicht, was da los ist?«

Es war nicht zu überhören. Es war ein Gebrüll wie von gequälten Säuglingen, wie aus sämtlichen Folterkammern des Heiligen Römischen Reichs, wie durch die neun Kreise der Hölle hinab und hinauf. Es waren die Schreie von Menschen, die am Verrecken waren.

»Wir kriegen sie«, sagte der Polizist bleich. »Diesmal kriegen wir sie.«

Die verdammten Einsatzwägen hatten den Schweizerhof zugeparkt. Die Einfahrt zum Schweizerhof. Mit dem Wagen war da kein Durchkommen.

»Das ist kein Spaß mehr. Musik hin oder her, da hört sich der Spaß auf«, sagte der Polizist. Er hatte seine Pistole gezogen und wartete auf einen, den er abknallen konnte.

»Verdammt«, sagte Nummer 3. Er ließ den Krankenwagen vor dem Geländer des alten Burggrabens stehen. Er stieg aus dem Wagen, sprang zur Heckklappe, riß sie auf, riß die Bahre heraus, schulterte sie und rannte an dem Polizisten vorbei durch das Schweizertor. Auf das Inferno zu. Gott sei Dank stand der Rauch der Explosion noch dicht im Hof. Nummer 3 konnte kein Blut sehen. In der Hinsicht war er empfindlich, das war immer schon so gewesen. Er konnte auch dieses Röcheln und Wimmern nicht hören, das unter den klaren Sirenenklängen bedrohlich hervorquoll, überall aus dem Nebel aufstieg, von seltsam verkrümmten Leibern, die auf den Platten lagen, und torkelnden Wesen, die gegen die Polizeifahrzeuge prallten. Ein Sicherheitswachler schrie irgendwelche Befehle, die keiner verstand, und vor Nummer 3 kauerte eine Oma am Boden und lallte um Hilfe, so daß er links um den Polizeiwagen ausweichen mußte, nur um dort einem Uniformierten in die Hände zu laufen, der ihn am Arm zerrte und auf einen jungen Burschen wies, der vor dem Wagen totenblaß in einer roten Lache lag. Sein Unterschenkel war abgeknickt, und von der Hüfte bis zur Brust hingen rotes Fleisch und undefinierbares Gedärme aus den Fetzen eines ehemals weißen Matrosenkittels. Der Junge röchelte leise.

Ein zweiter Polizist stützte seinen Kopf und würgte zur Seite hin. Gleich würde er sich übergeben.

»Nicht dringend, Platzwunde«, sagte Nummer 3.

»Nicht dringend?« fragte der Polizist ungläubig. Er hielt immer noch den Ärmel von Nummer 3 fest.

»Wollen Sie mir sagen, wie ich meinen Job zu machen habe?« schrie Nummer 3 ihm in die Ohren.

Der Polizist ließ los, ging langsam in die Knie, fiel einfach in sich zusammen, kniete in einer fremden Blutlache und begann, fast lautlos zu weinen. Sein Kollege erbrach sich laut würgend. Eine Riesensauerei.

So hatte sich das Nummer 3 nicht vorgestellt. Er war für so etwas nicht geschaffen. Aber jetzt half alles nichts. Er mußte da durch, er konnte nicht auf halbem Weg kehrtmachen. Nummer 3 ging da durch, kämpfte sich durch das Gewinsel, durch die Schreie, stieß einen nach Ruhe brüllenden Polizisten zur Seite, stieg über Leichen, auf das monotone Dröhnen der Alarmanlage zu, auf den Eingang der Schatzkammer, der jetzt doppelt so breit war und über den keine funktionsfähige Treppe mehr hinaufführte.

Nummer 3 schnaufte tief, wegen der Bahre, wegen der beißenden Luft, wegen allem, er war allein, ein einsamer Sanitäter, er wollte ja seinen Job machen, aber das alles war ihm zuviel, dieses Sterben und Leiden. Er sollte helfen, jemanden retten, und da tauchte am Schatzkammereingang eine

Gestalt schemenhaft im Dunst auf, die über die Trümmer der Treppe ins Freie kletterte. Eine Person, die gerettet werden mußte! Ein Verletzter, der geborgen werden mußte. Nein, es waren zwei Personen. Ein alter Jude mit blutverschmiertem Oberkörper und ein Rettungsdienstler, der ihn stützte, ihn mitschleppte, ohne dabei den Arztkoffer in seiner Hand loszulassen.

Ein Sanitäter wie Nummer 3, ein Sanitäter, der half! Nummer 3 war nicht mehr allein. Er warf die Bahre zu Boden. Zusammen mit seinem neuen Helfer half er, packte er den schwerverletzten Juden, der sich in seinem Schrecken den Arztkoffer griff, auf die Bahre. Zusammen hoben sie an, halfen sie, zusammen ging es zurück, schleppten sie den Verletzten durch die stöhnende Hölle, versuchten zu retten, was zu retten war.

»Weg da!« schrie Nummer 3, der vorne ging.

»Aus dem Weg!« schrie er den kriechenden Kreaturen zu. Er half einem Schwerverletzten. Sie konnten sich keine Verzögerung leisten. Es konnte um Sekunden gehen. Sie konnten sich nicht um jeden kümmern, der wegen eines kleinen Kratzers vor sich hin quengelte.

»Platz da!« schrie Nummer 3, und schon waren sie durch das Schweizertor. Jede Menge Polizeifahrzeuge standen da, jede Menge Rettungsdienstler bis hin zum Kaiser-Franz-Denkmal. Jeder würde versorgt werden, jede Wunde verbunden, jede Infusion gelegt werden. Alles ging seinen Gang, alles war geregelt.

Sie hatten alles bestens organisiert, und jetzt wurden sie nicht mehr benötigt, Nummer 1 und er. Sie konnten den Juden einladen und abhauen. Sie luden ihn ein. Nummer 1 sprang zu ihm in das Heck des Krankenwagens. Nummer 3 setzte sich ans Steuer. Er schaltete die Sirene ein, setzte zurück und bog in die Durchfahrt zum Heldenplatz ein. Sie hauten ab. Nummer 3 drückte aufs Gas, beschleunigte, schoß an den Fiakern vorbei, über die weite Leere des Heldenplatzes, bremste hart.

»Was ist?« fragte Nummer 2 von hinten.

»Verdammt«, sagte Nummer 3.

Das Heldentor war verrammelt. Einsatzfahrzeuge der Polizei, Scharfschützen in Panzerwesten, wohin man sah. Wie im Krieg. An einem gemütlichen, lauschigen Sonntagmorgen.

Nummer 3 kurbelte das Seitenfenster nach unten.

»Seid's deppert?« schrie er dem Inspektor entgegen, der vor der Straßensperre stand. Im Heck begann Nummer 2 zu stöhnen. Er stöhnte erstklassig. Wie einer, der weiß, daß es bald vorbei sein wird.

»Wir haben Grund zu der Annahme ...«, sagte der Inspektor.

»Wollen Sie ihn vielleicht operieren?« Nummer 3 zeigte mit dem Daumen nach hinten, wo sich ein auf dem letzten Loch pfeifender alter Jude auf der Bahre wälzte. Über ihm hantierte Nummer 1 an einer Infusionsflasche, in der hellblaue Flüssigkeit schwappte.

»Seinen Ausweis«, sagte der Inspektor, »wir müssen ...«

»Seinen Ausweis?« fragte Nummer 3 entgeistert.

»Der soll ihn sich selber holen«, sagte Nummer 1 von hinten. »Die Fetzen müssen in der Lunge stecken.«

Der Jude japste verzweifelt um Luft. Er schien nirgends welche zu finden. Nicht genug jedenfalls, um weiterleben zu können.

»Wir werfen ihn Ihnen vor die Füße, wenn er verreckt«, sagte Nummer 3.

»Lange kann es nicht mehr dauern«, sagte Nummer 1 von hinten.

Der Verletzte hustete dumpf. Es schien von da zu kommen, wo das Leben saß. Es klang nicht so, als ob noch viele Huster folgen würden.

»Wir dürfen keine Toten transportieren«, sagte Nummer 3. »Ist gesetzlich verboten.«

»Herzschlag instabil«, sagte Nummer 1 von hinten.

Der Inspektor hob seinen Arm, gab Zeichen, eine Lücke im Wagenwall freizumachen. Ein Sicherheitspolizist stieg gemächlich in seinen Wagen.

»Lassen Sie sich ruhig Zeit!« sagte Nummer 1 von hinten. »Es geht ja nur um Leben oder Tod.«

Es ging um den Inhalt eines Arztkoffers. Und um den erfolgreichen Abschluß des größten Coups des Jahrhunderts. Beziehungsweise um ein paar Jahrzehnte Knast für jeden von ihnen.

Der Sicherheitspolizist hatte den Wagen zur Seite gefahren.

Nummer 3 fuhr an und steuerte den Krankenwagen durch die Bresche. Der Patient im Heck genas wundersam, sobald sie den Karl-Renner-Ring erreichten. Nummer 3 bog vor dem Rathaus nach links. Er schaltete die Sirene ab und das Autoradio ein. Ein Hörer sagte mit vor Wut zitternder Stimme:

»Für wie blöd haltet ihr uns eigentlich?«

»Das war eine richtige Frage«, sagte Holderied.

»Tut uns leid, lieber Hans«, sagte Bussemann, »verlangt waren falsche Fragen.«

Nummer 2 saß aufrecht auf der Bahre und schminkte sich das falsche Blut ab. Er grinste. Er sagte:

»Ojojoi.«

Nummer 1 zog den Sanitäterkittel aus. Aus dem Radio tönte »Verpiß dich« von Tic Tac Toe. Es war 10.28 Uhr. Ein Sonntagvormittag. Auf den Straßen war nichts los.

Genau um 10.33 Uhr erreichte Nummer 3 die Tiefgarage. Er parkte den Krankenwagen neben einem roten Renault Clio. Während sich Nummer 3 umzog, luden die beiden anderen um. Den Arztkoffer trug Nummer 1. Um 10.35 Uhr verließ ein roter Renault Clio eine Tiefgarage im 8. Bezirk. In dem Fahrzeug befanden sich drei junge Männer und die Krone des Heiligen Römischen Reichs Deutscher Nation.

Der Fahrer drehte das Autoradio an.

Wahrscheinlich waren sie schon weg, auch wenn noch zwei Dutzend Krankenwagen herumstanden, vor denen die Rettungsdienstler schufteten wie die Tiere. Waworka sah nicht hin. Er sagte: »Die Schatzkammer. Sie haben die Schatzkammer ausgeraubt.«

Sie hatten die Schatzkammer ausgeraubt. Er hatte es sofort gewußt, als er die Alarmsirene gehört, als er die Krankenwägen gesehen hatte. Er hätte es vorher wissen müssen. Es war von Anfang an nur um die Schatzkammer gegangen.

»Sie haben ein Konzert der Sängerknaben gesprengt«, sagte Rippel.

Ja, das hatten sie, aber darum ging es nicht. Darum war es nie gegangen. Alles war nur Probe gewesen. Das Schuberthaus, die Kammeroper, die Börse. Sie hatten alles ausprobiert, die Wirkung der Sirenen, das Erzeugen von Panik, die Flucht im Krankenwagen, die Sprengsätze, das Klauen im Dunkeln.

»Es waren deine Musikterroristen«, sagte Rippel.

Es waren Waworkas Musikterroristen. Musik interessierte sie einen feuchten Dreck. Sie hatten eine falsche Fährte gelegt. Sie hatten alles so hingedreht, daß es nach Aktionen gegen Musikeinrichtungen aussah. So daß heute jeder meinte, es ginge gegen die Sängerknaben, die halt zufällig neben der Schatzkammer sangen. Wie jeden Sonntag.

Sie hatten drei Attentate durchgeführt, um die Blickrichtung beim vierten um ein paar Meter zu verschieben. Sie hatten allen solange eine falsche Tonart vorgegeben, bis man sie so im Kopf hatte, daß man den entscheidenden Ton falsch interpretierte. Auch wenn der Ton gleich klang, es war cis, nicht des.

Ziel war die Schatzkammer gewesen. Die war schwer bewacht, gut gesichert. Da spazierte man nicht einfach hinein, steckte sich ein paar Klunker in die Hosentasche und verschwand wieder still und leise. Sobald da einer einzubrechen versuchte, sobald sich auch nur der leiseste Verdacht, nur das geringste Ungewöhnliche andeutete, wurde Alarm geschlagen, liefen Notfallpläne und Gegenmaßnahmen wie ein Uhrwerk ab. Außer man hatte eine Erklärung für das Ungewöhnliche. Zum Beispiel die, daß gar nicht die Schatzkammer, sondern ein Konzert der Sängerknaben Angriffsziel war. Daß ein paar Verrückte sich zurückgemeldet hatten, die man durch Funk und Presse kannte. Von denen man wußte, daß sie Konzerte sprengten, aber nicht, daß sie Schatzkammern ausraubten.

»Die verdammte Schatzkammer«, sagte Waworka.

Rippel schniefte. Vom Michaelertor kam der Sicherheitswachler zurück, den Waworka mit dem Befehl losgeschickt hatte, jeden Rettungswagen bis auf die kleinste Schraube zerlegen zu lassen.

»Und?« fragte Waworka.

»Einer ist schon weg. Vor ein paar Minuten am Heldentor.«

Das waren sie. Sie waren schon weg.

»Fahr mich hin!« sagte Waworka.

Es war zu spät. Ein paar Minuten zu spät.

Der Inspektor am Heldentor salutierte. Er war bleich. Er sagte: »Er war schwer verletzt. Ein älterer Mann, schwarz gekleidet. Schwarze Locken und Vollbart. Er ...«

»Name? Ausweis?«

Der Inspektor schüttelte den Kopf. Er sagte: »Sein Zustand war instabil.«

»Die Autonummer? Die Sanitäter?«

»Zwei Sanitäter«, sagte der Mann. »Ganz normale Sanitäter, und der Mann hinten lag im Sterben ...«

»Herrgott, verdammt nochmal, eine genaue Beschreibung der Sanitäter!« herrschte Waworka ihn an.

»Die Sanitäter? Es waren zwei, weiße Kleidung, ich weiß nicht, die Lunge des Verletzten war zerfetzt, und er röchelte so ...«

Der Inspektor hatte das Heldentor absichern sollen. Er hatte dafür sorgen sollen, daß hier niemand entkommen konnte. Dafür war er verantwortlich. Er war der falsche Mann am Heldentor.

»Wie heißt' denn, Bürscherl?« fragte Waworka.

»Es pfiff, wenn er die Luft einsog, als ob sie durch die offene Brust wieder ...«

»Dein Name?« fragte Waworka.

»Spanring«, sagte der Inspektor. »Es war ein Wunder, daß er überhaupt noch am Leben war. Wenn er in dem Moment gestorben wäre ...«

Sie waren verschwunden. Sie würden ihre Beute gerade irgendwo in Sicherheit bringen. Hier war alles vorbei. Man konnte die Sperren aufheben, die echten Rettungsdienstler in

Ruhe arbeiten, die wirklich Verletzten ungestört abtransportieren lassen. Die Opfer von zwei Sprengungen, die nur Ablenkungsmanöver waren, die nichts bedeuteten, und deren Opfer den Tätern noch viel weniger bedeuteten.

Waworka glaubte in sich den Chorgesang der Sängerknaben zu hören, den Knall der Bombe, der ihn jäh abschnitt, die einstürzenden Mauern, das Aufschreien der Getroffenen, das Wimmern der Verschütteten, in Todesangst gestammelte Vaterunser, er glaubte das Klirren von Sturmgewehren in einem Erdloch zu hören, den Gesang einer halb erfrorenen Königin der Nacht, peitschende Schüsse und das Aufheulen angeschossener Wölfe.

Waworka sagte: »In Ordnung.«

Er sagte: »In Ordnung, Inspektor Spanring.«

»Sie haben alles richtig gemacht, Inspektor Spanring«, sagte Waworka.

12

Anhören, weghören: Die richtige falsche Frage

»Funkhaus Argentinierstraße«, sagte Ruth. Der Taxifahrer grunzte. Seine rechte Pobacke hing über der Handbremse, seine linke quetschte gegen die Fahrertür. Es war schwer vorstellbar, wie er da jemals hineingekommen war. Vielleicht hatte man ihn schon in der Fabrik eingebaut. Ruth setzte sich nach hinten.

Der Taxifahrer schaltete den Taxameter ein und fuhr an. Er sagte: »Wenn S' a G'spräch wollen, dös kostet zwanzig Schilling mehr.«

»Nein«, sagte Ruth.

Das Taxi schlich am Meidlinger Friedhof vorbei. Der Fahrer suchte Ruths Augen im Rückspiegel.

»Alle wollen s' immer eine Ansprach, aber ich seh dös gar nicht ein. Ich bin doch kaa Clown, der wo kostenlos für die Leut umeinanderspringt. Jetzt verlang ich halt zwanzig Schilling. Ist eh g'schenkt.«

»Ich will ja gar kein Gespräch«, sagte Ruth. Der Meidlinger Friedhof war ein kleiner Friedhof, aber wenn man im Schrittempo an ihm entlangkroch, zog er sich hin.

»Da san Sie eine Ausnahme«, sagte der Fahrer, »absolut! Sonst mag jeder ein Gespräch. Wenn's nix kostet, natürlich.«

»Haben Sie auch einen dritten Gang?« fragte Ruth. Zu Fuß wäre sie wahrscheinlich schneller am Funkhaus. Sie hatte es eilig, Alex zu sehen, mit ihm zu sprechen, ihn zu berühren. Es gab keinen echten Grund für irgendwelche Befürchtungen. Ruth wollte nur sicher sein, daß er existierte.

»Manche Leut fahren bloß Taxi, damit sie eine Ansprach haben. Tragische G'schichten, ich sag's Ihnen!« sagte der Taxifahrer, während er im Zeitlupentempo in die Kundratstraße einbog.

»Könnten Sie vielleicht das Radio anschalten?« fragte Ruth. Sie würde Alex vielleicht aus der Sendung herausspüren. Seine Hand, die den Regler hochschob, wenn ein Zuhöreranruf eingeblendet wurde. Vielleicht.

»Eh kloar, Gnädigste«, sagte der Taxifahrer.

Eines der typischen Roman-Kern-Sonntagsliedchen plätscherte aus dem Radio.

»Radio kostet nix extra«, sagte der Fahrer, »aber zu einer freiwilligen Spende würd ich auch nicht ›naa‹ sagen. Wissen S', wir nehmen ja kaum genug ein, um den Sprit fürs Auto zahlen zu können, und ...«

Er redete in einer Tour, grantelte lauthals vor sich hin und übertönte so das Liedchen und den folgenden Höreranruf im Radio. Trotzdem erkannte Ruth Romans Stimme. Sie wußte, daß er sich zuerst nach Namen und Wohnort erkundigte. Das machte man so, um den Leuten die Hemmungen zu nehmen. Man stellte zwei Fragen, die jeder beantworten konnte, selbst einer, der sich nicht zu dumm dazu war, bei Roman anzurufen. Roman. Seinetwegen hatte Ruth vorhin in Alex' Wohnung dieses Gefühl von Panik in sich hochschießen spüren. Wegen Roman und seinem ursprünglich vorgesehenen Stargast Palffy. Es konnte Zufall sein, daß Palffy eingeladen worden war. Palffy war kein Sänger der allerersten Kategorie, aber er besaß einen gewissen Namen. Er konnte eventuell als »morning star« durchgehen. Seine Einladung mußte nichts bedeuten. Woher hätte Roman wissen sollen, daß Palffy mit Miriams Verschwinden zu tun hatte? Die Einladung war sicher schon vor dem Brand in der Oper erfolgt. Und doch, sie kannten einander, Roman und Palffy, sie hatten miteinander gesprochen, hatten das Interview vorbereitet, sie waren in Verbindung gestanden.

Laut hupend überholte ein Volvo das mit knapp 40 km/h auf der Triester Straße dahinzockelnde Taxi. Der Taxifahrer schüttelte den Kopf.

»Haben S' den Spinner g'sehn? Als ob ihm weiß Gott was davonlaufen würd. Eile mit Weile, hat meine Frau Mama immer g'sagt, Gott hab sie selig ...«

Sie kannten einander, Roman und Palffy. Palffy hatte die

Anschläge telefonisch im Sender angekündigt, hatte sich als Terroristin ausgegeben, hatte seine Stimme künstlich verändert. Diese Stimme, an der Ruth so lange herumgeknabbert hatte, weil sie meinte, die dahintersteckende Person kennen zu müssen. Ruth hatte gleich geahnt, daß etwas nicht stimmte, und sie hatte recht gehabt, aber es war nicht nur um die Stimme gegangen, sondern um die Anrufe selbst. Den Inhalt der Anrufe! Ruth hatte sich nichts dabei gedacht, in ihrem ersten Telefongespräch mit Waworka Roman Kern als Urheber der Anrufe anzugeben, doch nun war ihr klar, daß sie damals schon unbewußt gefühlt hatte, wo der Punkt lag.

Jetzt wurde ihr alles sonnenklar. Der Inhalt der ersten Erklärung von Minnie! Schon der erste Anruf hatte gepaßt, er hatte genau zum Thema von Ruths Sendung gepaßt. Das Elend der Musikstadt Wien und so weiter. Als ob jemand Ruths Thesen gehört, spontan zum Hörer gegriffen und angerufen hätte. So konnte es aber nicht gewesen sein. Schon damals war ihr das Kommuniqué vorformuliert vorgekommen, und inzwischen wußte Ruth ja weit mehr. Jede Menge Vorbereitungen waren nötig gewesen. Palffy mußte die technische Ausrüstung beschaffen, die Stimmveränderung ausprobieren, das Telefon präparieren und und und. Er mußte Tage zuvor damit begonnen haben, und da konnte er noch nicht wissen, welches Thema Ruth behandeln würde. Aber Roman konnte es wissen! Der war bei den Redaktionssitzungen dabei, der brauchte nur im Archiv nachzufragen, welches Material Ruth bestellte, der brauchte sich bloß mal mit Ruth zu unterhalten.

Roman und Palffy, sie kannten einander. Der Satz sprang wild in Ruths Kopf umher.

»Gnädigstes Fräulein«, sagte der Taxifahrer, während Holderied und Bussemann im Radio den Anrufer veräppelten. »Oder würden S' lieber mit ›Frau‹ angesprochen werden? Heutzutag muß man ja aufpassen wie ein Haftelmacher, wenn man nicht ...«

Was wußte Ruth von Roman Kern? Konnte er derjenige sein, der Palffys Text verfaßt hatte, der nicht nur dieses surreal anmutende Hörbild in ihren Sendungen entworfen, sondern auch seine Umsetzung in Realität inszeniert hatte? Roman Kern. Die Harmlosigkeit in Person, die Fleisch gewordene Mittelmäßigkeit, eine mit einer angenehmen Sprechstimme ausgestattete Null, eine Plaudertasche, in der nichts steckte, sollte der Kopf einer Bande von Terroristen sein?

»Fräulein ...?«

»Ich zahle keine zwanzig Schilling. Ich will zum Funkhaus, und bis wir dort ankommen – falls wir irgendwann dort ankommen –, will ich meine Ruhe haben.«

Der Taxifahrer grunzte und zockelte gemächlich über den Matzleinsdorfer Platz. Links standen Häuser, rechts standen Häuser. Die Sonne strahlte. Im Radio verwies Roman Kern darauf, daß Holderied und Bussemann nach den Nachrichten den Hörern ein »happy weekend« mit Überraschungen bereiten würden. Es war kurz vor 10.00 Uhr.

Holderied und Bussemann traute Ruth die ganze Geschichte schon eher zu. Skrupel kannten die nicht. Die würden für jede mittelprächtige Pointe ihre Mutter verkaufen. Beide verfügten über die nötige verquere Phantasie, in der solche Ideen überhaupt zu entstehen vermochten. Es war ihr Stil. Ob sie allerdings den Atem hatten, einen derart breit angelegten Plan auszuführen? Die Konstanz, die nötige Planungsgenauigkeit, die Detailversessenheit, das technische Handwerkszeug? Das alles sprach Ruth ihnen rundweg ab. Die beiden waren zu ichfixiert, zu sprunghaft und leichtfertig. Sie konnten zwar auf einem abstrusen Einfall ein ganzes Gedankengebäude verrücktester Art aufbauen, aber mehr als ein Kartenhaus kam nie heraus. Bei der kleinsten Erschütterung, beim leisesten Lufthauch stürzte alles in sich zusammen.

»Zwanzig Schilling kostet's, wenn Sie eine Ansprach wollen, Fräulein. Wenn ich von mir aus red, kostet's nix. Dös ist umsonst«, sagte der Taxifahrer.

Natürlich hatten Holderied und Bussemann genauso über Ruths Thema Bescheid wissen können wie Roman Kern. Wie alle anderen im Sender. Wie Höslwang zum Beispiel. Oder Alex.

Langsam, Ruth! dachte Ruth. Mach dich nicht verrückt!

Übertreibe es nicht! Bei Roman gab es wenigstens die Verbindung zu Palffy. Aber Roman hatte sie ausgeschlossen, weil sie ihm die Sache nicht zutraute. Gut. Deswegen brauchte sie jetzt nicht 120 andere Leute zu verdächtigen, die nichts verbrochen hatten, als mit ihr im selben Haus zu arbeiten.

Man nannte so etwas Verfolgungswahn. Oder fixe Idee, Obsession. Es gab viele nette Worte dafür, die alle dasselbe besagten: Man sollte nicht in jedem Kollegen einen möglichen Attentäter sehen. Ruth sollte das nicht.

Verfolgungswahn.

Ruth sagte sich in Gedanken das Wort vor. Es wirkte beruhigend. Es war ein schönes Wort, hatte eine harmonische Melodie, einen vollen, intensiven Klang. Wenn man »Sinn« anhängte, kamen alle fünf Vokale vor. Verfolgungswahnsinn. Jeder Vokal genau einmal. Ein rundes Wort, da fehlte nichts, da war nichts zuviel. Man konnte sich richtiggehend glücklich fühlen, wenn man sich den Lauten überließ, in den Tiefen ihres Klangs versank wie in einem kuschligen Bett in tiefschwarzer Nacht, sich dem e-o-u-a-i-Rhythmus überließ, der einen einschläferte wie das vertraute Pochen eines fremden Herzens.

»In meinem Taxi red ich, solang ich will und was ich will«, brummte der Taxifahrer. »Ob Ihnen das paßt oder nicht, Fräulein!«

Ob ihr das paßte oder nicht. Sie war glücklich gewesen, diese Nacht.

»Sie können ja aussteigen! Ist eh nicht mehr weit. Ich fahr seit fünfunddreißig Jahren Taxi. Von Ihnen brauch ich mich doch nicht …«

Alles stürzte gleichzeitig auf Ruth ein, alles, was sie bisher verdrängt hatte, was sie nicht hatte hören wollen. Zweifel, Verdächtigungen, Fragen und Tatsachen.

Daß Alex gewußt hatte, wer Palffy war, als sie ihm während der Identifizierung der Stimme von ihrem Fund in der Oper berichtet hatte. Daß er ihn also offensichtlich kannte. Daß Alex vorher schon nachgefragt hatte, ob jemand die Bänder mit Minnies Stimme abgehört hatte. Bevor er noch wußte, worum es ging. Und wieso hatte Palffy beim drittenmal so seelenruhig telefoniert? Einer wie er konnte nicht wissen, wieviel Zeit ihm blieb, bis eine Fangschaltung griff. Außer, es hatte ihm jemand gesagt, der sich mit so etwas auskannte. Einer, der noch dazu dabeisaß, der im Notfall hätte eingreifen und die Verbindung durch eine Fehlschaltung hätte unterbrechen können. Einer wie Alex.

Alex, der sich so rührend um die arme Ruth gekümmert hatte, der genau in dem Moment entdeckt hatte, daß er in sie verliebt war, als sie auf dem besten Weg war, das Rätsel zu lösen. Als sie die Stimme identifiziert hatte, einen Namen hatte, eine Adresse, und nur noch ein wenig hätte nachforschen müssen, um vielleicht Miriam zu finden. Von wegen Zärtlichkeit, Liebe, Glück! Es war gelogen, alles war gelogen. Selbst sein Herzschlag hatte gelogen. Sein Herz hatte nicht für sie geschlagen, es hatte sie unter Kontrolle gehalten. Eine kleine, unmenschliche Maschine, die aufpaßte, daß Ruth nicht weglief, nichts herausbekam, nicht nachdachte.

»Störungsfreier Verkehr in ganz Österreich«, sagte das Radio.

Ruth lachte. Im Sender saß Alex, nahm Höreranrufe entgegen, spielte Musiktitel und Verkehrshinweise ein, tat seine Arbeit, als ob nichts wäre. Er hielt sich wahrscheinlich für besonders schlau.

»Argentinierstraße«, sagte der Taxifahrer mit beleidigter Stimme. »Zum Funkhaus wollen S'?«

Ruth nickte mechanisch. Es gab Erklärungen. Man konnte für alles Erklärungen finden, wenn man wollte. Eine Erklärung bestand darin, daß Alex beteiligt war. Diese Erklärung schloß ein, daß er gelogen, Brandanschläge und Bombenattentate durchgeführt, Menschen verwundet und getötet hatte, daß er Ruths Schwester entführt hatte. Daß sie mit einem Verbrecher und Irren geschlafen hatte.

Der Taxifahrer bog links in die Zufahrt zum Funkhaus ein und stoppte vor dem Haupteingang. Er sagte: »Jetzt bin ich g'spannt.«

Vielleicht sollte sich Ruth doch um eine andere Erklärung bemühen.

»Was macht es?« fragte sie.

»73,50, die Fahrt. Wollen S' nicht wissen, worauf ich g'spannt bin?«

»Nein«, sagte Ruth. Sie gab ihm achtzig Schilling und öffnete die Tür des Taxis.

»Wegen zwanzig Schilling!« stieß der Taxifahrer hervor. »Verrecken sollen S' an Ihrem Geiz, Fräulein!«

Ruth stieg die Stufen zum Haupteingang hoch. Die Eingangshalle war bis auf Hapal, der gleich rechts hinter seinem Holztresen hockte, völlig menschenleer. Hapal grüßte, doch Ruth winkte nur kurz und lief an ihm vorbei, ohne sich auf ein Gespräch einzulassen. Sie nahm den Aufzug in den zweiten Stock, in dem die Studios lagen. Sie suchte nach einer Frage, die sie Alex stellen konnte und die alles klarstellen würde. So oder so. Eine Fangfrage.

Oder sie sagte ihm einfach alles auf den Kopf zu und hörte sich dann an, was er zu sagen hatte. Sie könnte ihm von Miriam erzählen, irgendwelche Geschichten aus Miriams Jugend, harmlose Geschichten, die ihm zeigten, daß sie ein Mensch war. Ruth würde doch wohl merken, ob er ...

Nichts würde sie merken! Sie hatte die ganze Nacht über nichts gemerkt, und da war sie ihm nahe gewesen, näher ging es nicht. Haut an Haut, Herz an Herz. Wenn sie da nicht die Wahrheit aus ihm herausgehört hatte, dann würde sie es jetzt erst recht nicht vermögen.

Ruth ging den Gang zu Studio 3 hinab und wußte, daß sie Alex nicht trauen würde, egal, wie überzeugend er alles zu erklären wußte. Sie würde ihm nur glauben, wenn er zugab, ein verrückter Mörder zu sein. Nur dann wäre sie zufrieden. Es war zum Kotzen, aber so war es. So war sie.

Es war egal. Ruth stieß die Tür zum Senderaum auf. Vor ihr stand in Hufeisenform das Sendepult, zum Fenster zu war der Platz des Chefs vom Dienst. Die beiden Sprecherkabinen links und rechts waren dunkel, der Studiolautsprecher ausgeschaltet. Das Studio war verlassen. Kein Alex, keine Menschenseele. Leere.

Ruth ließ die Tür zufallen und ging nach nebenan ins

Studio 2, wo die Klassikwelle sendete. Dort lief alles normal. Am Sendepult saß Angela. Sie wußte Bescheid.

»Im 3er? Die Leitungen zum Schaltraum sind defekt. Ein knabberndes Mäuslein vielleicht. Kein Wunder in dem Kasten hier, wenn du mich fragst! Sie sind gleich heute früh ins Studio 5 umgezogen.«

Studio 5 war das einzige der alten Studios, das sendebereit gehalten wurde. Normalerweise wurde darin nicht gearbeitet, schon allein, weil es einen Stock tiefer lag und der Transport der Rücknahmewägen, mit denen die Bänder und CDs vom Lager in die Senderegie gebracht wurden, beschwerlich war. Studio 5 war Ersatz, wenn eines der anderen ausfiel. Wie heute. Das kam immer wieder mal vor, und doch regte sich in Ruth eine Stimme, die Alarm schlug. Ein Glöckchen, das von fern her dünn warnte, so leise, daß sie die Ohren spitzen und sachte auftreten mußte, um es vernehmen zu können.

Das Summen der Klimaanlage begleitete Ruth auf dem Weg zum Studio 5. Am schnellsten ging es durchs Archiv, doch vorher lag links die Kaffeeküche, die sich die Moderatoren und die Abteilung Studioproduktion teilten. Sie war leer. Der Kaffeeautomat ratterte leise, und der Kühlschrank vibrierte vor sich hin. Irgend etwas zog Ruth zum Schwarzen Brett, an dem die Studiopläne und die Rahmenpläne für das Personal aushingen.

Es war Sonntag. Ruth rechnete zurück. Am Freitag war die Bombe beim Walzerkonzert explodiert, am Donnerstag die Kammeroper abgebrannt, und am Abend zuvor war das Schuberthaus verwüstet worden. Es war erst der fünfte Tag. Ruth fuhr mit dem Finger bis zu Alex' Namen und sah seinen Wochenplan durch. Mittwoch, Donnerstag, Freitag. Er hatte nie Dienst gehabt. Nicht nach 18.00 Uhr. Er hatte an jedem dieser Abende frei gehabt, hatte tun können, was er wollte. Wahrscheinlich hatte er auch getan, was er tun wollte.

Das war kein Beweis. Von den 120 Beschäftigten hatten jede Menge andere sicher auch an allen drei Abenden frei gehabt. Ruth kontrollierte bei Roman Kern. Mittwoch und Donnerstag frei, Freitag bis 19.00 Uhr. Kein Dienst. Holderied und Bussemann? Das gleiche Lied. Keiner der vier hatte ein Alibi, jeder von ihnen hätte Zeit gehabt, die Anschläge auszuführen. Alle vier hätten Zeit gehabt.

Und heute waren sie alle vier in Studio 5 versammelt. Alex als Sendetechniker, Roman als Moderator bis 10.00 Uhr, Holderied und Bussemann lösten ihn nach 10.00 Uhr ab und waren davor kurzfristig als Stargäste eingesprungen. Eigentlich hätte noch ein fünfter dabei sein sollen. Palffy sollte Nummer 5 sein. Das sagte genug.

Und gerade heute fiel das Studio aus. An einem Sonntagmorgen, an dem garantiert kein Personal für eine Schnellreparatur verfügbar war. Ob jemand die Panne absichtlich herbeigeführt hatte? Studio 5 lag nach hinten hinaus, ganz am Ende des Längsflügels hinter den Büros des Justitiars und der Personalabteilung, in denen heute niemand arbeitete.

Als ob sie sich abschotten wollten, ungehört, ungestört vom Rest der sowieso schon kärglichen Sonntagsbesatzung arbeiten wollten. Arbeiten? Oder hatten sie noch etwas anderes vor, als eine Radiosendung zu machen? Bei jedem einzelnen hätte es Zufall sein können, daß er kein Alibi besaß, aber es handelte sich nicht um vier einzelne Männer. Sie gehörten zusammen, sie steckten unter einer Decke und brüteten etwas aus, das niemand mitbekommen sollte. Am allerwenigsten Ruth.

Ihr fiel ein, daß sie vor einer knappen Stunde mehrmals vergeblich versucht hatte, im Studio anzurufen, daß sie auch über Hapal und die Betriebssprechanlage niemanden erreicht hatte. Vielleicht war es nicht einmal Zufall gewesen, daß das Radio in Alex' Wohnung auf die Klassikwelle eingestellt war. Ruth wußte mehr über die Attentate als sonst jemand, sie kannte jeden der vier im Studio 5. Wenn das eine mit dem anderen etwas zu tun hatte, war sie gefährlich für die vier, gefährlicher als die Polizei. Wenn jemandem etwas auffiel, dann ihr. Sie hatten alles getan, damit ihr nichts auffiel. Ruth sollte in Alex' Bett liegen und den Sonntagvormittag verdösen.

Wenn an all dem etwas Richtiges sein sollte, dann konnte das nur eins bedeuten: Sie hatten etwas vor!

Ruth stürzte aus der Kaffeeküche, weiter zum Archiv, durchs Lager, an den Rollregalen vorbei, in denen 100000 CDs, 40000 alte Singles und Unmengen von Bandmaterial lagerten.

Sie haben etwas vor, dachte Ruth. Ein weiteres Attentat vielleicht. Heute abend vielleicht. Im Laufen sah sie auf die Uhr. 10.11 Uhr. In knapp zehn Stunden würde ein Konzert der Philharmoniker im Musikverein beginnen, würden 2000 Besucher im Konzertsaal sitzen, 2000 mögliche Opfer des Plans, den vier Verrückte gerade im Studio 5 ausheckten.

Ruth hatte das Lager durchquert, ging an zwei Abstellkammern vorbei zum hinteren Treppenhaus. Hier gab es keinen Aufzug. Es war still. Nicht einmal das Summen der Klimaanlage war hier zu hören. Hinter dem Fenster des Treppenhauses erstreckte sich der rückwärtige Parkplatz der Diplomatischen Akademie. Zwei Autos standen verlassen dort. Kein Mensch weit und breit.

Ruth nahm immer zwei Stufen auf einmal. Sie hatte keine Angst. Sie wollte der Wahrheit auf den Grund gehen. Die Typen hatten sie für dumm verkaufen wollen. So etwas mochte sie nicht, und so etwas funktionierte bei ihr nicht. Nicht mit ihr. Sie war wütend. Sie war wütend, weil sie nicht früher durchschaut hatte, wie der Hase lief. Weil sie sich so lange von den lieben Kollegen an der Nase hatte herumführen lassen. Weil sie auf Alex hereingefallen war. Auf sein verlogenes Gesäusel.

Noch hier ums Eck, und da rechts lag Studio 5. Die Tür war geschlossen. Ruth preßte ihr Ohr an die Tür, hörte schwach Musik aus dem Lautsprecher der Senderegie. Vor nicht einmal vierundzwanzig Stunden hatte Ruth in der Kammeroper aus kühlen Lüftungsrohren dröhnende Schläge gehört, die letzten verzweifelten Hilfesignale eines aufgehängten Mannes im Todeskampf, eines Mannes, der jetzt dort drinnen bei den vier anderen sein sollte. Einer von fünfen war tot. Vier waren da drinnen. Sie lebten noch. Ruth mußte vorsichtig sein.

Sie horchte an der Tür, hörte nur den Musiktitel, der über

den Sender lief. Sie wartete, bis er zu Ende war, bis verwischte Stimmen zeigten, daß Holderied und Bussemann zwischenmoderierten. Die beiden befanden sich also im Sprecherraum, waren beschäftigt. Es blieben noch zwei, Roman und Alex. Zwei kleine Mörderlein.

Ruths Blut klopfte in den Adern, daß es im ganzen Funkhaus zu hören sein mußte. Sie dachte an Alex' Herzschlag, öffnete die Tür einen Spalt und schlüpfte hindurch. Neben der offenen Tür blieb sie stehen und drückte den Rücken gegen die Wand. Vom Sprecherraum aus war sie so nicht zu sehen. Das konnte nicht schaden, auch wenn die beiden dort drinnen an Alex' Reaktion erkennen mußten, daß jemand eingetreten war. Alex sprang hinter dem Sendepult auf. Sein Stuhl rollte holpernd zurück und schlug dumpf gegen einen Rücknahmewagen, der vor dem Fenster stand.

»Hallo, du«, sagte Ruth liebevoll. Ihre Stimme übertönte das gewaltige Pochen ihres Herzens mühelos. Sie klang ihr leicht und locker in den Ohren. Völlig selbstverständlich und natürlich. Ruth fragte sich, ob es wirklich ihre Stimme war.

»Ruth!« stieß Alex hervor. Na bravo, er hatte sie erkannt.

Roman war nirgends zu sehen. Es war unwahrscheinlich, daß er noch im Sprecherraum saß.

»Ist Roman auch hier?« fragte Ruth. Es sollte nach Hoffnung auf traute Zweisamkeit klingen. Es klang auch so. Ruth begann, sich an ihrer Stimme ein Beispiel zu nehmen. Sie fühlte sich sicherer. Sie lächelte Alex zu. Der stand wie vom Donner gerührt. Sicher überwältigt von der unverhofften Begegnung.

Aus dem Studiolautsprecher an der rechten Wand sagte Holderieds Stimme: »Für die beste falsche Frage gibt es zwei Eintrittskarten zum Konzert des Alpbacher Gamsbarttrios, das gestern mit rauschendem Erfolg in der Wiener Stadthalle stattgefunden hat.«

Alex erwachte aus seiner Erstarrung, umkurvte das Sendepult und kam auf Ruth zu. Mit den paar Schritten schien sich auch der Kloß in seiner Kehle gelöst zu haben. Alex plapperte vor sich hin: »Roman? Nö, der ist nicht mehr da, in der

Kantine vielleicht, auf jeden Fall wollte er nachher noch einmal vorbeischauen. Jetzt müßtest du ihn in der Kantine finden, aber … Habe ich dir nicht gesagt, im Bett auf mich zu warten?«

Er stand jetzt direkt vor Ruth. Zwanzig Zentimeter von Kopf zu Kopf. Er grinste ein wenig. Ein wenig schief. Nein, man sah ihm nichts an. Er sah gut aus.

»Ich habe es nicht ausgehalten«, flötete Ruth. »Die Sehnsucht!«

»Nach Roman?« fragte er entrüstet.

Sie gluckste. Er spielte gut. Man hörte ihm nichts an.

»Klar«, nickte sie. Zwanzig Zentimeter von Mund zu Mund. Sie küßte ihn. Er fühlte sich gut an. Warm. Außen zumindest. Ruth hatte keine Vorstellung, wie es in jemandem aussah, der vielleicht zu einer Bande von Mördern gehörte.

»Die Jury bilden wir drei: Holderied, Bussemann und ich«, sagte Bussemann aus dem Studiolautsprecher.

»Ich liebe dich«, murmelte Alex. Er strich ihr über die Wange.

»Die richtige Antwort lautet: Mehr Licht!« sagte Bussemann.

»Mehr als alles in der Welt?« fragte Ruth. Alex nickte. Er könnte doch nicht einfach nicken, wenn es nicht wahr wäre. Wenn er nicht wenigstens glaubte, daß es wahr wäre. Fast schämte sich Ruth. Solche Fragen sollte sie nicht stellen.

»Und jetzt Leitungen frei für eure falschen Fragen«, sagte Holderied.

Volksmusik schrammelte los. Wahrscheinlich die Alpbacher Dingsdajodler. Genau die richtige Begleitmusik zu Ruths Arztromanfragen an einen Typen, der wie ein unschuldiger kleiner Junge aussah und sanfte Hände hatte und der …

»Und jetzt ab mit dir, Kleines!« Alex deutete mit dem Daumen Richtung Sprecherraum. »Ich muß arbeiten. Warte in der Kantine auf mich! Wir sehen uns nachher.«

Er schob sie zur Tür. Ruth stemmte sich dagegen.

»Ich störe dich wirklich nicht. Ich bleibe hier stehen und rühre mich nicht vom Fleck.«

Alex hastete zum Regiepult zurück, zog einen Regler hoch.

»Ruth, bitte!«

»Ich schaue dich nur an«, säuselte Ruth.

Aus dem Studiolautsprecher kam die aufgeregte Stimme eines Hörers: »Klaus aus Wien 13 hier, wegen der falschen Frage ...«

»Wir sind ganz Ohr«, sagte Holderied.

»Ruth, die Sendung!« stöhnte Alex. »Ich kann mich nicht konzentrieren.«

Er war süß, wenn er verzweifelt tat. Sicher war er noch viel süßer, wenn er wirklich verzweifelt war. Schluß mit dem Katz-und-Maus-Spiel! Es war an der Zeit, ein paar ernsthafte Fragen zu stellen. Über Dienstpläne, Alibis, Bekanntschaften mit toten Opernsängern und so weiter. Alex würde ein paar Antworten liefern müssen, gute Antworten, unbezweifelbare Erklärungen. Ein bißchen Liebesgesäusel würde nicht reichen, und mit dem Hinweis auf Alex' Arbeit würde sich Ruth erst recht nicht abspeisen lassen. Was ging sie die Sendung an? Der Schwachsinn von Holderied und Bussemann?

»Was leuchtet stärker auf dem Atlantik?« sagte der Hörer triumphierend.

Ruth spürte den Türrahmen hart im Rücken. Was ging sie die Sendung an? Sie war ...

Sie hatte nur mit halbem Ohr zugehört. Es hatte gedauert, bis das Signal angekommen war, doch nun ...! Sie begriff. Ein Anrufer war einer, der anrief. Sie begriff alles.

Der Hörer erklärte: »Mehr Licht! Meerlicht, verstehen Sie, mit zwei ›e‹! Weil der Atlantik doch ein Meer ist, und wenn da etwas leuchtet, dann ist das ein Meerlicht, und ...«

»Klaus, halt ein!« sagte Bussemann. »Sag uns, ob du je zur See gefahren bist.«

Das Telefon hatte nicht geläutet! Selbst wenn Holderied und Bussemann die Sendung selbst fahren würden, hätte das Telefon läuten müssen, aber Studio 5 war kein Selbstfahrerstudio, es war ein altes Studio, hier lief alles über die Senderegie, über Alex. Alles, jede Musikeinspielung, schon die Volksmusik vorher hätte ...

»Zur See? Ich?« fragte der Anrufer.

Das Telefon hatte nicht geklingelt. Also war kein Anruf gekommen. Also war der Anrufer kein Anrufer. Es gab nur eine Erklärung, und das bedeutete, daß Ruth Unrecht gehabt hatte. Alex, Roman, Holderied, Bussemann hatten sich nicht hierher in den letzten Winkel des Senders zurückgezogen, um etwas auszuhecken. Sie planten kein neues Attentat. Sie waren dabei, es durchzuführen. In diesem Moment, jetzt.

Ruth sah unwillkürlich auf die Studiouhr. 10.18 Uhr. Sie sagte sich die Uhrzeit im Kopf vor. 10.18 Uhr, 10.18 Uhr. Sie klammerte sich daran fest. Es war die Uhrzeit, die sie der Polizei mitteilen mußte. 10.19 Uhr. Ruth mußte augenblicklich die Polizei verständigen. Als erstes mußte sie hier herauskommen. Sie mußte unauffällig hier verschwinden!

»Na gut, dann gehe ich halt«, sagte Ruth mit ein wenig schmollendem Unterton. Sie hörte ihrer Stimme nichts an. Sie konnte sich nicht vorstellen, daß Alex ihrer Stimme etwas anhörte.

»Weil du es bist!« sagte Ruth.

Weil er es war! Weil er einer von ihnen war.

»Warte, Ruth!« sagte Alex. Es klang beiläufig.

»Aber denk an mich!« sagte Ruth. Sie hauchte ihm einen Kuß zu.

Alex saß zusammengekauert hinter seinen Reglern. Er sah aus wie zuvor. Ein jungenhaftes, offenes Gesicht, hinter dem sich unmöglich all das verstecken konnte, was Ruth vermutete.

»Das war wohl nichts, Klaus«, sagte Holderied zu dem Anrufer, der kein echter Anrufer sein konnte.

Alles war sonnenklar. Wahrscheinlich gab es gar keinen Klaus aus Wien 13. Der Anruf war selbstgebastelt, er war vorproduziert, alles war fix und fertig. Die dämliche Frage war vorproduziert, und natürlich auch die entsprechenden Antworten der Moderatoren. Sie mußten alles vorher auf Band aufgenommen haben, die Musikeinspielungen, die Zwischenmoderationen, die angeblichen Höreranrufe, die Gespräche, die über den Sender liefen. Es war alles schon fertig. Holderied und Bussemann mußten sich gar nicht im Sprecherraum aufhalten, genauso wenig wie Roman zuvor. Der Sprecherraum war leer. Ruth brauchte nur zwei Schritte nach vorn zu machen, um das überprüfen zu können. Sie blieb stehen. Sie wußte schon Bescheid.

Für Zehntausende von Hörern hörte es sich so an, als ob Roman und die beiden anderen im Studio saßen, sich gegenseitig interviewten und über Telefon Fragespielchen mit der Welt draußen veranstalteten. Und wenn währenddessen irgendwo in Wien Feuer gelegt wurde, Bomben explodierten, Menschen getötet wurden, dann konnten Zehntausende bezeugen, wer es sicher nicht getan haben konnte. Ein perfektes Alibi!

»Also nachher in der Kantine!« sagte Ruth. Sie mußte abhauen. Sofort! Jetzt, da sie wußte, daß nur Alex im Studio saß, daß sie allein mit ihm war, kroch ihr die Angst den Rücken hinab. Alex war hier, um aufzupassen, daß alles glatt lief, er hatte unerwünschte Besucher abzuwimmeln, die sich trotz der Studioverlagerung eventuell einfinden konnten, er mußte die aktuellen Nachrichten, die aus dem Schaltraum hereinkamen, in das vorfabrizierte Band einblenden. Ohne ihn lief gar nichts.

Alex sagte nichts, sah Ruth nur mit seinen unschuldigen Augen an, und die Angst stieg in Ruths Beine hinab, lähmte sie. Keinen Zentimeter vermochte Ruth sich zu rühren.

Als der nächste angebliche Anruf vom Band ertönte, tat Alex nicht einmal so, als ob er in den Sprecherraum durchstellen müßte. Er saß mit verschränkten Armen in seinem Stuhl, sah Ruth an und hörte zu, wie eine weibliche Stimme aus dem Studiolautsprecher sagte:

»Die richtige Frage ist: Wie lauteten die letzten Worte Goethes auf seinem Sterbebett?«

»Sind Sie Lehrerin?« fragte Bussemann.

»Ja. Literatur, Geschichte und Philosophie.«

»Setzen! Ungenügend, Frau Professor!« sagte Holderied.

Alex stand auf, lächelte Ruth an.

»Sehnsucht?« fragte er.

»Genau zuhören, Frau Professor! Sie haben die Fragestellung nicht beachtet«, höhnte Bussemann. »Gefordert war eine falsche Frage! Wir versuchen es noch einmal nach dem folgenden Welterfolg der Alpbacher, der bis in die angrenzenden unbewohnten Gebirgstäler hinein Furore gemacht hat.«

Langsam kam Alex auf Ruth zu, und sie vermochte sich nicht zu bewegen, keinen Muskel konnte sie bewegen, nur ihre Stimme funktionierte, redete darauf los. Ruth hoffte, daß sie die Fragestellung beachtete. Sie hörte sich sagen:

»Du glaubst mir nicht? Weil es nur eine Nacht war? Weil wir uns kaum kennen, ich dich nicht, du mich nicht? Ich kann es dir nicht erklären. Ich kann dir nur sagen, daß ich die ganze Nacht nicht geschlafen, daß ich nur deinem Herzschlag zugehört habe.«

Das stimmte. Es war nicht einmal gelogen. Sie hatte seinem Herzschlag zugehört.

»Weiter!« sagte Alex. Er lehnte sich neben Ruth gegen die Studiotür, versperrte ihr den Fluchtweg. Er hatte sie durchschaut. Er wußte, daß sie ihn durchschaut hatte, ihn und seinen Trick mit dem simplen Kurzsendeband, das im Studio 5 statt der angeblichen Livesendung ablief, ein KSB, das gelöscht würde, sobald Alex' Komplizen wieder eintrafen und die Sendung übernahmen, als ob sie nie weggewesen wären.

Sie hatten sich gegenseitig durchschaut. Warum ließ er sie weiterreden? Ruth sagte:

»Zum erstenmal seit Jahren habe ich mich nicht allein gefühlt. Heute nacht. Ich wußte gar nicht mehr, wie das ist, zu zweit zu sein. Ich habe keine Ahnung, wie es dir geht, wenn du allein bist. Ob die Einsamkeit ... «

Sie brach ab. Sie mußte ihre Gedanken ordnen, mußte herausbekommen, warum Alex sie weitersprechen ließ. Wieso er sich das Theater nicht einfach verbat. Was er hören wollte und was nicht.

»Ich bin kein Teenager mehr«, sagte Ruth. »Ich weiß, daß ich alles Mögliche in dich hineinprojiziere, meine Wünsche, Sehnsüchte, Idealvorstellungen. Du wirst nicht die Hälfte davon halten können. In einem Monat werden wir uns vielleicht zum erstenmal wegen einer Nichtigkeit anbrüllen, in einem halben Jahr vielleicht nicht einmal mehr das, wir werden gemeinsam in die Glotze starren, und du wirst an irgend etwas denken, und ich an etwas ganz anderes. Manchmal wird einer von uns für einen Moment erwachen und wird fragen: ›Woran denkst du?‹ und der andere wird antworten: ›An gar nichts.‹ Dann wird auch das aufhören, und wenn wir Glück haben, erschlägt einen von uns rechtzeitig der Blitz, bevor wir zusammen völlig versteinert sind, und der andere kann aufstehen, losziehen und die gleichen Fehler noch einmal von vorne machen.«

Alex lachte leis. Er gluckste. Er sah lieb aus, wenn er so leise lachte.

»Ich weiß das alles«, sagte Ruth. »Ich wußte es auch heute nacht, aber es war mir egal. Es spielte einfach keine Rolle. Selbst wenn ich in die Zukunft hätte sehen können, wenn ich uns mit hundertprozentiger Sicherheit so gesehen hätte, wie wir uns boshaft bekriegen und stumm anöden, ich hätte darüber gelacht. Es hätte nichts geändert. Ich hätte mich dennoch rundum glücklich gefühlt.«

»Und jetzt?« fragte Alex. Er tippte Ruth ans Kinn.

Und jetzt? Vielleicht war er sich nicht sicher, ob Ruth nicht wirklich nach ihm verrückt war. An nichts anderes dachte, als ihn für sich zu haben. Deswegen ließ er sie reden! Das wollte er herausbekommen! Er wollte wissen, ob er auf Ruth eventuell zählen konnte. Wenn nicht, mußte er etwas unternehmen. Es war nicht schwer zu erraten, was. Ruth begriff, daß sie um ihr Leben redete. Alles kam darauf an, ihn davon zu überzeugen, daß sie ihn mehr als alles andere wollte. Daß demgegenüber alles andere unwichtig wurde.

Aus dem Studiolautsprecher legte wieder Bussemanns Stimme los. Ruth hörte nicht hin. Sie sagte:

»Was ist es, Alex? Warum habt ihr es getan?«

Er war nicht überrascht. Er nickte, stieß sich leicht von der Tür ab, ging langsam zum Sendepult hinüber.

»Schon als du hereinkamst, wußte ich, daß du es kapieren würdest, Ruth«, sagte er. Er sah auf die Studiouhr. 10.25 Uhr.

»In einer Viertelstunde, in zwanzig Minuten höchstens werden sie hinten auf dem Parkplatz der Akademie eintreffen, werden unbemerkt durch den Notausgang hereinkommen, die Hintertreppe hoch. Sie werden die Tür öffnen und die Kaiserkrone aus der Schatzkammer der Hofburg hier auf das Pult legen. Ich werde sie dir aufsetzen. Sie wird dir stehen.«

»Warum?« fragte Ruth.

»Du bist ein kluger Kopf. Ich weiß, daß du es verstehst. Wer, wenn nicht du? Du arbeitest im Radio, du weißt, wie es läuft. Wie wir Tag für Tag an der Oberfläche herumdümpeln. Seichtes Zeug, ein bißchen Verarschung, ein bißchen Kritik, völlig folgenlos, gemacht, um sofort vergessen zu werden. Tagaus, tagein schuftest du dich ab, denkst dir Gott weiß was aus, redest dir den Mund fusselig, und alles plätschert vorbei, löst sich auf in Rauch und Nichts. Jede Sendeminute ist Makulatur, bevor sie noch um ist, dagegen sind yesterday's papers bleibende Werte. Und mit der Zeit werden wir dem ähnlich, was wir tun. Wir verflüchtigen uns mit dem Zeug, das wir produzieren, mit dieser kontinuierlichen Belanglosigkeit, dieser unaufhörlichen Nebenbeibeschallung, die da ist und doch nicht da ist, die mit der Wahrnehmung schon vergessen ist. Es war Notwehr, Ruth. Ein Ausbruch aus diesem tödlichen Gefängnis von bewußtloser Gegenwart, diesem Blabla ohne Sinn und Erinnerung.«

Alex holte Atem. Er hatte schnell gesprochen, hastig, fast als ob es ihm peinlich wäre, was er ihr da anvertraute. Es klang wie eine unbeholfene Liebeserklärung von jemandem, der nicht weiß, wie man so etwas anpackt. Und das sollte es wohl auch sein. Eine Antwort auf ihre Worte von eben. Ein Geständnis, mit dem er darum bat, verstanden zu werden. Sie sollte zu seinen tiefsten Geheimnissen »ja« sagen, zu seinen Abgründen, zu ihm. Teilnehmen, mitmachen, mitgehen auf allen seinen Wegen, und seien sie noch so dornig. Alex wollte sie an seiner Seite haben. Sie sagte:

»Ich gehe jetzt.«

Alex hob die Hand, sagte:

»Die Leute dürsten danach. Sie wollen das Unerhörte hören. Und wenn es gut gemacht ist, glauben sie, was sie hören. Denk an Orson Welles! An sein Hörspiel über eine Invasion von Marsmenschen, das damals in den USA eine Massenpanik ausgelöst hat. Die Leute glaubten an das Fake, weil es das in Worte faßte, was an realen Ängsten in ihnen steckte. Sie glaubten den Dementis nicht mehr, die folgten. Welles' Hörspiel war fiktiv, erstunken und erlogen, aber es funktionierte, weil in den Zuhörern seine Wahrheit steckte. Wir haben die Sache umgedreht: Unsere Inszenierung ist authentisch, real, wahr. Was daran Lüge ist, funktioniert, weil es das Verlangen nach Lüge und Fiktion in unserem Publikum befriedigt. Es ist ein Kunstwerk, Ruth! Mehr als ein Kunstwerk. Mir geht es nicht um die Krone, mir geht es darum, ein einziges Mal etwas wirklich Gutes zu machen. Die Krönung meiner Radiolaufbahn, ein …«

»Hör auf!« sagte Ruth. Er redete von Welles und Fiktion, von den Leuten und Kunst und Lüge. Er war nicht in der Lage, von sich zu sprechen. Und vor allem nicht zu ihr. So klang keine Liebeserklärung, zu der sie »ja« sagen konnte.

»Ich weiß, daß du auf meiner Seite bist«, sagte Alex beschwörend. Seine Hand fuhr nach unten, unter das Sendepult, und kam mit einer Pistole wieder hervor. Er zielte nicht auf Ruth. Der Lauf der Pistole zeigte auf die Studiouhr. 10.29 Uhr.

Alex mußte wissen, daß er verloren hatte.

Aus dem Studiolautsprecher tönte »Verpiß dich« von Tic Tac Toe.

Ruth sagte ruhig: »Sie haben mich kommen sehen. Hapal, Angela. Ich habe im Klassikstudio nach euch gefragt.«

»Ich will dich nicht umbringen«, sagte Alex. »Ich will auch nicht im Knast vertrocknen. Ich will mit dir leben. Ich liebe dich!«

Ruth sagte: »Dann laß mich gehen.«

Er richtete die Pistole auf Ruth, zuckte die Achseln, lächelte, legte den Kopf schief. Er sah süß aus, und er sagte:

»Was soll ich denn tun? Was soll ich tun, wenn du die Tür aufmachst und abhaust? Außer schießen? Versetze dich in meine Lage und sag mir, was ich tun soll!«

»Ihr habt sie umgebracht, nicht? Miriam?« Ruth fragte ganz ruhig. Sie wußte es, sie brauchte keine Antwort. Sie hatten sie umgebracht.

»Ich kann dich nicht einfach so gehen lassen.« Alex schüttelte den Kopf.

Ruth war mit ihm allein. Im Sprecherraum befand sich keiner von denen, deren Stimmen aus dem Studiolautsprecher drangen. Nicht mehr und noch nicht wieder. In spätestens fünfzehn Minuten würden Holderied und Bussemann wieder dort sitzen, sich live einblenden und ihre Späßchen reißen, als seien sie seit Stunden mit nichts anderem beschäftigt. Alex würde das KSB löschen, Roman die Krone in Sicherheit bringen.

Man würde Ruth für verrückt erklären, wenn sie erzählte, wie es tatsächlich gewesen war. Sie hatte keinen Beweis, ihre Aussage stand gegen vier andere, gegen x-tausend Hörer, gegen jede Wahrscheinlichkeit. Alex brauchte sie nicht fürs Leben. Er mußte sie nicht für ewig in sein Herz schließen, für immer festhalten. Nur für zehn, fünfzehn Minuten. Das war genug. Für ihn und die anderen. Nicht für Ruth.

»Warum habt ihr Miriam umgebracht?«

Sie griff nach der Klinke der Studiotür, drückte sanft nach unten.

»Geh nicht!« sagte Alex sanft. »Ich bitte dich, Ruth, geh nicht! Es war Palffy. Er hat zuviel geplappert. Sie wußte nicht, was vor sich ging, aber sie wurde mißtrauisch, und als sie dann sagte, daß sie ihn in der falschen Frauenstimme zu erkennen glaubte, drehte Palffy durch. Wir wollten nur ausprobieren, ob wir mit dem Krankenwagen hinein- und hinauskämen. Palffy selbst sollte den Verletzten spielen, doch als wir bei ihm waren, hatte er sie schon umgebracht, stand mit ihrer Leiche auf den Armen da. Sie war schon tot, wir haben sie nur weggebracht.«

»Palffy ist tot. Der widerspricht nicht mehr«, sagte Ruth.

»Palffy ist tot und deine Schwester auch. Sie werden nicht mehr lebendig«, sagte Alex. Er wischte sich über die Stirn. »Verdammt nochmal, was soll ich denn tun?«

Ruth zog die Studiotür auf. »Du könntest mich umbringen. Los!«

»Nein!« schrie Alex. Er umkrampfte die Pistole mit beiden Händen. Sie zitterte. Vielleicht würde er nicht treffen. Vielleicht war Ruth schnell genug.

»Geh nicht!« stöhnte Alex. »Ich schieße. Ich muß schießen.«

»Bitte!« bettelte er. »Hilf mir, Ruth!«

Vielleicht würde er doch treffen. Schießen würde er auf jeden Fall. Er wußte nicht, was er sonst tun sollte. Wenn sie einen Fuß in Richtung Tür schob, würde er schießen. Er würde sein Magazin leerballern, und dann würde er heulend zusammenbrechen und sich einreden, daß er sie wirklich geliebt habe.

Und wenn sie einfach stehenblieb, wartete, bis die anderen eintrafen? Bis alles vorbei war? Dann würde Alex die Pistole einstecken, würde ihr zugrinsen, mit seinem netten, frechen Kleinjungenlächeln, und würde ihr sagen, daß sie jetzt gehen könne, daß sie zu ihm fahren, im Bett auf ihn warten solle, er komme gleich, müsse nur noch schnell etwas erledigen.

Ruth hatte keine Wahl. Sie schloß die Tür wieder. Mit sattem Klang fiel sie ins Schloß. Ruths Beine funktionierten. Sie trugen sie zu Alex, der sich an seiner Pistole festkrallte.

»Ich kann nicht«, sagte Ruth sanft. Sie strich ihm übers Haar. »Du wirst mich erschießen müssen. Wegen Miriam kann ich nicht. Das mußt du verstehen. Jemand muß dafür zahlen.«

»Ich habe sie nicht umgebracht.« Sein Kopf wühlte sich in ihre Handfläche. Alex war nichts als ein kleiner Junge mit einer Pistole in der Hand.

»Ich schwöre dir, ich habe niemanden umgebracht.«

»Ist gut«, sagte Ruth.

Er schniefte.

»Du müßtest erklären, wieso du ihnen ein Alibi verschafft hast«, sagte Ruth dunkel. Sie strich ihm über den Nacken. Über den zarten Flaum, der sich unter ihren Fingerspitzen aufstellte.

»Sie waren es!« Alex nickte, hob den Kopf. »Die anderen waren es, und ich habe ihnen nur ein Alibi verschafft. Ich wußte gar nicht, was sie vorhatten, ich hatte keine Ahnung, und ich habe nur eingewilligt, weil ich dachte ...«

Er brach ab, sagte: »Man wird mir nicht glauben.«

Ruth stand hinter ihm, streichelte mit beiden Händen über seine Schultern hinab. Sie sagte: »Wahrscheinlich wird man dir nicht glauben. Ziemlich sicher nicht. Du kannst mich auch erschießen. Das ist die andere Möglichkeit.«

Alex stand auf. Sein Gesicht sah gequält aus. Er war ratlos, allein. Nur Ruth war bei ihm. Und eine Pistole in seiner rechten Hand.

Ruth sagte: »Du warst heute nicht dabei. Für diesmal hast du ein echtes Alibi. Dein einziger Trumpf ist, daß du hier bist, während die anderen nicht hier sind. Noch nicht.«

»Wir haben nicht mehr viel Zeit«, sagte sie. Sie hatte »wir« gesagt.

Alex sah einen Moment unschlüssig auf seine Pistole. Er sah auf die Uhr. 10.32 Uhr. Er hörte Bussemanns Stimme aus dem Lautsprecher sagen:

»Und deshalb hat die Jury mit der absoluten Mehrheit von 150% entschieden, daß keiner der werten Anrufer ...«

»... die wertesten Anruferinnen nicht zu vergessen«, warf Holderied ein.

»... daß keiner und keine der werten und wertesten Anrufer und Anruferinnen eine der Richtigkeit der Antwort entsprechende Falschheit der Frage darzubringen imstande war ...«

»... imstande waren«, korrigierte Holderied.

»... weshalb wir den Hauptpreis ...«

»Es ist der einzige. Es gibt keine Nebenpreise, also kann man auch nicht von einem Hauptpreis sprechen«, haspelte Holderied dazwischen.

»... den einzigen Preis also uns beiden zuzusprechen gezwungen sind.«

»Und Bussemann«, ergänzte Holderied.

»Uns dreien: Holderied, Bussemann und mir«, sagte Bussemann.

»Und nach dem wunderschönen Landler der Alpbacher Buam wird dann gleich die mit Spannung erwartete Frage beantwortet, welche falsche Frage den Siegeskranz errungen hat«, sagte Holderied.

»Gleich«, sagte Bussemann.

»Gut!« sagte Alex.

Er warf die Pistole auf den Fußboden. Er strahlte Ruth an. Er hatte nicht geschossen. Er würde nicht mehr schießen. Er war glücklich, daß es vorbei war, daß er Ruth nicht getötet hatte, den großen Coup aufgegeben, die Krone und die Komplizen in den Wind geschrieben hatte. Er war glücklich, daß er verraten hatte, was er vor zehn Minuten noch vehement verteidigt hatte. Er klammerte sich an die kleine Hoffnung, daß er irgendwie durchkommen würde. Er glaubte sich entschieden zu haben, doch eigentlich war es Ruth gewesen, die für ihn entschieden hatte. Er war ein kleiner Junge, auf den man aufpassen mußte.

»Ruth, ich ...«, sagte er.

»Ich weiß«, sagte sie. »Gleich. Gleich ist es vorbei.«

Ruth drückte Alex auf den Stuhl vor dem Regiepult hinab. Sie stieg über die Pistole am Boden, tat ein paar Schritte, öffnete die schallisolierte Tür zum Sprecherraum, setzte sich in den linken der beiden leeren Moderatorenstühle, legte den Kopfhörer an, rückte das Mikrophon zurecht.

»Okay?« fragte sie zu Alex hinaus.

Alex hob die rechte Hand, preßte Daumen und Mittelfinger zusammen. Okay.

»Wenn sie wieder zu sprechen anfangen«, sagte Ruth.

Alex nickte. Sie hörten dem Landler zu, der vom Band kam. Ein fröhlicher, lustiger Landler, in dem eine fröhliche, lustige Männerstimme jodelte, zu der sich nun eine falsche, lustige Männerstimme gesellte, Holderieds Stimme, und der Landler wurde langsam ausgeblendet, und in die vergehenden Töne hinein sagte Bussemann:

»Und jetzt aufgemerkt in Wien und draußen im Lande, denn nun erfolgt die richtige Auflösung, das heißt, die falsche Frage ...«

Holderied sagte: »Also, die richtige falsche Frage ist ...«

Alex schaltete um, und Holderieds Stimme wurde mitten im Satz abgeschnitten. Ruth war live auf Sendung. Sie sagte:

»... warum jemand so tut, als sei er live auf Sendung? Die Frage ist, wo sich Roman Kern und Holderied und Bussemann in der letzten Stunde aufhielten, wenn sie nicht hier im Sender waren, wo sie zu sein vorgaben? Was sie während der Zeit taten, in der sie jeder hier vermuten mußte? Wer in eben dieser Zeit die Schatzkammer der Hofburg ausraubte? Und wann endlich die verdammte Polizei hier am Sender in der Argentinierstraße eintreffen und alles absperren wird? Hier ist Ruth Strelecky, ich sitze in Studio 5 des Funkhauses, dort, wo die drei in wenigen Minuten wieder auftauchen werden, und wenn ihr von der Polizei nicht schnell macht, wenn ich tot aufgefunden werde, dann werden mich Kern, Holderied und Bussemann umgebracht haben, so wie sie meine Schwester Miriam getötet haben.«

Es war 10.37 Uhr. Die Wiener saßen noch beim Frühstück oder packten fürs Picknick in den Donauauen. Sie bereiteten sich auf den Kirchgang vor oder kamen schon von dort zurück. Sie saßen in der Badewanne. Sie hörten Radio. Wien hatte zwei Millionen Einwohner. Viele davon hörten Radio. Ruth sagte:

»Ich habe Angst. Ich will nicht umgebracht werden. Ich wende mich jetzt an die Bewohner des 4. Bezirks, an alle Hörer, die in der Favoritenstraße wohnen, in der Taubstummengasse, in der Argentinierstraße, ich bitte Sie, die Anwohner der Mayerhofgasse, Waltergasse und Theresianumgasse, lassen Sie alles stehen und liegen, gehen Sie auf die Straße hinunter, sperren Sie die Zufahrten zum Funkhaus, setzen Sie sich auf die Fahrbahn, lassen Sie keinen Wagen durch, bis die Polizei eintrifft, keinen Menschen, keinen Mann, den Sie nicht genau kennen!«

Hinter der Senderegie saß ein Mann, den Ruth kannte. Ein wenig zumindest. Er stützte sich auf den linken Arm, und in seinem Gesicht hatte sich der Rest des Lächelns festgeschrieben, das er für Ruth reserviert hatte. Dahinter arbeitete es, erwog er Ausreden und Entschuldigungen, um möglichst viel von seiner Haut retten zu können. Von seiner weichen, zarten Haut. Und vor der Anstrengung, säuberlich zu scheiden, was er zugeben mußte und was nicht, vor der Anstrengung, Tatsachen umzuinterpretieren, gefahrlos Lügen einzuflechten, falsche Fährten zu legen und Zweifel an seinen eigenen Aussagen zu entkräften, klopfte sein Herz wahrscheinlich schneller als heute nacht, als Ruth ihm noch zugehört hatte und dabei wunschlos glücklich gewesen war. Es war ein Moment gewesen, ein kurzes Intermezzo, ein Irrtum, ein Traum vielleicht. Sie hatte sich verhört, und jetzt war es vorbei. Es war fast vorbei.

Ruth sprach ins Mikrophon, sagte über das Sendepult, vor dem Alex seine Ausflüchte hin und her schob, zu allen, die ihr an den Autoradios, in Wohnküchen, Kinderzimmern, Kaffeehäusern zuhörten:

»Hier spricht Ruth Strelecky. Wenn die drei nicht zum Sender durchkommen sollten, wenn sie versuchen sollten, sich mit ihrer Beute aus dem Staub zu machen, und mir hier trotzdem etwas zustoßen sollte, dann klage ich hiermit den Sendetechniker Alex Petschak des Mordes an mir an. Alex Petschak, der Ihnen die angebliche Livesendung vorgespielt und seinen Komplizen somit ein Alibi verschafft hat, der an allen Vorbereitungen und Attentaten beteiligt war, der nicht nur wegen einer wahnsinnigen Idee den Tod von Menschen in Kauf genommen hat, sondern aktiv daran beteiligt war, ein Mörder eben, ein Mörder wie die anderen, keinen Deut besser, keinen Herzschlag anders als sie ...«

Alex saß unbewegt auf seinem Stuhl, hörte dem Studiolautsprecher zu, ohne nach der Pistole zu greifen, die zwei Schritte von ihm entfernt lag, ohne auch nur versucht zu haben, Ruths Anklage rechtzeitig aus der Sendung zu werfen. Er saß einfach da. Vielleicht hatte er Ruth überhaupt nicht gehört, vielleicht hörte er nur die Lügenmärchen, die er Stück für Stück zusammengesetzt hatte, im Posaunenschall einstürzen wie die Mauern von Jericho, und Ruth dachte, daß es nun genug sei. Sie legte den Kopfhörer ab und ging hinaus zu ihm. Fast tat er ihr leid, der kleine Junge, der verloren in seinem Stuhl saß, weil er nirgendwohin fliehen konnte, weil ihm von jedem denkbaren Fluchtweg her schon die Stimmen der Verfolger entgegenschallten. Die Rufe nach dem Mörder.

Fast tat er Ruth leid, und sie sagte: »Es reicht. Keine Wortbeiträge, die länger als zwei Minuten dauern. Du solltest Musik einspielen.«

Alex saß regungslos da.

»Hast du zufällig eine Aufnahme von meiner Schwester da? Etwas aus der ›Zauberflöte‹ vielleicht?« fragte Ruth.

Alex reagierte nicht. Er schien sie nicht zu hören. Schien taub geworden zu sein.

Es war auch nicht so wichtig. Es wäre nur eine Geste gewesen, eine hilflose Geste. Miriams Gesang hätte auch nicht zu dem gepaßt, was jetzt draußen ablaufen mußte. Zuhörer, die auf die Straße stürzten oder ihre Bezirkspolizeidirektion mit Anrufen überschütteten, Einsatzwägen, die mit Sirenengeheul zum Sender rasten, Sicherheitswachler, die in ganz Wien Straßensperren errichteten, Kontrollen überall, Verfolgungsjagden, Hausdurchsuchungen, Festnahmen, Verhöre.

Es war nicht der richtige Zeitpunkt, einer wunderschönen Stimme zu lauschen, die nie mehr live zu hören sein würde. Nie mehr lebendig. Es war nicht der richtige Zeitpunkt, zu trauern.

Auf einmal lehnte sich Alex zurück. Er sah Ruth an und fand sein knabenhaftes Lächeln wieder. Er strahlte sie an, wie um ihr ein letztes Mal zu zeigen, was sie verloren hatte. Er sagte:

»Schade.«

Bernhard Jaumann
Die Augen der Medusa
Ein Montesecco-Roman
296 Seiten. Gebunden
ISBN 978-3-351-03243-2

Ein Dorf gegen Medien und Mafia

Nicht nur der eisige Winter lässt die Einwohner des italienischen Bergdorfes Montesecco frösteln. Als ein Attentäter den bekanntesten Staatsanwalt Italiens ermordet und sich mit vier Geiseln in Monteseccos Mauern verschanzt, überrollen Polizei und Medien den verschlafenen Ort. Während sich der Kampf um das Leben der Geiseln zuspitzt, sind die Dorfbewohner wie gelähmt. Erst in letzter Minute schmieden sie einen Plan. – Ein fulminanter Italienkrimi über Mafia, Medienmacht und wahre Menschlichkeit von Glauser-Preisträger Bernhard Jaumann.

Jaumann »bezaubert immer wieder durch kluge, feinsinnige Erzählweise.« Tobias Gohlis, Die Zeit

Weitere Titel (Auswahl):
Die Drachen von Montesecco. Roman. AtV 2452
Die Vipern von Montesecco. Roman. AtV 2301

Mehr Informationen erhalten Sie unter
www.aufbau-verlag.de oder in Ihrer Buchhandlung

aufbau